Die sieben Leben der Katharina Blasberg

Barbara Darı́us

Die sieben Leben der Katharina Blasberg

Roman

Kiepenheuer & Witsch

0049 221 37685-0

1. Auflage 1997

Umschlaggestaltung Rudolf Linn, Köln
Satz Jung Satzcentrum, Lahnau
Druck und Bindearbeiten Graphischer Großbetrieb Pößneck, Pößneck
ISBN 3-462-02605-4

Für Rainer – Mann und Mäzen

Inhalt

Kapitel 1:

Himmelgeist

Jenseits der Vierzig neige ich dazu, abends bei einem herzerwärmenden Rotwein über meine Biographie und deren Ursprünge zu grübeln. Mein Großvater fällt mir da ein, jener zumindest im Rheinland legendäre Gottlieb Maria Blasberg. Mit Fleischbrühe in Würfeln und verschiedensten Würzextrakten hat er um die vorige Jahrhundertwende ein so beachtliches Vermögen angehäuft, daß er fast zehn Jahre brauchte, bis er es in Deauville, Monte Carlo und Baden-Baden wieder verspielt hatte, und seinen Einfluß auf meinen Werdegang darf man nicht unterschätzen.

Denn zum einen kann nur er mir die Zockergene vererbt haben, die mich immer wieder dazu verführen, stets alles auf eine Karte oder den krassen Außenseiter setzen zu wollen. Zum anderen aber prägte er, obwohl er schon lange vor meiner Geburt gestorben war, mein prä- und postpubertäres Denken aufs Nachhaltigste.

Meine ganze Kindheit hindurch nämlich kutschierte uns mein Vater anläßlich der in den Fünfzigern üblichen Sonntagsausflüge mindestens einmal im Monat nach Bad Godesberg. Der dunkelblaue Opel Kapitän mit Weißwandreifen, der auf den Namen Hannibal hörte, weil er uns sommers mehrmals über die Alpen ins damals ebenfalls obligate Tessin geführt hatte, war randvoll gefüllt mit Familie. Vorn neben meinem Vater durfte sein Erstgeborener sitzen, während Frauen und Kinder nach hinten gehörten, und nur selten gelang es mir, Eierstichsuppe, Schmorbraten mit Leipziger Allerlei und Vanillepudding mit Schokoladensoße so lange bei mir zu behalten, bis mein Vater einen geeigneten Halteplatz angesteuert hatte.

Eine typische Duftmischung meiner Kindheit setzt sich daher zusammen aus den starken Aromata der Nelken, die in der porzellanenen Autovase gleich neben der geweihten Plakette des Heiligen Christophorus steckten, der frischen Kinderkotze sowie des Lavendelwassers aus dem Spitzentaschentuch meiner Mutter, mit dem sie mir die Mundwinkel wischte. Und wenn mir heute von irgendwoher der Duft von Nelken oder Lavendelwasser in die Nase steigt – die dritte Komponente ist mir schon seit Jahren nicht untergekommen –, dann werde ich sofort wieder in einen dieser Sonntagnachmittage zurückkatapultiert, und wir stehen wieder voll Ehrfurcht, Neid und Gram vor den Parkmauern des schloßähnlichen Anwesens, das mein Großvater erbaut und – wie es im rheinischen Idiom heißt – verjückt hat.

»Wir wären jetzt Nachbarn von Theodor Heuss«, sagt mein großer Bruder, und ich bin sehr stolz auf uns; von *Papa Heuss* ist sehr oft am Familientisch die Rede.

»Laßt uns doch endlich mal klingeln, statt uns immer nur hier am Tor herumzudrücken«, mault meine Schwester. »Vielleicht laden sie uns ja zum Kaffee ein, wenn sie hören, wer wir sind, und mehr als rausschmeißen können sie uns sowieso nicht.« *Sie* – das sind die jetzigen Besitzer, und ich hasse sie, weil sie da sind, wo wir eigentlich hingehören.

»Wahrscheinlich stehen sie jetzt hinter der Gardine und sagen: Guckt mal, da sind *die* schon wieder! ...«, meint meine Mutter und spekuliert laut darüber, ob es im Dachgeschoß der Villa wohl immer noch die drei Personalwohnungen gibt, eine für die Köchin, eine für den Gärtnerchauffeur und eine für ›das Mädchen‹.

»Sic transit gloria mundi«, sagt dann abschließend mein Vater, der ein humanistisches Gymnasium besucht hatte und Theologie studieren wollte, bevor er sich in meine Mutter verliebte und die Drogerie seines Schwiegervaters übernahm. Und er fügt noch einige mahnende Worte an, liederlichen Lebenswandel betreffend, während ich auf die Rückbank von Hannibal klettere und ein bißchen wei-

nen möchte, weil ich auf solch einem Schloß doch bestimmt Prinzessin wäre und mich niemand zwänge, für die ganze Familie sämtliche Schuhe zu putzen.
Gottlieb Maria Blasberg habe ich also nicht nur die frühkindlich schmerzliche Einsicht in die Existenz sozialer Hierarchien zu verdanken, sondern auch die frühreife Erkenntnis, daß die Position innerhalb oder außerhalb von Parkmauern auf solch lächerlichen Zufälligkeiten wie rollenden Elfenbeinkügelchen basiert. Kaum verwunderlich ist daher, daß ich eingedenk meines Großvaters zu Beginn der Adoleszenz leidenschaftlich Stellung bezogen hatte an der Seite der Enterbten und Entrechteten. Präziser formuliert: Die Abenteuer des Gottlieb Maria Blasberg, sein Leben fernab der Alltäglichkeit, sein glanzvoller Aufstieg und sein freier Fall ins Bodenlose haben mich jahrzehntelang anfällig gemacht für hocharistokratisches wie auch hochrotes Gedankengut. Und bis auf den heutigen Tag fällt es mir schwer, den Durchschnitt als Maß aller Dinge zu feiern.
Die Vita des wilhelminischen Ahnen könnte mir also als hinreichende Begründung für meinen pirouettenreichen Lebenslauf dienen. Trotzdem fehlt mir bis heute der Mut, mich zu dieser These öffentlich zu bekennen. Die Studienräte, die eine starke Minderheitsfraktion unter dem Stammpublikum in meiner Kneipe bilden, würden zeternd über mich herfallen, wüßten sie nur, daß ich mich inzwischen weniger als ein Produkt der Pädagogik, sondern immer mehr schlicht als Trägerin von Erbinformationen betrachte. Denn Gene sind generell verdächtig. Ihre Existenz überhaupt nur zur Kenntnis zu nehmen, bedeutet einen Verstoß gegen das verfassungsrechtlich verbriefte Gleichheitsprinzip.
Zur Erklärung dafür, wie es mich, Katharina Blasberg, aus dem verschlafenen Rheindorf Himmelgeist – daß wir ein

Vorort Düsseldorfs sind, erwähnen wir nicht gerne! – mitten hinein in den nordirischen Bürgerkrieg verschlug, warum ich danach den Schauplatz der Kindheit mied wie eine verstrahlte Region und weite Teile des Gedächtnisses abriegelte wie ein Minenfeld, würden die meisten meiner Bekannten statt der streng wissenschaftlichen Genetik schon eher die romantisch vernebelte Astrologie akzeptieren. Und in der Tat weist meine Geburt eine kleine Merkwürdigkeit auf. Ich verspätete mich um mehr als zwei Wochen, was meine Mutter seit jeher zu bitteren Kommentaren veranlaßt.

»Nie werde ich es erleben dürfen, daß du auch nur ein einziges Mal eine Sache pünktlich erledigst«, sagt sie mit der vorwurfsvollen Schmallippigkeit, die sie für die umfangreiche Rubrik *Zumutung* reserviert. »Ich verstehe bloß nicht, wie ich mich immer noch darüber ärgern kann. Wo du doch schon damals, als ich dich unter dem Herzen trug –«

Der Ton der mütterlichen Vorhaltungen suggeriert, daß ich mich rein vorsätzlich und wissentlich bereits als Leibesfrucht der Saumseligkeit schuldig machte. Diese erste Verspätung meines Lebens sorgte dafür, daß ich nicht, wie vorgesehen, als Skorpion unter dem pragmatisch disziplinierten Gestirn des Mars, sondern als Schützin unter dem eher unberechenbaren Planeten Jupiter geboren wurde. Eine Information, die alle Hobby-Astrologen sogleich zu einem wissenden Nicken veranlassen dürfte: Das Sternzeichen Schütze bürgt für feuriges Temperament, gilt als aufsässig gegen Autoritäten und leicht entflammbar für die Liebe. Extrem wechselhafte Biographien, in denen des Lebens Auf und Ab im Achterbahntempo durchzischt wird, sowie ein ausgeprägter Hang zum Fernweh sollen typisch sein für den Zentauren, der mit Pfeil und Bogen nach dem Unerreichbaren zielt.

Es mag also an der schicksalhaften Sternenkonstellation über dem Kreißsaal der Sankt-Suitbertus-Klinik gelegen haben, daß ich mich etliche Zeit später ausgerechnet in einen irischen Rebellen, einen geborenen Löwen und Ex-IRA-Mann verlieben mußte. Doch habe ich meinen Geburtstermin beileibe nicht bewußt verschoben. Um ehrlich zu sein: Ich war als Fötus so extrem dumpf, daß ich selbst die Prozedur der gewaltsamen Vertreibung aus dem Uterus verschlief. Wenn andere sich über ihre embryonalen Traumata auslassen, muß ich immer betreten schweigen.

»Du warst schon als Baby derart faul, daß ich dich vor dem Füttern erst mal wachrütteln mußte«, sagt meine Mutter. Seitdem ich vor zwei Jahren nach Himmelgeist zurückgekehrt bin, besuche ich sie jeden Mittwoch im Altersheim, und jeden Sonntag bitte ich sie zum Tee. Obwohl wir nie darüber sprechen, denke ich, daß sie mir all die Jahre verziehen hat, in denen ich ihr gerade mal eine Karte zum Geburtstag oder ein Päckchen zu Weihnachten schickte. Aber ich selbst kann mir kaum vergeben. Wenn sie abends anruft, während meine Kneipe voll von Leuten ist, die hektisch nach Reibekuchen mit Rübenkraut oder nach Altbier schreien, dann fällt es mir immer noch schwer, sie abzuwimmeln oder ihr zu erklären, daß ich morgen nicht mit ihr spazierengehen kann, weil ich mich mit der Vertragsbrauerei oder mit der Buchführung herumärgern muß.

»So war das schon immer mit dir«, sagt sie. »Alles schiebst du vor dir her bis zum Sankt-Nimmerleinstag, und dann jammerst du darüber, daß du so viel zu tun hast. Dabei rede ich mir schon seit vierzig Jahren den Mund in Fransen: Die Arbeit, die man nicht beginnt, dauert am längsten.«

Damit hat sie natürlich recht, die Gute, wie mit vielen anderen ihrer Weisheiten. Aber die Erfahrung hat mich gelehrt, daß ich ihr dies auf keinen Fall bestätigen darf. Vor einigen Monaten wurde ihr, als sie gerade vom Friedhof kam, wo sie das Grab meines Vaters gepflegt hatte, an der Straßenbahnhaltestelle von Jugendlichen die Handtasche entrissen. Nach dem Anruf des zuständigen Polizeireviers, das ihre Anzeige aufgenommen hatte, erwartete ich eine erschöpfte und hinfällige Greisin vorzufinden. Doch aufrecht wie ein Monolith saß sie da, ganz Haltung, ganz Dame. Eine eigroße Beule ragte aus ihrer Stirn, und der rechte Ärmel ihres uralten Popelinemäntelchens hing nur noch an ein paar Fäden. Ich wollte sie halten und sie stützen, aber unwillig wischte sie meine Hand beiseite: »Danke, nicht nötig!«

Draußen auf der Straße erst loderte sie mir ihre Empörung entgegen: »Na sag schon, was du sagen mußt! Ich kenne doch alle die Litaneien, die du bei solchen Gelegenheiten ableierst wie eine Gebetsmühle: Erklär mir doch jetzt bitte noch einmal, daß man Verständnis haben muß für die armen Kriminellen, die einen überfallen! Sie sind ja doch die unschuldigen Opfer der bösen Gesellschaft, nicht wahr? Wahrscheinlich haben die unterprivilegierten Kinder noch keinen eigenen Videorecorder, weshalb es nur zu verständlich ist, daß sie eine Sozialrentnerin, die auch keinen hat, zu Boden schlagen müssen! Oder sie besitzen doch schon ein Videogerät, aber dann denken ihre Eltern nur an Konsum und geben ihnen keine Liebe und lassen sie Horrorfilme sehen und deshalb sind sie so aggressiv! Nur zu, Katharina, du neunmalkluge Tochter, ich höre!«

Ich sah meine Mutter an. Die Beule. Die Mantelfetzen. Die völlig derangierte Dauerwelle, die sie allmorgendlich so sorgsam mit Spray verdrahtet, daß ihr sogar eine kräftige Windbö nichts anhaben kann, gab nun große Flächen ihrer überraschend rosigen Kopfhaut preis. Seltsam peinlich berührt, versuchte ich, ganz sacht ein paar der erbarmungswürdig dünn gewordenen Silberlocken zurück an ihren angestammten Platz zu streichen. »Es tut mir leid, Mutti. Es tut mir so entsetzlich leid!«

Genau in diesem Moment verlor meine Mutter die Beherrschung. Ihr Gesicht zerfiel, in einem erschreckenden Zeitraffer der Auflösung. Fältchen wurden zu Runzeln, die Linien auf der Stirn und auf den pergamentenen Wangen zu tiefen Furchen, die Lippen, sonst immer trotzig gerafft, zitterten und öffneten sich wie zu Munchs Schrei. Und meine Mutter, die selbst beim Tod meines Vaters *Haltung* bewahrte und jede *Szene* in der Öffentlichkeit als *degoutant* verabscheut – meine Mutter begann zu weinen. Haltlos und fassungslos wie ein kleines Kind.

»Am hellichten Tag«, schluchzte sie immer und immer wieder, und sie konnte noch nicht einmal Trost an dem lavendelgetränkten Spitzentuch finden, das die Räuber inzwischen bestimmt mitsamt der wertlosen Tasche in irgendeine schlammige Gosse geworfen hatten, sondern mußte mit meinem profanen Zellstoffvlies vorliebnehmen. »Am hellichten Tag, an einer belebten Straße. Und keiner hat mir geholfen!«

Seitdem halte ich meinen Schwur, ihr nie wieder rechtzugeben. Ich habe mich dazu verdammt, ihr gegenüber das ganze sozialpädagogische Credo, das ich mit dem Fanatismus religiöser Eiferer zwei Jahrzehnte lang verbreitet habe, bis ans Ende ihrer Tage zu wiederholen. Vor meiner Mutter muß ich weiterhin das Böse verteidigen und entschuldigen und bis zur Unkenntlichkeit zerreden. Denn zum einen hält nur mein Widerspruch, so rituell er auch inzwischen sein mag, sie unter der Last ihrer fast achtzig Jahre noch aufrecht. Zum anderen ist der Talar der Teufelsadvokatin für mich das härene Hemd, in dem ich bußfertig meine Mitschuld an den Zeitläuften abzutragen versuche.

Übrigens blicke ich selbst auch auf eine kurze Karriere als jugendliche Straftäterin zurück, die ausgerechnet am Tag meiner Erstkommunion begann. Mehr als vierzig Onkel, Tanten, Cousinen und Cousins hatten sich anno 1960 bei uns versammelt, um mir, die ich in Schweizer Stickerei von blendendem Weiß und gekrönt von einem Seidenblütenkranz an den Altar schritt, die Ehre zu geben. Es hätte gar nicht ihrer entzückten Ausrufe »Ein Engelchen!« bedurft: So durchdrungen von Mystik war ich, daß ich beim Empfangen der Hostie beinahe an die Kuppel schwebte und mich beim feierlichen Auszug aus der Kirche noch nicht einmal das ernüchternde Zuraunen meines Bruders »Rote Haare, Sommersprossen – sind des Teufels Artgenossen!« aus der ekstatischen Entrückung reißen konnte.

Nach dem opulenten Mittagsmahl wandte sich die Festgemeinde eher weltlichen Themen zu. Die Tanten in ihren dunkelblauen oder dezent gestreiften Schneiderkostümen bewunderten bei Ananasbowle die neue Haushaltsmaschine, die meine Eltern vor kurzem angeschafft hatten. Aus dem Staubsauger ließ sich der klobige Motor mit wenigen Handgriffen abmontieren und an den Glastrichter eines Mixers schrauben. Die absolute Sensation war, daß derselbe Motor, versehen mit einigen Bürsten und Polierscheiben, auch als Schuhputzgerät Verwendung finden konnte – leider jedoch wurde diese wundersame Verwandlung nur zu Demonstrationszwecken vollzogen. In der Praxis empfand man sie als zu umständlich, weshalb ich weiterhin zum niederen Dienst am Schuhwerk der Familie gezwungen wurde.

Die Cousinen, die ich um die raschelnden Petticoats und die Seidenstrümpfe glühend beneidete, und die Cousins in den schwarzen Röhrenhosen hatten sich um den Plattenspieler im Zimmer meiner Schwester geschart und disku-

tierten beim Klang von Chris Barbers *Petits Fleurs* und *Ice Cream* die neuesten Pickelmittel. Mein Vater hatte ihre *Kalte Ente* vorsichtshalber noch einmal deutlich verwässert; trotzdem dauerte es nicht lange, bis sie mit lässig schlurrenden Füßen ihre komplizierten Boogieschritte trainierten und mein Bruder Cousine Erika über die Hüfte in die Messingstehlampe mit den gelben und zinnoberroten Tüten schleuderte: »Du mußt dich auch festhalten!«
Als Nachkömmling und Nesthäkchen der Sippe konnte ich derlei Treiben noch keinerlei Geschmack abringen; gleichaltrige Spielkameraden wie meine Freundin Pia hatte ich nicht zu meinem Ehrentag einladen können, weil die natürlich auch alle ihre Erstkommunion feierten. Etwas mißmutig gesellte ich mich daher zur Gruppe der Onkel, die sich inzwischen der Gehröcke oder schwarzen Jacketts entledigt hatten und an den eisgekühlten Altbieren labten, die mein Vater am Weinzwang meiner Mutter vorbeigeschmuggelt hatte.
Die Stimmung war dementsprechend gelockert, die Herren tauschten Jugendstreiche aus. In der Mehrzahl waren sie, wie meine Eltern auch, um die Zeit des Ersten Weltkriegs geboren worden, und so gab es viel zu lachen über vertrottelte Priester, die grundsätzlich auf Latein geschimpft hatten (›Asinus! Asinus maximus!‹), und sadistische Schulmeister, deren Rohrstöcken man aber durch verwegenste Finten ausgewichen war. Vor allem vom Obstklau war die Rede, von den klotzköpfigen Bauern, deren Baumhöfe man ›in der schlechten Zeit‹ geradezu generalstabsmäßig geplündert hatte. Wie sich herausstellte, war dabei nur mein Vater regelmäßig erwischt worden. Seine Kindheit in der Bad Godesberger Villa hatte ihn nicht eben auf den Umgang mit wilden Hofhunden und die Flucht vor Schrotflinten vorbereitet: »Unser Josef war ja immer schon zu gut für diese Welt.«

In angeregter Plauderei verstrich den Herren der Nachmittag wie auch der Inhalt der Bierkästen und der Zigarrendose meines Vaters, und als es Zeit für die Sippe wurde, mich zur traditionellen Dankandacht in die Kirche zu begleiten, fanden die Tanten reichlich Grund zum Tadel. Der Festtagsstaat der ›Jugend‹ war durch die entfesselte Tanzwut erkennbar in Mitleidenschaft gezogen, und über die älteren Herren rümpfte meine Mutter angewidert die Nase: »Ihr stinkt ja nach Kaschemme!«
Die feierliche Dankandacht selbst ist mir im Detail nicht mehr erinnerlich; aller Wahrscheinlichkeit nach habe ich mich zwischen all den Schwaden von Weihrauch und zum Klang des *Tantum ergo* mit unfrommen Gedanken befaßt. Im Vergleich zu den jugendlichen Heldentaten der animierten Onkel, so schien mir, lief meine eigene Kindheit Gefahr, in trostloser Fadheit zu versickern. Keine Sensationen. Keine Abenteuer. Kein Risiko. Nichts, mit dem dermaleinst auch ich vor den nachfolgenden Generationen würde prunken können.
Diesem deprimierenden Mangel an nennenswerten Kindheitserlebnissen entschlossen entgegenzuwirken, ging ich gleich am Tag nach meiner Erstkommunion auf Obstklau. Keine leichte Unternehmung im Himmelgeist der Wirtschaftswunderjahre, denn die Bauern in unserer Gegend hatten sich entweder auf Gemüse- oder Stiefmütterchenanbau spezialisiert oder die Baumhöfe als damals noch billiges Bauland an eigenheimversessene Beamte verscherbelt. Außerdem schrieb man Anfang April – die wenigen Obstbäume, die ich überhaupt auf dem erkundenden Streifzug durch die Gemeinde ausmachen konnte, standen noch nicht einmal in Blüte.
Gerade acht Jahre war ich alt, aber schon lastete der Gedanke an meine Zukunft schwer auf mir wie ein Sack Zement. Vor einiger Zeit hatte ich meinen ersten Berufs-

wunsch, nämlich Prinzessin zu werden, aufgegeben und mich für eine Laufbahn als Old Shatterhand entschieden. Mit wehenden Haaren auf edlen Rossen über die Prärie zu preschen und dabei ständig den geliebten Winnetou vor allen Marterpfählen dieser Welt zu retten, schien mir die angemessene Beschäftigung zu sein: kein Schuheputzen mehr, und erst recht kein demütigendes und sinnloses Abwaschen immer der selben Teller, Töpfe, Tassen. Katharina, die unerschrockene Heldin!

Daß nun aber gleich mein erstes bewußt inszeniertes Abenteuer in einer Pleite endete, war niederschmetternd. Schon sah ich mich für alle Zeit dazu verdammt, im Kreise der Tanten zu sitzen und über nichts Aufregenderes als über Quirle und Constructas zu reden, als mir die Erleuchtung kam. Es gab sehr wohl Obst zu stehlen in Himmelgeist, und das auch noch in unmittelbarer Nachbarschaft!

Vier Häuser neben der Drogerie meiner Eltern verkauften Else und Heinz Breuer Eier, Butter, Käse, Fischkonserven und Sauerkraut, gesalzene Bohnen aus einem schwarzbraunen Steintopf und Rollmöpse aus dem Glas. Jeden Nachmittag mußte ich mich mit der schon leicht eingedellten Kanne zu FEINKOST BREUER aufmachen, um die zwei Liter Vollmilch zu kaufen, die die Geschwister und ich auf Anordnung meiner Mutter zum Abendbrot und zum Frühstück in uns hineinzugurgeln hatten und die die Breuers aus einem Tank unter der Theke pumpten, bevor sie mich mit einem Brausebonbon und besten Grüßen an die Eltern wieder nach Hause schickten. Mein Interesse an ihrem Warensortiment galt natürlich vor allem den Wundertüten; außer knallbuntem Puffreis fand man in ihnen manchmal diese kleinen Ringe mit dem Glasstein in Herzchenform, die sich in der Schule bestens gegen Filmfotos von Peter Kraus und Conny Froboess oder bei einem ganz blöden Mädchen gar gegen marmorierte Murmeln, *Amerikaner* genannt, tauschen ließen. Vor dem Laden aber waren sie auf dem Bürgersteig aufgebaut: Kisten mit dem Obst und Gemüse der Jahreszeit, fein säuberlich geschichtet und poliert.

Machtvoll brauste in meinen Ohren die Erkennungsmelodie der Krimireihe *Stahlnetz,* die ich zwar offiziell nicht sehen durfte, aber unter augenzwinkernder Mitwisserschaft meines Vaters unter dem Tisch hockend niemals verpaßte. Ba-ba-dam-bam, ba-ba-dam-bam-baa – auf den Pfaden der Gesetzlosen schlich ich die wenigen Schritte zum Tatort. Frau Breuer, die aus mehreren übereinanderliegenden Kugeln zusammengesetzt schien, die von einer immer etwas angeschmuddelten Schürze zusammengehalten wurden, stand hinter der Theke und plauderte mit ein paar Kundinnen. Die spindelförmige Gestalt des Herrn Breuer verfügte sich gerade in den Lagerraum. Das Glück war mir hold – kein Passant weit und breit. Leider hatte ich das Einkaufsnetz vergessen: Mehr als drei der glänzend prallen Früchte paßten nicht in meine gierig zupackenden Händchen.

Als ich vor Stolz berstend in die Drogerie hüpfte, behandelte mein Vater gerade die abschließbare Glasvitrine mit den Gartengiften mit Sidolin, während meine Mutter am Sunilregal werkelte. Gleich würden sie, da war ich mir sicher, ob meines gelungenen Jugendstreichs sich in fröhlichem Staunen um mich scharen und in herzliches Gelächter ausbrechen. Ich liebte sie so sehr, wenn sie lachten.

»Guckt, was ich hier habe«, trompetete ich und hielt ihnen triumphierend die Orangen entgegen. Mein Puls hämmerte voll Vorfreude, aber der erwartete Freudenschwall blieb erst einmal aus. Klar – sie kannten ja die Pointe noch nicht:

»Obst! Und ich habe es geklaut! Ich ganz alleine!«

Die Welt wurde weiß, als sich meine Eltern in ihren makellosen Drogistenkitteln vor mir aufbauten, und dann wurde sie schwarz, weil sie mir eine Ohrfeige verpaßten und ich die Orangen fallen ließ, um beide Arme schützend um den Kopf zu legen. Und schließlich ging die Welt überhaupt unter: Nach der ersten und einzigen *Tracht* meines Lebens wurde ich ohne Essen am hellichten Nachmittag ins Bett geschickt und zu zwei Wochen Hausarrest sowie Taschengeld- und Fernsehentzug verdonnert.

»Und ich sehe jeden Abend unter den Tisch!« brüllte mein Vater, bevor er die Tür des Kinderzimmers zuknallte, die er dann doch noch einmal öffnete: »Und außerdem ›klauen‹ wir nicht, wir ›stehlen‹ höchstens!«

Im Vollgefühl verfolgter Unschuld stopfte ich mir das Kopfkissen um die Ohren, damit ich die erregte Debatte draußen »Unsere Tochter – eine Diebin!« nicht anhören mußte. Aus Protest würde ich mich erst einmal zu Tode hungern und dann gleich morgen in den Rhein gehen, und ganz Himmelgeist würde meinem kleinen, weißen Sarg folgen und mit Fingern auf meine Eltern zeigen, und die würden ihres Lebens nicht mehr froh.

In der Tat setzten meine Eltern am nächsten Morgen ihre Beerdigungsgesichter auf. In ernster Gefaßtheit aber folgten sie nicht einer Leiche, sondern als Aufsicht und irgendwie Mitschuldige ihrer mißratenen Tochter, die die drei Orangen zurückzuerstatten und Buße in Form von täglichem Ladenfegen anzubieten hatte. Erst in den drallen Armen von Else Breuer, die mich gerührt zwischen ihre Kugeln an die feuchte und sauer riechende Schürze preßte und über meinen Kopf hinweg die verblüfften Eltern mit einem vorwurfsvollen »Dat arm' Käthschen!« anzischte, fand ich Erlösung in der Sintflut eines warmen Tränenstroms.

»Kleine Leute, aber von Grund aus gut«, bemerkte meine

Mutter auf dem Heimweg erleichtert, doch die Wundertüte, die mir die Breuers zum Trost geschenkt hatten, durfte ich erst nach Ablauf der zwei Strafwochen aufmachen: Der goldene Ring mit dem rubinroten Herzchen ging nie in den Tauschhandel, sondern erst viele Jahre später bei irgendeinem Umzug verloren.

Selbstverständlich bildete die Obstklau-Episode das Gerüst, an dem ich lange, lange Zeit die Vorstellung einer unglücklichen Kindheit so üppig emporranken ließ wie Schlingknöterich. In geselliger Runde beisammenzusitzen und wortreich die seelischen Qualen zu schildern, die einem von den Erziehungsberechtigten angetan worden waren, gehörte über zwei Jahrzehnte hinweg schließlich zum guten Ton, und alle überboten sich gegenseitig mit kühnen Interpretationen, die zwingende Logik zwischen zu viel oder zu wenig Mutterliebe einerseits und Ärger in Ehe oder Beruf andererseits betreffend.

Gottlob aber hat sich meine Mutter stets geweigert, mit mir einen Dialog nach einem Ingmar-Bergman-Drehbuch zu führen, in dem gegenseitige Schuldzuweisungen im Bekenntnis lodernden Hasses zu enden haben. Unkontrollierte Ausbrüche gehören nicht zu ihrem Repertoire, und ihrer Meinung nach machen sich erwachsene Menschen nur lächerlich, wenn sie die Verantwortung für die eigene Biographie abstreiten. Jeder meiner zahllosen Versuche, sie zu einer reinigenden Generaldebatte zu zwingen, zerschellte daher am Granit ihrer beiden Lieblingsgrundsätze: Das Leben ist schwer, muß aber gemeistert werden. Und ein anständiger Mensch hat daher auch nie Zeit, sich selbst zu wichtig zu nehmen und den ganzen Tag herumzujammern.

»Hast du etwa später noch einmal gestohlen?« ist ihre trockene Antwort, wann immer ich sie mit tragischem Timbre auf die ungerechte Behandlung anspreche.

»Nein, aber dafür habe ich Schaufenster von Kaufhäusern eingeschmissen und an verbotenen Demonstrationen teilgenommen, und es hat nicht viel gefehlt, und ich wäre auch noch als Terroristin in den Untergrund gegangen!«
»Kleine Ursache, große Wirkung«, sagt sie dann spitz, und mitunter, wenn sie gesprächiger Stimmung ist, fügt sie noch sinnend hinzu: »Du kommst eben ganz auf die Familie deines Vaters raus. Die Blasbergs waren immer schon anders. Verspielt. Irgendwie unernst.«
Das große Ölportrait von Gottlieb Maria Blasberg hängt als Prunkstück in meiner Kneipe. Ein gewisser R. Mühlmann, Kölner Kunstprofessor seines Zeichens, hat ihn 1905 der Nachwelt überliefert, aber im Gegensatz zu all den anderen typischen Fabrikantenportraits jener Zeit weder an einem wuchtigen Schreibtisch sitzend noch mit strengem Ernst in der Bibliothek meditierend.
Mein Großvater, gehüllt in vanilleeisfarbenen Sommerflanell und von Kopf bis Fuß der Lebemann, lehnt lässig auf einer Steinbank in einer von Rosen überwucherten Amorlaube. Zu seinen Füßen bildet der Barsoi *Filou,* der russische Windhund, an dessen alles verwirbelnden Auftritte bei Empfängen und Familienfeiern sich mein Vater so gern erinnerte, in außergewöhnlicher Seelenruhe einen weißbraunen Schlafkringel. Weit im Hintergrund leuchtet der zitronengelbe Stuck der Villa, lavendelblau blitzen die Augen des Gründers und Spielers, und der Maler Mühlmann hat es geschafft, ihrem nonchalanten Lächeln eine äußerst attraktive Mischung aus je einem Drittel Neugier, Ironie und Arroganz einzupinseln.
Abend für Abend sieht mein Großvater durch dichte Schwaden von Zigarettenqualm auf mich herab, wenn ich mich zwischen den Tischen hindurchschlängele und versuche, nicht nur bezahlte Reibekuchenverkäuferin, sondern vor allem Gastgeberin zu sein. Mitunter wird auch

tatsächlich aus der zufällig zusammengewürfelten Schar eine Festgemeinde, und dann läßt sich Clemens Schapers, der Mann, mit dem ich die Bankschulden und das neue Leben teile, nicht lange bitten, bis er die fotokopierten Liedtexte verteilt und sich die Geige, die Gitarre oder das Banjo vornimmt. Mit *Irish Folk Songs* und alten *Beatles*- und *Stones*-Hits haben wir angefangen, aber die Wunschliste der Stammgäste wird derzeit angeführt von der *Lorelei,* die ich zu später Stunde a capella singe.

Mucksmäuschenstill wird es dann in der Kneipe, und oft nehme ich während des Singens Blickkontakt auf mit Gottlieb Maria Blasberg in seiner Rosenlaube. Du spielst mit vollem Einsatz, nickt der Ahne beifällig, und du gibst nicht auf. – Zehn Tage, nachdem die Bad Godesberger Villa unter den Hammer gekommen war, wurde die auf mannigfache Weise entstellte Leiche des Gottlieb Maria Blasberg von Aalfängern bei Monheim aus dem Rhein gefischt.

Auch mein Vater war ein Sänger vor dem Herrn. Im Kirchenchor von Sankt Nikolaus schwang sich sein glockenklarer Tenor jubelnd gen Himmel, und wenn wir mit Hannibal über damals noch staubige, unbefestigte Alpenpässe schaukelten und schaudernd in klaffende Abgründe blickten, dann stimmte Josef Blasberg zwischen Hupen, Bremsen und Schalten frohgemut die Litanei zu Allen Heiligen an, in die wir mit inbrünstigem ›Ora pro nobis‹ einfielen. Oft sang er auch die Lieder seiner Jugend, *Valencia* oder *Freunde, das Leben ist lebenswert,* und bei *Heut' ist die Käthe etepetete* stellte er mich auf seine Füße und steppte mit mir durch die Küche. Immer um den großen Eßtisch herum und an meiner Mutter vorbei, die am kombinierten Kohle- und Gasherd in ihren Töpfen rührte und bei der Zeile *Ja himmeldonnerwetter noch einmal – seit wann macht denn die Käthe in Moral?!* ein warnendes »Also wirklich: Josef!« beisteuerte.

Man war damals eben schamhaft. Intimität galt als eine Angelegenheit zwischen maximal zwei Personen. Nie haben sich die Eltern vor uns, den Kindern, nackt gezeigt. In jeder Hinsicht hielten sie sich bedeckt. Als ich später heimlich Oswald Kolle las, schien es mir wie Schuppen von den Augen zu fallen: keine Leidenschaft, keine Zärtlichkeiten in der Öffentlichkeit, keine reinigenden Kräche. Statt dessen, so schien es, nichts als Verklemmtheit und lauwarmes Nebeneinanderherleben – die Tragödie meiner freudlosen Jugend beruhte also auf einer völlig verkorksten Ehe!

Im Anschluß an das Obstklau-Drama verzichtete ich zwar auf weitere moralische Entgleisungen, aber dafür bestand ich den kompletten Sommer über mit Nachdruck darauf, Fury zu sein. Als nachtschwarzer, unzähmbarer Hengst galoppierte ich mit donnernden Hufen durch Himmelgeist. Ich kassierte Klassenbucheintragungen wegen Wieherns während des Unterrichts und tänzelte als nervöser Vollblüter über die Königsallee, wo ich die mit ihren champagnerfarbenen Pudeln promenierenden Damen drohend anschnaubte.

»Das Kind ist geistesgestört«, sagte meine Mutter, als wir vom Bummel durch die Großstadt in unser Dorf zurückkehrten. »Man kann sich mit ihm nicht mehr in die Öffentlichkeit wagen.«

Mein Vater tätschelte ihr beruhigend den Arm: »Laß nur, Liebelein, das wächst sich aus.« Dann betrachtete er nachdenklich Fury, der zum Schrank trabte, den flachen, gußeisernen Bräter herausstemmte, zum Wasserhahn trabte, den Bräter füllte, den Bräter auf den Boden stellte und mit seinem weichen Pferdemaul geräuschvoll schlabbernd das Wasser aus dem Trog schlürfte.

»Unser Kathrinchen ist doch wirklich ein wunderschönes Pferd«, sagte er. »Nur ein bißchen klein noch, vielleicht. Du solltest ihm mehr Möhren füttern.«

Möhren nur für mich. Möhren morgens, mittags und abends. Möhren roh geraspelt und Möhren weich gekocht.
»Ich will auch von dem Schokoladenpudding«, brüllte ich am vierten Tag meiner Möhrendiät, als meine Knie schon zitterten und mein Bauch nur noch ein kaltes, schwarzes Loch war.
»Wie heißt das Zauberwort?«
»Bitte, kann ich auch von dem Pudding haben? –« Ich habe nie wieder gewiehert.
Vom Galoppieren, Rennen und Laufen allerdings mochte ich nicht lassen. Im geschlossenen Familienverband nahmen wir an den Olympischen Spielen zu Rom teil, und da kaum jemand außer uns damals ein Fernsehgerät besaß, galt die stillschweigende Übereinkunft, daß nicht blutsverwandte Nachbarn sowie ›die Jugend‹ buntgeblümtes Camping-Klappgestühl mitzubringen hatten. Heilige Schauer liefen uns über den Rücken, wenn die Eurovisionsfanfare erklang.
»Stellt euch nur vor: Die ganze Welt sieht jetzt das, was wir auch sehen!« sagte mein Vater jedesmal ehrfürchtig, und als die Reit- und Leichtathletikwettbewerbe begannen, verließ sogar meine stoische Mutter den Platz an der Kasse und hängte ein selbstgemaltes Pappschild VORÜBERGEHEND GESCHLOSSEN an die Drogerietür.
Unsere erklärten Lieblinge waren Meteor, zärtlich genannt ›der Dicke‹, dessen barocken Pferdehintern wir mit vereinten Kräften ächzend über Oxer hievten und Wassergräben schoben. Und dann natürlich Armin Hary, ›der schnellste Mann der Welt‹, nach dessen Sieg wir alle keuchten, weil wir zehn Komma null Sekunden nicht zu atmen gewagt hatten.
Schon beim ersten Auftreten von Wilma Rudolph, der ›schwarzen Gazelle‹, stellte mein Vater allgemeine Be-

trachtungen an über die physische Überlegenheit der ›Neger‹, die sich allmählich zu hymnischen Gesängen über Kraft und Anmut steigerten.
»Also wissense, Herr Blasberch«, sagte Frau Breuer, die ihren Feinkostladen ebenfalls geschlossen und ihre Hände friedlich zwischen zwei Kugeln gefaltet hatte. »Wissense, also so könnense dat auch nit saren. Unser Jutta Heine, dat is doch auch en janz lecker Mädschen! Un so schnell!«
Kurz nach den Olympischen Spielen bekam ich eine Sechs im Deutschaufsatz, weil ich unter das Thema *Was ich einmal werden möchte* nur ein einziges Wort geschrieben hatte: Weltmeister. »Blüh' wie das Veilchen im Moose, still, bescheiden und rein, und nicht wie die stolze Rose, die immer bewundert will sein«, mahnte meine Mutter in mein Poesiealbum, gleich hinter die Eintragung meines Vaters, der in spitzig steilem Sütterlin »Ich will! Dies eine Wort ist mächtig, spricht's einer ernst und still. Die Sterne reißt's vom Himmel, das eine Wort: Ich will!« zitiert hatte.
Für die Erkenntnis, daß selbst Josef Blasberg, der in meiner kindlichen Rangliste noch vor Papst Johannes XXIII und John F. Kennedy rangierte, die Welt nicht nach seinem Willen zwingen konnte, brauchte ich ungewöhnlich lange. An mancherlei Phänomenen hätte ich merken müssen, daß die Wirtschaftswunderzeit für uns vorbei war. Das Tessin sah ich nur noch in der Tagesschau, wenn Konrad Adenauer, den wir zwar als Fuchs achteten, aber nicht liebten, dort seine ruhige Bocciakugel schob. Hannibal wurde an keinen Lago mehr, sondern vergleichsweise schlicht an den Chiemsee kutschiert, wo wir erst in einer kleinen Pension und dann nur noch im ZIMMER MIT FLIESSEND WARMEM WASSER nächtigten.
Selbstverständlich hielt ich diesen Abstieg zunächst für ein Zeichen des erbärmlichen Geizes meiner Eltern, die

mir ja auch stets die Erfüllung meines Lebenswunsches, nämlich ein Pony zu haben, versagt hatten. Ohne Pony, so fand ich, konnte man nicht leben. Für ein Pony erklärte ich mich sogar großzügig bereit, all meine Freunde in Himmelgeist im Stich zu lassen, mich einsam und allein mit wildfremden Kindern der beängstigenden Prozedur der Aufnahmeprüfung am Gymnasium zu unterziehen und Latein zu lernen, was mir als das größte vorstellbare Opfer erschien. Ein Pony hätte ich beim Bauern Heckenrath unterbringen und jeden Tag am Rheinufer entlang nach Benrath reiten können, um es dort mehrmals um das Schloß traben zu lassen, ganz langsam, um den anderen Kindern auch nur ja gehörig zu imponieren. Von meiner Mutter hatte ich mir für dieses Projekt von Anfang an nicht viel Unterstützung erhofft, aber daß mein Vater, der doch sonst so schnell zu begeistern war, sich ebenfalls nicht dafür erwärmte, mochte ich nicht begreifen.
»Du bist zu groß für ein Pony«, sagte mein Vater. »In zwei Jahren schleifen deine Beine über die Erde.«
Jahrelang hatte ich mich darüber empört, für alle interessanten Dinge auf der Welt – alleine ins Kino zu gehen, bei Freunden zu schlafen, große, schirmchengeschmückte Eisbecher mit Eierlikör zu bestellen, vier Petticoats übereinander oder eine Strickjacke chic mit der Knopfleiste auf dem Rücken zu tragen – »zu klein« gewesen zu sein. Plötzlich aber »zu groß« für irgend etwas zu gelten, konnte mich in diesem Zusammenhang auch nicht erfreuen.
»Und wenn wir einen Haflinger nehmen oder ein Fjordpferdchen?« fragte ich hoffnungsbang. Die Tochter von Oberregierungsrat Kirschbaum hatte ein Fjordpferd, und die war schließlich schon dreizehn, also uralt. Außerdem kam ich mir sehr heroisch und, wie gewünscht, veilchenhaft bescheiden vor, weil ich darauf verzichtete zu erwähnen, daß Vollblutstuten arabischer Abstammung auch

nicht so groß waren, daß ich mich vor ihnen gefürchtet hätte. Allerdings erwartete ich von meinem Vater, daß er auch ohne eine Anregung meinerseits auf diesen Gedanken kommen würde. Ich fühlte mein Herz gegen die Rippen schlagen, als ich auf seine Entscheidung wartete. Die kleine, zierliche Araberin würde Leila heißen.

Mein Vater sah aus dem Fenster, und dann wandte er den Blick schnell wieder zu mir, als habe er dort draußen irgend etwas bemerkt, das ihn erschreckte.

»Es wird Zeit, daß du es ein für allemal verstehst. Wir können uns kein Pferd leisten.«

»Auch nicht, wenn wir ganz doll wollen?«

»Auch dann nicht. Und von jetzt an will ich das Wort Pferd in diesem Hause und aus deinem Mund nie wieder hören!«

Ich hörte auf, meine irdischen Besitztümer in Form der zwei Mark fünfzig Taschengeld pro Woche in Wundertüten umzusetzen und trug sie statt dessen zur Lottoannahmestelle. Sicherheitshalber fügte ich noch meinem allabendlichen *Ich bin klein, mein Herz ist rein, soll niemand drin wohnen als Jesus allein* eine persönliche Ansprache hinzu.

»Und bitte, lieber Gott, laß mich im Lotto gewinnen, damit ich mir ein Pony kaufen kann. Ich will auch immer lieb sein, und ich lasse auch die anderen Kinder manchmal darauf reiten. Ehrlich.« Wenn ich mein Sprüchlein nur fleißig genug betete, würde sich der liebe Gott, den ich mir als etwas Großväterliches mit weißem Bart, gütigem Lächeln und vanilleeisfarbenem Nachthemd vorstellte, gerührt auf den Tauschhandel einlassen.

Nach zwei Wochen immer inbrünstigerer Zwiesprache ging ich dazu über, ein Drittel des Lottoeinsatzes in Kerzen vor dem Altar des Heiligsten Herzen Jesu zu investieren, auf daß auch der Sohn ein gutes Wort für mich einlege, dann schob ich noch jeden Tag drei Rosenkränze zur Jungfrau Maria nach. Ich nervte ganz Himmelgeist, indem ich an jeder Tür klingelte und fragte, ob nicht eine alte, hilflose Oma im Haus sei, der ich ein paar Kohlen aus dem Keller hochtragen dürfte. Zu guter Letzt gründete ich mit meiner Freundin Pia einen gemeinnützigen Verein zur Beglückung einsamer und bösartiger Kettenhunde, auf die wir so lange liebevoll einschwatzten, bis sie sich kraulen und mit aufgesparten Pausenbroten füttern ließen.

All diese heiligmäßigen Aktivitäten brachten mir jedoch noch nicht einmal drei Richtige ein. Dafür wurde ich von allen Bauern mit üblen Flüchen und von einem sogar mit Steinwürfen verscheucht. Die Himmelgeister Kettenhunde, die vorher alle Fremden wütend verbellt hatten, wedelten nun jedem Dahergelaufenen in Erwartung von Graubrot mit Teewurst freudig entgegen. Mit gezielten Tritten wurden sie erneut scharf gemacht.

Nacheinander strich ich die Rosenkränze und die Kerzen und schließlich dem Gott, der so undankbar und ungerecht war, auch noch das Attribut lieb. Als sich eines Herbstabends die Familie zur Tagesschau versammelt hatte, aber statt der gewohnten Antennen nur die mit düsterer Trauermusik untermalte Einblendung WIR BITTEN UM ETWAS GEDULD. WIR ERWARTEN EINE WICHTIGE NACHRICHT. erschien, war nicht nur John F. Kennedy, sondern auch Gott für mich gestorben.

Von da an schwänzte ich heimlich die sonntägliche Kindermesse und versteckte mich bei Wind und Wetter am Rhein. Stundenlang starrte ich auf die gewaltigen Wassermassen, die sich an mir vorbeiwälzten; der unaufhaltsame Strom, der sich immer gleich blieb und dabei doch ständig erneuerte, war beruhigend und beängstigend zugleich.

Abertausende von flachen Kieselsteinen warf ich gegen die Strömung, bis ich es wie die großen Jungs schaffte, sie mindestens zehnmal auf dem Wasser hüpfen zu lassen, ehe sie untergingen. Den Teufel, der offensichtlich das Diesseits beherrschte, hatte ich mir immer als etwas überaus Grandioses und Feuerspeiendes vorgestellt. Lee Harvey Oswald aber, der Mörder aus dem Hinterhalt, war ein kleiner, häßlicher, schmieriger Mann, und Jackie Kennedy hatte noch nicht einmal den Versuch gemacht, als liebende Gattin ihren Mann zu schützen, sondern war unwürdig auf allen vieren gekrabbelt, um die eigene Haut zu retten: Das Böse war schleimig und spießig und feige. Und Himmelgeist, wo die Menschen – auch meine Eltern! – schon am Morgen nach dem Attentat – als doch die ganze Welt hätte stehenbleiben müssen! – wieder ihren erbärmlich kleinen Geschäften nachgingen und eine Woche später kaum noch jemand von ihm sprach, Himmelgeist also war nichts anderes als ein Nest verabscheuungswürdiger, bigotter Kleinbürger!

»Josef: Wir tun gut daran, uns bei Katharina noch auf einiges gefaßt zu machen«, prophezeite meine Mutter, als ich die gesammelten Portraits von Päpsten und Araberhengsten von den Wänden meines Zimmers riß und sie mit aus der *Bravo* ausgeschnittenen Bildern junger, haariger Briten ersetzte. »Das Kind wird eine Halbstarke.«

»Hast du als junges Mädchen nicht auch für Schauspieler oder Sänger geschwärmt, Liebelein?« fragte mein Vater müde aus Papierbergen mit endlosen Zahlenkolonnen hervor. Seit mehr und mehr Himmelgeister Autos besaßen, fuhren sie zum Einkaufen in die Stadt und frequentierten die preiswerteren Drogerieabteilungen der großen Kaufhäuser. Josef Blasberg hatte sich zu Weihnachten ein kleines Plastikroulette gewünscht und arbeitete abends zur großen Beunruhigung seiner Frau an dem todsicheren System, mit dem er Banken sprengen und ihren Ruhestand absichern wollte. Allerdings hatte sie ihm den

heiligen Eid abgenommen, erst dann in ein Casino zu fahren, wenn er es fertiggebracht hatte, am Küchentisch dreimal in Folge Chipsmillionär zu werden.
»Natürlich haben wir damals auch geschwärmt, aber nicht für unfrisierte Schreihälse, sondern für Leute, die etwas konnten. Für Richard Tauber zum Beispiel. Vor allem aber haben wir damit gewartet, bis wir wirklich im Backfischalter, also siebzehn waren. Und wir haben uns auch immer nett angezogen.« – Meine Mutter konnte nicht verwinden, daß ich zur Doppelhochzeit meiner Geschwister als Brautjungfer nicht, wie vorgesehen, in altrosa Organdy mit Puffärmeln und Taillenschärpe erschienen war, sondern mich im letzten Moment, als der mittlerweile vergreiste Hannibal unten schon vorgefahren war, noch schnell umgezogen hatte. Für das trapezförmige Minikleid, in dem ich aussah wie ein wandelnder Mondrian, die unterm Kinn geknöpfte Astronautenkappe und die wadenhohen Plastikimitationen von Courrèges-Stiefelchen hatte ich ein halbes Jahr lang Lateinnachhilfe an begriffsstutzige Quartanerinnen geben müssen.
Ich hielt es inzwischen für weit unter meiner Würde, mich an derlei Gesprächen zu beteiligen. Ganz allmählich rückten meine Eltern aus dem Zentrum des Geschehens an die Peripherie: verhuschte Gestalten mit völlig antiquierter Sprache, fossile Überbleibsel aus grauer Vorzeit, die sich noch über den total verfetteten Elvis Presley ereiferten, während meine Freundinnen und ich uns schon über die Twist-, Bossanova-, Letkiss- und Hullygully-Kurse im Fernsehen schieflachten, mit denen alberne Tanzlehrerehepaare vergeblich versuchten, in marschmäßiger Formation mit der Gegenwart und ihren starken, neuen Rhythmen Schritt zu halten.
Uns aber konnte man für keinen Schrittfolgedrill mehr begeistern. Denn wir waren keine brav errötenden Back-

fische mehr, wir waren selbstbewußte Teenager, die sich keinem Zwang unterwarfen. Hätte uns das Schicksal gütigerweise nach London oder Liverpool verschlagen, statt uns in Düsseldorf versauern zu lassen, wo die Leute tatsächlich noch Peter Alexander oder Camillo Felgen für Stars hielten – wir wären in vorderster Reihe dabeigewesen, wenn die englischen Mädchen sich die Seele aus dem Hals kreischten und Kordons von Polizeihundertschaften einfach umrannten, um mit den Beatles oder den Stones Tuchfühlung aufzunehmen. Um aber hier nicht ganz und gar zu verschimmeln, organisierten wir allnachmittägliche Treffen, die wir als gemeinsames Hausaufgabenmachen tarnten.

Wir kauften alle Krawallillustrierten, und wenn wir die Aufklärungsserien hinreichend erörtert hatten, blätterten wir weiter zu der Rubrik Lebenshilfe. FRAGEN SIE FRAU IRENE: »Mein Mann betrügt mich. Mein Mann schlägt mich. Trotzdem liebe ich ihn. Was soll ich nur tun? – Gerda S. aus M.« Dann legten wir die neuesten und heißesten Scheiben auf und stampften und zuckten zu dem harten Beat so lange im Freistil umeinander, bis wir uns wohlig ermattet und mit feuchtgeschwitzten Schockfarben-Kleidchen auf die Ausziehsofas in den ›Mädchenzimmern‹ plumpsen lassen konnten. Seit dem Auszug meiner Geschwister nahmen die Freundinnen vom Sophie-Scholl-Mädchengymnasium gern jeden Tag die Expedition nach Himmelgeist auf sich: Obwohl kaum noch Kunden vor ihre Kasse traten und obwohl die Nachbarn inzwischen auch ein zu schlechtes Gewissen hatten, um sich einfach nur zum Plaudern in der Drogerie einzufinden, hielt meine Mutter es für ihre Pflicht, an der Seite meines Vaters bis Punkt halb sieben auszuharren.

»Du weißt gar nicht, Kathi, was für einen Dusel du mit deinen Eltern und mit deiner sturmfreien Bude hast«,

keuchte Pia, die darauf bestanden hatte, Mick Jagger gleich achtmal in Folge sein *I wanna be your lover, baby, I wanna be your man* lechzen zu lassen. »Meine Altvorderen haben gestern wieder einen Heidenzirkus gemacht. Ich hätte nichts anderes mehr im Kopf als diese ewige Negermusik, und wenn ich so weitermachte, müßte ich zu den Nonnen nach Wipperfürth ins Internat. Sollen sie mich doch gleich in den Keller sperren, bei Wasser und Brot! Dann muß ich mir wenigstens nicht dauernd anhören, daß man sich ja vor den Nachbarn schämen muß und daß ich in der Gosse landen werde.«
Pia vom Steinweg war seit den Tagen des Kettenhundehilfsvereins die allerbeste Freundin, die mir auch immer half, unter mühseligem Blättern im Kleinen Langenscheidt (»Was heißt eigentlich Zungenkuß?!«) vielseitig leidenschaftliche Briefe an MR. JOHN LENNON, LONDON, GREAT BRITAIN zu verfassen. Nebeneinander vor dem Spiegel stehend, hatten Pia und ich jede Veränderung unserer ehedem knochigen Kinderkörper registriert und kommentiert, weiße Penatencreme auf unsere Münder appliziert in der Hoffnung, damit ähnliche Effekte zu erzielen wie mit modisch blassen Lippenstiften, und in billige Plastikdöschen aus dem Kaufhaus gespuckt, um die schwarze Wimperntusche aufzulösen, die wir uns anschließend mit kleinen Bürstchen um die Augen schmierten. Ich bewunderte Pias geradlinige Gestalt und ihr glattes braunes Haar, das sich im Gegensatz zu meinem wirr gekräuselten genau zu der enganliegenden Ponyfrisur kämmen ließ, die man im *Raumschiff Orion* trug, und sie beneidete mich im Gegenzug um all die Aufmerksamkeit, die mir der zweifach ausgebeulte Rippenstrickpulli auf der Straße einbrachte. Trotzdem sah ich mich gezwungen, ihren groben Schnitzer sofort zu ahnden: »Wenn du noch ein einziges Mal Kathi zu mir sagst, sind wir geschiedene Leute!«

Das süßliche Käthchen und Kathrinchen wie auch die altbackene Katharina, die meine Mutter und die Lehrer stets im Sinn hatten, wenn sie mich ansprachen, wollte ich abstreifen wie eine vertrocknete Eidechsenhaut: Wer mit mir befreundet sein wollte, mußte mich Cat nennen. Ich wollte wilde Großkatze sein. Gefährlich. Geheimnisvoll. Unberechenbar.

»Und was die Alten angeht, laß sie doch quasseln. Merke: Daß sie älter sind als wir, gibt ihnen noch lange kein Recht, uns Vorschriften zu machen. Denn wie konnten Eltern und Lehrer und alle anderen angeblichen Respektspersonen überhaupt so alt werden? – Sie haben um die Wette HEIL HITLER! gebrüllt!«

Im Frühjahr 1966 zeigte die muffige Miene, die ich am Familientisch stets aufsetzte, endlich Wirkung, und die spindelbeinigen Cocktailsessel nebst den lächerlichen Tütenlampen, die ich von meinen Geschwistern geerbt hatte, mußten beinlosen weißen Schleiflackmöbeln und blassen Japanballons weichen. Im Handstreichverfahren übertünchte ich mit Hilfe der eilig zusammengetrommelten Clique in weniger als vier Stunden die bonbonfarbene Blümchentapete, und als meine Eltern wie immer exakt zwanzig vor sieben die Wohnung betraten, wurden sie vom Geruch der frischen Farbe angelockt. Mein Vater brach nach einer Schrecksekunde in schallendes Gelächter aus, aber die Lippen meiner Mutter schwanden zu bleichen Strichen.

»Josef: Erinnere dich an meine Prophezeiungen. Es ist so weit. Es geht los!« – Hinter den blendend weißen Möbeln waren die Wände meines Zimmers schwarz. Pechschwarz. Pantherschwarz.

Kapitel 2:

Die Faust in der Tasche

Üblicherweise ist die Vorliebe für bestimmte Gerichte an klar definierbare Alters- und Einkommensgruppen gebunden; wer sich mittags den Ketchup aus dem *Hamburger* über die Finger triefen läßt, bestellt sich abends keine *Trilogie von Edelfischen an Estragonschaum.* Der rheinische Reibekuchen aber ist ein soziologisches Phänomen – mühelos sprengt er alle schichtenspezifischen Grenzen.

Viele schmecken der Kindheit nach: der Erinnerung an den wuchtigen Tisch in der Wohnküche, an dem man mit den Geschwistern Hausaufgaben machte oder sich beim Mensch-ärgere-dich-nicht zankte, während die Mütter Berge von ausgesucht dicken Kartoffeln erst sparsam über den Daumen schälten und dann mit kraftvollem, aber beruhigend gleichmäßigem Rhythmus über die Handreibe schrappten. Ein paar geriebene Zwiebeln gehörten dazu und nur so viel Ei und Mehl, bis der Teig, der in der großen weißen Emailleschüssel mit dem blauen Rand vor dem mütterlichen Bauch gerührt wurde, das erwünschte sanfte Schmatzen von sich gab.

In mehreren Pfannen gleichzeitig wurde gebacken, es zischte, dampfte und spotzte, und immer dauerte es viel zu lange, bis die ersten Reibekuchen über dem Drahtgestell das überflüssige Öl abgetropft hatten und auf einer Platte rundgereicht wurden. Erst wenn die drängende Gier und der Heißhunger der Familie gestillt waren, drehten die Mütter die Gasflammen herunter und setzten sich mit an den Tisch. Und nie, niemals hörte man auf zu essen, bevor sich nicht ein heftiges Magenklemmen eingestellt hatte.

Heute ist der Reibekuchen in häuslichen Pfannen so selten geworden wie der Große Panda in chinesischen Wäldern. Denn obwohl es inzwischen geschälte Kartoffeln zu kaufen gibt und das Reiben der Knollen von der Haushaltsmaschine in Minutenschnelle erledigt werden könnte, verweigern sich die Mütter: Die schöne neue Einbauküche in Eiche rustikal, für die man den Fünfundzwanzigtausendmarkskredit aufnehmen mußte, ist viel zu schade für all das spritzende Öl. Und der Geruch hängt einem ja tagelang in den Räumen – ein rechter Reibekuchen ist nun mal stärker als jede Hightech-Abzugshaube.

Wie für so viele unerfreuliche Zeiterscheinungen trage ich auch für das Aussterben des Reibekuchens mein gerüttelt Maß Mitschuld. Schließlich habe ich im Gefolge meiner Vorkämpferinnen jahrelang rheinauf, rheinab verkündet, daß endlich Schluß sein müsse mit der häuslichen Versklavung der Frau. Zwar hielt deshalb nicht eine einzige Frau mehr Einzug in Parlamente und Vorstandsetagen, aber ganz ohne Wirkung blieb unser Treiben doch nicht. Stolz können wir auf die revolutionäre Errungenschaft des großen I und kleinen f verweisen, die frau allen MitarbeiterInnen im Druckgewerbe bescherte, und den ÜberdrüssigInnen und MühseligInnen unter uns lieferten wir ganze Kompendien von wissenschaftlichen Argumenten, in denen freilich Alltagswörter wie Unlust und Bequemlichkeit fehlen.

Doch die Anfälle von gnadenloser Selbstjustiz, anläßlich derer ich mich der Perfidie zeihe, den Reibekuchen nur deshalb ausgerottet zu haben, um ihn Jahre später in einer nunmehr klaffenden Marktlücke zum eigenen Profit wieder anzusiedeln, lassen inzwischen an Heftigkeit nach. Allabendlich balanciere ich die schweren Tabletts mit Speis und Trank durch wilde Horden Nachlaufen, Verstecken oder Ninja spielender Kinder, deren Mütter das Toben und Johlen geflissentlich übersehen – solange das gewordene Leben damit nur andere Leute terrorisiert. Außerdem feudle ich jeden Morgen nicht nur den Kneipenboden, sondern auch sämtliche Sitzgelegenheiten im

Schmerze meiner Lendenwirbel ab. Das gewordene Leben aufzufordern, nicht über Tische und Bänke zu gehen und dabei mit Hilfe der Gummistiefel den Schlamm und Schmodder der Rheinauen auf den Ledersitzen zu verteilen, gilt als extrem kinderfeindlich, als unzulässige Einmischung, und ist damit weitaus verwerflicher als zum Beispiel Ladendiebstahl oder Schwarzfahren.

Mit der Zeit habe ich also gelernt, mich über meinen geschäftlichen Erfolg zu freuen. Jeder, der in Düsseldorf und Umgebung Appetit auf die knusprige Köstlichkeit des Reibekuchens verspürt, findet irgendwann einmal den Weg zu Clemens und mir nach Himmelgeist. Umsatzsteigernd kommt er bei uns, dem Zeitgeschmack entsprechend, als vegetarisch friedfertiges Gericht auf den Tisch. Dies allerdings ist nicht unser Verdienst, sondern ausschließlich das von Frau Anna Blocksiepen, die Abend für Abend in unserer Kneipe die besten Reibekuchen nördlich von Bonn produziert.

Außen knackig kross gebrutzelt, mit schimmernder goldbrauner Kruste, innen von schmeichelnder Nachgiebigkeit – als Frau Blocksiepen zum Vorstellungsgespräch mit anschließendem Probebacken erschien, brachte Clemens es auf vierzehn Exemplare und mußte sich den Hosenbund lockern, während ich nach meinem runden Dutzend dringlich nach einem eiskalten Aquavit verlangte.

Frau Blocksiepen ist Ende Fünfzig, ledig und von jener starkknochigen Festigkeit, die auf bäuerliche Ahnen verweist. Als Kassiererin führt sie im Vorstand des Tierschutzvereins ein strenges Regiment, und nicht ein einziges Kätzchen wird vom Tierheim abgegeben, bevor sich nicht Frau Blocksiepen per Augenschein von der Tauglichkeit der Familie überzeugt hat: »Reden können ja alle jut, aber wenn isch dann seh, dat se dat arm Dierken im dritten Stock einsperren wollen – nä!«

In der stolzen Haltung einer Königinmutter, die sehnigen Arme vor dem Blümchenkittel verschränkt, nahm Frau Blocksiepen unsere Ovationen und Gehaltsangebote huldvoll entgegen. Sehr schnell klar wurde aber auch, daß unsere Richtlinienkompetenz sich fürderhin nur bis zu der von uns gepachteten Küchentür erstreckte.
»Wir servieren die Reibekuchen auf drei verschiedene Arten«, sagte ich, die Unsicherheit über den Umgang mit meiner ersten Angestellten durch forsche Entschiedenheit überspielend. »Einmal mit Apfelmus, einmal mit Räucherlachs und Meerrettichsahne, und dann auch noch mit Crème Fraîche und Shrimps.« Ein verwöhntes Publikum, so schien mir, konnte man nur durch Konzessionen an die Gourmetgepflogenheiten für unsere bodenständig schlichte Speisenkarte begeistern. Aber Frau Blocksiepen schürzte verächtlich den zarten Oberlippenbart.
»Dat is doch nix wie Killefitz«, beschied sie im Ton der Unabänderlichkeit. »Ich koch Ihnen immer frisches Apfelkompott, schön mit dicken Stücken drin un mit reichlich Zimt un Zucker, un dann jibt et noch Schwarzbrot un jute Butter. Wer will, kricht auch noch wat Rübenkraut. Fertisch.«
Als unbeirrbare Traditionalistin – die sich übrigens bestens mit meiner Mutter versteht! – duldet Frau Blocksiepen nicht den geringsten Versuch, durch neumodische Sitten den klaren Blick auf die Gegebenheiten des Lebens zu vernebeln. Im Überschwang unseres triumphalen Eröffnungsabends bot ich ihr das Du an, begleitet von einem kleinen Redeschwall unter der Überschrift WIR SIND DOCH ALLE EIN TEAM. Die Eherne jedoch witterte Undeutlichkeiten.
»Nä, nä, dat lassen wir mal janz schön bleiben. Du fiese Möpp, dat sacht sich schon mal schnell. Aber Sie fiese Möpp, dat überlescht man sich erst.« Frau Blocksiepen

bleibt daher »Frau Blocksiepen«, ich muß mich damit abfinden, »dat Frollein Blasberch« zu sein, und ausgerechnet Clemens Schapers der Feingliedrige, der die zentnerschweren Altbierfässer mehr mit seinem Willen bewegt als mit seinen sensiblen Virtuosenhänden und der in unserer GmbH und Co. KG auch nicht ein winziges Rechtchen mehr besitzt als ich – Clemens also als Mann im Haus ist natürlich »dä Schäff«.

»Das ist doch einfach hanebüchen!« schäume ich gelegentlich noch am nächsten Tag, wenn mich am Vorabend Frau Blocksiepen nach irgendeiner Anordnung meinerseits wieder einmal nur mißtrauisch gemustert hat. ». . . ›Weiß dat denn auch dä Schäff? . . . Wat sacht denn dä Schäff dazu?‹ – Als ob wir nicht Partner wären, und zwar gleichberechtigte, bitteschön! Aber da hast du's wieder mal: Bloß weil du einen Schniepel zwischen den Beinen hast, bist du hier der Wichtige und ich nur die Statistin. Eine Reaktionärin haben wir uns ins Haus geholt, ein Relikt aus der Steinzeit!«

Wie immer, wenn ich für seinen Geschmack zu viele Ausrufezeichen in meine Rede streue, dreht sich Clemens auf dem Absatz herum und geht Geige üben. Fast die kompletten Siebziger hindurch ist er durch die miesesten Nachtclubs und zugigsten Fußgängerzonen Westeuropas getingelt. Doch vor zwölf Jahren konnte er die gestrenge Prüfungskommission der Folkwangschule derart beeindrucken, daß sie ihm, der keinerlei Schulabschluß vorzuweisen hat, den Status eines Sonderbegabten mitsamt Stipendium zuerkannten. Einen Platz im staatlich subventionierten Musikbetrieb hat er natürlich trotz seines mit Bravour bestandenen Examens nie gefunden. Die Entscheidungsträger der Öffentlichen Dienstorchester greifen, sobald sie seinen Bewerbungsunterlagen den Lebenslauf entnommen haben, prompt zum ablehnenden Formschreiben, mit freundlichen Grüßen. Clemens glaubt, daß sie ihn für einen Ex-Penner halten oder zumindest für einen Sonderling. Ich argwöhne Schlimmeres. Die allgegenwärtige Junta der Mittelmäßigen empfindet besondere Leistungen stets nur als Bedrohung. Und ich warte auf den Tag, an dem endlich in Karlsruhe die erste Verfassungsklage gegen das Talent eingeht. Auch ein herausragendes Können widerspricht doch dem Gleichheitsgrundsatz.

Zur musikalischen Untermalung einer häuslichen Krise wählt Clemens gern das Violinkonzert in D-Dur von Johannes Brahms, und nur selten hält meine schwarze Wutwolke den magischen Klängen stand. Riesige Adler läßt mich der erste Satz halluzinieren, erhaben einsame Geschöpfe, die auf gewaltigen Schwingen über kahlen Gebirgszacken schweben, unerreichbar hoch über jedem zänkisch lärmenden Handgemenge. Nie dauert es lange, bis ich Clemens folge.

Schmal und zart steht er da, kaum größer als ich, aber kraft seiner Kunst und seiner Konzentration ist er der Meister der kostbaren, zweihundert Jahre alten Gespielin, die sich willig seiner Führung unterwirft. Für den dritten Satz, das *Allegro giocoso ma non troppo vivace,* legt er zu meinem großen Entzücken des öfteren die Geige beiseite, und danach bin ich sogar bereit, die Unverschämtheiten von Frau Blocksiepen wieder für ein paar Tage klaglos hinzunehmen. Clemens verfügt über ein untrügliches Gespür für Takt und Tempi, und seine Hände entlocken auch meinem Klangkörper manch tief schwingendes Vibrato.

»Wir sind jetzt seit mehr als einem Vierteljahrhundert miteinander befreundet. Wie ist es nur möglich, daß wir uns erst jetzt nähergekommen sind?« wundere ich mich gelegentlich.

Seine Antwort ist ebenso biblisch wie karnevalistisch.

»Wir konnten uns nicht erkennen. Wir hatten uns beide viel zu gut maskiert, damals.«
Damals – das waren nur ein paar kurze Sommermonate, aber die Geschichte holte spürbar Luft, und alles schien möglich. Das Jahr 1968 wurde zu einer Legende, zu einem Mythos, der rituell nicht nur von Historiographen beschworen wird. Am liebsten schwadronieren diejenigen darüber, die zwar Zeitgenossen, aber nie Teilnehmer waren. In ihrer Redseligkeit verbreiten sie sich über das sagenhafte Jahr so, wie es ihre Erzeuger über die Sonnenblumenfelder auf dem Rußland- und die Cognacdepots auf dem Frankreichfeldzug taten. In all der Veteranenherrlichkeit wird gern vergessen, daß mehr als 90 Prozent dieser vielgerühmten Generation brav zuhause blieb, während nur eine verschwindende Minderheit tatsächlich auf die Straße ging. Ich bezeichne mich daher lieber als eine veritable Siebenundsechzigerin.
Nur anno 67, niemals zuvor und schon gar nicht danach, gab es diese Gewißheit: Die Welt glänzte wie ein reifer, glatter Apfel, prall bereit, den Jungen in den Schoß zu fallen. Die Kommentatoren der Tagesschau, deren langweilige Schlipse man neuerdings in Farbe bewunderte, sprachen immer öfter und immer hysterischer von einer *Jugendrevolte,* also fühlten auch wir uns aufgerufen, nach Schulschluß oder am Wochenende auf den Jan-Wellem- oder den Karlsplatz zu ziehen, wo wir in pittoresken Posen auf dem harten Pflaster lagerten und die neue Freiheit zelebrierten. Clemens Schapers und seine Gitarre gehörten zu den ständigen Einrichtungen der Düsseldorfer Altstadt, Clemens kannte die neuesten Balladen von Bob Dylan oder von Donovan, und wenn er nicht da war, um uns die Tonart von *We shall overcome* zu geben, endete unser gemischter Chor bei aller Inbrunst als Fiasko.
Die Jungs, die zur *Scene* zählen wollten, stellten mit langen

Mähnen und fleischloser, rundrückiger Magerkeit ihre Verachtung für das kraftstrotzende Nibelungen-Ideal ihrer Väter unter Beweis, und aus der gespannten Enge ihrer Jeans, deren breite Gürtel unbedingt unterhalb der Hüftknochen liegen mußten, ragte hinten eine Mundharmonika. Sie bei Gelegenheit zu zücken und ihr ein schräges Wimmern zu entlocken, galt ebenfalls als wichtiges und unverzichtbares Erkennungsmerkmal von männlichem *Protest.*

Wir Mädchen klauten im Hofgarten Blumen, die wir uns in naiven Kränzen um die Köpfe wanden. Manchmal schenkten wir sie auch besonders entrüsteten Passanten, vorzugsweise den Frauen mit den Jockeymützen und den Männern mit den ausrasierten Nacken, woraufhin diese wie erhofft die Blüten zu Brei zertrampelten und dabei etwas von »Gammlerhuren!« oder »Arbeitslager!« oder »Geht doch alle nach drüben!« grölten. Dann lächelten wir sanft, klimperten mit den Glöckchen unserer indischen Ketten, säuselten »Peace...!« und äugten scharf zur Seite, ob denn die Jungs unsere Großtaten auch mitbekommen hatten.

Mit den schmetternden Fanfaren von *All you need is love* hatten die Beatles das Motto des Sommers vorgelegt, und wir schmunzelten wissend über den Witz mit den paar Takten aus der französischen Nationalhymne, die auf Sexpraktiken anzuspielen schienen, die man im katholischen Beichtspiegel unter P wie Perversion suchte und fand. Nur unter der Folter hätte ich gestanden, daß ausgerechnet Cat, die Pantherin, noch Jungfrau war. Auf abendkühlen Parkbänken und klapprigen Käfersitzen hatte es zwar einiges Gefummel gegeben, das wir welterfahren *Petting* nannten. Aber die ungeschickten Jünglinge hatten mich mit ihrem Geruch nach feuchter Turnhalle und ihrem seltsamen Schnaufen mehr befremdet als *angeturnt.*

»Dieses Pennälergetue ist nichts für mich. Sieh zu, daß du ein richtiges Bett für uns klarmachst«, forderte ich mit der Überlegenheit der erfahrenen Frau. Das Bürgerliche Gesetzbuch machte mit seiner Strafandrohung für *Kuppelei* aus allen Eltern mißtrauische Schnüffler, die zuhause auf ständig geöffneten Türen bestanden und auffällig zufällig dauernd über die Flure kreuzten. Für die Anmietung eines Hotelzimmers aber reichte das Taschengeld der Knaben nie – ich war also sicher. Und konnte mich, ohne mein Raubtiergesicht zu verlieren, ungestört dem Träumen hingeben. Meine Lichtgestalt hieß Tilman.

Schon in der Tanzstunde, deren Besuch mir die Eltern (»Und du gehst und lernst uns Walzer!«) im Gegenzug für einen neuen Plattenspieler – *Stereo!* – abgehandelt hatten, war er mir angenehm aufgefallen: Als einziger der Jünglinge erschien er nicht in der typischen Konfirmandenkluft aus weißem Hemd, Krawatte und dunkler Röhrenhose, sondern in einem *total ausgeflippten* Mao-Anzug. Die oberen drei Knöpfe unter dem Stehkragen trug er offen, und statt auf ein Hemd gaben sie den Blick auf Haut und eine Goldkette mit dem ägyptischen Henkelkreuz frei.

»Haben Ihre Eltern kein Geld für den Frisör?« fragte die Tanzlehrerin, eine kompakte Matrone in wehendem Chiffon und mit hochauftoupiertem Bienenkorb.

»Nööóh«, sagte Tilman in aller Seelenruhe und schüttelte seinen seidig dunklen Pony, bis er ihm wie einem edlen arabischen Vollblüter über die Augen fiel.

»Hast du Töne«, kicherte mir irgendeine dumme Gans hinter kindisch vorgehaltener Hand ins Ohr. »Dabei ist sein Vater doch Chefarzt der Sankt-Suitbertus-Klinik und hat ein dickes Haus in Oberkassel, direkt am Rhein!« – Am liebsten hätte ich die Gans gewürgt. Söhnen wohlhabender Väter hatte ich eigentlich längst abgeschworen.

Einmal aus Prinzip, weil nicht nur meine Eltern sich stets brennend für die *Familienverhältnisse* interessierten; sich einen reichhaltigster Erbschaft entgegenlebenden jungen Mann – wie es in der Fachsprache hieß: – geangelt zu haben, verschaffte einem Mädchen mehr Ansehen als eine Serie von Einsen in den Klassenarbeiten. Zum anderen aber auch, weil betuchte Freunde so banal waren. Es bestand kaum Hoffnung, sie vor irgendwelchen Marterpfählen oder Fährnissen retten zu können.
Die Matrone wirbelte ihren Chiffon wie auch ihren völlig verschüchterten Tanzpartner um sich, um uns die Grundschritte des Foxtrott zu erklären. »Und jetzt, meine Herren, kommt Ihre große Stunde«, keuchte sie schließlich. »Nun können Sie die jungen Damen Ihrer Wahl engagieren und ungestraft zum ersten Mal in den Arm nehmen.«
Nur die bohrende Neugier, wer mich denn auffordern würde, hielt mich davon ab, vor lauter Peinlichkeit ganz einfach im Boden zu versinken. Für ein paar bange Sekunden, als die Phalanx der Jungen sich in Marsch setzte, vergaß ich meinen kämpferischen Atheismus, blickte angestrengt in den Schoß und formulierte das Stoßgebet, es möge doch, bitte, lieber Gott, Tilman sein.
»Darf ich bitten?« fragte eine kieksende Stimme über mir. Ich sah auf. Es war der kleine Dicke mit der dünnen Nase und den lächerlichen Schnabelschuhen.
Schnell versuchte ich auszuspähen, wen denn wohl mein neues Idol aufgefordert hatte, wie denn wohl ein Mädchen aussehen müsse, um sein Typ zu sein. Tilman aber stand bei keinem Mädchen. Tilman hatte sich noch nicht einmal in Bewegung gesetzt. Die Hände tief in seine Maojackentaschen vergraben, so stand er immer noch an der Spiegelseite des Tanzsaals, wippte lässig mit dem Bein und betrachtete das unwürdige Schauspiel vor sich mit dem amüsierten Grinsen des Weltmanns.

»Sie brauchen wohl eine extra Einladung«, keifte die Matrone. »Oder haben Sie keine Lust zu tanzen?«
»Nöööh«, sagte Tilman wieder.
Die Matrone witterte Aufruhr und Rebellion und beschloß, hart durchzugreifen, um die drohende Revolte im Keim zu ersticken: »Dann muß ich Sie bitten, unser Institut unverzüglich zu verlassen!«
Tilman machte eine Verbeugung, so tief wie die britischen Stars im *Beatclub,* grüßte uns, die wir dastanden wie die Hinterwäldler, mit dem V-Zeichen, sagte »Hi!« und verschwand mit schwingendem Schritt. Als ich klatschte, lief die Matrone lila an.
Was für ein Held! Welch ein Rebell! Gerade mal drei Silben aus seinem Mund genügten, und mein aktueller Berufswunsch, nämlich Assistentin von Erich von Däniken zu werden, war vergessen. Was sollten mir die großen Rätsel der Menschheit und des Universums – das Geheimnis Tilman Fahrenköther galt es zu ergründen! Ihm würde ich mein Leben weihen, seine philosophenhafte Gedankentiefe, die er so *cool* hinter Einsilbigkeit zu verbergen verstand, würde ich ausloten. Mit ihm zusammen würde ich wandeln zu unvorstellbar hohen Idealen und glanzvollen Siegen über den Flachsinn!
»Was ist denn mit dir los? Hast du Krach mit deinen Freundinnen?« fragte meine stets mißtrauische Mutter. »Seit Wochen kein Gestampfe und Gedudel in deinem Zimmer. Nur dieses indische Plingplong und der Qualm von diesen Stinkstielen. Da stimmt doch etwas nicht.« – Ich hatte mir zur Angewohnheit werden lassen, zur Musik von Ravi Shankar ein paar Räucherstäbchen anzuzünden, Hermann Hesse zu lesen und mich in der Kunst der Versenkung in Tilman zu üben.
»Laß nur, Liebelein«, sagte mein Vater mit listigem Augenzwinkern und kniff mir in die Wange. »Dieser fiebrige

Blick, diese Zerstreutheit, all das Seufzen, und dann seit vierzehn Tagen kein einziges Stück Schokolade – unser Kathrinchen schwebt im siebten Himmel.«
»Grundgütiger!« sagte meine Mutter.
»Ihr spinnt ja«, sagte ich und knallte die Tür.
»Ein solches Benehmen dulde ich nicht in meinem Hause!« brüllte mein Vater mir nach. »Und außerdem soll sich der Bengel hier gefälligst erst einmal vorstellen!«
Es war hoffnungslos. Meine Eltern wirkten mit ihren sinnentleerten Vorstellungen von Anstand und Sitte in den späten Sechzigern ebenso bizarr wie ein Cro-Magnon-Paar mit Faustkeil und Feuerstein auf Cape Canaveral. Junge Rebellen wie Tilman und ich ließen sich nicht mehr mit dem verlogenen Gartenlauben-Idyll von Händchenhalten und Unschuldbewahren bis zur Hochzeitsnacht foppen. Schließlich lasen wir Wilhelm Reich. Nur durch die kleinbürgerliche Unterdrückung der Sexualität wurden autoritätshörige Charaktere und damit der Faschismus erst möglich.
Was meine Eltern diesbezüglich bislang schon an mir verbrochen hatten, konnte ich an einem höchst irritierenden Phänomen ermessen. Ich war nicht in der Lage, auch nur ein einziges Wort mit Tilman zu sprechen! Kaum wurde ich seiner nach seinem rühmlichen Tanzstundenabgang ansichtig, auf einer Fete oder bei den Sit-Ins in der Altstadt, schon war ich mit Stummheit geschlagen. Locker hätte ich auf ihn zugehen sollen, mit einem strahlenden Lächeln und einem zwanglosen »Hallo« auf den Lippen. Ich hätte ihn wenigstens auf mich aufmerksam machen können, indem ich all die kleinen Kunstgriffe anwandte, die bei den anderen Jungs so verläßlich das Schnaufen auslösten. Schließlich konnte ich zu *Soul*-Musik rhythmischer mit dem Becken kreisen als alle drei *Supremes* zusammen, und selbst den allerneuesten Tanzstil, bei dem

man in trancehafter Selbstvergessenheit die Arme um sich kreisen ließ wie fernöstliche Tempeltänzer, beherrschte ich bereits. Statt dessen aber erstarrte ich, sobald ich Tilman sah, zum Denkmal der blöden Kuh und versteckte mich hinter den Mauerblümchen und Verklemmten an der Peripherie. Vollends pathologisch wurden meine Hemmungen, als Tilman auch noch von der Schule flog und sein Heldentum sich damit ins Übermenschliche erhob.
Einer seiner Klassenkameraden hatte nach dem Sportunterricht die Geldbörse vermißt, woraufhin der Lehrkörper eine Untersuchung aller Schulmappen angeordnet hatte. Zwei Stunden später mußte Tilman zum Direktor.
»Schmutz und Schund!« schrie der *Direx* und hielt mit Daumen und Zeigefinger ein paar Pornoheftchen aus Dänemark hoch. »Von wem haben Sie diesen Dreck?«
»Von meinem Vater«, sagte Tilman.
Der Direktor jedoch erholte sich überraschend schnell. Er wies im Triumph auf eine dunkle, klebrige Masse, die nur teilweise von Aluminiumfolie bedeckt war.
»Einerseits den wilden Mann markieren, aber dabei dann Lakritze lutschen wie ein ABC-Schütze – das haben wir gerne«, höhnte der Direktor.
»Das ist keine Lakritze«, sagte Tilman. »Das ist Haschisch.«
RAUSCHGIFT! Er hatte sein *Bewußtsein erweitert!* Die anderen Jungs, die ich kannte, schrumpften zu albernen Wichteln. Ich klaute Haushaltskerzen aus der Drogerie, die meine Eltern für einen eventuellen Stromausfall in Himmelgeist bereithielten, bahrte mich bei sakralem Licht auf meiner Klappcouch auf und starrte stundenlang an die pechschwarze Decke. In meinen Träumen wälzten Tilman und ich uns abwechselnd auf Felldecken wolfsumheulter Blockhäuser im kanadischen Winter oder auf

den heißen Planken eines alten Amazonasdampfers, der uns hineinschaukelte in das dampfende Dunkel des Urwalds. Wir hielten uns Bären und Luchse und Pumas und flammenfarbene Aras als Haustiere, und Tilman spielte mit meinem möhrenroten Haar, bis die Erde unter uns bebte wie in WEM DIE STUNDE SCHLÄGT – die Seite des Tagebuchs, das ich allzu lange mit Jammern über meine Verklemmtheit gefüllt hatte, riß eines Spätnachmittags unter meiner plötzlich wiedergefundenen Tatkraft. Selbstbesinnung: Ich war Cat, die Panther-Prinzessin! Ein für allemal Schluß also mit den beschämenden Vorstellungen als graue Maus in Tilmans Gegenwart! Es gab Lehrer am Sophie-Scholl-Gymnasium, die mich schon lange nicht mehr beim Namen nannten, sondern nur noch vage in meine Richtung sprachen, von »derjenigen, die immer meint, das Maul aufreißen zu müssen«.
Ich war mutig gewesen als Klassensprecherin, ich hatte den demütigenden Milchzwang abgeschafft, und ich hatte das Lehrerpult, das bis dato auf einem Podium hoch oben über uns schwebte, heruntergeholt in die demokratischen Niederungen des Linoleums. Wenn ich nicht für mich sprach, sondern in gleichsam übergeordneter Mission, kannte ich keine Schüchternheit und keine Hemmungen. Eine Strategie mußte also her, eine taktische Glanzleistung: Nicht aus Eigennutz, sondern von Amts wegen würde ich Tilman erobern!
»It won't be long, yeah, yeah, it won't be long, yeah, yeah«, trällerte ich laut, als ich den Schogetten-Vorrat meiner Mutter plünderte. *»It won't be long, till I belong to you-ouh...«,* Das ganze Leben war Politik, und also auch die Eroberung von Tilman.
»Wir müssen hier endlich ein Zeichen setzen. Wir müssen zeigen, daß auch an dieser total verknöcherten Schule ein frischer Wind weht«, tönte ich in der allwöchentlichen

Versammlung aller Klassensprecherinnen, und geschickt leitete ich erst einmal ein Täuschungsmanöver ein. »Erstens, diese autoritäre Kleiderordnung muß weg! Wo gibt's denn so was noch, daß sie einen von der Schule schmeißen können, wenn man Hosen oder Mini oder Mähne trägt! Unsere alten Schreckschrauben von Lehrerinnen können sich ja meinetwegen weiterhin mit ihren Kastenröcken und Wanderblotschen und Knotenfrisuren lächerlich machen, die früher beim *BdM* der letzte Schrei waren. Wir aber dürfen uns nicht länger solche sinnlose Trieze bieten lassen!«

»Mein Gott, Cat, halt mal die Luft an«, fauchte Edeltraut Höffgen unwillig. Edeltraut war die Tochter von Pastor Höffgen und erschien zum Unterricht stets in tristen Hemdblusen und züchtig kniebedeckenden Schottenröcken mit übergroßen Sicherheitsnadeln. Außerdem schlief sie jede Nacht auf pieksenden Lockenwicklern, denn obwohl sie sich für intellektuell und effizient hielt, hoffte sie doch, mit ihrem in der Mitte gerafften Gardinen-Pony ein wenig wie Farah Diba auszusehen (daß der Student Benno Ohnesorg bei der Anti-Schah-Demonstration in Berlin von einem Polizisten erschossen worden war, hielt sie für ›böswillige Verleumdung einer tendenziösen Presse‹). Bei den Lehrern erfreute sie sich großer Beliebtheit, weshalb sie von all denen, die den Pädagogen gern jeden Wunsch von den Augen ablasen, zur Schulsprecherin gewählt worden war. Auf diesem Posten war sie natürlich eine glatte Niete, die nicht im Traum daran dachte, sich ein Jahr vor dem Abitur mit den Notengebern anzulegen. Edeltraut Höffgen also rückte nach meinem schmissigen Vortrag die Brille gerade und musterte mich mit überlegener Miene.

»Wer wie du ein Modepüppchen aus sich machen will, kann das ja nachmittags tun. Und jetzt hör bitte auf, aus jeder Mücke einen Elefanten zu machen. Wir haben hier Wichtigeres zu tun, als uns mit bloßen Äußerlichkeiten abzugeben.«

»Klar hast du Wichtigeres zu tun. Du bist den Paukern heute noch nicht genug in den Hintern gekrochen!« höhnte ich, und sowohl das »Buh!« der Edeltraut-Fraktion als auch das »Hört-Hört!« meiner Anhängerschaft klang süß in meinen Ohren. »Ich wiederhole: Erstens ist es höchste Zeit, daß die Hausordnung einer Schule, die sich nach Sophie Scholl benennt, endlich von allen Relikten aus der Nazizeit entrümpelt wird. Zweitens brauchen wir eine Raucherecke auf dem Schulhof. Und drittens dürfen wir nicht zulassen, daß das diesjährige Schulfest wieder so ein Krampf wird mit Gedichtaufsagen und Schulorchesterschrammeln. Wir müssen selbst was organisieren. Was richtig Spektakuläres. Ein Happening.«

Die Katze war aus dem Sack. Selbst ein Großmeister des Schach hätte kein überzeugenderes Bauernopfer bringen können. Als nach stundenlangem Gezänk endlich abgestimmt wurde, durfte Edeltraut Höffgen die Kleiderordnung und das Rauchverbot behalten, dafür jedoch wurde ich zur Vorsitzenden des Schulfest-Komitees gewählt. Und konnte, besser noch: mußte daher schon wenige Tage später, mit Herzrasen zwar sowie kleinen Pfützen auf den Handflächen, aber kraft meines Amtes pflichtbewußt Tilman ansprechen, der im Schneidersitz auf dem Rasen im Hofgarten hockte und auf einer imaginären Bongo trommelte.

»Sag mal – wir lassen da demnächst so ne ausgeflippte Sache in unserer Aula steigen. Wenn du Lust hast mitzumachen –«

»Okay«, sagte Tilman und trommelte weiter. Ich schwebte nach Himmelgeist wie eine blumen- und bändergeschmückte Montgolfiere.

Sophie Scholl meets Sergeant Pepper. Die dreizehnköpfige Kunst-AG, die die Plakate malen sollte, wurde auf strengste Geheimhaltung vereidigt, und als das Motto der Superfete, in verschnörkelten Jugendstil-Lettern und Flower-Power-Farben, schließlich hundertfach von Düsseldorfer Wänden und Mauern knallte, war die Reaktion wie erhofft. Das Lehrerkollegium tagte in einer Sondersitzung, beschloß jedoch, daß ein Absagen der Veranstaltung nur für noch mehr unliebsames Aufsehen sorgen würde.

»Eine Pietätlosigkeit sondergleichen! Die reine Mädchengestalt der Sophie Scholl derart in den Schmutz zu zerren!« erboste sich meine Klassenlehrerin, Frau Dr. Mercatius. Sie gab Deutsch und Dietrich Fischer-Dieskau, mit dessen Liedinterpretationen auf Schallplatten sie methodisch jedes Interesse am Musikunterricht abtötete. Walther von der Vogelweide war ihr als Lehrstoff für eine Mädchenschule viel zu schlüpfrig; ihre Kleider kamen mir immer vor wie Übungs-Särge.

»Der gute Ruf der Schule ist auf das Schändlichste befleckt worden, und das auch noch in aller Öffentlichkeit. Aber das haben wir natürlich nur wieder denjenigen zu verdanken, die immer meinen, das Maul aufreißen zu müssen.« – Die Verbitterung der Pädagogen war durch die Bekanntgabe der Schulleitung, daß an dem fraglichen Samstagnachmittag das gesamte Kollegium dienst- und aufsichtsverpflichtet sei, noch einmal merklich gestiegen.

Eine sogenannte Klassenkameradin mit dicken Zöpfen, von der wir alle wußten, daß sie mit ihren sechzehn Jahren weder einen BH brauchte noch wußte, was Tampons sind, schwenkte hektisch den Arm und schnipste mit den Fingern wie eine Sextanerin.

»Ja, bitte, Helga, was gibt's denn noch?«

»Ich möchte nur melden, daß ich von Anfang an dagegen

war. Und daß Katharina Blasberg daraufhin ganz gemeine Wörter zu mir gesagt hat.«
»So? Das ist ja hochinteressant. Was für Wörter waren das denn?«
»Radfahrer. Und Streber. Und auch noch feige Memme!«
»Stimmt das, Katharina? – Stehen Sie gefälligst auf, wenn ich mit Ihnen rede.«
Ich schraubte mich in Zeitlupe von meiner Bank hoch, so langsam, daß ich fühlen konnte, wie der weiß glühende Zorn vom Magen bis zum Kleinhirn hochbrodelte.
»Ja, das ist richtig«, sagte ich. »Leider habe ich schleimige Denunziantin vergessen.«
Doch, ich war Tilmans würdig. Er konnte stolz auf mich sein. Frau Dr. Mercatius sah plötzlich so zufrieden aus wie eine satte Python. »Sie kommen nach der Stunde zu mir, Katharina. Ich werde Ihnen eine Verwarnung mitgeben, die Ihre Eltern gefälligst unterschreiben.« Dann, zur Klasse gewandt: »Ich hoffe, Ihnen wird an diesem signifikanten Zwischenfall der große Nachteil der Demokratie als Staatsform deutlich. Die aufrecht denkende, aber schweigende Mehrheit wird immer vom lautstarken, radikalen, dummen Pöbel eingeschüchtert und überbrüllt...«
Am Tag des Schulfests vibrierte ich wie eine frisch angeschlagene Stimmgabel. Alles war perfekt vorbereitet. Die den zögernden Vätern mühsam abgeschwatzte Technik konnte als sensationell aufwendig gelten: Das mehrspurige Bandgerät (mit Halleffekten!) war mit den neuesten Hits sowie ein paar kleinen Überraschungen gespeist und an die Lautsprecheranlage der Aula angeschlossen. Mehrere Dia- und Filmprojektoren standen an strategisch wichtigen Positionen. Die großen Jupiterlampen, eine Leihgabe des Fotostudios vom Steinweg, umsäumten die Tanzfläche; man konnte sie im Rhythmus der Musik an- und ausschalten und damit ein fast so bewußtseins-

erweiterndes Flackern erzeugen wie die bewunderten Stroboskope im *Beatclub.*

Einlaß 15 Uhr 30, Beginn 16 Uhr. An der Längswand des Saals, die riesige Bastelblumen aus Alufolie und leuchtendem Kreppapier zierten, drängte sich das geschlossen mausgraue Kollegium mit verschränkten Armen. Die große Edeltraut-Höffgen-Fraktion, korrekt wie immer in strapazierfähigen Faltenröcken, trug zur Feier des Tages diese weißen Kniestrümpfe, die in ihren Kreisen als fesch, wenn nicht gar als modisch gewagt galten, und rümpfte auf der Gegengeraden schon mal rein prophylaktisch die Nase.

Denn da kamen sie, in dichten Pulks, und mein Herz wurde bei ihrem Anblick so groß und rund wie ein Kirmesballon: Die von meiner Art waren dem Ruf gefolgt. Die Pflasterhocker vom Karlsplatz. Die Blumenkinder aus dem Hofgarten. Die Bunten.

Zentnerweise indische Glöckchen und klirrende Kettengürtel. Op-Art und Pop-Art. Tief dekolletierte Rüschenhemden. Alles umwabert von einer betäubenden Wolke aus Moschus, Patschuli, Sandelholz. Und mittendrin Tilman, der aussah wie der Fürst der Steppe: rot bestickte, bauschige Folkloreärmel und darüber eine Weste aus Ziegenfell, das zottige Vlies nach innen getragen.

Punkt 16 Uhr erkletterte Edeltraut Höffgen die Bühne, fingerte unbeholfen an dem Mikrophon herum und machte sich dann ebenso wichtig wie lächerlich mit einer Begrüßungsansprache, in der natürlich überhaupt nicht von mir und meinen herkulischen Anstrengungen bei der Organisation, umso mehr aber davon die Rede war, daß wir, die Schüler, zu der Elite von acht Prozent unseres Jahrgangs gehörten, die ein Gymnasium besuchen durften, und daß uns das doch Verpflichtung genug sein müsse, mehr über Mit*verantwortung* nachzudenken, statt ständig nach Mit*verwaltung* oder gar Mit*bestimmung* zu schreien. Angestrengtes Klatschen von den beiden Seitenwänden, Gelächter bei den Bunten, giftiger Blick von Edeltraut zu mir.

»Hiermit erkläre ich das Schulfest des Jahres 1967 für eröffnet«, sagte sie schließlich so indigniert wie eine Erbtante, die gerade einen zotigen Witz mitgehört hatte. Doch das Publikum erhielt keine Gelegenheit, sich weiterhin an ihrer säuerlichen Miene zu ergötzen.

Auf mein Zeichen hin betätigte Pia, die Getreue, die ebenfalls seit Wochen geberserkert hatte, am Schaltpult ein paar Knöpfe – die Aula lag jählings im Dunkel. Laute der Verwirrung und der Empörung waren vernehmbar, aber auch begeistertes Juchzen. Mit eisernem Willen zwang ich mich, gegen meinen puckernden Puls ganz langsam anzuzählen, einundzwanzig, zweiundzwanzig. Genau bei vierunddreißig vernahm ich neben dem Bühnenvorhang ein Stolpern und die Stimme von Frau Dr. Mercatius aus der Dunkelheit: »Da hört sich doch alles auf!«

Ich warf das Bandgerät an und schob den Lautstärkeregler hoch bis zum Gehtnichtmehr. Durch die Finsternis bohrte sich der grelle, hohe Ton der Stahlsaite einer E-Gitarre in die Aula, die seit Jahrzehnten nichts anderes gehört hatte als Kammermusik und Hölderlin. Der Ton schrammte einige Sekunden lang hoch oben an der Saaldecke, dann stürzte er ab wie ein *Starfighter.* Mit dem ersten erbarmungslosen Schlag des Drummers explodierte der Ton in jedermanns Sonnengeflecht, und die Wucht der Detonation schleuderte die jubelnden Bunten auf die Tanzfläche. Die Jupiterlampen flammten auf, das Kollegium hielt sich die Ohren zu, das Höffgen-Gefolge tat es ihm geflissentlich gleich, und die Troggs legten los: WILD THING!

Da war sie, die Freiheit. Mitten in der Aula stand sie, deut-

lich sichtbar für jeden, der jung sein und an sie glauben wollte. Ihr Gewand wehte in den Luftwirbeln, die die Tanzenden mit ihren kreisenden Armen aufrührten, und die flatternden Schleier der Göttin enthüllten ihr Geschmeide. Schimmernd, glitzernd, gleißend, verheißungsvoll: Myriaden von Möglichkeiten blitzten auf, die Zukunft gehörte uns, die Freiheit nickte mir lächelnd zu.
Glück durchströmte mich bis in die Haarspitzen. Wir waren die neue Generation, die Kinder der Göttin, und wir würden die Welt heilen. Tanzen statt Stechschritt, Blumenduft statt Gewehröl, Lachen statt Drill, Leben statt Arbeit, Liebe statt Zwang, Mut statt Massengräber.
Auf den Wogen meiner Seligkeit trieb ich zu den Dia-Projektoren, um die Mitglieder der Kunst-AG an ihren Einsatz zu erinnern. Lange hatten sie vergeblich experimentiert, aber zu guter Letzt doch die richtige Rezeptur gefunden. Möbelpolitur, dick gekochte, bunte Tinte, fette Kondensmilch und simples Wasser, im richtigen Verhältnis in die Glasrähmchen geträufelt, vermischten sich nicht, sondern bildeten in der Hitze des Projektors Blasen und seltsam magische, lebendige Muster. Die Farben und die Blasen umkreisten einander auf den Aulawänden, und nichts hätte *psychedelischer* die Gedanken versinnbildlichen können, die ich in der Reife meiner fast sechzehn Jahre für umwälzend neu hielt. Alles fließt. Alles verändert sich. Alles wird gut.
Gegen 17 Uhr war es Zeit für den ersten Höhepunkt der Veranstaltung. Die Musik wurde abgedreht, der Effekt der Dia- von dem der Filmprojektoren abgelöst. Das Stadtarchiv und private Sammler hatten ihre Bestände zur Verfügung gestellt; auf den Saalwänden machte sich das Grauen breit. Wochenschauen aus dem Zweiten Weltkrieg. Lodernde Städte, Bombenteppiche, Knochen des *homo sapiens,* zu bizarren Bergen aufgehäuft.

An dem entrüsteten Kollegium »Frechheit!«, »Geschmacklos!«, »Affentheater!« vorbei flitzte ich wieder hoch auf die Bühne, wo Tilman schon wartete. Ein paar Handgriffe am Mischpult, ein kurzes Winken in Richtung Steppenfürst, der sich noch schnell einen in aller Eile zusammengeklebten Helm aus Pappe aufsetzte. Und während Tod und Verderben, mit denen die Generation der Eltern und Lehrer die Welt überzogen hatte, ringsum weiterflimmerten, ritt Tilman, die endlos langen Beine bis zu den Ohren hochgeklappt, auf einem alten Schaukelpferd über die Bühne. Zum Gesang des braven Heintje: *»Aber heidschibummbeidschi, bumm, bumm...«* Nicht nur die provokative Publikumsbeschimpfung gehörte zu einem anständigen Happening, sondern auch eine kräftige Prise Absurdes.

Weder die Pfiffe noch das Johlen noch das Trampeln nahm ich wahr, sondern nur noch Tilman. Ich begriff noch nicht einmal, daß er nach den letzten Takten der Heintje-Nummer, nachdem er sich mühsam aus dem Sitz des Schaukelpferds geschraubt hatte, auf mich zugeschlendert kam. Irgend etwas sagte er zu mir, aber ich hatte keine Ohren mehr. Ich besaß überhaupt keinen Körper. Ich hatte nur noch, nein: Ich war nur noch eine Hand.

Eine Hand, die Tilman durch all den Aufruhr um uns herum auf die Tanzfläche zog. Eine Hand, die er in sein feuchtes Nackenhaar legte. Dann bestand ich nur noch aus Nase, lag in seiner Halskuhle und atmete Moschus, Fell, Mann. Irgendwo in den Tiefen der Galaxis erklang die herzzerreißend einsame Flöte aus den *Nights in White Satin* – da zog sich alles, was vor unnennbar langer Zeit ein Mädchen namens Kathrinchen gewesen war, unterhalb meine Nabels zu einem Ball zusammen. Der Ball wuchs; mit jedem Atemzug wurde er größer; praller; pumpte von innen gegen die Bauchdecke; wuchs immer noch weiter; wucherte Tilman entgegen.

Für einen Moment, der nicht länger dauerte als ein Sommerblitz, verstand ich. Leben, Liebe, Sex, Alles. Ich hörte das sattsam bekannte Schnaufen, doch anstatt in mir die üblichen Überlegenheitsgefühle auszulösen, zwang es mir seinen Rhythmus auf.

»Komm, Schatz, laß uns gehen«, konnte Tilman noch in mein Ohr atmen – dann war alles plötzlich vorbei. Ohne jede Vorwarnung standen wir jäh in grellem, kaltem Neonlicht, geblendet, verwirrt und verstört. Die Musik erstarb. Der Gesang verröchelte. Alle Lichtschalter der Aula waren an- und das Bandgerät abgedreht.

Auf der Bühne grinste Herr Oberstudiendirektor Paulsen, der das Schulfest unter Hinweis auf »feuerwehrtechnische Vorschriften mit sofortiger Wirkung für aufgelöst« erklärte. Jemand hatte seine Zigarettenasche auf den Parkettboden geschnipst.

Natürlich basiert die schwere Studienrätephobie, an der ich seit Jahrzehnten leide und die ich inzwischen für unheilbar halte, auf dem Schock dieses *Interruptus.* Wenn ich sie abends in meiner Kneipe hocken sehe, mit ihren Bärten und Beulenjeans und Dritteweltpullovern, die der Gegenwart ebenso exakt ein Vierteljahrhundert hinterherhinken wie weiland die Trachten von Herrn Paulsen oder Dr. Mercatius, wenn sie dann auch noch inmitten der köstlichen Reibekuchen ihre Klagemauern errichten, an denen sie die Elegien von Unterbezahlung und Überarbeitung oder gar die Litanei von allen psychosomatischen Leiden absummen – dann kann mich nur der warnende Blick von Frau Blocksiepen dazu bringen, mir mein verbindliches Gastgeberinnenlächeln aufzuschminken.

»Jottseidank is jede Jeck anders, un außerdem: Dienst is Dienst, un Schnaps is Schnaps«, pflegt die Unbeirrbare mich zu mahnen, meine Arbeit zu tun und die Antipathien zugunsten der Einkommensteuererklärung zu unterdrücken.

Auch bei Clemens finde ich kein Verständnis: »Was bestimmte Berufsgruppen angeht, bist du ein Rassist«, urteilt er. »Und nachtragender als ein Elefant. Das ist doch alles nichts als Schnee von vorvorgestern.«

Nur meine Mutter lauscht gern den Tiraden, die ich dann und wann gegen die Lehrer im allgemeinen unter besonderer Berücksichtigung der Geschehnisse im Herbst 1967 ablasse. In stiller Zufriedenheit hat sie die Hände auf dem Schoß gefaltet, und wenn mir dann irgendwann die Luft ausgeht, nickt sie beifällig. »So ist's recht: Weil man dir vor mehr als einem Vierteljahrhundert nicht deinen Willen gelassen hat, ziehst du heute noch immer einen Flunsch wie ein Krabbelkind. Aber was rede ich...« Vergeblich versuche ich dann, die Theorie von den Schlüsselerlebnissen wie einen Schutzschild zwischen mich und alle unangenehm nüchternen Betrachtungen zu schieben. Diese überaus sympathische Lehre klärt den Selbstzweifelnden darüber auf, daß es in seiner Vergangenheit ein paar alles entscheidende Momente gab, die seiner Zukunft den Charakter der Zwangsläufigkeit verliehen. Mit der Theorie von den Schlüsselerlebnissen pflegte ich mir somit Generalabsolution zu erteilen: Auf dem Schulfest waren mit dem hämischen Grinsen von Oberstudiendirektor Paulsen doch schließlich wegweisende Weichen gestellt worden – wie auf einem eisernen Schienenstrang schien ich von der Aula aus auf gefährlichem Kollisionskurs mit hohem Tempo erst in die Randbezirke der Gesellschaft und weiter geradewegs hinein in den nordirischen Bürgerkrieg gerollt zu sein.

In düster feierlicher Zeremonie warf ich am Ende des Sommers der Liebe meine Glöckchen und die Asche der Blütenkränze von der Südbrücke aus in den Rhein. Mit dem mir eigenen Hang zur großen Geste verabschiedete ich mich von den verspielten Requisiten und der Zukunftsgläubigkeit der Blumenkinder: Die Göttin hörte auf zu lächeln, die Freiheit ließ sich nicht herbeitanzen. Man mußte für sie kämpfen! Entschlossen und zum Opfer bereit! Mit der Trennung vom Spielzeug der Hippies begann mein Leben als Tragödin. Und die selten verpaßte Tagesschau gab mir jeden Tag recht.

Krieg in Biafra und Vietnam. Das Attentat auf Rudi Dutschke. Die Hoffnungsträger Martin Luther King und Bobby Kennedy wurden erschossen, aber das war schon längst kein Anlaß mehr, das Abendprogramm zu unterbrechen. Das Abschlachten der Bürgerrechtler in Nordirland. Die Panzer des Warschauer Pakts in Prag.

»Komm doch endlich da runter. Und mach das Fenster zu. Ich hol mir ja den Tod bei dieser Saukälte«, nörgelte Tilman.

Er saß auf seinem Bett, eingemummelt in Decken, ein Bild des Jammers. Wir hatten es wieder einmal versucht, und wieder einmal war alles schiefgelaufen. *Die Funktion des Orgasmus,* ein Geburtstagsgeschenk von Tilman, hatte ich schon viermal gelesen und kannte ich abschnittsweise sogar auswendig. An der grausamen Realität änderte dies aber nichts: Ich war *frigide.* Was auf unserer Werteskala weit unter kriminell rangierte.

Seit Monaten mühte er sich ab. Gerade eben hatte er es wieder mit der Stellung probiert, die uns von der neuen Jahreszahl auf dem Kalender, wie er meinte, zwingend vorgegeben war. Abermals hatte ich dagelegen wie ein Stück Holz, verdorrt, verknotet, verkrüppelt, und der Teil von mir, der bei all unseren Versuchen an der Decke schwebte und mich scharf beobachtete, hatte dies fast schon mit Genugtuung konstatiert. Irgendwann hatte ich dann Tilman von mir weggerollt, mich in seinen Bademantel gehüllt, das Fenster aufgerissen und mich auf das Sims gesetzt. Sein Zimmer lag im ersten Stock.

»Wenn schon«, sagte ich im Tonfall der Ophelia. »Was macht das schon für einen Unterschied, ob wir leben oder sterben. Sollte ich dich allerdings stören, dann sag ruhig Bescheid. Dann kann ich ja springen, und du brauchst nicht mehr zu frieren.« Tilman patschte sich die Hand vor die Stirn und ließ sich zurück auf sein Kissen plumpsen.

Ein Januarsturm wühlte in den Tannen und Rhododendronbüschen des Fahrenkötherschen Gartens. In der Dämmerung roch die Luft nach Erde, die von Schneeglöckchen- und Krokusspitzen durchbohrt werden wollte. Eine Amsel übertönte noch das Rauschen des Sturms mit einem Lied, das ihr fast die Brust zerriß. Wenige Meter hinter der Gartenmauer schimmerte der Rhein; die Wellen reflektierten die Lichter der wenigen Schiffe, die sich gegen den Strom in Richtung Köln mühten.

»Ich hab mal irgendwo gelesen, daß man niemals zweimal im selben Fluß schwimmen kann«, versuchte ich, das bedrohliche Schweigen im Raum zu überbrücken und an die philosophische Gedankentiefe zu appellieren, die ich immer noch unter Tilmans Einsilbigkeiten vermutete. »Vielleicht geht es uns ja ähnlich. Vielleicht sind wir immer andere, wenn wir uns sehen. Immer wieder Fremde.« Ich lehnte meinen Kopf an den Fensterrahmen: Die Sinnende. Die Suchende. Schön auch noch in tiefster Verzweiflung.

Tilman stand auf und suchte seine Kleider zusammen. »Du bist einfach immer auf diesem schlechten Trip«, stöhnte er, während er sich wieder hinlegte, um sich in die Jeans zu zwängen, die so eng waren, daß er sie im Stehen nicht schließen konnte.

Ich fror im Vorfrühlingssturm, beobachtete Tilman und

hoffte, er würde bemerken, daß dies eine Szene wie aus einem Alexander-Kluge-Film war. Die Artistin auf dem Fenstersims – ratlos. Aber er schaute nicht in meine Richtung, und er bemerkte wohl auch nicht viel. Er schlug sich die Daunendecke um die Schultern, setzte sich an sein weißes Klavier und spielte *Für Elise.*

Ausgerechnet! Das hatte er auch an jenem Abend gespielt, als ich stolz vermelden konnte, daß der Inhalt der Pillenschachtel aus dem Dreierpack, das mir sein Vater kurz nach dem Schulfest kommentarlos, aber mit chevalereskem Augenzwinkern in der Diele des Fahrenköther-Hauses überreicht hatte, brav und gewissenhaft geschluckt worden war. Grünes Licht von nun an: »Alles okay, Dad. Ich kann jetzt die Tür zumachen!« hatte Tilman meinen hormonellen Zustand ins Erdgeschoß hinunter verkündet.

Dies also war der Tag, die Stunde, die Minute. Wir waren exklusiv zu dritt, Tilman, ich und Tilmans Bett, weshalb es jetzt also passieren würde: Das erste Mal – von dem die Romane und Herr Oswald Kolle zu berichten wußten, daß es mein ganzes Leben prägen würde. Alle meine Ahninnen aus Himmelgeist hatten sich, dessen war ich mir sicher, in kühler Berechnung bis zur Hochzeitsnacht verweigert. Ich aber würde mich nun frei und selbstbestimmt und verschwenderisch verschenken. Und würde dafür, auch das wußte ich schließlich aus den Aufklärungsserien, prompt mit ekstatischen Wonnen belohnt werden!

Ich zwang mich, an die kanadischen Blockhäuser und die heißplankigen Amazonasboote zu denken, an Hemingways Schlafsack und an die Erde, die gleich beben würde. Doch seltsam, statt allumfassender Liebe oder auch nur angemessenem Stolz darüber, daß ich mich zur ersten Todsünde meines Lebens anschickte, empfand ich nichts als adernverengende Verlegenheit. Seit meinen Kindertagen hatte kein fremdes Auge mehr meinen Körper betrachtet. Tilman aber hatte, wie ich wußte, bereits mit einigen Krankenschwestern aus der Klinik seines Vaters geschlafen – war ich überhaupt *sexy* genug? Und würde ich *gut* sein im Bett?

Tilman war natürlich die Vollkommenheit selbst. Nachdem er die Tür geschlossen hatte, glitt er mühelos und schnell wie ein Flaschengeist aus seinen Kleidern. Seine makellose Magerkeit hatte etwas Einschüchterndes – hastig knipste ich die Pilzlampe neben dem Bett aus und sprang unter die Decke. *»Why don't we do it in the road?«* sang Tilman leise, als er meine Weichheit erforschte, die mir neben seiner gotischen Gestrecktheit immer peinlicher wurde.

Ich rief mich zur Ordnung. Ermahnte mich streng, stolz und glücklich zu sein: Gleich würde ich es geschafft und allen gezeigt und das Jungfernhäutchen, diesen von allen Katholiken so ehrfurchtsvoll umtanzten und von meinen Eltern in Himmelgeist so beredt stumm beschworenen Götzen, unwiederbringlich verloren haben! Und das auch noch an Tilman, den begehrtesten und *ausgeflipptesten* Jungen von ganz Düsseldorf! Den ich aber als einzige wegen seiner verborgenen inneren Werte so innig und selbstlos liebte! – Zur Hölle also mit dem Sechsten Gebot! Zur Hölle erst recht mit der Triebunterdrückung des *Establishments*! Hoch die Kommune Eins, es lebe die freie Liebe, her mit Tilmans – – na, denk's schon, Feigling: Penis!

Und dann hatte es weh getan, und Tilman hatte so geschwitzt, und ich sah plötzlich von der Zimmerdecke auf uns herab und überlegte, ob Frau Fahrenköther vielleicht schon morgen versuchte, mein Blut aus den Laken zu scheuern, und ob Dr. Fahrenköther, der altgediente Libertin, jetzt unten vor dem mit erotischen Tuschzeichnungen

von Bele Bachem umhängten Kamin saß und zu uns hochlauschte. In Himmelgeist dachten sie, ich sei bei Pia. Und die Mathe-Arbeit morgen früh würde ich auch schon wieder verhauen.
»Bist du glücklich?« hatte Tilman schließlich an meiner Schulter gefragt.
»Ja«, hatte ich gelogen – in der Hoffnung, er werde das Nasse in meinem Gesicht für Lusttränen halten. Nach einiger Zeit war er dann aufgestanden und hatte *Für Elise* gespielt: »Ab heute heißt es nur noch *Für Cat*!«
Die Rhododendren bogen sich zur Erde, die verwirrte Amsel sah endlich ein, daß die Jahreszeit noch lange nicht reif war für ein Abendlied auf der Antenne, meine nackten Zehen starben ab, der rechte Oberschenkel fror allmählich am Fenstersims fest, dem Rhein war wie immer alles egal. Meinem Liebhaber offensichtlich auch.
»Ich habe heute meinen zweiten Verweis kassiert, wegen der Sache mit den Rotkreuzkerzen«, sagte ich düster.
»Was für Kerzen?« fragte Tilman, ganz vertieft in seine *Elise*, die zweifelsohne nicht ich war. Selbst die erschütterndsten Dramen meines Lebens interessierten ihn nicht!
Vor wenigen Wochen, pünktlich zur Vorweihnachtszeit, waren sie wie alle Jahre wieder angeliefert worden, Kerzen vom Deutschen Roten Kreuz, keineswegs adventlich leuchtend rot, sondern eher in der Farbe geronnenen Blutes, mit kleinen, runden, billigen Plastikhaltern. Als Klassensprecherin gehörte es zu meinen vornehmen Pflichten, sie an die Mitschülerinnen zu verkaufen: Am Heiligabend sollte man sie dann ins Fenster stellen und auf diese Weise ›die Brüder und Schwestern im deutschen Osten grüßen‹.
Ich hatte aber keine Brüder und Schwestern im Osten, noch nicht einmal Vettern oder Kusinen dritten bis zehn-

ten Grades. In unserer rheinisch-katholischen Sippe hatte es jede Menge Beimischung französischen und belgischen Blutes gegeben, selbst ein venezianischer Ahne war verbrieft. Niemals jedoch hatte sich jemand vom Stamme Blasberg oder Siebers in einen Preußen oder Pommern oder Sachsen verguckt; daß alle Katastrophen ihres Lebens in Berlin ausgebrütet worden waren, galt meinen Eltern als historische Tatsache. Außerdem fließen im Rhein Wasser aus vielen Ländern. An seinem Ufer zu leben und dabei allen Ernstes behaupten zu wollen, man selbst verfüge über spezifisch ›deutsche‹ Eigenschaften, während die Schweizer, die Franzosen, die Luxemburger, die Belgier und die Holländer eben irgendwie ›anders‹ seien, ist nur grotesk.

Auch Wahlverwandte vermochte ich in der DDR, die ich gern so nannte, weil sie für die Lehrer immer noch die *Sowjetische Besatzungszone* war, nicht zu entdecken. Meine Brüder und Schwestern im Geiste lebten in San Francisco und London und Paris und Prag, wo neulich zu unser aller Entsetzen doch schon wieder bewaffnete Männer mit deutschen Pässen, diesmal unter der Fahne des Warschauer Pakts, einmarschiert waren. Als sich deshalb ein tschechischer Bruder mit Benzin übergoß und verbrannte, hatten wir die erste große Demonstration in Düsseldorf organisiert, in deren Verlauf ich von einem markigen *Schupo* in Tschakko und Reitstiefeln ein paar Hiebe mit dem Gummiknüppel verpaßt bekommen hatte. Ein Gefühl der nationalen Verbundenheit konnte ich zu diesem Mann ebensowenig aufbringen wie zu Herrn Walter Ulbricht oder zu den Vertretern der Vertriebenenverbände, die an jedem *Tag der Heimat* am liebsten den Dritten Weltkrieg gezündelt hätten. Daß sie alle, wie ich auch, Wörter benutzten, die im Duden aufgelistet waren, betrachtete ich als peinlichen Zufall – mit meiner Spra-

che hatten sie noch nicht einmal die I-Pünktchen gemein.
»Nicht diesen nationalistischen Scheiß schon wieder!« hatte auch Pia verlangt, als ich den bleischweren Karton mit den Rotkreuzkerzen ins Klassenzimmer schleppte.
Pia vom Steinweg war, obwohl sie mir Tilman verübelte, immer noch die Vertraute, der Maßstab. Zu meinem Leidwesen war sie inzwischen einen Kopf größer als ich – was ich darauf zurückführte, daß der permanente Hormonbeschuß durch die Antibabypillen vorzeitig mein Wachstum beendet hatte –, und dazu weigerte sich ihr langgestreckter Körper beharrlich, die Rundungen und Einbuchtungen anzunehmen, die ich an meinem meist als störend empfand. Daß sie aussehe wie Twiggy, mußte ich ihr des öfteren griesgrämig bestätigen; woraufhin Pia, ebenfalls leicht verbittert, mit der Bemerkung gleichzog, daß bei meinem Erscheinen in einem Raum alle männlichen Anwesenden doch prompt die Köpfe hoben wie witternde Jagdhunde. Gegen Frau Dr. Mercatius und Konsorten jedoch kämpften Pia und ich nach wie vor Seite an Seite; neulich noch hatten wir, nach einer hitzigen Debatte über das Thema, ob wir denn nun auf Goethe stolz sein mußten oder nicht, beide einen Strafaufsatz verfassen müssen: ›Nennen Sie drei große Deutsche und erörtern Sie ihre Bedeutung für die heutige Zeit.‹ – Pia und ich hatten übereinstimmend Hitler, Goebbels und Himmler benannt und uns zum Weltbürgertum bekannt. Die Sechsen unter dem Vermerk ›Thema verfehlt!‹ hatten wir erhobenen Hauptes entgegengenommen.
»Ich kann ja wohl schlecht dreihundert Rotkreuzkerzen hier aus dem Fenster schmeißen«, hatte ich in einem Anfall von Realitätssinn gemault. »Nach Hause schleppen und in den Mülleimer werfen kann ich sie auch nicht, dafür sind sie zu schwer. Man sollte sie einfach verbrennen.«

»Genau«, hatte Pia gesagt. »Dazu sind sie ja wohl auch gedacht.«
Ein kurzer gemeinsamer Kassensturz hatte ergeben, daß sich unsere irdischen Besitztümer auf exakt zweiundsechzig Mark (von Pia) und siebenunddreißig Pfennige (von mir) beliefen. Da aber allüberall im Umkreis der Kö schon die goldenen Kaufrauschengel in den Fensterdekorationen glitzerten (und wir Glücklichen uns damals in einer Ära der Vollbeschäftigung tummelten), war es kein Problem, einen Nachmittagsjob zu finden. Bei Horten standen wir neben den Kassiererinnen und hüllten einfallslose Geschenke in ebensolches Weihnachtspapier.
»Auf die Idee, uns in der Drogerie zu helfen, kommst du wohl nicht!« stellte meine Mutter fest.
»Bei euch verdiene ich ja nichts«, gab ich zurück. Irgendwann hatte ich mir in mein Tagebuch geschworen, gegen die verlogene Welt der Erwachsenen mit bedingungsloser Ehrlichkeit zu kämpfen. Außerdem reichte die Dauerwelle meiner Mutter mir inzwischen nicht einmal mehr ans Kinn.
»Vielleicht ist es ja gar nicht schlecht, Liebelein, wenn dem Kind mal in einem großen Betrieb der Wind ins Gesicht bläst«, sagte mein Vater, um Ausgleich bemüht wie immer. »Dann sieht unser Kathrinchen möglicherweise mal ein, daß sich nicht alles nach ihrer Lust und ihrer Laune dreht. Und daß man, wenn man Wünsche ans Leben hat, dafür auch immer hart arbeiten muß!«
Seit Hannibal ersatzlos verschrottet worden war, ließ er sich kaum noch im Verkaufsraum der Drogerie blicken. Er saß in dem hochstaplerisch als Büro bezeichneten, fensterlosen Verschlag nebenan und suchte Trost bei Klassikern wie Heinrich Heine: »Mein Gott, all die Jahre ist man ja nie zum Lesen gekommen!« Das Spielzeug-Roulette war unter der stillschweigenden Billigung mei-

ner Mutter längst in irgendeiner Kommodenschublade beigesetzt worden, *Valencia* blieb unbesungen, und selbst meine schulischen Eskapaden konnten ihn nur noch selten zu Anflügen seines verschütteten Temperaments wiedererwecken. »Eines Tages wirst du bereuen, daß du nie gelernt hast, die Faust in der Tasche krummzumachen«, sagte er nur müde, während er sich mit hängenden Schultern abwandte. Zum Mitleid sah ich damals keinen Anlaß, wohl aber zur Verachtung. Im Gegensatz zu seinem Sohn war Gottlieb Maria Blasberg wenigstens stilvoll mit geblähten Segeln untergegangen. Für seine Verabredung mit dem Tod hatte mein Großvater seinen Frack angelegt.

Zur feierlichen Verbrennung der dreihundert Rotkreuzkerzen am letzten Schultag vor den Weihnachtsferien trugen Pia und ich ebenfalls festliches Schwarz. Zwei ganze Stunden früher als gewohnt hatten wir uns aus den Betten gequält, um den Klassenraum ungestört dekorieren zu können. Mit Tesafilm klebten wir all die Kinderbilder an die Wände, die wir in den Adventswochen aus den Illustrierten ausgeschnitten hatten. Kinder aus Vietnam, deren napalmverbrannte Haut in Fetzen hing. Kinder aus Biafra mit spindeldürren Ärmchen und grotesk aufgedunsenen Bäuchen unter Rippen, die fast die Lungen durchschimmern ließen. Kinder aus Lateinamerika, vor Hunger verrunzelt und vergreist. Jedes Bild ein stummer Schrei. WIR GRÜSSEN UNSERE BRÜDER UND SCHWESTERN IN ALLER WELT schrieben wir an die Tafel.

»Was habt ihr denn schon wieder für einen Blödsinn ausgeheckt«, fragten die Mitklässlerinnen, denen wir bereits seit langem den Titel Kameradinnen entzogen hatten.

»Ein Burn-In«, sagte Pia.

»Ihr tickt ja nicht richtig«, sagten sie und kicherten.

Frau Dr. Mercatius erstarrte im Türrahmen, als sie der Bilder und der dreihundert Kerzen ansichtig wurde, die im Dunkel des Dezembermorgens auf allen Pulten, Fensterbänken und Schränken erstrahlten und das sonst so profane Klassenzimmer mit einem magischen Leuchten überzogen. Doch nach ein paar Schrecksekunden fand sie flugs zur gewohnten Form zurück. Eine Fahndung nach der geistigen Urheberschaft erübrigte sich.

»Das ist ja wohl versuchte Brandstiftung, nicht wahr, Katharina?!« rief sie fast fröhlich in die Klasse, bevor sie mit einem Ruck kehrtmachte und nur das Quietschen ihrer Specksohlen zu hören war, als sie über den Gang rannte.

»Advent, Advent, ein Lichtlein brennt«, stimmte Pia an, und selbst die miesesten Duckmäuserinnen sangen lauthals freudig mit: Ihre mangelhaften Kenntnisse des zweiten Akts von *Faust II* würden Dr. Mercatius heute nicht interessieren, und statt dessen würden Pia und ich, die beiden Störenfriede und Großmäuler, endlich der längst fälligen Bestrafung entgegensehen. Feigheit und Schadenfreude machen im Verein doch erst richtig Spaß. Wenn man die Couragierten als die Idioten ausgrenzen kann.

Den Feuerlöscher kampfbereit in den ausgestreckten Armen haltend, stürzte der Hausmeister in die Klasse. Herr Pösch war ein hutzeliges Männchen, das mit seinem grauen Kittel verwachsen war und das alle Schülerinnen wegen seiner allzeit guten Laune mochten. Der leuchtende Glanz der dreihundert Kerzen veranlaßte Herrn Pösch zu einer Vollbremsung; mit staunendem Lächeln sah er sich um: »Nä, wat habt ihr et euch aber schön jemütlich jemacht hier!«

»Ich muß doch bitten, Herr Pösch!« – Dr. Mercatius zischte wie ein Heimsyphon. »Dies ist ein möglicher Brandherd, der im Moment mehr als siebenhundert Menschen, die sich derzeit im Schulgebäude aufhalten, an Leib und Leben gefährdet.«

»Wenn Se meinen...«, sagte Herr Pösch traurig und stellte den Feuerlöscher sorgsam auf den Boden. Dann ging er gemächlich zur Fensterbank und begann, Kerze für Kerze auszupusten.
Unter dem Blick von Dr. Mercatius, der prüfend über die Klasse schwenkte, beeilten sich die Memmen, schnell die Kerzen auf ihren Tischen auszublasen und die Bilder von den Wänden zu reißen. Als zuletzt nur noch die Kerzen vor Pia und mir brannten, näherte sich Herr Pösch mit beschwichtigenden und leicht verschwörerischen Gesten.
»Wat is dat denn widder für ene Spökes«, flüsterte er. »Dabei wißt ihr doch jenau, dat die hier kein Späßken versteh'n!«
»Danke, Herr Pösch«, sagte Dr. Mercatius.
Das Männlein hob seinen Feuerlöscher auf, schlurfte ein paar Schritte in Richtung der Tür, blieb dann aber stehen und hüstelte.
»Herr Pösch?!«
Der Hausmeister drückte den Feuerlöscher mit beiden Ärmchen wie einen Schutzschild vor die Brust und versuchte sich an einem Lächeln der Versöhnung und des rheinischen Frohsinns. »Lassense mich mal so sagen: In drei Tagen is doch schon Heilisch Abend...«
»Das ist mir bekannt«, sagte Dr. Mercatius, und in dem Eishauch, der durch die Klasse wehte, erschauerte das tapfere Männlein.
»Ich hab ja mal nur so jemeint«, murmelte Herr Pösch und verließ eilends den Raum.
»Und nun zum Sachverhalt.« Die Pädagogin zückte die schäbige blaue Kladde, die ihr seit Zeitgedenken als Notizbuch diente. »Diese Kerzen waren Eigentum des Deutschen Roten Kreuzes, das Ihnen, Katharina, zu treuen Händen kommissarisch anvertraut war. Zu der versuchten Brandstiftung kommen also noch, wenn ich

das richtig sehe, Unterschlagung und Sachbeschädigung. Jeder dieser drei Tatbestände reicht aus, Sie für immer von diesem Institut zu entfernen, in das Sie, auch das muß ich Ihnen heute einmal sagen, nie hätten aufgenommen werden dürfen. Sie sind eine chronische Querulantin. Sie können sich nicht in eine Gemeinschaft einordnen. Nichts, aber rein gar nichts ist Ihnen heilig. Sie haben sich einen Sport daraus gemacht, das eigene Nest zu beschmutzen. Ihre Klassenkameradinnen, Ihre Schule, Ihre Erzieher, die sich so um Sie bemüht haben – und seit neuestem ziehen Sie auch noch Ihr Vaterland in den Dreck! Sie haben hier nichts zu suchen. Am besten gehen Sie sofort zu Ihren ungewaschenen Revoluzzerfreunden und suhlen sich mit denen im Schmutz der Straße! Oder gibt es noch etwas, das Sie zu Ihrer Verteidigung vorbringen könnten?«
Ich konnte nichts sagen. Blind saß ich hinter einer Wand von Tränen, und am liebsten hätte ich mich dafür selbst verprügelt. Aber irgendwann während ihres Monologs hatte ich plötzlich nach Himmelgeist geschaut, wo mein Vater einsam in seinem Verschlag und meine Mutter ebenso allein im Verkaufsraum hockten, alt, ohne Zukunft. Zu dieser trostlosen Vision hatte mir mein Gehirn dann auch noch ungefragt und ungebeten die Begleitmusik geliefert: das dumme Liedchen von der Käthe, die heute so etepetete ist. Da half kein Lippenbeißen mehr – ohnmächtig mußte ich erleben, wie ich erst zu einer Heulsuse und dann zu einem Hydranten mutierte.
»Katharina Blasberg weint?« hatte Frau Dr. Mercatius gesagt. »Dabei kann es sich doch nur im eine optische Täuschung handeln!«
Die Klasse hatte das lustig gefunden und gelacht, bis Pias Stimme die allgemeine Heiterkeit unterbrach.
»Schluß jetzt!« hatte Pia geschrien. »Cat hat mit der Sache

nichts zu tun! Ich habe ihr die Kerzen abgekauft, und es war auch meine Idee, sie heute anzuzünden, damit hier mal einigen Holzköpfen einiges klar wird. Aber das ist ja alles sinnlos! Hier ist auf jeden Fall das Geld, Frau Doktor Mercatius, dreihundert Mark für dreihundert Kerzen! Und jetzt schmeißen Sie mich ruhig von der Schule, wenn Ihnen dann wohler ist. Ach übrigens: Frohe Weihnachten!«

»Und mehr als dieser lächerliche Kleinmädchenkram mit Kerzchen und Tränchen war nicht?« fragte Tilman, der während meiner dramatischen Schilderung der Ereignisse kaum von seinen Klaviertasten hochgeschaut, sondern über Gershwins *Summertime* improvisiert hatte.

Es war inzwischen völlig finster geworden, der Sturm hatte zwar etwas nachgelassen, aber gleichzeitig duftete auch nichts mehr nach kommendem Frühling. Ich brauchte nicht länger darüber nachzudenken, ob ich mich aus dem Fenster stürzen sollte oder nicht. Da es Tilman offensichtlich völlig kalt ließ, wie sehr die Welt mich haßte und aus welchem Grund eigentlich, war es sinnlos geworden, noch länger an dem Sims festzufrieren. Er würde sich wahrscheinlich noch nicht einmal durch mein brechendes Gebein und meine letzten Schmerzensschreie aus seiner absolut unverständlichen Ruhe bringen lassen. Und so jemanden hatte ich geliebt. Schlimmer noch. Ausgerechnet an so einen hatte ich mich monatelang weggeworfen. Und für so ein verwöhntes, unsensibles Jüngelchen wie Tilman Fahrenköther würde ich jetzt auch noch sterben müssen, an Lungenentzündung nämlich. Meine Beine gehorchten mir nicht mehr, also mußte ich mühsam versuchen, sie mit den Händen zurück ins Haus zu zerren.

»Na endlich«, sagte Tilman. »Meine Finger sind schon ganz steif.«

»Scheißkerl« sagte ich. »Egomane.«
»Himmelherrgottnocheins – du machst vielleicht ein Theater wegen deiner Schulgeschichten! Ad eins: Beim zweiten Verweis fliegst du noch nicht, sondern erst beim dritten. Ad zwei: Und wenn schon! Ich bin schließlich auch geflogen, und das war das Beste, was mir passieren konnte.«
Ich hatte mein Stichwort. Während ich meine Kleider aufklaubte, ließ ich mich über egozentrische Söhne sexbesessener, reicher Väter aus. Als mir der Träger des BH unter den zu Klauen gefrorenen Händen riß, behandelte ich gerade die untätigen Abkömmlinge der Großbourgeoisie, die sorglos vor sich hinschmarotzen und auf weißen Klavieren klimpern konnten, während die arbeitende Klasse sich für ihr täglich Brot zu Tode schuftete.
Als ich schließlich meine widerspenstigen Haare unter den gehäkelten Schlapphut stopfte und dem überlangen Schal die vorschriftsmäßigen drei Windungen um meinen bereits kratzenden Hals verpaßte, beschwor ich folgerichtig die Große Proletarische Weltrevolution, die wie ein Sturmwind über die Erde brausen und die blutsaugerischen Elemente der Klassengesellschaft ein für allemal hinwegfegen würde.
»Falls nicht«, schrie ich als Fußnote, während ich zur Türklinke griff, »falls nicht Doktor Mercatius und Konsorten es doch noch schaffen, die Welt vorher ein weiteres Mal am deutschen Wesen genesen zu lassen. Dann fliegt sowieso alles in die Luft.«
Tilman saß da, völlig zerschmettert, wie ich zufrieden fand, hatte die Ellenbogen auf die Schenkel, den Kopf in die Hände gestützt und sah mich so entgeistert an, als sei ich ein Zirkuspferd, das mit glitzerndem Zaumzeug und bunten Federwischen soeben vor seinem Klavier ein paar Purzelbäume geschlagen hatte.

»Du bist mir einfach viel zu kompliziert«, sagte er. Ein schöneres Kompliment hätte er mir zum Abschied nicht machen können.

Kapitel 3:

Wacht auf,
Verdammte dieser Erde

Eines Tages, wenn ich die Kneipe gewinnbringend weiterverpachtet habe oder sonstwie zu Geld gekommen bin, werde ich mich der Himmelgeister Dorfgeschichte widmen. Zum Beispiel interessiert mich brennend, wann und von wem eigentlich der Beschluß gefaßt wurde, den Deich bei uns deutlich niedriger zu bauen als anderswo am Niederrhein, niedriger als irgendwo sonst im Düsseldorfer Stadtgebiet. Die Vorteile dieses Sonderstatus sind unübersehbar: Wer rund um das Dorf durch die Rheinauen lustwandelt, wo vielhundertköpfige Schafherden geruhsam zwischen uralten, knorrigen Weiden grasen und wo im Frühling die Frösche in den Tümpeln so ekstatisch quaken, daß sie selbst das Motorendröhnen von der Fleher Brücke übertönen, dem verkürzt sich nicht durch Sicherheitsdenken der Horizont, sondern der genießt – dem niedrigen Deich sei Dank! – gleichzeitig auch immer den freien Ausblick auf den Strom und die Schiffe und das jenseitige Ufer.

Daß dieser Luxus von Zeit zu Zeit bezahlt werden muß, ist allen Himmelgeistern bekannt. Wenn der Rhein Hochwasser führt, sind wir immer die ersten, deren Keller überschwemmt, deren Gärten verwüstet und deren Couchgarnituren im Erdgeschoß aufgeweicht werden. Doch seltsam – nie habe ich gehört, daß echte Himmelgeister ihr Schicksal bejammern oder den Fluß verfluchen. Statt dessen schwingt in den Erzählungen der hoch Betagten, die schon mehrfach im Leben ihre Habe schwimmen sahen, immer so etwas wie Stolz mit.

Der Rhein ist eben der Rhein, und wenn man ihm auch noch so grausam überall seine Arme abtrennt, und wenn man ihn auch aufheizt oder mit Gift vollkippt: Er läßt sich nicht zähmen. »Hä hätt sin Mucken«, und dies konstatiert man in Himmelgeist selbst dann noch mit einer gewissen Genugtuung, wenn man aus dem Fenster im ersten Stock

zu den Feuerwehrleuten ins schaukelnde Schlauchboot steigt.
Ich habe mir angewöhnt, diesen Wesenszug der Himmelgeister zu lieben. Ehrwürdig archaisch mutet er mich an, als ein anachronistisches Gemisch aus Philosophie und Fatalismus, unendlich weit entfernt von der zeitgenössischen Attitüde, die sonnigen Seiten des Daseins als selbstverständlich weil doch wohlverdient anzusehen, nur um dann aufziehende Schatten als noch nie zuvor gesehene Katastrophe zu beschreien.
Allerdings sollte auch dies nicht verschwiegen werden: Dem Gottvertrauen und dem Respekt gegenüber den Naturgewalten wurde auch eine gehörige Prise gut rheinisch-katholischer Schlaumeierei beigegeben. Und das schon im dreizehnten Jahrhundert. Sah man nämlich andernorts am großen Fluß ausreichend Grund, sakrale und sonstige Bedeutungsbauten in respektvollem Abstand zum Ufer und auf tunlichst erhabenem Grund zu errichten, so liegt das Kirchlein Sankt Nikolaus verdächtig niedrig und in intimer Nähe zu den Fluten. Niemand hat es je laut ausgesprochen, aber klug und listig mag man sich zugezwinkert haben. Wenn »dat lääv Herrjöttschen« in seiner Allmacht und Güte das Hochwasser schickt, dann kriegen Gott Vater, Gott Sohn und Gott Heiliger Geist ebenfalls nasse Füße. Wie alle anderen auch.
Himmelgeist wartet jedoch noch mit weiteren Sonderlichkeiten auf. So findet man hier bei uns die wohl größte vorstellbare Merkwürdigkeit, die Überlebende zweier Weltkriege der Nachwelt überliefern konnten. Seitdem ich meine fast zwanzig Jahre dauernde Europa-Tournee beendete, weil es wohl niemanden mehr in Belfast gibt, der mich suchen, finden und als Verräter erschießen will, seitdem ich mich also in Himmelgeist repatriierte, habe ich summa summarum etliche Tage sinnend vor dem

Denkmal verbracht, dessen Geheimnis ich aber bislang nicht lüften konnte.
Klar, daß unser Dorf nicht der Ort ist, an den der düstere Pomp sich windender sterbender Krieger paßt oder gar die Glorifizierung markiger Muskelprotze mit zu allem entschlossenen, granitenen Trotzkinnen. Auch die andernorts so beliebte, monumental und modisch rostende, abstrakte Eisenskulptur fand hier keine Anhänger. Um den Nachgeborenen ein Vergessen zu erschweren, hat man ganz dicht vor die Kirche Sankt Nikolaus einen eigentlich sympathisch schlichten, nur etwa rippenhohen Stein aufgestellt und mit einem Kreuz sowie einer schmucklos knappen Inschrift aus exakt fünfunddreißig Zeichen versehen. Genau die aber betrachte ich täglich, als eines der großen Rätsel der Menschheit. Fünfunddreißig Zeichen, und ob ich es nun wegen dunkel dräuender Regenwolken eilig habe, oder ob mich die saftigen Maiwiesen locken – immer muß ich stehenbleiben, und niemals werde ich sie verstehen können:

1914 1939

1918 1945

DIE DANKBARE GEMEINDE

Wem dankt man hier, und vor allem: wofür? Läßt etwa Schilda schön grüßen? Oder ist der Kirchengemeinde oder wem immer einfach nur das Geld für eine erklärende

Zeile ausgegangen? Feiert man in fast schon rührend kindlicher Selbstsucht die Tatsache, daß man im Gegensatz zu den Menschen in Dresden oder Stalingrad oder Hiroshima vergleichsweise glimpflich davonkam? Oder steht der Stein in der alttestamentarischen Tradition des Herrn Hiob, der auf seinem Scherbenhaufen sich die Eitergeschwüre kratzte und dabei IHN pries, der nicht müde wird, Menschen heimzusuchen und zu quälen um der Prüfung willen? – Beim Ausloten dieser Abgründigkeit helfen mir auch die Zeitzeuginnen nicht.

Frau Anna Blocksiepen streicht den geblümten Kittel glatt und klappert ein wenig mit den Pfannen: »Die da oben haben doch schon immer jemacht, wat se wollen.« Die Unerbittliche ist gegenüber jedem Amtsträger – vom Kämmerer bis zum Kanzler, vom Meßdiener bis zum Papst – von tiefem Mißtrauen durchdrungen. Die einzigen Offiziellen auf dieser Welt, die sich wenigstens von Zeit zu Zeit ihres zögernden Wohlwollens erfreuen, sind der Erste und der Zweite Vorsitzende des Tierschutzvereins; vorausgesetzt natürlich, sie belasten die Blocksiepensche Kassenführung nicht durch gesellige Extravaganzen wie Sommerfeste und Nikolausfeiern.

Auch meine Mutter erweist sich, auf das Denkmal angesprochen, als völlig unergiebig und beschränkt sich darauf, den Strichmund zu machen: »Als ob ich mich je um Politik gekümmert hätte ...«.

Dabei weiß ich aus ihren ständig wiederholten Erzählungen, die ich inzwischen auswendig mitsummen könnte, daß Clara Blasberg eine ausgewiesene Expertin für Kriege ist. Im berüchtigten Kohlrübenwinter 1917 stand das kleine Mädchen, das Clärchen Siebers hieß und das man in das Paisley-Plaid ihrer gerade an Grippe verstorbenen Tante Lisbeth wickelte, weil der Verkauf von Seifenersatz in dem elterlichen Laden kein Geld für einen Wintermantel abwarf, jeden Tag stundenlang für Brotersatz Schlange. Abends taumelte sie nach Hause, oft genug mit leeren Händchen, aber sie fing erst an zu weinen, wenn man ihr den aufgeweichten Schuhersatz von den Frostbeulen zog und ihr die Füße mit warmen Handtüchern rieb.

Gerade mal fünfundzwanzig Jahre später riß die Frau, die nun Clara Blasberg war, jede Nacht bei Bombenalarm meine Geschwister aus den geflochtenen Wäschekörben, die als Kinderbettchen dienten, klemmte sie unter die Arme und rannte mit ihnen in den Keller. Trotz des Protestgeschreis der beiden Kleinen legte sie sich mit ihrem Körper über die Köpfchen. Wenn ich mich im Anschluß an ihre immer wieder gleichen Geschichten über die aktuelleren Nachrichten aus dem ehemaligen Jugoslawien oder Tschetschenien oder Ruanda errege, reckt die Greisin ihren winzigen, fast schon verdorrten Zeigefinger.

»Der Mensch an sich ist abgrundtief dumm. Dumm und grausam. Jahrtausendelang und in allen Kulturen haben wir immer wieder Gründe gefunden, uns gegenseitig die Köpfe einzuschlagen. Das einzig Erstaunliche dabei ist nur, daß bei diesen endlosen Wiederholungen immer noch alle so überrascht tun, und daß der ewige Mord und Totschlag heutzutage von den Zeitungen und vom Fernsehen tatsächlich verkauft wird als ganz große Neuigkeit, als nie dagewesene Tragödie, als unerhörter Einzelfall. Dabei treiben wir es seit der Steinzeit schon so, und wir hören nur dann zwischendurch mal für ein paar Jahre damit auf, wenn selbst der Allerdümmste gemerkt hat, wie weh das alles tut. Und sobald sich niemand mehr daran erinnern kann oder will, fangen wir wieder von vorne an. In jedem Menschen grunzt ein Monster, aber das willst *du* ja nicht wahrhaben.«

Meine Rolle als Unbelehrbare verlangt von mir, mich

nach derlei Reden meiner Mutter wenigstens noch zu einem empörten Schnauben aufzuraffen: »Was wirfst du mir eigentlich dauernd vor? Daß mir nicht gleichgültig ist, was um mich herum passiert? *Du* hast, egal, was auf der Welt vorging, stur an deiner Ladenkasse gesessen. Und deshalb willst du einfach nicht akzeptieren, daß ich anders gestrickt bin!«

Die Stimme meiner Mutter wird in letzter Zeit immer öfter so trocken, rauh und brüchig wie Dezemberlaub: »Ich habe meine Pflicht gegenüber meinen Nächsten getan. Ich habe mich um die Dinge gekümmert, auf die ich Einfluß hatte, und um die Menschen, die mich brauchten. Aber ich bin natürlich auch nicht so sensibel wie du. Jesus, Maria und Josef: Dein eigener Vater lag im Sterben und rief und rief nach dir, unablässig, bis sein Herz schließlich stillstand. Du warst – der Himmel allein weiß, warum! – immer sein Liebling, sein Sorgenkind, und er wollte dich nach eurem großen Krach noch einmal sehen. Aber du bist nicht gekommen. In meinen Armen lag er und hat geweint – dein Vater hat geweint! ›Wo bleibt unser Kathrinchen?‹ hat er gefragt, und ich mußte still und stumm dasitzen. Was hätte ich ihm auch antworten sollen: daß du wegen irgendeiner Demonstration nach München gefahren und nicht aufzufinden warst? Weil dir ja im Gegensatz zu mir nicht gleichgültig ist, was auf der Welt passiert?«

Als Teufelsadvokatin bin ich hoffentlich überzeugend. Da meine Mutter eisern entschlossen ist, noch so lange zu leben, »bis das Kind endlich Vernunft annimmt«, muß ich wie ein altgedienter Bühnenkämpe nach dem Stichwort München mein Repertoire ohne Textschwäche und mit der Inbrunst und dem Pathos der zu unrecht Beleidigten abspulen:

»Mein Gott, Mutti – ich habe dir doch schon tausendmal

erklärt, daß ich von Vatis Zustand keinen blassen Schimmer hatte! Pia hat ja alles versucht, mich zu erreichen, sie hat telefoniert und sogar ein paar Telegramme verschickt. Ist das etwa meine Schuld, daß ich damals keinen Pfennig Geld in der Tasche und deshalb keine feste Adresse hatte? Du kannst dir doch sicher vorstellen, wie es in München während der Olympischen Spiele aussah: Die Leute hatten ja sogar ihre Badewannen und Besenkammern für teuer Geld vermietet – ich war froh, wenn ich überhaupt irgendwo eine frei Matratze fand und nicht auf dem Stachus pennen mußte!«

Ich weiß bis heute nicht, wie das Grab meines Vaters aussieht. In der ersten Zeit bin ich nicht hingegangen, weil ich, mit Hilfe meines in mehreren marxistischen Lesezirkeln inzwischen dialektisch bestens geschulten Verstandes, jedes Pilgern an Gräber als bigotte Heuchelei, als unmaterialistische Illusion und vor allem als eine besonders infame Taktik zur Erzeugung systemstabilisierender Schuldneurosen entlarven konnte. Außerdem hatte sich Josef Blasberg ja ein paar Monate vor seinem Tod selbst offiziell von mir losgesagt: »Wenn du das tust, bist du meine Tochter nicht mehr!« hatte er »Im Alten Fährhaus« gebrüllt, hochrot im Gesicht und außer sich vor patriarchalem Zorn. Nachdem ich ihm nicht nur den vollzogenen Abbruch meines Studiums, sondern auch den unmittelbar bevorstehenden Einzug in eine *Kommune* stolz verkündet hatte.

Später, nach dem Packen des grünen Koffers, begann meine Odyssee, und ich kam nicht auf den Südfriedhof, weil ich samt und sonders alles umging – Stadt, Land und Fluß meiner Jugend. Und heute versage ich mir den Besuch am Grab, weil ich mich nicht durch eine allzu billig zu erlangende Geste exculpieren mag. Von hinreichend beißendem Schmerz ist nur die Erinnerung.

Die Zeit, in der mein Vater starb, verbrachte ich in einem alten Ziegelbau in München-Obersendling. Einstmals war das nun hinfällige Gebäude der Firmensitz einer Hemdennäherei gewesen, stand aber leer, seitdem die deutsche Textilindustrie ihre Produktion vorzugsweise in Billiglohnländer verlegt hatte. Kinder aus der Nachbarschaft hatten die blinden Fenster mit Steinen kaputtgebombt. Den Keller dieser Ruine des Spätkapitalismus, die strategisch günstig nahe bei den Siemens-Werken lag, aber hatten die Münchner Genossen besetzt: Hier wurde das gesamte *Agitprop*-Material – die Flugblätter, die Plakate mit dem nationalen Aufruf, die Transparente – hergestellt für die *machtvolle Massendemonstration,* mit der die Augen der Weltöffentlichkeit am Eröffnungstag der HEITEREN SPIELE auf die Tatsache gelenkt werden sollte, daß es auch in der Bundesrepublik eine starke antiimperialistische Bewegung gab. Mit spielerischer Heiterkeit hatten wir nichts, mit dem blutigen Ernst der *Befreiungskriege* in Vietnam, Laos und Kambodscha sowie mit der *Kulturrevolution* in China aber umso mehr im Sinn.

»Sie sind die Kinder Maos und leben gern im Chaos«, hatten die Mitglieder der DKP, die fürchten mußten, sich die 0,2 Prozent der ultraroten Stimmen bei Wahlen zukünftig mit uns teilen zu müssen, in einem überraschenden Anfall von Humor über uns gereimt. Wir haßten herzhaft zurück: Sie waren doch genauso miefig und spießig wie ihre Drahtzieher in der DDR, diese Datschenpieper vom Arbeiter- und Bauernstaat drüben, die devot der Sowjetunion hinterherhechelten, noch nicht einmal richtig Deutsch konnten und außerdem immer aussahen, als würden sie heimlich Heino hören.

Nein – der grandiose Entwurf des Kommunismus, begründet von den Großbürgern Marx und Engels und fortgeführt vom Intellektuellen Lenin, wurde doch einzig und allein von dem Poeten und Großen Vorsitzenden Mao Tse-tung weiterentwickelt! Ihm, der gerade die wunderschön klingende Kampagne *Laßt tausend Blumen blühen* ausgerufen hatte, traute ich die Intelligenz zu, nicht alle zitronengelben Villen abreißen und durch Betonwaben ersetzen zu wollen; er würde für mich eine ästhetische und gerechte Welt schaffen, in der ein jeder, unabhängig vom Kontostand der Eltern, in schattigen Parks mit ebenso edlen wie verrückten Barsois spielen konnte. Beweis: Nicht auf die vor Neid vergrätzten und in ihrer krummen Buckelhaltung verknöcherten Alten stützte Mao seine Macht, sondern auf die Roten Garden. Die doch schließlich so jung und so *aufmüpfig* waren wie wir. Und ebenso begierig, die Welt und die Menschen nur zu ihrem Besten notfalls auch zu zwingen.

Lange Zeit hatten Pia und ich uns in der Düsseldorfer *Scene* vergeblich umgehört, wie man denn wohl mit der neugegründeten, maoistischen KPD, die in Berlin für so viel Aufsehen sorgte, in Kontakt treten könne. Und irgendwann, nachts um drei, hatte das Telefon geklingelt. »Heute siebzehn Uhr, Hauptbahnhof, Bahnsteig eins. Erkennungszeichen: Eine rote Fahne unterm Arm«, hatte die streng klingende Frau gesagt, bevor sie grußlos wieder einhängte. Mit klopfenden Herzen – endlich veränderten wir die Geschichte, statt sie nur zu erklären! – hatten wir dann am nächsten Tag eine Stunde lang neben dem zugigen Gleis eins gefroren und nach jemandem mit einem roten Tuch Ausschau gehalten, bis uns ein nervöser Jüngling mit einer zusammengerollten Zeitung ansprach: »Seid ihr bereit, eure ganze Kraft in den Dienst der Partei, euer ganzes Leben in den Dienst der Revolution zu stellen?« hatte er gefragt. DIE ROTE FAHNE war selbstverständlich das ZENTRALORGAN DER KPD, das ich von diesem Tag an hochhielt wie eine Offenbarung. Demonstrationen überall in der Republik, Tränengas und Wasserwerfer, geheime Treffen an noch geheimeren Orten hatten in den nächsten Monaten zu meinem Alltag gehört, und so hatte ich denn auch die Anweisung, nach München zu trampen, um die Genossen dort bei ihrer Arbeit vor den Olympischen Spielen zu unterstützen, begeistert begrüßt und als Auszeichnung verstanden, die längst nicht allen Düsseldorfer *Sympathisanten,* Pia zum Beispiel, zuteil wurde.

Der Spätsommer an der Isar war sonnig und trocken. Aus allen Wohnungs- und Autofenstern klang das elektronische Plüpp-Plüpp-Plüpp des Hits der Saison, und zu dem allgegenwärtigen Rhythmus von *Popcorn* schwangen die Leute die schreiend bunten Klackerkugeln, die sie als Beweis- und Erinnerungsstücke an ihre erste Reise an die Costa Brava mitgebracht hatten. In dem kalten, düsteren Keller des Ziegelbaus jedoch, der nur von ein paar nackten Glühbirnen in kahlen Fassungen notdürftig befunzelt wurde, stank es nach dem Schimmel in den seit Jahren weder beheizten noch belüfteten Wänden und nach den filterlosen *Gitanes*-Zigaretten, die zu Hunderten auf dem feuchten Estrich ausgetreten und liegengelassen worden waren, um unsere abgrundtiefe Verachtung für die nur vordergründig so saubere Meister-Proper-Mentalität zu dokumentieren.

Seit zwei Tagen und zwei Nächten schufteten wir ohne Unterbrechung hier, ein vorwiegend aus Berlin und vom Rhein zusammengetrommeltes Kollektiv von zehn Genossinnen, und kämpften mit den Tücken der altersschwachen Druckmaschine und mit mehreren Kilometern flammendroter Futterseide, die wir zu Fahnen und Transparenten vernähten. Zur Anfeuerung und Hebung der Moral ließen wir die trommel- und schalmeienbegleiteten Arbeiterlieder der Weimarer Republik pausenlos aus einer ebenfalls historischen Anlage dröhnen: Der früher sicher mal mitreißend schwungvolle Chor *Roter Wedding grüßt euch, Genossen, haltet die Fäuste bereit!* schepperte eher dünn, und was von dem Ernst-Busch-Marsch *Drrrum links, zwei, drei, drrrum links, zwei, drei, wo dein Platz, Genosse, ist. – Rrreih dich ein in die Arrrbeiterrreinheitsfrrront, weil du auch ein Arrrbeiterrr bist!* das rauhe Kratzen überstimmte, klang auf seltsame Weise näselnd und nörgelnd.

Ich hatte mir irgendwann einmal auferlegt, diese Musik zu mögen, weil sie proletarisch und revolutionär war, und weil ich es inzwischen als schreiendes Unrecht ansah, daß ich neun Jahre Englisch gelernt hatte, während die weniger Privilegierten doch noch nicht einmal die banalen Texte von Mungo Jerry oder Middle of the Road verstehen konnten. Zwar lauschte ich den Kampfliedern nur selten, wenn ich alleine war, doch inmitten Gleichgesinnter reckte ich immer an den richtigen Stellen die geballte Faust in die Luft. Als daher aus dem Schummer des Kellers unerwartet die Gestalt des Genossen Oskar auftauchte, der augenscheinlich etwas zu mir sagte, das aber im Rattern der Druckmaschine und im Krächzen der Anlage nicht zu verstehen war, drehte ich keineswegs unfroh den Plattenspieler ab.

»Entschuldige, Oskar«, sagte ich mit einigem Respekt. Da niemand so blöd sein konnte, seinen Sohn mit diesem albernen Namen zu strafen, mußte »Oskar« ein Deckname sein.

Konspirative Namen aber trugen nur die führenden *Kader,* die so wichtig waren, daß sie vor der überall lauernden Konterrevolution geschützt werden mußten. Führende Kader waren gegenüber bloßen *Sympathisanten* wie mir weisungsbefugt; sie nicht im richtigen Ton und mit den richtigen Vokabeln anzusprechen oder ihnen gar zu widersprechen, ließ auf Relikte des großbürgerlichen Indivi-

dualismus schließen, den wir alle im steten Prozeß von *Kritik und Selbstkritik* auszumerzen versuchten.
Von einem wie Oskar, den man nur selten in den Niederungen der Handlangerinnen zu sehen bekam, überhaupt einer Ansprache gewürdigt zu werden, war also schon eine große Sache. Über ihn ging sogar das Gerücht, er sei ein veritables Arbeiterkind. Außerdem war er Motorradfahrer. In seiner verwegenen schwarzen Lederkluft, deren Steppnähte wuchtige Schulterpolster und deren enger Nierenschutzgürtel schmale Hüften markierten, sah er aus wie die zeitgemäße Version des kühnen Korsaren – eine Ausnahmeerscheinung, das wußte ich bereits, in kommunistischen Kreisen, wo schüttere Schöpfe und Pickel vorherrschten. Im Umkreis der Avantgarde der Arbeiterklasse hatte ich bislang ein nonnengleiches Leben geführt, weshalb ich, bei aller gebotenen Sachlichkeit im Ton, vor Oskar doch schnell mal die hüftlange Mähne, auf die ich so stolz war, mit Schwung zurückwarf: »Bei diesem infernalischen Lärm hier versteht man ja sein eigenes Wort nicht. Kannst du bitte wiederholen, was du gerade gesagt hast?«
»Du solltest dir einmal vergegenwärtigen, Genossin Käthe, daß die Arbeiterklasse in den Fabriken tagein, tagaus noch einem ganz anderen Lärm ausgesetzt ist!« sagte Oskar, und das hochgeklappte Visier seines Helms blitzte streng. Seit ich in das Umfeld der KPD eingetaucht war, nannte ich mich Käthe. Erstens, weil das so naturgewachsen proletarisch klang, und zweitens zugleich so gewollt proletarisch, daß alle nicht ganz Eingeweihten denken mußten, ich sei in der Hierarchie der Volksbefreier auch schon in die Schicht der Decknamenträger aufgestiegen.
»Natürlich, Oskar«, brummte ich und beugte mich tief über die drei Meter lange Bahn aus zinnoberroter Seide, auf die ich seit Stunden in eigentlich ungewohnter Akku-

ratesse mit maisgelber Plakafarbe HOCH DIE INTERNATIONALE SOLIDARITÄT gepinselt hatte. Mit dem Finger prüfte ich, ob die leuchtenden Lettern endlich trocken waren. Die Hohlräume der O's und A's wollte ich fein säuberlich mit der Schere ausschneiden. Riesige Transparente mit zündenden Parolen waren zwar immer sehr eindrucksvoll. Aber sie selbst bei nur mäßigem Wind hochzuhalten, hatte bei den letzten Demos einige verdiente Genossen glatt umgehauen und bei den werktätigen Massen am Straßenrand unpassende Heiterkeit hervorgerufen.

»Weswegen ich aber die Sitzung des *Zentralkomitees* verlassen und mit dir sprechen mußte, ist Folgendes:«, sagte Oskar gereizt, während mir Ungutes schwante. »Da ruft dauernd eine gewisse Pia aus Düsseldorf an und blockiert unser zentrales Kontakttelefon mit bürgerlich individualistischem Kleinkram. Sie redet ständig davon, daß eine gewisse Katharina« – Oskar blickte sich schnell um, ob sich nicht doch ein paar Agenten des Verfassungsschutzes in den Keller eingeschlichen hatten – »eine gewisse Katharina, deren Nachname mit B anfängt und mit G aufhört, sofort zuhause anrufen soll. Es geht um irgendeinen Vater.«

Verdammt! Wie konnte Pia mich nur so blamieren. Pia kannte die Sicherheitsbestimmungen genauso gut wie ich, vielleicht sogar noch besser. Schließlich hatte sie im Juni Hajo geheiratet, und der war, seit er nicht mehr Sozialarbeit studierte, sondern als Maurer malochte, schon als Kader in die Partei kooptiert worden, um dem bislang noch beklagenswerten Mangel an wirklich Werktätigen dort entgegenzuwirken. Uns dreien, die wir in einem abbruchreifen Altbau im Arbeiterviertel Lierenfeld unseren Direktiven entgegenlebten, inmitten von Marx-Engels-Lenin-Mao-Büchern und haufenweise alten Flugblättern, war also vollkommen klar, daß der imperialistische

Aggressor längst alle unsere Leitungen angezapft hatte und wir daher unter keinen Umständen Telefonnummern von Genossen weitergeben noch einen einzigen bürgerlichen Namen nennen durften.

In unseren offiziellen Verlautbarungen geißelten wir natürlich den Verfassungsschutz als ein undemokratisches Instrument der Konterrevolution; insgeheim aber war jeder einzelne sehr stolz darauf, von der Staatsgewalt als so gefährlich eingestuft zu werden, daß er – wie die legendären Piraten und die großen Gangster und alle verehrten Verschwörer der Weltgeschichte – zum konspirativen Leben gezwungen war. Und so war Pia eigentlich auch nur deshalb mit Hajo, den sie entre nous als »langweilig und schlecht riechend« bezeichnete, vor's Standesamt gezogen, weil eine Parteidirektive dies von allen marxistisch-leninistischen Paaren forderte: Man wappnete sich für die ohne Zweifel bald bevorstehende Illegalität. Der Klassenfeind, beeindruckt von der rasch anschwellenden kommunistischen Massenbewegung in der BRD, würde sicherlich in naher Zukunft die Partei verbieten und die bekannten Genossen inhaftieren; Besuchserlaubnisse und Chancen zum Kassibertransport aber bekämen nur staatlich beglaubigte Ehepartner. Wir waren schlau.

»Keine Ahnung, von wem du sprichst«, sagte ich mißmutig und suchte in den Falten des Transparents geschäftig nach einer Schere. »Ich kenne keine Katharina B-Pünktchen-Pünktchen-G.«

Seit ich bei Pia und Hajo eingezogen war, wurde meine Mutter nicht müde, mich mindestens einmal wöchentlich am Telefon abzukanzeln wie ein Kleinkind. Ich solle endlich zu Vernunft und vor allem wieder nach Hause kommen. Natürlich biß sie damit auf Granit, weshalb sie seit neuestem die Taktik geändert und es mit der abgeschmackten Mitleidsmasche versucht hatte: Meinem

Vater gehe es so schlecht. Es bräche ihm das Herz, daß seine Tochter ihr Leben einfach wegwerfe, bevor es überhaupt richtig begonnen habe. Selbstverständlich ließ ich mich von solch plumpen Manövern nicht täuschen. Wenn ihm wirklich etwas an mir läge, könne er sich ja endlich für sein unsägliches Betragen »Im Alten Fährhaus« bei mir entschuldigen und mir außerdem Geld für meinen monatlichen Mietanteil überweisen. »Du bist der Nagel an seinem Sarg!« hatte meine Mutter gesagt, ganz leise, aber unverhohlen drohend. Seit diesem letzten Zank hatte ich stets sofort eingehängt, sobald ich nur ihre Stimme erkannte.

»Dann ist ja alles okay«, meinte Oskar, nachdem ich so glaubwürdig mich und meine Abstammung verleugnet hatte. »Da ich nun aber schon mal extra deinetwegen herkommen mußte, kann ich auch gleich noch etwas anderes klären, was mir direkt bei der ersten Sitzung mit diesem Agitprop-Aktiv hier an dir aufgefallen ist.«

»Aufgefallen? An mir?« Ich ließ die Schere fallen und riskierte einen zweiten Mähnenschwung.

»Ja. Es geht um dein Aussehen«, sagte Oskar, während ich flugs in den Geschichtsbüchern der Zukunft blätterte. »Oskar und Käthe – *das* Liebespaar der deutschen Revolution«, stand da zu lesen, unter einem leicht angegilbten Foto, das uns mit umgehängten Maschinenpistolen zeigte. Ich fuhr mir mit der Zunge über die Lippen: Wie würde Oskar erst staunen, wenn er mich einmal bei Tageslicht sehen könnte. Und nicht so verdreckt von Druckerschwärze und gelber Plakafarbe, sondern frisch dem Schaumbad entstiegen, auf Glanz gebürstet, parfümiert und geschminkt!

»Mit deinem großbürgerlich-bohemehaften Stil verhöhnst du die arbeitenden Massen, und das wird deren Führung, die KPD/AO, keineswegs länger dulden. Da

schleppt sich die Proletarierin müde und ausgezehrt von jahrelanger Akkordarbeit in aller Herrgottsfrühe morgens zur Fabrik, und wer wartet da am Werkstor auf sie und verteilt Flugblätter? Eine Gestalt wie aus einem Modemagazin. Mit riesigen Hüten und bodenlangen Gewändern und klimperndem Schmuck. – Hast du überhaupt eine Ahnung, wie sehr dein Anblick die Arbeiterfrau verbittern muß, die sich doch selbst nur alle paar Jahre mal einen billigen Fummel bei Woolworth leisten kann?«
Die Geschichtsbücher der Zukunft zerfielen zu Staub. Ich schnappte nach Luft und rang um Fassung.
»Was soll denn der Quatsch?! Ist das hier etwa Schmuck?« rief ich und deutete auf meine Armreifen. Weil's interessant zu werden versprach, knipsten die Genossinnen ringsum die scheppernden Maschinen aus. »Das hier ist kein ›Schmuck‹, das sind *Gabeln,* verstehst du, breitgehämmert von einem armen Hippie, dem ich sie für ein paar Mark auf der Straße abgekauft habe! Die Arbeiterinnen müssen für ihren häßlichen Plastikschund bei Woolworth doch weitaus mehr hinblättern. Und was soll der Scheiß mit dem ›Modemagazin‹! Wenn du nur ein einziges Mal in eines von diesen Blättern reingesehen hättest, wüßtest du, daß die Supermini propagieren. Ich aber versuche doch nur, mich gegen den kapitalistischen Konsumterror zur Wehr zu setzen! Hier:« – Ich spreizte die acht Bahnen des Glockenrocks an meinem geliebten Schlabberkleid aus schwarzem Georgette, das älter war als die Dreigroschenoper und wahrscheinlich einmal die Knöchel seiner Besitzerin bei einem Tanztee mit anschließendem Besuch in einem Stummfilmkino umweht hatte. – »Hier: Das Ding stammt aus keinem Kaufhaus und schon gar nicht aus einer sündhaft teuren Boutique, sondern vom Flohmarkt. Keine fünf Mark hat es gekostet, und wenn deine Proletarierin Geschmack hätte und dabei

vielleicht sogar noch rechnen könnte, würde sie auch so ein Kleid tragen!« Das Gespenst meines Großvaters verließ vorübergehend seine Rosenlaube, um durch den miefigen Keller zu huschen und seiner Enkelin zu applaudieren.
Einige der lauschenden Genossinnen schrien entsetzt auf. Ich wußte sofort, daß ich einen unverzeihlichen Fauxpas begangen hatte. Und Oskar sah mich so angewidert an, als habe er Eva Braun oder Emma Göring unselig vor sich: »Mit jedem Wort entlarvst du dein elitäres, arrogantes, überhebliches, durch und durch massenfeindliches Denken! Du hast behauptet, gemäß dem Vorbild des Genossen Mao Tse-tung dem Volke dienen zu wollen; dafür mußt du aber erst einmal von dem Volke eine Menge lernen! – Vielleicht wird es schneller, als wir alle es für möglich halten, auch in der BRD so weit sein, daß die Arbeiterklasse mit der Waffe in der Hand ihr Recht erkämpft: Wenn du bis dahin nicht gelernt hast, dich der Führung der Arbeiterklasse zu unterstellen, findest du dich wahrscheinlich auf der falschen Seite der Barrikade wieder! Genossin Käthe: Ich fordere dich hiermit im Namen des Zentralkomitees der Kommunistischen Partei Deutschlands auf, dich mit Hilfe der anwesenden Genossinnen dem dialektischen Prozeß von Kritik und Selbstkritik zu unterziehen, um dein elitäres Bewußtsein ein für allemal mit Stumpf und Stiel auszureißen. In diesem Aufzug jedenfalls, mit dieser Frisur und diesem Kleid, die nur deine ganze Verachtung für den proletarischen Lebensstil offenbaren, werden wir dich nicht länger das Bild der proletarischen Revolution in den Augen der werktätigen Massen verschandeln lassen!«
Oskar ballte die Faust und reckte sie in das kalte Licht der Glühbirnen. »Rotfront, Genossinnen!« verabschiedete er sich in strammer Entschlossenheit, um aus dem ver-

schimmelten Gemäuer aufzutauchen und in hochwichtiger Mission auf seinem Motorrad durch die linden, lauen Hochsommerlüfte Münchens zu brausen.

Der Geist meines Großvaters flüsterte mir ins Ohr, daß doch hier genau wie im Elternhaus, in der Schule und an der Uni exakt die Anpassung und Unterwerfung von mir erpreßt wurde, gegen die ich mich bislang so vehement verteidigt hatte: Der Unterschied bestehe lediglich in einem noch niedrigeren Niveau. Ich aber konnte schnell seinen einschmeichelnden Bariton als die korrupte Stimme der Konterrevolution enttarnen.

Gottlieb Maria Blasberg war schließlich Fabrikant und, wenigstens zeitweise, Großkapitalist gewesen. Doch zeigte gerade sein schmähliches Ende, daß man noch nicht einmal als Ausbeuter und Unterdrücker in einer Klassengesellschaft glücklich werden konnte. Ich selbst hatte zwar, ungefähr seit dem Ende der Tilman-Affäre, jede Hoffnung auf privates Glück und Zufriedenheit in meinem Leben als Illusion verworfen. Aber statt wie Gottlieb Maria Blasberg in den Rhein zu gehen oder wie meine Mutter eine frustrierte Ehefrau zu werden, wollte ich meine sinnlose Existenz wenigstens für eine gute Sache opfern.

Ich war immer noch Hohepriesterin der Großen Göttin. Nur daß die *Freiheit,* der ich mich geweiht hatte, ihre juwelenglitzernden Schleier längst mit dem schlichten Baumwolldrillich von Ho Chi Minh und dem karierten Kampfkopftuch von Jassir Arafat vertauscht hatte.

Mit einem klagenden Seufzen fuhr das Gespenst des Ahnen zurück in die rheinische Rosenlaube, als sich seine Enkelin tapfer der Gruppenkritik unterzog und Besserung gelobte. Im Geiste der Internationalen Solidarität zückten die Genossinnen hilfsbereit die an den Kilometern roter Futterseide stumpf gewordenen Scheren, um mich von der anstößigen Haartracht zu befreien und mir den

fransigen Rundschnitt zu verpassen, den sie auch alle trugen.
Mit jeder bourgeoisen Locke, die sich zu den verwesenden Kippen und Essensresten und Farbklecksen auf dem brüchigen Estrich gesellte, spürte ich, wie mein Geist gehärtet wurde. Ich war unbeugsam. Bereit. Stählern. Zu allem entschlossen. Ich registrierte den Schmerz noch, aber ich kümmerte mich nicht mehr um ihn. So mußte eine Revolutionärin sein!
In den Hotpants, die mir die Genossin Annegret freundlicherweise lieh, kam ich mir zwar für einen schwachen Moment noch nackt und nuttig vor. Doch die werktätigen, wenngleich ausnahmslos männlichen Massen, die sich im Morgennebel des 25. August 1972 durch die Tore der Siemens-Werke drängten, pfiffen anerkennend bei meinem Anblick, und ich verkaufte, zwischen vier und sieben Uhr, sage und schreibe zwölf Exemplare der ROTEN FAHNE, unseres *Zentralorgans.* Ein einsamer Rekord bislang, weswegen ich von Oskar in der Öffentlichkeit des Obersendlinger Kellers erst gelobt, und dann, in der Privatheit des verfallenen Treppenhauses, zur Mithilfe beim Verfassen eines weiteren Flugblatts in seiner konspirativen Wohnung gebeten wurde.
»Übrigens nervt diese Pia aus Düsseldorf jetzt nahezu stündlich«, sagte Oskar.
»Vergiß es«, sagte ich, hart und stählern und keinesfalls bereit, mein wieder schärfer werdendes Bild in den Geschichtsbüchern der Zukunft vom Telefonterror meiner Mutter gefährden zu lassen.
»Rotfront, Käthe«, sagte Oskar. »Bis heute abend um acht!«
Ich schluckte schnell noch zwei *Captagon* aus der mittlerweile schon recht ausgedünnten Hunderterpackung, die die Genossin Annegret fürsorglich aus der väterlichen Apotheke geklaut und für uns Kellerasseln ausgelegt

hatte – zwar hatten wir auf unsere Transparente auch mehrfach die Forderung nach der 30-STUNDEN-WOCHE BEI VOLLEM LOHNAUSGLEICH für alle Arbeiter gepinselt, wir selbst aber mußten uns bei unserem nun schon vier Tage und Nächte währenden Dienst am Volke tunlichst durch Schlaflosigkeit bewähren. Bis es Zeit wurde, mich zu der von Oskar angegebenen Adresse aufzumachen, schaffte ich es dank der Aufputschpillen, aus stumpf blutroten Stoffbahnen (die optimistisch zinnoberrote Futterseide war inzwischen in allen Münchner Stoffabteilungen ausverkauft) noch zwei weitere Transparente herzustellen: FREIHEIT FÜR DAS PALÄSTINENSISCHE VOLK und KAMPF DEM ZIONISTISCHEN AGGRESSOR. Ein drittes verhunzte ich leider, indem ich beim Ummalen der Schablonen in der herzjagenden Hektik des *Captagon*-Rauschs einen Buchstaben ausließ. Wegen SIEG IM VLKSKRIEG mußte ich wieder Selbstkritik üben, meine Gedanken jedoch schwirrten dabei unablässig um Hemingways Schlafsack.

Die Erde hatte ja bislang nur deshalb nie gebebt, weil ich es immer nur mit verweichlichten Bürgerjüngelchen zu tun gehabt hatte. Nun aber würde endlich auch mir die Stunde schlagen: Denn Hemingways Schlafsack hatte doch schließlich nicht irgendwo, sondern mitten im Spanischen Bürgerkrieg auf seiten der kommunistisch geführten Volksfront gelegen. Und ich machte mich jetzt auf, mich mit der Avantgarde der Klassenkämpfer zu vereinigen!

Die Stadt, die ich in den Hotpants und auf ebenfalls geliehenen Plateausohlen durchstakste, vibrierte in geschäftiger Vorfreude. Die rote Abendsonne brachte die allgegenwärtigen Regenbogenfarben des Olympia-Emblems zum Glühen, allüberall erkannten sich wildfremde Menschen an dem wurstartigen Dackelmaskottchen, das sie unter dem Arm trugen, und umarmten und begrüßten

sich in allen Sprachen dieser Welt. Vor den Straßencafés wurde getanzt, etliche liefen mit Sektflaschen umher, lallten etwas von Völkerverständigung und nötigten jedem, der in einen Trainingsanzug oder in andersfarbene Haut gehüllt war, einen tiefen Zug auf.
Trotzig warf ich das, was mir von meinem Haar geblieben war, in den Nacken und feite mich gegen jede Form von Ansteckung durch diese überbordende Euphorie, indem ich mit aller Gewalt an Napalm und B-52-Bomber und My Lai und Benno Ohnesorg dachte. Ich beschwor die in unseren Publikationen vielzitierte *häßliche Fratze des Kapitalismus,* um mir erneut sicher sein zu können, daß hier in München nur wieder die armen Verblendeten, die nützlichen Idioten, die Ausgebeuteten und Unterdrückten närrisch umeinanderhopsten. Während sich die Verbrecher, die ich irgendwo in mir nicht näher bekannten Chefetagen vermutete, vor Lachen auf die Schenkel klopften und die altbewährte Strategie von Brot und Spielen priesen.
Die konspirative Adresse im Stadtteil Grüntal, die ich wegen der völlig überlasteten Straßenbahnen erst kurz vor neun keuchend anpeilte, entpuppte sich zu meiner nicht geringen Überraschung keineswegs als die triste, proletarische Mietskaserne, die ich erwartet hatte, sondern als ein von Glyzinien und Wildem Wein überrankter, futuristischer Glasquader. Ein schmaler, sonnengebräunter Mann mit den verhangenen Augen und dem sanft rollenden Akzent eines Prinzen aus Tausendundeiner Nacht öffnete mir die kupferne Tür und stellte sich höflich vor als »Comrade Max«. Bei so viel Weltläufigkeit, vor allem aber angesichts der Innenarchitektur, ging mir die grobe »Käthe« nur schwer von den den Lippen. Die letzten Reste der chemischen Munterkeit flackerten noch einmal durch mein Hirn, wie unter einem Blitzlicht konnte ich sehen, wie grotesk meine Aufmachung war, und riechen,

wie grauenvoll ich nach über hundert Stunden ohne Dusche stank. Mit dem *Captagon* verglühte auch jeder Kontakt zur Wirklichkeit. Flüssiges Blei begann, in meine Adern zu fließen, pumpte sich zäh hoch durch den Brustkorb, schwappte schließlich in meinen Schädel. Plötzlich unsagbar schwer, stolperte ich an »Comrade Max« vorbei in den perfekten Alptraum.

Weiße Wände und weißer, knöchelkitzelnder Teppichflor. Die blendende Kargheit der Diele nur unterbrochen von einer barocken Standuhr aus Ebenholz mit goldenen und perlmuttenen Schnörkeln, gekrönt von einem Sensenmann mit der Banderole *Memento mori.* Das Wohnzimmer auf zwei Ebenen, oben mit Kunst (von Zottelfell überzogene Schafsskulpturen weideten still und starr zwischen einer vier mal drei Meter großen, weinenden Comic-Frau von Roy Lichtenstein und einem mindestens ebenso gigantischen Che-Guevara-Poster), unten eine für etwa dreißig Personen konzipierte *Wohnlandschaft* aus weißem, handschuhweichem Leder, kugelförmige Lautsprecher aus blitzendem Chrom von über einem Meter Durchmesser und ein paar wie zufällig verstreute *Sitzsäcke* in Schwarz. Einige Genossen belebten das Ambiente, sie hatten teppichbodenschonend ihre Schuhe und Motorradstiefel ausgezogen und balancierten Aschenbecher aus geschliffenem Murano-Glas auf den Knien. Ein paar Flugblätter und Exemplare der PEKING RUNDSCHAU waren fein säuberlich gestapelt. Keine Bierflasche, der nicht ein versilbertes Tellerchen untergeschoben war.

»Da bist du ja endlich«, stellte Oskar verdrießlich fest, während er umständlich einen riesigen Stadtplan für die anstehende Generaldebatte über den Aufmarsch zur morgigen Großdemonstration entfaltete.

»Ist das dieses Mädel aus Düsseldorf, das von seinem Papilein so vermißt wird?« wollte einer wissen.

»Kannst du mir bitte mal diese Scheiße hier erklären?« fragte ich Oskar. »Woolworth, ja? – Akkordarbeit, oder? – Daß ich nicht lache!« – Ich war wohl ziemlich laut geworden; alle unterbrachen ihre Gespräche und sahen zu mir her.

»Das Haus gehört einem Sympathisanten, einem aufrichtig antiimperialistisch gesinnten Rechtsanwalt, der es uns für die Dauer seines Urlaubs zur Verfügung gestellt hat. Und es dient dem Volke. Wenn du es immer noch nicht verstehst: Hier vermuten uns die Bullen doch nie und nimmer!«

Das Lachen war viel zu groß für mich. Es blähte mir die Milz. Es kräuselte meine Leber. Es zerfranste mir die Mundwinkel. Das Lachen wrang mich aus wie einen nassen Feudel und hängte mich hilflos hechelnd über ein hochglanzpoliertes, weißes Sideboard. Ich bin übermüdet, wußte ich, überarbeitet, überreizt. Aber das nützte nichts. Das Lachen zerriß mich.

»Du bist hysterisch«, sagte Oskar. »Du störst. Da hinten im Ostflügel ist irgendwo die Küche. Sieh mal zu, ob du wenigstens was zu essen zustande bringst. Wir haben Hunger.«

Die Küche entpuppte sich als ein blitzendes Wunder aus Edelstahl, aber immerhin beinhaltete sie auch ein weiß bezogenes Höckerchen, das ich nahe an die Arbeitsplatte schob. Ich schlief ein, den Kopf auf weißen Marmor gebettet.

Seltsamerweise weiß ich heute noch genau, was ich damals träumte, wirres Zeug von einem gefiederten Dackel, der mir immer und immer wieder vorwurfsvoll seinen zerfetzten, zersplitterten »Ostflügel« entgegenreckte. Auch kann ich ziemlich exakt Oskars kleine Ansprache rekonstruieren, die er mir hielt, nachdem er mich wachgerüttelt und in ein voll verspiegeltes Schlafzimmer und an ein

Bett geführt hatte, das von mehreren Zebrafellen bedeckt war.
Er referierte über den Primat der Politik in seinem Leben, alles habe er der Priorität des Klassenkampfes untergeordnet. Nicht die geringste Zeit habe er daher für eine normale Beziehung. Da aber das Sein das Bewußtsein bestimme, sei auch er, Oskar, gelegentlich von hormonellen Anfechtungen betroffen, die ihn in seiner Konzentration auf die proletarische Revolution stören könnten. Ich, Käthe, sei aber doch eine erfahrene, solidarische Genossin?! – Just dies wollte ich immer noch sein. Weshalb ich ihm, wie er es nannte, einen runterholte, und dann gleich noch einen, und dann rollte er sich zu revolutionärem Schlaf zusammen, und ich ging unter die Dusche, die ich erst nach einer Dreiviertelstunde wieder verließ. Von diesem Zeitpunkt an sind meine Erinnerungen an München nichts als einzelne Bild- und Tonfetzen, zu einer sinnlosen Collage zusammengestückelt.
Da sehe ich mich neben der Genossin Annegret im weichen Gras auf einem Hügel beim Olympiastadion sitzen, und unten strömen über achtzigtausend festlich gestimmte Menschen zur Eröffnungsfeier zusammen. »Guck dir die Schweine da an!« sagt Annegret. Wir hören die Fanfaren und die Stimme von Joachim Fuchsberger. »*Grie-chen-land!*« tönt es zu uns herauf, und obwohl ich nichts sehen kann, weiß ich seit den Olympischen Spielen von Himmelgeist, daß nun der Einmarsch der Nationen begonnen hat.
Die Tochter Josef Blasbergs hätte ihr rechtes Auge dafür gegeben, jetzt dabei sein zu können, da unten, wo all die anderen sind. Aber die Genossin Käthe hier oben auf dem Hügel darf nichts als Verachtung empfinden. Haß wäre noch besser. Irgendein Zwischenfall müßte sich ereignen, irgendeine Tragödie müßte geschehen, um die Satten und

Zufriedenen da unten endlich wachzurütteln. »Ich begreife nicht, wieso da keiner mal ne Bombe reinschmeißt«, sagt auch Annegret. Die Bigband der Bundeswehr spielt *Horch, was kommt von draußen rein.*

Dann sehe ich mich ständig auf der Straße stehen, mitten in den dichten Menschentrauben, die sich vor den Schaufenstern der Radio- und Fernsehgeschäfte zusammenrotten und die Live-Übertragungen der Wettkämpfe begeistert verfolgen. Ich habe ein schlechtes Gewissen, weil Sport natürlich auch nur Opium fürs Volk ist. Aber von den gemeißelten Bauchmuskeln des Mark Spitz kann ich mich einfach nicht losreißen, und auch nicht von dem blitzenden Lachen unter seinem Schnurrbart, das nur so strotzt vor Jugend und Sieg und Lebensfreude. Mit *Captagon* im Blut kann ich mir einbilden, daß Oskar auch einen Schnurrbart trägt.

Ich bin so müde.

Dann wieder der Keller. Fabriktore. Zehntausende, die auf dem Marienplatz an unseren Infoständen aus mit roten Tüchern gedeckten Tapeziertischen vorbeispülen.

Inzwischen hört im Glaspalast niemand mehr morgens einen Wecker. Jemand bringt ein Ungetüm mit, eine veritable Fabriksirene, ein schwarz angemaltes Monstrum mit einem mittleren Alphorn unten dran. Das Monstrum hat man mit Augen und einem weit aufgerissenen Haifischmaul bemalt, und ein Genosse, von dem bewundernd geraunt wird, er sei Meß- und Regelmechaniker bei Siemens, kommt vorbei und schließt es an die Elektrik des Glaspalastes an.

Um Punkt vier Uhr morgens heult die Sirene auf im noblen, friedlich schlafenden Grüntal. Alarm, Weltuntergang, Chaos, Krieg. Niemand von uns weiß, wie man das verdammte Ding abstellt. Also stopfen wir Badetücher in die Tröte, werfen uns mit berstenden Trommelfellen auf sie.

Schließlich reißt einer die gesamte Anlage mit allen Drähten aus der Wand und, ein paar Minuten später, das Telefon, das nicht mehr stillstehen will, gleich mit dazu. Die zerrissenen Leitungen hängen aus der weißen, geborstenen Wand wie die Fühler eines eingemauerten Insekts aus der Kreidezeit.
Ich will nach Hause.
Dann Männer mit Kapuzen und Gewehren auf einem Balkon im Olympischen Dorf. Entsetzen und fassungsloses Weinen vor den Schaufenstern, erregte Debatten im Glaspalast. Mit zwei weiteren Genossen übe ich scharfe Selbstkritik. Wegen *Humanitätsduselei.* »Über Menschlichkeit sprechen wir, wenn wir den Sozialismus erkämpft haben!« schreit Oskar.
Man einigt sich auf das proletarische Grundwissen von Hobeln und Spänen. Und über Böden, die allmählich doch zu heiß werden.
Der Hubschrauber von Fürstenfeldbruck. Ich wage nicht zu fragen, wo eigentlich »Comrade Max« abgeblieben ist, den ich seit fünf Tagen nicht mehr gesehen habe. Tausendundeine Nacht ist nichts als ein Märchen.
»Avery Brundage hat gesagt, die Spiele müssen weitergehen«, informiert mich ein Vertreter für Stillbüstenhalter, der mich am Autobahnkreuz Nürnberg-Feucht aufgabelt. Er findet das richtig.
»Mein Gott, wie siehst du bloß aus«, flüstert Pia, als ich plötzlich und unerwartet im Türrahmen lehne. Ihr Zimmer duftet nach Jasmintee. Sie nimmt mich in die Arme.
Der erste Herzinfarkt hatte meinen Vater am 21. August aus seinem lichtlosen Versteck hinter der Drogerie gerissen. Martinshorn, Intensivstation. Zehn Tage später war er wieder in Himmelgeist, weil er auf keinen Fall DIE HEITEREN SPIELE verpassen wollte. In Decken eingemummelt,

weil ihm immer so kalt war, saß er vor dem Fernsehgerät, meine Mutter und die getreue, inzwischen verwitwete Frau Breuer traditionsgemäß an seiner Seite. Sein Liebling war Heide Rosendahl mit ihren lustigen Ringelsocken, und immer noch konnte er darüber staunen, daß die ganze Welt jetzt das sehe, was auch er vor Augen hatte. Fröhliche Deutsche.

Keine Chronik führt Josef Blasberg unter den Opfern des Massakers von Fürstenfeldbruck. Aber als die ersten Bilder des zerfetzten, zersplitterten Hubschraubers sein Wohnzimmer erreichten, mußte meine Mutter wieder den Notarzt rufen. Zwei Tage später starb er, seine Frau und zwei seiner drei Kinder standen an seinem Bett.

Sein letztes Wort war klar und deutlich für alle zu verstehen. ›Liebelein‹, hatte mein Vater gesagt.

Oskar und Annegret habe ich noch einmal gesehen, wenn auch nur auf Fotos. Oskar in irgendeiner Klatschspalte, als *der* Vertreter der *Neuen Wilden,* der immer diese tollen Künstlerfeten schmeißt. Annegret in einem Postamt. Auf einem Fahndungsplakat.

Kapitel 4:

Im Westen viel Neues

Zur Feier meines vierzigsten Geburtstages und der damit verbundenen Heimkehr nach Himmelgeist faßte ich den guten Vorsatz, mich in Zukunft der Grundsätzlichkeit zu enthalten. Nach fast drei Jahrzehnten, in denen es mir *ums Prinzip* gegangen war, schien es an der Zeit, mich zur Abwechslung einmal mit Realitäten wie Pachtverträgen und Kartoffelvorräten zu befassen. Selbst die elementare Debatte darüber, wie unsere Kneipe eigentlich heißen sollte, führte ich vergleichsweise leidenschaftslos, und obwohl ich mit Vorschlägen von großer Aussagekraft wie dem plakativen ZUR WEISSEN TAUBE oder dem prägnanten ZU NEUEN UFERN aufwarten konnte, begnügte ich mich mit ein paar Gereiztheiten und noch nicht einmal zwei Schweigestunden, bis ich Clemens, der gerade an Vivaldis Concerti Grossi arbeitete, sein vergleichsweise banales EN DE EHD genehmigte. Seit fünfzig Jahren schon trägt das Haus, das sich mit der Schmalseite fast an den Deich schmiegt und daher, von der Straße aus betrachtet, tatsächlich halb in der Erde hockt, diesen Namen.
Doch wie jeder Rekonvaleszent leide ich gelegentlich an schweren Rückfällen. Wenn ein Novemberregen wochenlang gegen die Fenster pladdert oder wenn mir die Eisheiligen die exotischen Kübelpflanzen verhageln, mit denen ich draußen am Kneipeneingang ein wenig gehobene Urlaubsstimmung zu erzeugen suche, oder wenn ich wieder einmal über Steuerbescheiden brüte in der bislang stets vergeblichen Hoffnung, endlich den alles erklärenden Fehler zu finden – in den ganz trüben Stunden der Tristesse also ist mein Immunsystem deutlich geschwächt. Wie eine Malariakranke werde ich dann wieder geschüttelt von fiebrigen Schüben; das Verlangen nach radikaler Veränderung, nach tabula rasa, nach eisernen Besen scheint mir letztlich unausrottbar im Blut zu pulsen. Daß ich ihm jedoch nicht mehr erliege, ist durch ein relativ neues und

beunruhigendes Phänomen zu erklären: Ich mag mich nicht mehr in die Arme meiner Göttin flüchten.
Früher pflegte ich mich mit der Vorstellung der wie auch immer gearteten *Freiheit* gegen alle Anfechtungen einer miserablen Welt-, Wetter- oder Finanzlage zu feien. Jedes individuelle Leid mußte, da wir ja alle gleich geboren waren, auf einem gesellschaftlichen Mißstand beruhen; um das Elend der Welt zu heilen, lagen Patentrezepte und Gewaltkuren in reichhaltigster Auswahl bereit. Wenn man nur das richtige Mittel oder die richtige Theorie fand, dafür hätte ich mich kreuzigen lassen, waren alle Tore geöffnet in eine wunderbar gerechte und damit paradiesische Zukunft.
Seit ich mich jedoch mehr der Gegenwart und bisweilen auch der Vergangenheit widme, winkt mich die Göttin nicht mehr zu sich. Ab und an versuche ich noch, sie mir vorzustellen. Doch die verschwiemelte Gestalt, die mir erscheint, trägt weder verheißungsvollen Glitzerschleier noch provokative Partisanenkluft, sondern eine schäbig spießige Tracht, die an weiße und geblümte Kittel und manchmal sogar an die bodenlange Servierschürze erinnert, die ich mir abends für die niedere Tätigkeit des Bedienens umbinde. Zur Strafe bestreike ich die Göttin und kann folglich in trüben Stunden Trost nur noch bei den Sterblichen suchen.
»Sieh dir meine Füße an«, fordere ich mitleidheischend Clemens auf, wenn ich die Schmerzensreichen zur spätnachmittäglichen Teestunde und in Vorbereitung auf den pünktlich um neunzehn Uhr einsetzenden Ansturm auf eine kleine Kissensäule hochlagere. »Blaurote Klumpen, zur Unkenntlichkeit angeschwollen, und mit jedem Tag werden sie schlimmer. Bald werde ich überhaupt in keine Schuhe mehr passen, sondern nur noch in mittelgroße Paddelboote.«

»Was willst du: Wer nichts wird, wird Wirt!« antwortet ungefragt meine Mutter, die, seit Clemens sie im Lieferwagen immer öfter aus dem Altenheim zu uns holt, zumindest tagsüber eine gewisse Allgegenwart auf unserem Sofa entwickelt hat. Auch einen knappen Doppelzentner alter Fotoalben hat er unlängst zu uns nach Himmelgeist überführt, und erstaunlich mitteilsam und weitschweifig führt Clara Blasberg mit ihrer Hilfe Clemens den Wißbegierigen auch in die feinsten und verworrensten Verästelungen unseres Familienstammbaums ein. Dazwischen nutzt sie jede Chance für einen wohlgezielten Seitenhieb: »Du hast es aus freien Stücken abgelehnt, einen anständigen Beruf zu erlernen, also hör auf zu jammern und kauf dir endlich Schuhe mit vernünftigen Absätzen.«
»Was heißt hier Vernunft«, protestiere ich und massiere die gequetschten und verkrümmten Zehen. »Die Regenwälder werden abgeholzt, Bangladesh und die Malediven gehen unter, und da kommst du mir mit vernünftigen Absätzen?« Vor dem Hintergrund all der Gefahren, die diese Republik, diesen Kontinent und diesen Planeten bedrohen, erscheint mir an wehleidigen Tagen mein bescheidenes Leben zwischen Altbierfässern, Putzfeudeln und Serviertabletts nur absurd.
»An Ihrer Stelle würde ich jetzt aufpassen, Clemens«, warnt meine Mutter. Seit sich Clemens zu meinem gelegentlich aufflammenden Ärger erst mit der Geige in ihr Ohr und dann, mit zahlreichen Aufmerksamkeiten und Respektbekundungen, auch in ihre sonst so unnachgiebige Seele zu spielen verstand, ist sie zwar bereit, ihn beim Vornamen zu nennen und ihrer mütterlichen Ratschläge teilhaftig werden zu lassen; doch bekundet sie durch penetrantes Siezen auch weiterhin ihren ungebrochenen Vorbehalt gegen das, was sie eine *wilde Ehe* zu nennen beliebt. »Wenn meine Tochter auf die Kanzel steigt und über

das Weltgeschehen predigt, ist immer Gefahr im Verzug. Dann sucht sie einen Grund, alle Brocken hinschmeißen zu können. Ihren Gesangsunterricht hat sie damals Knall auf Fall sausen lassen wegen der Kinder in Biafra. An ihren ganzen Fünfen in Mathematik war nie ihre Faulheit schuld – bewahre! –, sondern das Ende des Prager Frühlings. Ihr Studium hat sie abgebrochen, weil in Vietnam Krieg war und in China Kulturrevolution, und ein Kind wollte sie nie austragen und großziehen wegen der Kernkraftwerke. Sobald etwas Arbeit, Mühe und Geduld erfordert, sieht man unsere Katharina nur noch von hinten!«
An dieser Stelle macht sie für gewöhnlich eine kleine Kunst- oder Atempause, um mir Gelegenheit zu einem empörten Aufschrei oder wenigstens dem beredten Augenverdrehen der ewig Unverstandenen zu geben. Dann greift sie nach Clemens' Hand, um sie beruhigend zu tätscheln. »Aber auf eines können Sie sich verlassen, mein Lieber: Wenn Katharina eines Tages keine Lust mehr hat, Ihrer beider Kneipe zu fegen und die Gäste zu bedienen, wird es auch dafür einen guten Grund geben. Wahrscheinlich das Ozonloch.«
Clemens, dessen vornehmste Aufgabe es doch sein müßte, als mein Ritter in die Schranken zu treten, scheint sich übrigens bei unseren Scharmützeln bestens zu amüsieren. Wie der Stuhlschiedsrichter beim Davis-Cup, so verfolgt er unsere Wortwechsel mit gespannter Aufmerksamkeit und rhythmischen Kopfbewegungen.
»Fehlt nur noch, daß du zwischendurch den Punktestand bekanntgibst«, murre ich später, wenn meine Mutter sein Angebot, sie ins Stift zurückzufahren, mit gewohnt überlegener Ablehnung beschieden und sich von mir mit dem unvermeidlichen »Sei brav und fleißig« verabschiedet hat. Im gleichen Wortlaut pflegte sie mich vor ein paar Jahrzehnten jeden Morgen in die Schule zu entlassen.

»Gegen deine Mutter kannst du nicht gewinnen«, stellt Clemens sachlich fest. »Das ist eine Marathon-Frau, die hat den ganz langen Atem.«
»Dann soll ich also aufgeben? Zu Kreuze kriechen? Einen Kotau machen und ihr demütig mein Leben überreichen: Nimm, Mütterlein, und verfüge nach Gutdünken darüber, denn das ist es ja, was du immer schon wolltest?«
Die Fingernägel an Clemens' rechter Hand sind um einiges länger als die der linken und mit Sorgfalt spitz zugefeilt, damit er seine Saiteninstrumente sauber zupfen kann. Wenn er mir also, wie es seine Gewohnheit ist, wieder einmal mit dem rechten Zeigefinger zart auf die Nasenspitze stubst, kann ich der Berührung noch lange nachspüren. So, als habe er die Nase markiert. Mit einem bunten Fleck, dem Kennzeichen aller Clowns.
»Unsinn«, sagt Clemens, während ich fühle, wie meine Nase zu leuchten beginnt. »Deine Mutter will nur, daß du endlich einmal bleibst. Dabei bist du so rührend, wenn du mit dieser dicken weißen Strähne auf dem Kopf immer noch den Nestflüchter spielst. Und trotzig wie eh und je gegen die verlogene Welt der Erwachsenen ankämpfst.«
Die Haut auf seinem schmalen Schädel ist an den oberen Schläfenseiten, wo ihn ein Teil seiner aschblonden Wellen zu seinem stillen Kummer für immer verlassen hat, ganz glatt und straff gespannt. Ihn dort zu küssen ist, als ließe man die Lippen langsam über einen großen, vom Wasser rundgeschliffenen und von der Sonne erwärmten Rheinkiesel gleiten: »Nur kein Neid«, murmele ich friedlich und leise in seine Poren.
Clemens hatte nie Eltern, an denen er sich reiben und wetzen und die er verwünschen konnte. Er weiß noch nicht einmal mit Sicherheit, ob er sich an das schwarze Motorrad, das seinen Vater unter einen Lastwagen katapultierte, und an den zigarrenförmigen Beiwagen, aus

dem man seine Mutter schweißte, tatsächlich erinnert. Oder ob er sich die monströse Maschine nur aus den Erzählungen seines Patenonkels, der den vierjährigen Waisenjungen zu sich nahm, erst viel später rekonstruierte.

Der Onkel hieß Hermann von Salden, hatte sich als »Mitläufer« in der Waffen-SS um das Vaterland verdient gemacht und es in der Milchbar-Ära zum Kammervorsitzenden am Landgericht Düsseldorf gebracht. Wenn Sophie von Salden ihren Jour Fixe hielt, mußte Clemens mit einem tiefen *Diener* die Salzstangen und den Käse-Igel mit Weintrauben anbieten, die Paganini-Etüden vorspielen und gemeinsam mit den Gästen hören, wieviel »der arme Junge«, seine Kleidung, seine Schuhe und sein Geigenunterricht die von Saldens schon gekostet hatte. Viermal lief er weg, und viermal wurde er von Polizisten wieder eingefangen, und als Onkel Hermann begann, das Abendbrot mit Betrachtungen über ›Natterngezücht‹ anzureichern, das man an seinem Busen nähre, plante Clemens seinen Auftritt beim nächsten gesellschaftlichen Ereignis mit äußerster Akribie.

Er besorgte sich Körperfarbe in Schwarz, Rot und Gelb, bastelte einen Kopfschmuck aus Hühnerfedern und verbrauchte vier Rollen Wellpappe, bis ihm die Nachbildung der einen Meter langen, hochaufgerichteten und mit einer Kette aus Holzperlen am Hals befestigten Papua-Neuguinea-Penishülse gelungen erschien. Solchermaßen geschmückt, aber ansonsten splitterfasernackt umtanzte er die erlauchte Versammlung zu schrillen Variationen über die schwarzbraune Haselnuß, das Polenmädchen im Polenstädtchen und natürlich das Horst-Wessel-Lied.

Der Leitende Oberstaatsanwalt wurde handgreiflich, die Gattin des Thyssen-Aufsichtsratsmitglieds auch. Den Schluckauf der Sophie von Salden mußte der an ihr

Schmerzenslager gerufene Hausarzt mit einer Beruhigungsspritze bekämpfen, und Hermann von Salden erging sich so lange schreiend über ›Untermenschen‹ und den kurzen Prozeß, den man früher »mit so jemandem« gemacht habe, daß er in der mit Jagdtrophäen geschmückten Vorhalle die Fußnote »Von mir aus kannst du vor dieser Haustür verrecken« nur noch heiser hauchen konnte. Clemens aber fand Unterschlupf in einem fröhlichen Kollektiv von Flohmarkthändlern und Gelegenheitsdealern, wo seine Laufbahn als Nachtwächter, Straßenmusikant und beliebter Erfinder von Koch- und Backrezepten auf Haschischbasis begann.

»Dat dä Schäff aber auch in jungen Jahren schon so viel mitjemacht hat«, darüber kann sich Frau Blocksiepen noch heute nicht genug empören. Seit einiger Zeit ist sie übrigens dazu übergegangen, für Clemens' spätabendliche Darbietungen das Scheuertuch, mit dem sie den Fettspritzern auf Herd und Kacheln den Garaus macht, beiseite zu legen. Akkurat faltet sie den Kittel über eine Stuhllehne und überwacht von der sperrangelweit geöffneten Küchentür aus mit verschränkten Armen das Lokal. Unter ihren gestrengen Blicken wagt kaum ein Gast, in die Musik unziemlich hineinzuschwatzen oder dem Künstler den gebührenden Applaus zu versagen, den sie mit ihren starken, großflächigen Händen beträchtlich verstärkt: »Un dat dä dabei dann noch so schön spielen kann!« – Clemens ist in die höchste Kategorie Blocksiepenscher Sympathie aufgestiegen, dorthin, wo sich ansonsten nur geprügelte Hunde und ausgesetzte Kätzchen tummeln dürfen.

»Wir haben wohl alle unser Päckchen zu tragen«, merke ich dann säuerlich an. Schließlich definiere auch ich mich als eine Gebeutelte, und wenn ich nur wollte, könnte ich sogar als Beweisstück den zentnerschweren Koffer aus dem Keller unter der Kneipe hochzerren, den ich seit einem Vierteljahrhundert durch mein Leben schleppe. Doch an ihn mag ich nicht rühren – ein wenig Mitgefühl steht mir doch wohl trotzdem zu.

»Ach ja?« fragt die Unbeirrbare nur spitz, bevor sie sich wieder in ihr Königreich zurückzieht. Und der Ausdruck, mit dem sie mich von oben bis unten mustert, läßt keinen Zweifel daran aufkommen, welchen Platz ich in ihrer Fabelwelt einnehme. Für Frau Anna Blocksiepen bin ich eine als hinkendes Lamm verkleidete Wölfin.

Ich werde mich also an ein Leben mit Menschen gewöhnen müssen, die mich besser kennen, als mir lieb ist. Gegründet habe ich eine Gesellschaft mit beschränkter Haftung, basierend auf verbindlichen Verträgen und unverbindlichen Gedanken – bekommen habe ich statt dessen wieder eine Familie. Einen Verbund gegenseitiger Verflechtungen und Verpflichtungen. Daß ich in dem kleinen Rudel keineswegs die angestrebte Alpha-Position einnehme, sondern ganz am Ende der Rangordnung dümpele, ist demütigend und ernüchternd. Was immer bei uns auch auf der Tagesordnung steht, welche Entscheidung auch immer getroffen werden muß: Das Dreigestirn votiert verläßlich gegen mich.

Neulich, als ich mich wie üblich schwerbeladen mit Reibekuchen, Brotkörben und Kompottschälchen durch Tische, Stühle und Gäste zwängte, sah ich mich mehrfach von einem Mann behindert, der mir auf Anhieb widerwärtig war. Er stand mitten auf meiner Hauptkreuzung, obwohl durchaus noch ein paar Sitzgelegenheiten frei waren, und trotz der fast tropischen Hitze, die zur Hauptstoßzeit bei uns herrscht, hatte er weder den Burberry-Mantel noch den dito Schal abgelegt. Er starrte auf das Porträt meines Großvaters, und ohne das affektierte Getue mit der Brille, die er auf- und absetzte, auf die Nase her-

unterrutschen ließ und dann wieder hochschob, hätte man ihn für eine dieser täuschend lebensechten Gipsskulpturen halten können, mit denen Museen in aller Welt ihre Besucher foppen.
»Pardon«, sagte ich gemäßigt vorwurfsvoll, als ich ihn das dritte Mal mühsam umging. »Wollen Sie sich nicht irgendwo dazusetzen? Das ist hier so üblich.«
Der Mann im Karo würdigte mich keines Blickes. »Ich will den Besitzer sprechen«, schnarrte er flegelhaft, die Augen fest auf Gottlieb Maria Blasberg, den gekringelten Barsoi Filou und die Kletterrosen geheftet.
»Das tun Sie bereits!« Ich war gereizt, denn ich hörte aus der Küche den großen Gong dröhnen, auf den Frau Blocksiepen immer dann einschlägt, wenn eine weitere Platte Reibekuchen servierfertig ist. Trotzdem bemühte ich mich noch um Manierlichkeit.
Der Mann im Karo drehte sich endlich zu mir um, und nachdem er pedantisch jeden Kartoffelbrösel auf meiner Schürze gezählt hatte, pöbelte er los: »Wissen Sie überhaupt, was Sie hier in all dem Gestank und dem Qualm verrotten lassen? Das ist ein echter Mühlmann!« Ohrenscheinlich hielt er mich für debil. »Ich weiß«, sagte ich so ruhig, wie es in Anbetracht solcher Unverschämtheit möglich war. Frau Blocksiepen drosch inzwischen derart auf den Gong ein, als wolle sie einer Gruppe nepalesischer Mönche einmal zeigen, was Ekstase ist.
»Einfach eine Schande, so was!« ereiferte sich der Kunstfreund weiter. »Wie sind Sie überhaupt an so ein Bild gekommen?«
»Ich habe es geerbt.« – Der Film, der hinter seiner Brille ablief, war gestochen scharf. Im Kostüm einer Geriatrie-Hilfspflegerin umgarnte ich da in erbschleicherischer Absicht arme, alte Leute, um sie um ihre letzten Habseligkeiten zu prellen. »Von meinem Vater«, stellte ich richtig.

»Der da auf dem Bild ist nämlich mein Großvater, und wo ich ihn hinhänge, ist einzig und allein meine Sache. Und nun werden Sie mich entschuldigen, ich habe zu tun!«

Einige Tage später öffnete ich einen steifen Büttenbrief mit dem auf das Couvert geprägten Absender Dr. Siegbert Carl. »Unter Bezugnahme auf unser Gespräch vom 18. huius«, teilte er mit, daß er Kenner und Sammler R. Mühlmanns sei. Der Meister spätromantischer Landschaften habe nur selten seinen Pinsel für Auftragsporträts zur Verfügung gestellt, daher »erlaube« er, Dr. Carl, sich, mir folgendes Angebot zu unterbreiten.

»Für den Rest des Jahres werden alle unsere Schecks gedeckt sein«, verhieß ich dem versammelten Plenum. Ich war mit mir zu Rate gezogen und hatte entschieden, daß bei unserer chronisch angespannten Budgetlage auf Sentimentalitäten keine Rücksicht genommen werden durfte. Was hatte es schließlich für einen Sinn, den Großvater zwar zu behalten, ihm aber irgendwann in den Ruin zu folgen? »Und für neue Armaturen auf den Gästetoiletten wird's auch noch reichen.« Da die Begeisterung des Plenums auf sich warten ließ, glaubte ich noch eine freudige Aussicht nachschieben zu müssen.

Die Dreierkoalition bestand auf reservierter Haltung. Frau Blocksiepen hatte sich zurückgelehnt und schüttelte in schweigsamer Mißbilligung den Kopf. Meine Mutter widmete sich ungerührt weiter ihren winzigen Patiencekarten, die sie mit den knotigen Greisenfingern nicht mehr richtig mischen, sondern nur noch auf dem Tisch untereinander schieben kann. Clemens legte bedächtig die Partitur beiseite, in der er geblättert hatte. »Wie willst du singen, wenn du das Bild nicht mehr vor Augen hast?« fragte er und ließ meine Seele in Zuneigung eintauchen wie in ein warmes Schaumbad. Clemens versteht so viel.

»Wenn wir die Kneipe aufgeben müssen, weil wir die

Pacht und die Bankzinsen und die Steuervorauszahlungen nicht mehr aufbringen können, stellt sich diese Frage nicht mehr«, sagte ich. »Was ist bloß los mit euch! Dauernd redet ihr mir von Vernunft, aber sobald ich dann total rational argumentiere, ist es auch wieder nicht recht, und ihr sitzt da wie die Ölgötzen.«

Wenn meine Mutter mich direkt anschaut, was selten genug geschieht, gibt mir das immer einen Stich ins Sonnengeflecht. Ihre Augen, früher lebhaft und eindringlich in ihrem klaren Kontrast von Dunkelblau und Weiß, sind inmitten all der faltigen Haut so klein geworden, daß sie nur noch schwarz erscheinen. Uralt ist ihr Blick und zugleich zeitlos. Schimpansenaugen, blitzte es mir kurz durch den Kopf, während sich meine Mutter schnell wieder von mir ab- und den Karten zuwandte: »Ich sage dazu nichts mehr.« In einem Ton, der ihren Zorn ebenso wie ihre Resignation über meinen zweifellos erneut anstehenden Verrat vorwegnahm.

Frau Blocksiepen blieb, wie so oft, das Schlußwort vorbehalten: »So schläscht kann et einem jarnit jehen, dat man seinen Oppa verkaufen tät. Un damit basta.«

Zu meiner eigenen Verblüffung wollte das früher nach einer solch eklatanten Niederlage unvermeidliche Referat über »die Familie als Zwangsgemeinschaft« unter mehrfacher Verwendung der Vokabel *Fremdbestimmung* keineswegs in mir aufkeimen. Statt dessen konnte ich nur unter Aufbietung eiserner Selbstbeherrschung der Oppositionsfraktion kurzfristig den gewohnten Anblick der Erniedrigten und Beleidigten gönnen, bis ich mich aus irgendeinem fadenscheinigen Grund ins Nebenzimmer verzog, wo ich Dr. Carls Offerte genüßlich in kleine Fetzen riß. Nie: Niemals: Unter gar keinen Umständen werde ich meiner Mutter und Frau Blocksiepen beichten, welchen Schimpf ich dem Bildnis des Ahnen schon angetan habe.

An denkbar schändlichem Ort wurde es entweiht. In einem Raum, eng und schmal wie ein Badetuch. An einer buckligen, grob gekälkten Wand, vis-a-vis einer grau geschrubbten, rissigen, wackligen Kloschüssel mit durchgesessener Holzbrille und einem rostigen Wasserbehälter mit eiserner Abzugskette, die dauernd klemmte und alle paar Monate riß. Gottlieb Maria Blasberg, den legendären Bonvivant mit den erlesenen Manieren, den Mann, der die Kunst und die Schönheit und die Verfeinerung liebte, – ihn habe ich auf einen stinkenden Abort verbannt. Um meiner Mutter, die freilich nichts davon ahnte, eins auszuwischen.

Just zu der Zeit, als ich die monatelange Wahnvorstellung, mein toter Vater müsse doch frieren, so allein da tief unten in seiner Holzkiste, endlich überwunden hatte und nachts nicht mehr von Träumen gepeinigt aufwachte, war mir der Großvater, verschnürt in dicke Lagen Pappe, per Frachtgut frei Haus geliefert worden. Ohne Kommentar, nur mit dem Absender meiner Mutter. Der erste Impuls, diesen ebenso üblen wie durchsichtigen Versuch der *Manipulation* mit einem eiskalten und gleichfalls wortlosen Rückpaß zu bestrafen, war leider in all den Aufregungen und Turbulenzen in unserem Wohnkollektiv untergegangen.

Der Überzeugungsmaurer Hajo, der immer noch Woche für Woche erst die ROTE FAHNE studieren mußte, bevor er seine Meinung kannte, hatte mit großer Ehrfurcht meinem Bericht über Oskars Theorien vom solidarischen Abbau politischen Hormonstaus gelauscht und war mehrfach mitten in der Nacht an meinem Matratzenrand erschienen, wo er, mit hochrotem Kopf und wegen Pia im Nebenzimmer nur leise flüsternd, einiges von dem »festen Klassenstandpunkt« stotterte, den das ZK in allen Fragen habe. Pias von da an mißtrauische Blicke auf mich waren nur wenig freundlicher geworden, als ich ihr versicherte, mich von einem wie ihrem Angetrauten noch nicht einmal mit einer Kneifzange anfassen zu lassen, aber immerhin waren wir uns nach ein paar reinigenden Generalaussprachen bald wieder dahingehend einig, in Zukunft zwar auch weiterhin am großen Entwurf des Kommunismus festhalten, uns auf dem Weg dahin jedoch nicht länger von einem wichtigtuerischen Klüngel undemokratischer Haarestutzer und verklemmter Hotpantsschieler gängeln lassen zu wollen.

Als ich ein paar Monate später – der unverrückbar linientreue KPD-Funktionär Hajo hatte uns »Bürgerbutzen!« ein letztes Mal seine Verachtung entgegengeschleudert und mit einem Mietrückstand von drei Monaten, einer Räumungsklage sowie beinahe möbellos sitzenlassen – beim Kartonpacken für den anstehenden Umzug im Keller über den mattgolden schimmernden Art-Nouveau-Rahmen stolperte, war die ursprünglich großartige Geste gegenüber meiner Mutter wegen allzu großer Verspätung lächerlich geworden. Also begleitete der bourgeoise Bankrotteur Pia und mich in unser neues Domizil, und in kicherndem Einverständnis wiesen wir ihm den Platz zu, der sowohl unsere Verachtung für die Bande des Blutes als auch unsere Vorliebe für Comic-Gags demonstrierte: Wer immer bei uns künftig die Hosen herunterließ, mußte dabei dem veilchenblauen Blick voll Ironie und Arroganz standhalten. Unangenehme Fragen, meine Herkunft betreffend, blieben mir auf diese Weise erspart; natürlich hielt jeder meinen Großvater für ein besonders gutes Schnäppchen vom Sperrmüll. Und da klaubte sich schließlich damals die gesamte *Scene* die Teile der Einrichtung zusammen, die wegen ihrer Größe und Unhandlichkeit nicht per Ladenklau beschafft werden konnten.

Denn der Sperrmüll war zu jener Zeit hoch ergiebig, eine

wahre Fundgrube für uns, die wir kein Geld, aber immer einen Freund mit einem schrottreifen, bunt betupften oder beschrifteten VW-Bus oder Ford-Transit besaßen. Nur der Hochadel hielt anfangs der Siebziger noch an seinen Erbstücken fest. Alle anderen aber, verbeamtete Sicherheitsstrategen ebenso wie kernige Betriebsratsvorsitzende, waren inzwischen von der Panik ergriffen, für unmodern oder gar unjung zu gelten, wenn sie sich nicht öffentlich von all dem *Kitsch,* den ihnen Eltern oder sonstige Anverwandte hinterlassen hatten, distanzierten. Feingedrechselte Mahagoni-Wäscheschränke, die einstmals auf der Wiese gebleichten, dann sorgsam gemangelten und zuletzt mit bunten Schleifen zusammengebundenen Stapeln von Tischtüchern und Bettbezügen Platz geboten hatten. Massive, von mehreren Generationen blankgescheuerte Küchentische. Pfingstrosenverzierte Suppenterrinen mit Goldrand, geräumig wie Babywannen, aus denen mit großer Kelle gerecht ausgeteilt worden war. Marmorgedeckte Anrichten, auf denen Väter sonntags das Ehrenamt des Bratentranchierens versehen hatten. Nußbaumkommoden mit Kippspiegelaufsatz, vor denen Säume und Nähte nicht mehr ganz passender, aber aus gutem Tuch gefertigter Kleidungsstücke immer wieder neu gesteckt worden waren. Großformatige Ölgemälde mit Nymphenreigen im Maienhain oder braven Kindlein, die von Schutzengeln mit blonden Locken und rosa Puffärmeln sicher über tosende Wildwasserschluchten geleitet wurden – all dies wurde zu wertlosem, unbrauchbarem Gerümpel erklärt und an Gossen und Rinnsteinen zur Abholung deponiert. Eben noch hatte man die Gammler als Nichtstuer und Parasiten beschimpft, jetzt fiel es plötzlich mehr und mehr Menschen wie Schuppen von den Augen, wie albern und vor allem *lustfeindlich* doch all das Maßhalten und Sparbuchsammeln der Wirtschaftswunderzeit gewesen war. Höchste Zeit, es mit einem entschlossenen LEBE JETZT, ZAHLE SPÄTER zu ersetzen.

Hatte man sich erst von dem alten Krempel losgesagt, wartete man erleichtert auf die klobigen Lieferwagen mit den zeitgemäßen Furniermöbeln, die man sich nur per Ratenvertrag oder Kleinkredit leisten konnte. Selbstverständlich brandmarkten Pia und ich, die wir aus unserer eigenen Schleiflack-Phase ja längst herausgereift waren, diesen *Konsumterror* bei jeder sich bietenden Gelegenheit. Andererseits fanden wir es nur ebenso recht wie billig, von der verachtenswerten Entwicklung nach Kräften zu nutznießen.

Wann immer unser aufreibender Lebensstil zwischen Gelegenheitsjobs und Dauerparties es zuließ, manchmal aber auch direkt im Anschluß an eine durchzechte, durchrauchte, durchtanzte Nacht, brachen wir im Morgengrauen mit Pias asthmatischer *Ente* auf zu Spähfahrten kreuz und quer durch Düsseldorf, auf der ständigen Suche nach den ungeahnten Schätzen, die überall am Straßenrand auf uns warten konnten. Es waren beileibe nicht nur Jagdfieber und Raffgier, die uns dabei gar manches Mal in zornige Rangeleien mit den Trödel-Profis vom Flohmarkt verstrickten: Nach unseren ethischen Grundsätzen besaßen wir schon allein deshalb stets das Recht auf den Erstzugriff, weil wir pleite waren. Wir mußten fünf Zimmer mit insgesamt 87 Quadratmetern Wohnfläche einrichten!

Schon bei der ersten Ortsbesichtigung unter Führung des altbackenen Wesens, das mit Nachdruck darauf bestand, »Fräulein« Wendrikeit genannt zu werden, hatten wir nicht begreifen können, wie unser künftiges Heim, das unscheinbare Häuschen mit dem kleinen, von Johannisbeersträuchern umsäumten Kartoffelbeet dahinter, einmal

sieben Menschen beherbergt haben konnte. Im Stadtteil Lohausen war es, wie uns die Tochter erzählte, in den frühen Fünfzigern von Erich Wendrikeit, der in einem der letzten großen Trecks von Ostpreußen aus ›rieberjemacht‹ hatte, unter Verwendung von Mitteln des Lastenausgleichs sowie verschiedener Fonds für Kinderreiche in endlosen Stunden des Steinewuchtens, des Mörtelmischens und des Dachziegelschleppens erbaut worden. Das Erdgeschoß bestand, neben besagtem Klo, aus einem niedrigen, dunklen Gelaß mit einer als Fenster hochstapelnden Schießscharte nach Norden und einem völlig versifften Raum, den der Starkstromanschluß für den Herd und die acht Kacheln über dem Keramikbecken als Küche auswiesen. Auf den Kacheln prangten die damals überall wuchernden Abziehblumen, die man von den Rücken der kobaltblauen Prilflaschen löste und zum Zwecke des *Aufpeppens* auf alles klebte, was sich nicht wehrte. An die Wand gleich daneben war irgendwann in den Sechzigern eine »Einbaudusche« installiert worden aus drei dünnen Plastikscheiben, einer Handbrause am roten Gummischlauch und einem schlabbrigen Vorhang mit verwaschenen Farbklecksen, die sich bei wohlwollender Betrachtung als Segelbötchen interpretieren ließen.
Das Wohnzimmer und die Badeküche waren mit Ölöfen zu heizen, in den drei Mansardenzimmern oben könnten wir uns dann ja im Winter warmfrieren, meinte Fräulein Wendrikeit neckisch. Heute, zweieinhalb Jahrzehnte später, hat man Wohnverhältnisse wie das Lohausener Häuschen natürlich als menschenunwürdig zu bezeichnen gelernt. Damals aber knufften wir uns aufgeregt in die Seiten, als Fräulein Wendrikeit den Mietvertrag aus der schwarzen Nappahandtasche zog. Der Standard entsprach dem Durchschnitt, die grausigen Tapeten mit Zielscheibenmuster, die alle Wände verschandelten, würden

wir einfach mit billiger Abdeckfarbe übertünchen, schön in dunkel warmen Naturtönen, tannengrün und erdbraun. Die Prilblumen, die so unliebsam an die längst abgelegten Illusionen von Flower-Power erinnerten, ließen sich bestimmt irgendwie wegscheuern. Und was den Lärm der Flugzeuge anging, die im Minutentakt das Häuschen erbeben ließen: Wahrscheinlich würden wir ihn unter dem Eindruck unserer Tag und Nacht heißlaufenden Stereolautsprecher gar nicht hören.

Außerdem hätte ohne den Krach, das wußten wir genau, die Familie Wendrikeit solventere Mieter gefunden als ausgerechnet uns, die wir nur ungeregeltes Einkommen aus diversen Aushilfsjobs bezogen und auch keinen Mann als Sicherheitsposten vorweisen konnten. Nein, das Häuschen war ein glückliches Geschick; eine halbe Stunde nach Vertragsabschluß waren wir wieder da, gossen einen Piccolo über den Rauputz neben der Eingangstür und tauften das Heim in lautem Gedenken an *Citizen Kane* und die Popgruppe *Dave Dee, Dozy, Beaky, Mick and Tich* auf den Namen XANADU. Im Schutze der Johannisbeerensträucher drehten wir dann noch einen dicken Joint. Zu Ehren der Hippies, deren glöckchenklingelndes Love-and-Peace-Gesäusel zwar längst verweht war, denen wir jedoch indirekt das kleine Wunder Xanadu verdankten.

Die Sanftmut der Lächelnden hatte sich als eine höchst vergängliche Erscheinung erwiesen, aber das Fernweh, das sie auf ihrer steten Suche nach Erleuchtung rund um die Welt trampen ließ, hatte sich so rasant im kollektiven Bewußtsein verwurzelt, daß nur noch Zurückgebliebene den früher allgemein akzeptierten Leitsatz BLEIBE IM LANDE UND NÄHRE DICH REDLICH zitieren mochten. Mit Schallgeschwindigkeit verbreitete sich statt dessen die Überzeugung, daß verregnete Ferien ungerecht, wenn nicht insofern auch geradezu *unsozial* seien, als die einen im Schatten mißglückter Sommer fröstelnd verharren mußten, während die anderen in das Licht südlicher Sonne fliehen konnten, um sich dort *mal so richtig knackbraun* rösten zu lassen. Was man im Urlaub denn mache, wollte niemand mehr wissen, der auf sich hielt: »Wo fahrt *ihr* denn hin?« lautete die in lauerndem Ton gestellte Standardfrage.

Der Düsseldorfer Flughafen, bislang eine eher betuliche Veranstaltung aus einigen barackenähnlichen Gebäuden sowie ein paar Passagieren, die gemächlich zu Fuß zu Propellermaschinen flanierten, hatte sich also in Rekordzeit im Viertel Lohausen breitgemacht, und seitdem eine expandierende Firma verschwitzte, übernächtigte und seit mindestens 300 Kilometern miteinander zerstrittene Autotouristen an den Grenzen Spaniens, Jugoslawiens und Griechenlands mit landschaftsverdeckenden, hämischen Schildern wie »NUN...? – MIT NECKERMANN WÄREN SIE IN ZWEI STUNDEN HIERGEWESEN!« auf deutsch begrüßte, protzten die Charterunternehmen und Pauschalreiseveranstalter jedes Jahr mit zweistelligen Zuwachsraten. Die Düsenflieger, die seitdem über das Häuschen hinwegdonnerten, hatten die Nerven des Erich Wendrikeit so zerrüttet, daß er erst mit verschiedenartigsten Ticks ins Landeskrankenhaus eingeliefert, dann, nachdem die Ärzte ein ganzes Kompendium unheilbarer Psychosen diagnostiziert hatten, in den Dämmerschlaf schwerer Psychopharmaka versetzt und schließlich, auf Antrag seiner Frau und seiner Kinder, im Namen des Volkes entmündigt worden war.

An verschiedensten Anzeichen hätte ich also feststellen können, welch gewaltige Verwerfungen und Verschiebungen bereits eingetreten waren, seit Mick Jaggers *I can't get no satisfaction* die Erde aufgerüttelt hatte. Noch waren, vornehmlich in den Reservaten der Kegelclubs, der Gewerkschaften und der Wohnwagenbesitzer, die letzten Rufe nach »Arbeitslager!« für Langhaarige nicht verhallt – und da trugen nun selbst so verbissen Fleißige wie der wahrhaftig keinerlei umstürzlerischer Absichten verdächtige Nationalkicker Berti Vogts schon flatternde Mähnen bis zur Schulter und buschige Koteletten bis zu den Mundwinkeln. An den mir so verhaßten Luxusauslagen der Königsallee führten die Berufsgattinnen keinen teuer getrimmten Pudel und erst recht keinen abgerichteten Schäferhund mehr vorbei, sondern, an demonstrativ langer Leine, ein groteskes Geschöpf, das mit jeder trägen Bewegung und mit jedem Blick aus schwer hängenden Lidern seine melancholische Verachtung gegenüber der Sinnlosigkeit allen Tuns zum Ausdruck brachte: Schläfrige Bassets, die Hugo oder Balduin hießen, beim Gassigehen einnickten und nur dann kurzfristig erwachten, wenn sie dabei auf die eigenen Schlappohren geschlurft waren, wurden die Hunde des Jahrzehnts.

Trachten wie Gesten der Verweigerung und der Aufmüpfigkeit waren chic geworden, in Paris wurden sie von der millionenschweren Kundschaft der Haute Couture frenetisch beklatscht. Diejenigen, für die man in nur noch mühsam bemänteltem Neid den neuen Sammelbegriff *Jet Set* erfunden hatte, folgten eiligst dem Beispiel ihres Maestros Herbert von Karajan und entledigten sich der maßgeschneiderten Hemdkrägen. In den bislang eifrig geschützten Reservaten des Krawattenzwangs, in Opernlogen, Ballsälen und Cocktailbars, zeigten sie sich nun mit Seidenrollis und Revoluzzerblick und waren bitter enttäuscht, wenn sie von den Kellnern dann leider doch nicht schlagzeilenträchtig hinausgeworfen wurden. Noch glaubten die meisten Leute fest daran, daß der Genuß von Haschisch einen irre und wirre mache, doch der Werber Charles Wilp ließ im Vorabendprogramm als Nonnen ver-

kleidete Models sich solange verzückt winden, bis auch der Normalverbraucher in seinem immer üppiger wuchernden Verlangen nach dem wilden, rauschhaften Leben im Supermarkt zu Afri-Cola griff.
Vielerlei hatte sich bereits verändert – nur meine bohrende Unruhe und stolze Unversöhnlichkeit nicht. In Xanadu verschanzte ich mich, und was ich aus der inzwischen schreiend gelb lackierten Schießscharte unseres Wohnzimmers heraus von *der Gesellschaft* erkennen konnte, erschien mir nur noch hassenswert. Unter den waltenden Umständen, da man noch nicht einmal mehr im Theater liebsames Ärgernis erregen konnte, wenn man in Jeans erschien, gab es für meine Göttin natürlich nur eine einzige mögliche Erscheinungsform: Sie entledigte sich verächtlich jedweder Bedeckung und Verhüllung. Nackt kam sie daher. Herausfordernd. Schamlos. Strotzend und schwellend. Herrlich obszön.
Zeige dich so, wie du bist, sprach die *Freiheit,* und kümmere dich einen Scheiß darum, ob das den anderen paßt. Laß mit den Kleidern auch alle Hemmungen fallen, und handle nach deinen momentanen Eingebungen. Laß alles offen heraus, was in dir ist, denn das ist nur natürlich, und alles Natürliche ist gut. Sei daher offen, ehrlich und schonungslos. Jetzt und immerdar.
Mit Hingabe pflegte ich genau das Vokabular, das meine Mutter immer bei Bierkutschern vermutet und dessen Benutzung sie mir im Schein der Tütenlampen unter Androhung des Mundauswaschens mit Kernseife verboten hatte. »Scheiße!« war einfach alles, was mir nicht gefiel, »Schwein!« oder »Arsch!« ein jeder, der über irgend etwas eine andere Meinung besaß. Eine kurze Übergangsphase lang hatte ich noch mit den »Jungs«, in die ich »verknallt« war, »gepennt«. Doch inzwischen hatte ich gelernt, daß Hemingways Schlafsack nichts außer neurotischem Mief

beinhaltete, wieder und wieder umgequirlt von frustrierten Phantasien. Mithin war ich, die ich zu meiner streng geheimen Sorge am eigenen Leib immer noch keinen Orgasmus verspürt hatte, endlich so frei, jeden »Typ« zu »bumsen«, auf den ich »scharf« war: Die Pantherprinzessin streift durch den Dschungel, wild und nur sich selbst verpflichtet. Sie reißt sich die Beute, wie es ihrem Bedürfnis entspricht. Hunger kennt sie, aber keine Sehnsucht. Xanadu war eine kreatürliche, in Sachen Affären völlig schmerzfreie Zone.

Stand unerwarteter Besuch ins Haus, wenn wir eben aufgestanden waren oder gerade geduscht hatten, so hatten Pia und ich es schon ein paarmal geschafft, nicht hektisch in den Badefrottee zu fahren, sondern in pädagogischer Absicht und entwaffnender Nacktheit, ganz lässig und wie selbstverständlich, auf und ab zu paradieren. So überkam den Briefträger Hahnekötter das Liderflattern, wenn er uns schon wieder ein Einschreiben mit einer letzten Mahnung oder einen Zahlungsbefehl überreichte: »Dat tut mir ja in der Seele weh ...« Die Abgesandte der Stadtwerke verlor auf dem Weg in den Keller zum Zähler sowohl den Notizblock als auch den Faden ihrer erbaulichen Rede über den Zusammenhang zwischen Verbrauch und Rechnungshöhe einerseits und Zahlungsmoral und Stromsperre andererseits. Und selbst die makellos verlotterten Trupps der Verbündeten, die uns regelmäßig heimsuchten, um »mal kurz reinzuschauen«, vergaßen zumindest für fünf Minuten ihre eigentlichen Absichten. Die unvermeidliche Frage »Habt ihr nicht was zu fressen da?« wurde bei unserem Anblick verschoben, was den Vorräten an Aldi-Toast und Freibankwurst immerhin eine kurze Gnadenfrist verschaffte. Doch mit solch kleinen Teilerfolgen konnten wir uns natürlich nicht zufriedengeben.

»Auf jeden Fall müssen wir endlich unsere BHs verbrennen«, sagte Pia, die seit zwei Wochen damit beschäftigt war, aus feinstem Seidengarn eine Filetdecke für den kleinen runden Beistelltisch zu häkeln. Der kleine runde Beistelltisch, dessen geschwungene O-Beine sich drollig bogen, dessen Platte jedoch so verhunzt war, daß sie der Bedeckung bedurfte, hatte einem konkurrierenden Sperrmüllsammler ein dickes Hämatom am Schienbein eingebracht, auf das Pia sehr stolz war: »Wir Frauen müssen endlich zeigen, daß wir uns nicht länger einengen und unterdrücken lassen. Wer die Gesellschaft ändern will, muß bei sich selbst anfangen, oder? – Also weg mit dem Zeugs!«

Ich betrachtete Pias lange, schmale Hände, die behende und flink aus dem hauchdünnen Garn ein festes Geflecht zauberten und die die Eleganz ihres langen, flachen Körpers noch betonten. Pia war mir so vertraut wie mein eigener Nabel, nicht ausdrücklich erwünscht, aber auch nicht wegzudenken, und vollends unverzichtbar erschien uns unser gegenseitiges Unterhaken, seitdem wir uns aus weltanschaulichen Gründen mit allen anderen ständig herumzanken mußten. Mitunter jedoch bereitete ihre stromlinienförmige Gegenwart mir deutliches Unwohlsein, klein wie Zwerg Nase kam ich mir dann vor. Daß sie gut reden und verbrennen habe, dachte ich, sie, die selbst mit vorgebeugtem Oberkörper noch wirkte wie gemeißelt. Ich hingegen, mit meinen »Atomtitten«, wie Pia sie nannte, ich würde bei jeder schnellen Bewegung aussehen wie eine Kuh im Galopp, was empörend ungerecht, aber keinesfalls zuzugeben war: »Du hast völlig recht«, pflichtete ich also schnellstens bei, »ein paar Schweine werden zwar ganz schön blöd gucken, aber darum geht es nicht. Wichtig ist nur die Bewußtseinsarbeit, mit der wir die von oben oktroyierten Zwänge überwinden.«

Einige unserer neuesten Lieblingsvokabeln bekundeten, daß wir eigentlich rund um die Uhr schufteten. Zwar waren wir nur der blanken Not gehorchend noch dazu bereit, dem Kapitalismus gegen Geld zu dienen, doch mit jedem Hektoliter Zimt-, Jasmin- oder Gunpowdertee, den wir im zwanglosen Xanadu aufbrühten, wurde uns immer deutlicher klar, wie sehr wir uns auch dann plagten, wenn wir scheinbar nichts taten.
Als ehemalige Politaktivistinnen litten wir gelegentlich noch an Anflügen schlechten Gewissens, weil wir seit unserem Debakel mit den K-Gruppen nur noch redeten, statt zu handeln. Aber sobald wir dieses Problem offen *verbalisierten,* stellten wir wieder einmal fest, wie *krank* dieses Verlangen nach Normierung und vorzeigbarer Leistung doch war, und dann bestätigten wir einander, daß wir mitnichten nur labernd herumhingen.
Wichtige Basis*arbeit* leisteten wir, indem wir mit allen möglichen Leuten ständig über die alles entscheidende Frage diskutierten, ob den flüchtigen Genossen von der RAF Unterschlupf zu gewähren sei oder nicht – wenn sie denn eines Tages im Türrahmen stünden. Äußerst anstrengender Beziehungs*arbeit* unterzogen wir uns, indem wir unseren Typen auseinandersetzten, wie verwerflich und kindisch ihre Flünsche waren, wenn wir auch andere Kontakte pflegten. Die permanente Kommunikations*arbeit,* die wir zu Hause mit der selten erkaltenden Teekanne zwischen uns verrichteten, nur deshalb zu unterbrechen, weil eine von uns aufs Klo oder sich die Fußnägel schneiden wollte, war abwegig und eine sträfliche Konzession an bürgerliche Konventionen; also erkannten wir mit Bestürzung, nun auch *daran noch arbeiten* zu müssen: Unnatürliche Angewohnheiten wie das Schließen von Türen oder das Anklopfen gar waren zu überwinden! – Zwei Häkelreihen später unterzogen wir

uns der Mühsal, die den alten Kommoden entrissenen BHs einem feurigen Fanal zu überantworten, das wir mit Erich Wendrikeits vernachlässigten Kartoffelpflanzen noch gehörig anheizten. Kartoffeln gab's schließlich an jeder Ecke, Cannabis nicht.

»Was ist das wieder für ein Wahnsinns-Gestank bei den Schlampen da drüben!« schrie Nachbar Immig auf der Terrasse nebenan. Heinz Immig entsprach, nicht nur weil sein Grundstück etwa zehnmal so groß war wie das Wendrikeitsche, bis in die Haarspitzen hinein exakt unserem Feindbild: um die fünfzig, früher bestimmt HJ, wahrscheinlich auch noch Schlimmeres. Die paar Blumen, die er um seine Nutzbeete gepflanzt hatte, traten im Frühjahr geschlossen zum Blühen an, und seine Lieblingsbeschäftigung war das Zurechtstutzen; Rosen im Herbst, Sauerkirsche und Stachelbeeren Anfang Februar, Frau, Sohn und Dackel »Atz« das ganze Jahr über. In Stiefeln nach Gutsherrenart stapfte er jeden Feierabend über sein Land, streng darüber wachend, ob zwischen Zwiebeln und Sträuchern vielleicht ein schüchternes Unkraut es wagte, vom Schlendrian beim Jäten zu künden. Jeden Samstag um Punkt neun Uhr begann er, den giftgrünen VW 1600 vor der Garage zu wienern und zu polieren, zu maniküren und zu pediküren, und um Punkt halb zwölf mußte auf seinen »Mutti!«-Schrei hin die geplagte Frau erscheinen, um sein Werk zu bewundern und sich ein weiteres Mal erklären zu lassen, wie man »richtig« saubermacht.

»Der wird seine anale Phase wohl nie überwinden«, hustete Pia im Qualm unserer Kunstfaser-Dessous. Ich aber wartete den kleinen Moment, bis der nächste Stahlvogel seinen riesigen Schatten über uns breitete.

»Schnauze, du Wichser«, brüllte ich dann aus Leibeskräften gegen Herrn Immig und die Triebwerke einer DC-10 der spanischen SPANTAX an; Herr Immig war ein Riese von

Gestalt und ein Choleriker von Gemüt, und ich war ehrlich und konsequent, aber nicht dumm.
Schon bei unserer Einzugsfete hatte es den ersten Ärger mit Immig gegeben. Nur ein paar der engsten Verbündeten waren für einen Samstagabend geladen worden, aber wie es der Sitte entsprach, erschienen sie in Begleitung von insgesamt zirca vierzig Leuten, die wir kaum kannten und von denen einige freudig kleine Tütchen mit fröhlich bunten Pillen schwenkten. Das Fest zischte ab wie eine Silvesterrakete, wir derwischten zum Druckbeat von T. Rex und Nazareth, und Pia und ich waren stolz, als wir dem auf den Kokosmatten des Wohnzimmers schon beachtlich ineinander verkeilten Pärchen großzügig ›unser Spielzimmer‹ anbieten konnten, die dritte Mansarde, die an der Decke nur Luftballons und auf dem Boden nur Matratzen beinhaltete und sonst gar nichts. Doch durch den sacht wabernden Nebel, den der von Clemens Schapers – damals noch mit wirrer Matte, Stirnband und Fransenjacke – für uns als Gastgeschenk aufgebrühte *Shit*-Tee um meinen Schädel gelegt hatte, konnte ich spüren, wie ich an meiner Gala, der nur leicht angestaubten Marabu-Boa aus der Tango-Zeit, plötzlich mitten aus einer Pirouette zur Seite gezerrt wurde.
»Wir müssen mal kurz reden«, sagte Pia in geschäftsmäßigem Ton. »In der Küche liegt einer und reihert uns die Dusche voll. Und die Typin dahinten versaut uns die ganzen Scheiben.« Ich zwang meine immer wieder verrutschenden Pupillen, Pias Kopfbewegung zu folgen, und machte ein mageres Mädchen aus, das mit versonnen philanthropischem Lächeln ein Glas Alt nach dem nächsten über unsere Plattensammlung goß, langsam, genüßlich und methodisch.
»Spinnt die?« fragte ich völlig überflüssigerweise, denn ich kannte die Antwort. Das Mädchen erfreute sich in den

Kreisen der ehemaligen Karlsplatzhocker einer gewissen Berühmtheit: Vor etwa einem Jahr war sie aus dem Erziehungsheim, in dem sie eine Jugendstrafe wegen Mittäterschaft bei einem bewaffneten Tankstellenüberfall absitzen sollte, ausgebüxt und ernährte sich seitdem von den Leuten, bei denen sie *knackte,* sowie von gelegentlicher Prostitution. Einige Male schon hatten ihre Gastgeber, die selbst von der *Stütze* lebten, versucht, mit dem bei einem solchen Opfer der Gesellschaft gebotenen Takt vorsichtig auf eine möglicherweise irgendwann fällige Beendigung der Einquartierung hinzuweisen; beim ersten Mal hatte sie am nächsten Tag anklagend mit roter Wasserfarbe getränkte Verbände an ihren Handgelenken vorgezeigt, beim zweiten Mal war die Hälfte der Einrichtung zu Bruch gegangen, und beim dritten Mal war sie mit einer abgeschlagenen Bierflasche in der Hand auf den Kinderwagen losgegangen. Ein verbündeter Psychologe hatte sich bereit erklärt, ihr kostenlose Therapiestunden zu geben – seitdem erzählte sie jedem, daß sie mit Abstand das Schizophrenste sei, was der »Seelenklempner« je gesehen habe, und daß es ihr dank der »Urschrei-Methode« schon viel besser gehe. In der sonst eher rauhen *Scene* genoß sie den Status einer Unantastbaren und wurde in hohen Ehren gehalten.

Unmöglich, einer solchen Märtyrerin einen brutalen Platzverweis zu erteilen! Unmöglich auch, wie die Mutter aller Putzfeudel auf sie zuzuschießen und zu Sauberkeit und Ordnung zu ermahnen – wir hätten uns ja nirgendwo mehr blicken lassen können! Mein Herz blutete, als ich klebriges Gebräu in der geliebten, bislang über alle Fährnisse des Lebens hinweggeretteten Sergeant-Pepper-Hülle einsickern sah, aber während ich schon den strengen, stillen Monolog darüber begann, wie verbogen und verformt ich doch war, daß mir ein paar tote Scheiben mehr bedeuteten als ein lebender, leidender Mensch, schlenderte Pia souverän zur Anlage hinüber und stellte sie einfach ab.

»Der zweite Akt findet draußen in der freien Natur statt«, rief Pia, die wußte, wie man sowohl seine armseligen Besitztümer als auch seinen guten Ruf bei den fortschrittlichen Kräften retten konnte. Das Mädchen musterte sie aus argwöhnisch verengten Augen, aber als nach Pias heiter-harmlosem »Nehmt ein paar Stühle und das Faß mit!« ein freudiger Auszug begann, schloß sie sich achselzuckend an.

Draußen erlitt das Fest infolge der nächtlichen Septemberkühle zunächst einen kleinen Schwächeanfall, der jedoch mit Hilfe der Pillen und ein paar kreisender Joints bald überwunden wurde. Clemens packte seine Geige aus und fiedelte wie der Primas persönlich ohne Unterbrechung so lange irische und Zigeuner-Folklore, bis er, beim zweiten Refrain von *Whiskey in the Jar,* ohne Vorwarnung das Instrument plötzlich hoch über den Kopf hielt und dann bewußtlos vornüber auf die Erde kippte. Kurze Zeit später kündigte sich ein weiterer Höhepunkt in Form eines lautstarken Streits zwischen zwei Burschen an, von denen der eine kürzlich beim Pokern dem anderen die Lederjacke abgeknöpft hatte, die dann aber vom Verlierer wenig später wieder zurückgeklaut worden war, und als die anderen Gäste, die sich auch nicht darüber einigen konnten, welches Verhalten eigentlich *unsolidarischer* war, gerade mit Beifall und Anfeuerung die Prügelei unterstützten, zupfte mich jemand am Ärmel: »An der Tür wird Sturm geklingelt!«

Der vielstimmige Warnruf DIE BULLEN! schwang noch in der Luft, da leitete Pia schon die kopflos umeinander schwirrenden, weil nach einem Fluchtweg suchenden Pillen- und *Shit*-Besitzer taktisch klug ins Haus, einen

links, einen rechts, zur Toilette und zum Becken in der Duschküche, während ich schwankend und dem rauschenden Wasser lauschend an der Tür wartete, bis Pia »Alles clean!« signalisierte.
Die Bullen erwiesen sich als erstaunlich zahm, trotz des hinter ihnen in einem gestreiften Bademantel markig gestikulierenden und »Einbuchten, das Gesocks!« krähenden Herrn Immig: Zwar schnüffelten sie durch alle Räume, auch scheuchten sie oben das Pärchen aus dem Spielzimmer, das bleich und nur notdürftigst bedeckt die Treppe herunterkam und empört Auskunft darüber verlangte, was hier eigentlich abgehe. Doch fanden sie ernstlich nichts anderes zu beanstanden als den stillen, starren Clemens draußen im Garten: »Da kannste mal wieder sehen – ihren Freund lassen die einfach so bewußtlos im Matsch liegen, ohne Decke in der Kälte«, sagte verächtlich der Älteste, während sie Clemens an Armen und Beinen zum Streifenwagen schleppten, zur Ausnüchterung und Beobachtung. – Das Fest war ein voller Erfolg gewesen, auch wenn Xanadu anschließend aussah wie nach dreitägigem Granatbeschuß. Das Erbrochene in der Dusche, die Bierkränze auf allen Möbeln, die Sportflecken auf den Matratzen und die Ballonfetzen im Spielzimmer waren ein Preis, den wir freudig darbrachten für unsere Inthronisation als die regierenden Königinnen des *Underground.* Und die schmetternden Militärmärsche aus den ins Fenster gestellten Lautsprechern, mit denen Herr Immig uns von nun an jeden Sonntag morgen um Punkt sieben Uhr aus den Träumen hochschrecken ließ, klangen in unseren Ohren wie Huldigungsfanfaren.
In der Folgezeit entwickelte sich die Nachbarschaftsidylle recht schwungvoll, wobei jede Partei der anderen in puncto Ideenvielfalt kaum nachstand. Wenn Heinz Immig wieder einmal mit dem Opernglas am Zaun patroullierte,

gaben wir im Garten oder vor der Schießscharte die leidenschaftlichen Lesben. Als er dazu überging, jedesmal, wenn ein Auto vor Xanadu hielt, auf den Bürgersteig zu stürzen und sich die Nummer ostentativ auf einen Block zu notieren, stimmten wir zur Begrüßung unserer Gäste die Nationalhymne an. Einigkeit und Recht und Freiheit.

An einem der *autofreien Sonntage*, die der *Ölkrise* folgten und das Bürgertum in hellen Schrecken, uns aber in rechthaberische Genugtuung versetzte (der Kapitalismus schaufelte sich tatsächlich sein eigenes Grab!), hatte Heinz Immig beinahe der Schlag getroffen: In augenscheinlicher Verwirrung schlich er ratlos immer wieder zwischen seinem wie üblich auf Hochglanz polierten giftgrünen Vehikel, das er nur aus der Garage, aber keinen Meter weiter fahren durfte, und der stillen Straße hin und her, auf der der frischgefallene Schnee in jungfräulichem Weiß, von keinem Gummireifen durchfurcht und besudelt, unberührt erstrahlen durfte, als plötzlich, nach Ankündigung durch liebliches Glöckchenklingeln, ein prunkvoll mit Goldschnörkeln verzierter, historischer Pferdeschlitten um die Ecke bog. Gezogen wurde er von zwei tänzelnden Lippizanern. Gelenkt wurde er von »Todes-Manni«, der inoperablen Hodenkrebs hatte und dessen Vater – Reitstallbesitzer im Neandertal – ihm daher keinen Wunsch mehr abschlagen konnte. Auf dem Schlitten schunkelten die Verbündeten zu den neuesten Hits der Gruppe TON-STEINE-SCHERBEN, und unser Amateur-Blockwart schnappte nach Luft wie ein trockengelegter Karpfen, als wir singend und winkend zustiegen und vor seiner von der Obrigkeit stillgelegten Garageneinfahrt ein paar Triumphrunden drehten: »Macht kaputt, was euch kaputtmacht.« Der Kampf gegen Immig und Konsorten war eine Frage der Ehre.

»Von heute an herrscht Krieg!« sagte Pia düster am Morgen nach der BH-Verbrennung. Auf dem Weg zu ihrem Job in der Uniklinik, wo sie Böden und Bettpfannen schrubben mußte, war sie nicht weit gekommen. Vor unserer Haustür türmte sich ein Gebirge von Abfall, stinkend und ekelerregend, wobei die aufgeweichten und geplatzten Kaffeefiltertüten sowie die Hundefutterreste, in denen sich schon die Maden wanden, eindeutig bewiesen, daß es sich nicht um unseren Müll handelte. Wir tranken nur Tee, und wir hatten keinen Dackel.

»Meinst du, er hat gehört, was ich da gestern gerufen habe?« fragte ich kleinlaut. Seitdem ich nur noch selten nüchtern war, sondern mich an Genußgiften aller Art sowie an meinem Außenseitertum berauschte, erwachte ich jeden Morgen mit einem greinenden Kater von der Größe eines sibirischen Königstigers. Dann war ich weit entfernt davon, *gut drauf* zu sein; mehrmals hatte ich mich sogar dabei ertappt, wie ich mir die Bettdecke wieder über den Kopf zog und wünschte, ich sei wieder in Himmelgeist, und am Frühstückstisch, wo es nach knusprigen Brötchen und selbstgemachtem Himbeergelee duftete, würden meine Eltern auf mich warten, und mein Vater würde wieder mahnend an meine Tür klopfen mit »Auf, auf, ihr Hasen, hört ihr nicht den Jäger blasen?«, seinem Standardweckspruch – da war ich aufgesprungen und hatte mich vor dem Spiegel voll Verachtung am Anblick meiner verheulten Augen geweidet. Ich war kein Kind mehr, ich war ein zweiundzwanzig Jahre alter, kampferprobter Bürgerschreck! Mit einer leicht angeschlagenen Leber, vielleicht, und dazu einem chronisch niedrigen Blutdruck, der die allmorgendliche Konditionsschwäche ja auch hinreichend erklärte.

»Und wenn schon!« schnappte Pia, die sich zornig die beschmierte Strumpfhose vom Körper riß und das Bein, mit dem sie in den Immigschen Unflat getreten war, unter der Handbrause abduschte. »Ist doch egal, was dieses Schwein hört oder nicht, er versteht sowieso nichts. Gar nichts. Aber mit der Methode der kleinen Nadelstiche sowie mit unseren feinen Ironien kommen wir bei dem nicht weit. Der ist ja viel zu blöde für solche Finessen, und während wir hübsch zierlich unser Florett schwingen, brettert der uns einfach seinen Morgenstern über den Schädel. Auf Dauer werden wir wahrscheinlich sogar noch den kürzeren ziehen, denn Schleimern wie Immig, die nach oben buckeln und nach unten treten, macht so eine gottverdammte Scheiße wie die hier auch noch Spaß. Nein, was wir brauchen, ist erst mal eine Kanne *Orange Pekoe* und dann eine gemeinsame Marschroute. Wir werden diesem Arsch schon zeigen, wo's langgeht.«

Als Mitglied eines seit Jahren perfekt aufeinander eingespielten Ensembles kannte ich meinen Part auch ohne Stichwort. Ich griff also zum Telefon, das zum Glück gerade einmal nicht abgestellt war, und wählte die Nummer von Pias Station, die ich mittlerweile auswendig wußte.

»Frau vom Steinweg kann heute nicht zur Arbeit erscheinen«, teilte ich der sich prompt meldenden Oberschwester Ursula in exakt dem Ton mit, den die Nachrichtensprecher benutzten, wenn es irgendwo auf der Welt eine neue Choleraepidemie anzuzeigen galt. »Sie liegt mit vierzigfünf Fieber im Bett, und der Hausarzt hat den Verdacht auf eine Lungenentzündung.«

»Schon wieder?« fragte Oberschwester Ursula schnippisch, bevor sie ohne Gruß auflegte. Ich war mir so sicher gewesen, in den beiden letzten Bulletins erst auf Darmgrippe und dann auf verstauchten Knöchel plädiert zu haben. In Zukunft würde ich Buch führen müssen.

Zu Beginn der Debatte über die anstehende Generalmobilmachung gaben wir zunächst zu Protokoll, daß wir

selbstverständlich DAS RECHT, womöglich sogar – im Interesse einer besseren Welt! – DIE PFLICHT hatten, den faschistoiden Kleinbürger Immig in die Schranken zu verweisen. Ihm die Schwarte zu knacken. Womöglich schickten wir uns sogar an, mit unserem Rachefeldzug ein gutes Werk zu tun. Denn aus Schmerzen zieht man Lehren, und ein unter unserem Einfluß geläuterter Heinz Immig wuchs sich vielleicht noch zu einer Zierde Lohausens aus. Daß wir auch über die Waffen verfügten, mit denen wir ihm richtig weh tun konnten, daran hegten wir ebenfalls keinerlei Zweifel. Selbst bei bescheidenster Schätzung verfügte jede von uns in Sachen Intelligenzquotient über mindestens 25 Punkte mehr als er. Darüber sprachen wir jedoch nicht gerne, denn eigentlich hatten wir die »Intelligenz« ja gerade abgeschafft, weil sie in eklatanter Weise das Gleichheitsprinzip verletzte, und benutzten statt dessen nur noch den viel korrekteren »Informationsvorsprung«, den in einer Klassengesellschaft *die Privilegierten* gegenüber *den Benachteiligten* besaßen.
Doch auch in puncto Informationsvorsprung waren Pia und ich gut genug gerüstet, um Heinz Immig in die Knie zu zwingen. Nicht umsonst hatten wir die fernöstlichen Weisheiten Mao Tse-tungs studiert, der mit einer Handvoll Bauern ein Riesenreich bezwungen hatte. *Mit taktischem Geschick den Tigerberg erobern* kannten wir fast auswendig, und auch Elemente der klassischen Schulbildung, früher auf dem Sophie-Scholl-Gymnasium als unnützer Ballast kategorisch abgelehnt und so weit wie möglich umgangen, kamen uns nun nicht ungelegen:
»Divide et impera!« sagte Pia. »Das ist es. Damit haben auch die Römer ihr Imperium aufgebaut. Wir müssen die Schwachpunkte in der Festung Immig finden. Und auf die konzentrieren wir dann unseren Angriff.«
»Seine Frau«, sagte ich ohne zu zögern. »Sein Dackel.

Und wie alt ist eigentlich dieser Sohn, der da am Zaun immer solche Glubschaugen macht?«
»Das Riesenbaby? Der ist doch noch ein Kind. Sechzehn oder siebzehn, schätz' ich mal«, sagte Pia. Wir wußten auch nicht genau, warum, aber die Jüngeren erschienen uns seltsam unreif. Geradezu kindlich – ganz im Gegensatz zu uns, die wir mit fünfzehn schließlich das historische Schulfest organisiert hatten und damals schon erwachsen und reif gewesen waren.
»Dann auch sein Sohn«, sagte ich. »Der Sohn vor allen Dingen.« Und ich schämte mich nicht.

Kapitel 5:

Lasset die Kindlein zu mir kommen!

Selbstverständlich beachten wir EN DE EHD peinlich genau die Polizeistunde, jedoch kann es freitags oder samstags durchaus geschehen, daß kundige Stammgäste auch durch den gesetzlich vorgeschriebenen Entzug von Speis und Trank nicht zum Aufbruch zu bewegen sind. Wer lange genug auf seinem Platz verharrt, womöglich im Gleichtakt klatscht oder stampft und dazu noch rhythmisch »Scha-pers, Scha-pers« (manchmal auch, jawohl: »Ka – thi!«) ruft, kann damit rechnen, daß wir, mit ein paar abwehrenden Gesten der Bescheidenheit Genüge tuend, bereitwilligst das Schild *Geschlossene Gesellschaft* draußen an die Tür heften, um unbehelligt solange musizieren zu können, bis Clemens' Finger und meine Stimmbänder erlahmen. Doch egal, wie viele Kilometer ich in der Nacht zuvor abmarschiert habe, und egal auch, mit wie vielen Liedern ich mir die Kehle aufgerauht habe – jeder heraufdämmernde Sonntagmorgen sieht mich neuerdings auf früher undenkbare Weise aktiv. Mit dem im Alter generell abnehmendem Schlafbedürfnis kann das nichts zu tun haben, denn während ich ziemlich verläßlich gegen halb acht erwache, um Clemens neben mir atmen zu hören und ihm auch ein wenig beim Träumen zuzuschauen, ist aus dem Zimmer meiner immerhin fast achtzigjährigen Mutter noch nicht das geringste Rumoren zu vernehmen.
»So geht das nicht mehr weiter«, hat Clemens vor ein paar Wochen beschlossen, »deine Mutter jeden Abend in das gräßliche Stift zurückzuschicken wie ein Paket. Wir haben hier Platz genug, und komm mir jetzt bloß nicht wieder mit deinem Dickkopf oder mit deinen Tiraden über die unglückliche Kindheit. Was immer zwischen euch war: Seitdem ist mehr Wasser den Rhein runtergeflossen als im gesamten Dreißigjährigen Krieg.«
Mein letzter Einwand klang selbst in meinen Ohren kläg-

lich: »Und was ist mit meinen Geschwistern, wieso holen die sie nicht zu sich?«

»Erstens ist das Wurscht, und zweitens wohnen die weit weg. Deine Mutter aber gehört hierhin, nach Himmelgeist.« – Neben dem Servieren, dem Saubermachen und dem Älterwerden ist das Entrümpeln meiner geistigen Ablagefächer zu einer meiner Routinebeschäftigungen avanciert. Clemens' verbindliche Art schien mir immer das uralte nomen est omen zu bestätigen, doch erst in letzter Zeit entdecke ich, daß seine vermeintliche Nachgiebigkeit die einer feinen Stahlspirale ist, die den Druck abfängt und die Belastung zurückfedert. Auch verfügt er über beachtliches diplomatisches Geschick. All unsere Schulden hätte ich in voller Höhe darauf verwettet, daß meine Mutter, Clara Blasberg geborene Siebers, die seit jeher kaum eine Gelegenheit ungenutzt verstreichen läßt, mich und dazu am besten gleich meine ganze Generation zu beschämen, unser großmütiges Angebot strikt und streng ablehnen würde. Als Almosen, als Bettel, als billigen Versuch der Wiedergutmachung (und vielleicht habe ich mich auch genau aus diesem Grund Clemens' Forderung nicht lange widersetzt). Aber als er ihr die Neuigkeit eröffnete, da schwang nichts Gönnerhaftes in seiner Stimme. Der Meister der Töne brachte es fertig, der starrsinnigen Greisin zu vermitteln, daß wir sie brauchen, daß sie zu uns gehört. Woraufhin es meiner Mutter – meiner Mutter! – die Sprache verschlug.

Sie ließ die Augenlider fallen wie einbruchsichere Rollos, und bis an mein Lebensende werde ich darüber rätseln dürfen, was sie in ihrem Innern sah.

»Du willst mich – wirklich?« sagte sie nach etwa einer Minute, die mir aber beinahe so lang vorkam wie meine halbe Kindheit. Die Frage galt Clemens, nicht mir.

»Na ändlisch«, lautete der karge, zugleich ungewohnt zu-

frieden klingende Kommentar von Frau Anna Blocksiepen. »Dat wurd' aber auch allerhöchste Eisenbahn, dat die arm' Frau Blasberch zu uns kommt.« – Zu ›uns‹! Und bevor ich noch im Schnelldurchgang die Fakten dahingehend analysieren konnte, seit wann ich mich eigentlich als von der Monarchie Blocksiepen erobert und vereinnahmt zu betrachten hatte, streckte die Usurpatorin doch tatsächlich ihre Hand aus. Sie strich über meinen Kopf. Und es ziepte ein bißchen, weil mein Haar sich in den Schwielen der Hand verfing, die tagtäglich unsere schweren Gußeisenpfannen rüttelt und die Zwinger im Tierheim ausmistet. Um nicht aus der Rolle zu fallen, mußte ich mich ganz schnell von dieser Hand wegdrehen.
Clemens beim Schlafen zuzusehen ist ebenso rührend wie erregend. Da liegt er, warm und weich, und sein Kopf ruht auf den gefalteten Händen wie der eines Kindes. Mein sonntägliches Selbst quillt auf, will ihn schützen und lieben und ehren. Aber auf meine Alltagsversion kann man sich verlassen; allzu bald werde ich die engelsgleichen Absichten vergessen und ihn wieder anrempeln und anrüpeln wie so oft zuvor. Seine Haut habe ich erforscht bis auf den letzten Quadratzentimeter, doch je länger ich ihn so betrachte, um so abwegigere Gelüste werden in mir wach. Dann will ich mehr. Will Luft sein oder Geist, den er einatmet und der seine Zellen durchdringt bis tief hinein in sein Stammhirn.
»Guten Morgen, mein Herzblatt«, sagt Clemens, und wieder kann ich über die Empfindsamkeit seiner Sensoren nur staunen. Denn immer wird er wach, wenn ich ihn so anstarre, und immer kommt er meiner herzlichen Einladung mit ruhiger Freude nach. Von ganz weit her höre ich manchmal noch das hohle Echo all meiner leidenschaftlich lodernden Brandreden gegen die Langeweile, angereichert mit Plattheiten über Lieblingsspeisen, die

einem durch täglichen Genuß vergällt würden: »Hättest du geglaubt, daß ausgerechnet wir einmal zu Wiederholungstätern werden könnten?« frage ich dann.
»Auch *Mo*zart – *muß* man – *täg*lich – *ü*ben«, sagt Clemens mit exakt dem richtigen Nachdruck.
Danach, etwa gegen viertel nach acht, wühlt er sich noch einmal wohlig grunzend in die Kissen, während ich meine köstliche Schwere anschiebe auf die rituelle Sonntagsrunde durch Himmelgeist.
Noch ist alles still, noch hat die Invasion der Ausflügler nicht die Rheinufer überschwemmt. Niemand verwimmelt mir die kleine Bucht, in der ich früher die Kindermesse schwänzte, und niemand sieht, wie ich wieder einige Kilo Kiesel auf dem Strom hüpfen lasse. Kinder und Kindliche aller Zeiten haben Steine aufgehoben und nach prüfendem Wiegen in der Hand über die Wellen geschleudert. Haben ihnen nachgeschaut, wie sie der Schwerkraft trotzen und fünfmal, achtmal, zehnmal gar hochschnellen, bis sie mit einem satten Gluckser schließlich in der Flut verschwinden. Hinunter auf den Grund werden sie sinken und dort von der mitreißenden Strömung noch flacher, noch glatter poliert, und irgendwann werden sie wieder an Land gespült, um geduldig auf die nächste Hand zu warten.
Das fließende Wasser besitzt elementare Gewalt, lebendig ist es, und tödlich kann es sein. Je länger ich es betrachte, und je mehr Steine ich ihm anvertraue, desto zufriedener werde ich. Mit jedem Kiesel versinkt auch ein vermessener Anspruch. Und ein weiteres Partikelchen von dem bohrenden Verlangen, in irgendeiner Disziplin doch noch Weltmeister zu werden: An einem Fluß von dieser hypnotischen Kraft zu leben, ist ein Privileg.
Spätestens gegen halb zehn ist mein vom großen Strom durchspültes und gereinigtes Gehirn in der Lage, den

vorrückenden Schrecken schreifarbener Radleruniformen, kreischender Dauerkrausen und auf Gummischlappen schlurfender Trainingsanzügler in aller Demut zu ertragen. In heiligmäßiger Ruhe springe ich sogar in die dornigen Brombeerbüsche am Wegesrand, um den in rücksichtslos breiter Phalanx heranwalzenden Mountainbikern Platz zu machen. Nur der Exhibitionismus der alten Männer, die mir bei schönem Wetter unbedingt ihre wabbelnd nackten oder von Feinripp-Unterhemden prall umspannten Hängebrüste und Bierfaßbäuche präsentieren müssen, ihre bis zur knochigen Hüfte hochgeschlitzten, die lahmen Lenden nur unzureichend umflatternden Knabenhöschen aus Ballonseide und vor allem den von dunklen Plastiksocken noch betonten Muskelschwund an ihren madenweißen Säbel- oder Spinnenbeinen, schmerzt noch mein in früher Kindheit an der Bad Godesberger Villa und dem in vanilleeisfarbenen Sommerflanell gehüllten Ahnen geschultes Ästhetenauge. Doch dann bimmeln die Glöckchen von Sankt Nikolaus zum Hochamt, und mein aufwallender Ingrimm legt sich wieder: Geschieht mir alles ganz recht!

Wer kaum je genug über einen Vater lästern konnte, der stets nur im Anzug und nie ohne Hut das Haus verließ, wer schließlich dann als eifernde Enthüllerin missionarisch tätig war und mitgeholfen hat, diese Lawine der Schamlosigkeit loszutreten – der muß nun sein Haupt senken und den ›Zauberlehrling‹ aufsagen. Fünfmal hintereinander.

Irgendwo zwischen Sankt Nikolaus und zu Hause sehe ich dann auch die adrett gelegten Silberlocken über der immer schneller einschrumpfenden, aber trotz aller Mühseligkeit des Gehens aufrechten Gestalt meiner Mutter aufleuchten. Einen Hut hat sie nicht über die Zeitläufte hinwegretten können, aber zum Kirchgang trägt sie entweder ›den guten‹ Wettermantel, der älter ist als die KSZE-Akte, oder ›das gute Graue‹, einen leichten Zweiteiler, den sie als Geschenk gnädig von uns entgegenzunehmen geruhte. Daß ihre Beine ›nicht mehr so recht wollen‹, gab sie neulich zu unser aller Überraschung wie beiläufig zu, aber den Gedanken an einen Gehstock weist sie so entschieden weit von sich wie den an alle schmerzlindernden Präparate außer Melissengeist.

»Ich muß mich sputen«, sagt sie statt eines Grußes, wenn sich unsere Wege kreuzen, und die lange, eiserne Spitze ihres sorgfältig aufgerollten, historischen Stockschirms, auf dessen gebogenen Bambusgriff sie sich so schwer stützen muß, bohrt sich bei jedem Schritt mit einem entschlossenen kleinen Knall in den Stein oder Asphalt des Bürgersteigs. Nichts, noch nicht einmal ein Papst, für dessen Lust am Reisen und dessen Interesse an der Gynäkologie sie ihre verächtlichste Schmallippigkeit reserviert, kann Clara Blasberg von dem abhalten, was im katholischen Beichtspiegel einmal ›die Sonntagspflicht‹ hieß: »Das eine hat mit dem anderen nichts zu tun.«

Ein Beichtspiegel ist eine Auflistung aller möglichen Sünden. Mit einem Beichtspiegel in der feuchtkalten Hand saß ich als Kind samstag mittags fröstelnd in der Kirchenbank und erforschte mein Gewissen, bis die Reihe an mir war, in den dunklen Schummer des Beichtstuhls einzutreten, vor dem geschnitzten Gitter niederzuknien und dem mit der glühenden Intensität der Neunjährigen verehrten Kaplan Woverrath, dessen Kopf ich nur als schattigen Umriß erkennen konnte, meine Verfehlungen zu offenbaren.

Die Eltern und Lehrer angelogen hatte ich eigentlich immer und auch meine beste Freundin Pia beim *Maumau* beschummelt. Vom noch warmen Obstkuchen hatte ich das Beste, den Streuselbelag nämlich, abgeweidet, bevor es meine Geschwister tun konnten, und nie war ich mir sicher, ob ich beim Baden nicht doch meinen ›Leib‹ unstatthaft betrachtet und mit dem Waschlappen unnötig lange an den ›gewissen Stellen‹ verweilt hatte. Kaplan Woverrath lag das sechste Gebot mit all seinen Facetten ganz besonders am reinen Herzen.

Doch obwohl das Beichtenmüssen gleich hinter Zahnarztbesuchen zum Gräßlichsten gehörte, was ich mir vorstellen konnte, zog es mich jede Woche wieder nach Sankt Nikolaus, in den Duft nach Weihrauch, Bienenwachs und schon allzu lange im Wasser stehenden Schnittblumen. Voll Inbrunst lauschte ich dem ›Te absolvo‹ aus Kaplan Woverraths Mund, und ich betete die Silhouette seiner Hände an, die hinter dem Gitter in segnender Gebärde abschließend das Kreuzzeichen im Zwielicht schweben ließen. Die fünf Vaterunser und zehn Gegrüßetseistdumaria, mein übliches Strafmaß, sogar die drei Rosenkränze, die mir einmal als Buße für ein Doktorspiel auferlegt wurden, spulte ich in seliger Begeisterung herunter, ohne auch nur ein einziges Wort auszulassen: Danach würde ich sauber sein. Rein. Unschuldig. Gut.

Eines nicht allzu fernen Tages werde ich mich wohl im Schutze der Sonnenbrille und des hochgeklappten Mantelkragens in eine katholische Kirche schleichen und unerkannt in den Traktätchen blättern, die meist neben den Weihwasserbecken in hölzernen Regalen ausliegen. Denn nur zu gern wüßte ich, ob sie noch Beichtspiegel drucken, und wenn ja, wie die zeitgemäße Version von Schuld und Sühne wohl aussehen mag in einer Ära, die nur noch Opfer kennt und, als Manifestation des Bösen schlechthin, die Gesellschaft als Alleintäterin dingfest gemacht hat. Möglicherweise aber sitzen die Priester heute auch alleine in den Beichstühlen und können ungestört Brevier lesen oder Kreuzworträtsel lösen: Seit die Leute in immer mehr Talkshows auf immer mehr Kanälen öffentlich ihr Innerstes nach außen kehren, wird ihnen vom johlenden Applaus der Studiozuschauer und von der hochschnellenden Einschaltquote hinreichend Absolution erteilt.

»Der Verlust der Scham ist das erste Anzeichen von Schwachsinn«, sagt Clemens, der glaubt, dies so oder ähnlich bei Freud aufgeschnappt zu haben. Sein Sonntagmorgen ist seit alters her der akustischen Gitarre geweiht: Zum Abschluß meines Spaziergangs begrüßen mich zu Hause zierliche Sarabanden und gravitätische Menuette, die graziösen Tänze der Reifrockzeit, oder auch explosive, glühende Flamencos, die meine Stimmung ebenso zuverlässig zum Guten wenden wie ein sommerliches Azorenhoch. Nur wenn Clemens das durchlebt, was er seinen ›Trauerweiden-Tag‹ nennt, verdüstert sich die Großwetterlage. Schweigsam und unzugänglich wie ein Moor wird er dann; Stunde um Stunde höre ich nichts anderes als einen schmerzlich verlorenen Blues-Riff nach dem anderen. Die Welt verliert Farbe und Freude.

Denn damit arbeitet er sich, Schicht um Schicht, mitten hinein in meine dunklen Regionen. Ohne daß ich sie abwehren könnte, tauchen Bilder in mir auf, Bilder, die ich eigentlich zum Verstauben und Vermodern in den hintersten Winkel des Gehirns geschoben hatte. In Erinnerungen, unliebsam scharf und lebendig, spüre ich mein Gewissen pochen wie einen Eiterherd. Bilder wie die der winselnden und im Schmerz aufjaulenden Hunde, die der Bekanntschaft mit mir und dem mit all meinen guten Absichten gegründeten Kettenhundehilfsverein die Prügel und Tritte verdankten, mit denen sie wieder scharf gemacht wurden, gehören dabei noch zu den harmlosesten.

Me absolvo: Ein Kind war Kathrinchen, und jeder Tag war so lang, als gäbe es keinen nächsten.

Aber da gibt es andere, viel schlimmere Bilder und Geräusche. Die blecherne Stimme der Flughafenansage ruft dringend und zum letzten Mal die Passagiere nach Belfast auf, und sieben Kinder drängen sich da an mich, die ich längst mündig bin und schon wieder voll der guten Absicht einen Verein gegründet habe. Sieben Kinder, die sich in meinem Kleid festkrallen, durch dessen Stoff ich die Nässe der Augen und der Schnoddernasen fühle. Sieben Kinder, die ich aus den Slums und aus dem Krieg geholt habe, um ihnen vier Wochen lang zu zeigen, wie angenehm es sich doch so lebt im Paradies des Reichtums und des Friedens, und die nun nicht zurückgeschickt werden wollen. Nicht zurück in die Ruinen. Nicht zurück zu den Bomben. Nicht zurück an die Gräber ihrer erschossenen Väter und aus Protest verhungerten Brüder. »Nächstes Jahr holen wir euch wieder«, höre ich mich sagen, während meine Hände, die sich auf dem Bildausschnitt befremdlich glatt und faltenlos ausnehmen, ihre Köpfe Richtung Paßkontrolle schieben. Ich habe sie nie wiedergesehen.

Und dann flackert da noch die Großaufnahme eines Kopfes. Es ist ein junger Kopf, noch etwas unkonturiert, aber schon trägt er männliche Züge. Das Gesicht eines liegenden Jünglings. Das flachsgelbe Haar strähnt sich vor Schweiß, die Zähne blecken weiß, und Stirn, Wangen und Mund sind verzerrt zu der Grimasse, die ebenso höchste Lust ausdrücken kann wie quälendste Pein. Dann verliert das Gesicht langsam alle Farbe, fahl wird es und blutleer, und ich muß von den Lippen lesen, weil das Martinshorn des endlich nahenden Rettungswagens alles übertönt. »Meinst du, ich habe das Herz getroffen?« flüstert der Junge, der Markus Immig heißt. Das Handtuch, das ich mit beiden Händen und aller Kraft auf seine nackte Brust presse, wird allmählich feucht und widerlich warm, und mit dem Fuß versuche ich, das lange und an der grauenvoll geriffelten Schneide gerötete Tomatenmesser wegzutreten. Weit weg. Fort aus meinem Blickfeld. Diesmal kann ich nicht auf gute Absichten plädieren.

Der von Xanadu aus in Marsch gesetzte Feldzug gegen den Nachbarn war zunächst nach Plan und zu unserer vollen Zufriedenheit angelaufen. In für uns ungewöhnlich bürgernaher Aufmachung, taktisch klug unter Verzicht auf unseren dunkelbraunen Lidschatten und die geliebte pechschwarze Kajal-Augenumrandung, hatten wir uns eines Morgens, eineinhalb Stunden nach der aus dem Mansardenfenster erspähten Abfahrt von Heinz Immig, mit einer leeren Henkeltasse, die wir wie einen Schild vor uns trugen, zum Nachbarhaus verfügt. Ob sie uns wohl netterweise mit ein wenig Zucker aushelfen könne, hatten wir Frau Immig gefragt, die die Tür bei unserem Anblick prompt bis auf einen kleinen Sehspalt wieder schloß. Wir seien gerade beim Plätzchenbacken, und da sei es doch schade, wenn wir den bereits vorgeheizten Herd wieder abdrehen müßten. Mit der uralten Geste der Bittenden schoben wir die Tasse ein wenig weiter vor.

»Ich weiß nicht recht«, sagte Frau Immig unentschlossen.

Doch mit vereinten Kräften hatten wir die Harmlosen gemimt, denen sogar der geballte Argwohn, der ihnen da entgegenschlug, völlig entging. Uns sei das auch sehr peinlich, aber wir hätten eben doch nicht so viel Erfahrung im Haushalt, und so von Frau zu Frau, und wenn ihr mal was fehle –

»Moment bitte«, sagte Frau Immig, nahm unsere Tasse, ließ jedoch die Tür ins Schloß schnappen, als sie den Zucker holen ging. Wir bedankten uns überschwenglich, wobei Pia sogar einen mädchenhaften Knicks produzierte. Gleich morgen früh würden wir, ganz bestimmt –

»Nicht nötig«, hatte Frau Immig gemeint.
Pia und ich brachten zwar ganz ordentliche Spaghetti zustande, die sich, angereichert mit Knoblauch und etwas Corned Beef von der Freibank, bei den regelmäßig einfallenden Heuschreck-Schwärmen der Verbündeten allzu großer Beliebtheit erfreuten. Was jedoch das Backen anging, so waren wir, die wir uns noch immer dem *Twiggy*-Ideal verpflichtet fühlten und daher alle Süßigkeiten konsequent mieden als aller Wülste Anfang, unbelastet von jeder Vorkenntnis; ohne vorherige theoretische Aufrüstung durch einschlägige Fachliteratur fühlten wir uns dem anstehenden Unternehmen nicht gewachsen. In dem angegilbten, zerfledderten Kochbuch aus dem Jahr 1946 blätternd, einem weiteren Sperrmüllfund, auf dessen fleckigem Einband aus dünner Pappe eine Köchin mit Kopftuch im Trümmerfrauenstil den Löffel schwang, entschieden wir uns schließlich für GUTE BUTTERPLÄTZCHEN. Das klang traut und bieder schmackhaft. Und das Rezept, ein Ei, viel Mehl – erstaunlich viel Mehl! –, ein wenig Butter – seltsam wenig Butter! – sowie eine Messerspitze von dem Backpulver, mit dem wir sonst Ameisen aus dem Haus vergraulten, machte keine weiteren Einkäufe nötig. Um Punkt drei Uhr klingelten wir wieder bei Immigs und steckten die diesmal gefüllte Henkeltasse durch den Türspalt, der nun schon ein wenig breiter war als am Vormittag.
Wir wollten auf keinen Fall ungelegen kommen, zirpten wir, doch seien unsere Plätzchen nun fertig und eine große Kanne *Darjeeling* auch, und wenn wir sie, Frau Immig, vielleicht auf ein Viertelstündchen – schließlich seien wir doch schon seit längerem Nachbarn, aber in all dem Streß komme man ja zu nichts, und da hätten wir gedacht, obwohl sie, Frau Immig, sicher sehr beschäftigt sei –
»Aber wirklich nur eine Tasse«, sagte Frau Immig. Auf die bürgerlichen Manieren war einfach Verlaß. Absolventen

der guten, alten Schule schlugen einem nicht einfach die Tür vor der Nase zu.

Zur Begrüßung der Überläuferin entfalteten wir all die höfliche Freundlichkeit, die wir in den Elternhäusern trainiert hatten. Mit kultivierten Gesten offerierten wir Frau Immig den besten Platz im Häuschen, den in wilhelminischer Gotik überreich geschnitzten Thronsessel, dessen Samtkissen trotz aller Fadenscheinigkeit immer noch purpurn leuchteten. In der Manierlichkeit einer englischen Erbin, angelesen bei Agatha Christie, reichte Pia, die beim Sitzen ebenso wie ich die Knie züchtig geschlossen und die Unterschenkel parallel angewinkelt hielt, auf der nur ganz leicht angeschlagenen Biedermeierschale aus geflochtenem Porzellan unser Selbstgebackenes an.

»Ich bin so frei«, sagte Frau Immig und griff nach einem der Plätzchen, die die Form und die Konsistenz halbierter Golfbälle aufwiesen. Sie führte es zum Mund, biß hinein, verzog schmerzlich das Gesicht, führte es sich vom Mund vor die Augen und betrachtete es erstaunt. Das Plätzchen erschien völlig unberührt und intakt. Frau Immig legte es auf den Rand der Untertasse und bemerkte, daß das Wetter sich in diesem Frühjahr doch ganz vielversprechend anlasse.

Eine Bißprobe meinerseits bescherte mir ein erbostes Grummeln im rechten Eckzahn. Im Mund fühlte das Gebäck sich an wie eine Versteinerung aus vorgeschichtlicher Zeit.

Ich sah Pia an. Pia sah Frau Immig an. »Das sind GUTE BUTTERPLÄTZCHEN«, sagte Pia kläglich. Frau Immig sah mich an, und endlich zerplatzte die zum Frösteln kühle Wolke im Raum unter dem dreistimmigen Gekicher alberner Teenager.

»Mit dem Backen ist das immer so eine Sache«, keuchte

Frau Immig, als sie wieder ein wenig zu Atem gekommen war. »Vielleicht sollte man sie tunken?«
Die anschließende Versuchsreihe ergab, daß sich die Plätzchen nicht einfach tunken ließen. Mit entschlossen gestreckten Zeige- und Mittelfingern mußte man sie gewaltsam unter Tee drücken, wobei man noch eine geraume Weile ihren unwillig sich sträubenden Gegendruck spürte. Ließ man zu früh los, schnellten sie, wie von Katapulten abgeschossen, wieder aus der Tasse hoch und flogen als Querschläger rund um den Tisch.
»Das sind Dum-Dum-Plätzchen«, erkannte Pia prustend. Frau Immig lachte zwar gutmütig mit, aber ich war sicher, daß sie in ihrer braven Beschränktheit die Anspielung auf die gefährlichen Waffen nicht verstand. Dum-Dum-Geschosse waren die Lieblingsmunition der Volkskrieger, Befreiungsarmisten und Guerilleros aller Kontinente, die aufgrund ihrer Armut Patronen sparen mußten. Dum-Dum-Geschosse, oben abgefeilte Patronen, rissen in jeden Körper so riesige Löcher, daß sie fast immer tödlich waren. »Aber wir haben sie streng nach Rezept gebacken«, fügte Pia hinzu, und zum Beweis hielt sie den vergilbten Band hoch.
Frau Immig nickte wissend: »1946 waren alle Grundnahrungsmittel entweder streng rationiert oder einfach nicht zu bekommen, aber das können Sie ja nicht wissen. Meine Eltern sind mal mit unserem großen Perser zu einer Hamsterfahrt in die Eifel aufgebrochen, und als sie zurückkamen, hatten sie dafür von einem Bauern gerade mal ein Stück Speck und fünf Eier ergattert.«
Und sie erzählte uns noch viel über die Nachkriegszeit und über den Schwarzmarkt, auf dem der Grammpreis für Butter weit über dem von Gold gelegen habe. Auch sie hatte sich, als ›junges Mädchen‹, schwarze Striche hinten auf die Wade gemalt in der Hoffnung, alle würden den-

ken, sie könne sich die unerschwinglichen Seidenstrümpfe mit Naht leisten: »Wenn mein Vater mich damit erwischt hätte – au weia!« Und als sie am Kiosk auf Illustriertentiteln die ersten Bilder von Diors New Look sah, hatte sie geweint: »Wir mußten mit jedem Zentimeter Stoff geizen, und da bauschten sich nun diese Röcke, fast knöchellang, in sechzehn Bahnen geschnitten, für die man ganze Tuchballen gebraucht hätte, und Audrey Hepburn sah aus wie ein Teepüppchen, und wir wie die Trampeltiere in unseren Hosen Marke Kartoffelklau –«

Irgendwann an diesem Nachmittag hatte ich vergessen, daß ich auf dem Kriegspfad war. Auch störte mich Frau Immigs unsäglich blond gebleichte Wasserwelle ebensowenig mehr wie ihre Zuchtperlenkette auf dem pastellfarbenen Nachmittagskleid. Doch als ich gerade darüber sinnierte, ob es sich beim verachteten Damenkränzchen nicht vielleicht doch um eine auch für fortschrittliche Kräfte durchaus akzeptable Form der Kommunikation handeln könnte, sprang Frau Immig aus dem Thronsessel wie ein Tütenkasper: »O Gott, schon vier Uhr durch!«

Mit allen Anzeichen der Panik hastete sie hinaus, murmelte allerdings noch schnell etwas von »demnächst dann mal bei uns«. Wir sahen ihr nach, wie sie im unbeholfenen Laufstil älterer Damen, die wegen ihrer engen Röcke keine großen Schritte machen, sondern nur die Unterschenkel grotesk kreisen lassen konnten, die paar Meter zum Nachbarhaus hinter sich brachte.

»Der Alte kommt gleich«, sagte ich. »Und wahrscheinlich hat sie ohne Genehmigung keinen Ausgang.« Das Ziel unseres Feldzugs lag wieder klar umrissen vor mir.

»Wir haben den ersten Brückenkopf geschlagen«, meinte auch Pia. »Der Keil sitzt, verlaß dich drauf.«

Den bettwurstähnlich fetten Dackel Atz aus der Immigschen Front herauszubrechen und zum Verrat zu bewegen hatte sich ebenfalls als beinah frustrierend einfach erwiesen. Ein halbes Pfund gekochten Schinken, ein paar lobende Worte, begleitet von herablassend gnädigem Tätscheln – und schon hatte er sich einen von Stachelbeerbüschen bestens getarnten Geheimgang unter dem Zaun gebuddelt, um uns regelmäßig seine ergeben wedelnde Aufwartung zu machen. Fast schon hatten wir das Interesse an ihm verloren, doch da hielt Zetkin Einzug in Xanadu.

Zetkin war die rotgetigerte Katze von altem Wiesen- und Baumhofadel, die ein Verbündeter mit Reiseplänen nach Indien eines Tages bei uns deponiert und nie wieder abgeholt hatte. Außerdem war Zetkin eine Ausgeburt der Hölle, die unsere Tapeten von den Wänden kratzte, die Kokosmatten zerfaserte, die Vorhänge als Schaukel benutzte und die Kissen und Häkeldeckchen als Klo. Wohl ging sie gewissenhaft ihrem Beruf nach und fing Mäuse, aber statt sie zu fressen, legte sie sie, fein säuberlich nebeneinandergereiht wie die Strecke einer Diplomatenjagd, vor dem Kühlschrank nieder. Auf daß wir morgens, verschlafen und noch halbblind im Verlangen nach einem Schluck kalter Milch in die Küche tappend, prompt mit nackten Füßen auf die blutigen Fellbündelchen traten und somit nie vergessen konnten, daß auch Zetkin ihrer Meinung nach das angestammte Recht auf ein Schälchen Milch besaß. Außerdem huldigte Zetkin der unverrückbar festen Überzeugung, das einzige Wesen zu sein, das wir in unseren Matratzenlagern dulden durften. Typen, die bei uns nächtigten, mußten jederzeit damit rechnen, daß sie ihnen in einer dunklen Ecke auflauerte und, nach einem gezielten Sprung in die Kniekehlen, auf zwanzig vorher an unseren Kommoden nadelspitz gewetzten Krallen genüßlich langsam die Waden herunterrutschte. Bei günstiger Gelegenheit begnügte sie sich damit, auf einen nichtsah-

nend schlummernden Gast auch einfach nur eine halbverdaute Amsel zu erbrechen.
Furcht vor Hunden zu empfinden, geschweige denn zu zeigen war natürlich weit unter Zetkins Würde. Weshalb sie gleich beim ersten Zusammentreffen mit dem Nachbardackel unter Beweis stellte, daß sie den Namen der unerschrockenen Kominternkämpferin und kommunistischen Paradepädagogin nicht zufällig trug.
Zetkin hatte auf der schmalen, verwitterten Gartenbank gelegen und sich mit lustvoll geschlossenen Augen der Pelzpflege hingegeben, als sich Atz, voll optimistischer Gedanken an Schinken, aus seinem Geheimgang wand. Nach kurzem Stutzen und Wittern kam er mit wehenden Schlappohren zornig kläffend herangestürmt – Zetkin ließ sich nicht dazu herab, seine Gegenwart auch nur zur Kenntnis zu nehmen. Der Dackel änderte die Gangart und fiel aus gestrecktem Galopp in versammelten Trab – Zetkin unterbrach zwar das Putzen ihres hochgestreckten linken Hinterlaufs, lehnte es aber weiterhin ab, ihn eines Blickes zu würdigen. Der Vorwärtsdrang des Hundes war nun allenfalls noch als nachdenkliches Schlendern zu bezeichnen, und etwa drei Meter vor der Gartenbank klang auch sein Bellen eher fragend – da setzte sich Zetkin endlich auf. In aller Seelenruhe, den Schwanz anmutig um die Vorderpfoten geschmiegt. Sie buckelte nicht. Sie fauchte nicht. Sie öffnete nur in Zeitlupe ihre Lider und sah, gelb mit schmalen, schwarzen Schlitzen, auf den Hund herab.
Atz klemmte sich die Rute unter den Bauch und machte Platz. Entschuldigen Sie bitte vielmals, ich muß Sie mit jemand anderem verwechselt haben, sagte der Hund.
Paß das nächste Mal gefälligst besser auf, du Idiot, sagte die Katze, bevor sie sich wieder auf die drei noch unfrisierten Haare am linken Hinterlauf konzentrierte. Von da an näherte sich der Dackel nur noch in stiller Demut;

ohne jedes Kläffen ließ er sich devot neben ihr nieder. Daß er dabei schüchtern um ihre Freundschaft hechelte, pflegte Zetkin mit der Miene einer Herzogin, die sich in Erfüllung ermüdender Repräsentationspflichten dem lästigen Pöbel zeigt, geflissentlich zu übersehen. Wir waren begeistert und gaben uns der Vorfreude hin. Lange konnte es nicht mehr dauern, bis Heinz Immig zum ersten Mal erkennen mußte, daß seine Welt nicht mehr auf sein Kommando hörte.

Auf dem Grundstück des Verhaßten waren eines Tages Arbeitsleute im Blaumann erschienen, die unter viel Getöse und Getue ein Gerüst ans Haus setzten. Frau Immig, bald darauf zur Teestunde einberufen, gab bereitwilligst Auskunft:

»Er hat es ja jetzt so mit dem Energiesparen. Bald gehen hier alle Lichter aus, sagt er ständig, und unser Markus darf seine Cola nur noch lauwarm trinken, damit der Kühlschrank nicht so viel Strom verbraucht. Kalt ist sowieso ungesund, sagt er, und lüften soll ich nur noch morgens zehn Minuten, dabei raucht er doch abends Zigarre. Einen Kohleofen will er sich jetzt wieder anschaffen, denn wenn die Kanaken uns den Ölhahn zudrehen, sagt er, werden uns alle beneiden, weil wir rechtzeitig vorgesorgt haben. Aber vorher will er noch das Haus dicht machen, ihr wißt schon, mit dieser neuen Energiesparfolie, die es jetzt überall gibt. Soll ich etwa für teuer Geld den Garten heizen, sagt er, und Urlaub hat er sich extra dafür auch genommen. Dabei hatte ich mich so auf den Bayrischen Wald gefreut – aber nein.«

Nicht nur durch unser sanft beharrliches Einwirken brachte Frau Immig inzwischen den Mut auf, zumindest in Abwesenheit ihres Mannes leise Kritik anklingen zu lassen. Seit die Familienserie EIN HERZ UND EINE SEELE wegen des großen Erfolgs vom intellektuellen WDR III ins

Erste gehievt worden war, schlug sich die halbe Republik bei den ewiggestrigen Sprüchen von ›Ekel‹ Alfred Tetzlaff – dessen Dialogzeilen bei uns in Lohausen mitprotokolliert zu sein schienen – nicht nur vor Lachen auf die Schenkel, sondern auch voll der Genugtuung gegenseitig auf die Schulter: Gott sei Dank, wir sind nicht so. Der Typus – rechtsradikal, Frauen, Fremde und Schwule hassend – war aus der Mode gekommen, und ein jeder konnte sich nun nicht schnell genug von ihm distanzieren. »Komisch, er lacht auch darüber«, wunderte sich selbst Frau Immig.
Der wie jeder gute Deutsche von der allgemeinen Ölkrisenhysterie schwer infizierte Heinz Immig kletterte nun also in jeder freien Minute auf seinem Gerüst herum, klopfte den regionalüblichen Rauhputz platt und klebte, Stück für Stück, das Haus mit der dicken Plastikfolie zu, die es im grauen oder roten Backsteinmuster gab und die mittlerweile überall landauf, landab die Wohngebiete mit den hypothekenüberladenen Einfamilienhäusern verpestete. Von seiner höheren Warte spähte er natürlich des öfteren voll Abscheu auf die feindlichen Linien in Xanadu herunter, und auf diese Weise wurde er eines Tages auch des Deserteurs Atz gewahr, der wieder einmal in paradiesischem Frieden neben der Katze lag.
Zunächst beschränkte er sich darauf, die Augäpfel in ungläubigem Entsetzen leicht hervortreten zu lassen und irgend etwas zu murmeln, von dem wir leider nur »ellenlanger Stammbaum« – »Jagdteckelprüfung« – »Geld zum Fenster« und »verfluchte Luder« verstehen konnten. Dann hatte er jedoch schnell die Gewalt über sich wiedergefunden, und er lehnte sich so weit über das Gerüst, daß es vielversprechend zu schwanken begann.
»Faß, Atz, faß!« brüllte Heinz Immig, jede Silbe mit einem Rüttler an der Holzlatte betonend, doch zu unserem Leid-

wesen hielt das Gerüst. Frau und Sohn, vom Geschrei des Haushaltsvorstands alarmiert, waren herbeigeeilt und standen nun, händeringend die Frau, im Rücken noch krummer als sonst der fast zwei Meter messende Sohn, am Fuße des Gerüsts und schauten zu, wie Heinz Immig oben als überdimensionales Rumpelstilzchen brillierte.
»Verdammte Schlampen« war zu hören und »Sauhund, ein für allemal verdorben«. Von »gehören erschossen« war die Rede und auch von ganz Entsetzlichem, das Frau und Sohn geschehe, wenn sie sich nicht endlich in Bewegung setzten, »bevor ich mich vergesse«. Auf ein stummes Nicken von Frau Immig ging der Sohn in Richtung Zaun, während ich mir den Dackel griff, der meinen zitternden Händen beinahe entwischte. Trotz unseres offenkundigen Teilsiegs wollte kein Triumph in mir aufsteigen. Statt dessen empfand ich nur Angst. Ich wollte, daß das hier alles aufhörte. Jetzt. Sofort. Oder besser: daß es gar nicht erst angefangen hätte. Verflucht der Tag, der mich nach Xanadu und mitten hinein in Händel geführt hatte, die, das erkannte ich in jäh blendender Klarheit, nur in Furcht und Schrecken enden konnten.
Auch die Beine, die ich vorwärts zur Grenzbefestigung schob, schlotterten. Was tat ich hier? Wieso konnte ich nicht einfach ein sicheres Leben führen als Unbescholtene? Bestimmt hatte der Altfaschist Immig irgendwo eine Knarre vergraben, die er jetzt ausbuddeln und auf mich abfeuern würde. Und dann läge ich hier, und brechenden Auges würde ich mein junges Blut sinnlos versickern sehen zwischen Cannabis und Unkraut, und die Verbündeten würden aus meiner Beerdigung eine große Sache machen mit roten und schwarzen Fahnen, mit einem wahren Fahnenmeer aus Rot und Schwarz, und in der Nacht darauf würde es bestimmt einen kleinen Aufstand geben in der Stadt, und der würde sich bald ausbreiten

über das ganze Land, in dem dann kein Platz mehr sein würde für Immig und Co. *Aus einem Funken kann ein Steppenbrand entstehen.* Sinnlos? – Ich würde immerhin für die FREIHEIT gestorben sein! Mutig bis zum Schluß. Wie Che Guevara oder, neulich noch, Salvador Allende.

»Venceremos!« sagte ich, als ich den mit allen vier Beinchen zappelnden Dackel über den Zaun reichte. Doch es kam dünn und schwächlich aus meiner Kehle.

Markus sagte nichts, jedenfalls nichts zu mir, aber er legte seinen flachsfarbenen Kopf auf den fuchsigen des Dackels und murmelte etwas zwischen die Schlappohren, was wie »armes kleines Atzemännlein« klang. Der Hund fiepte und leckte ihm die Nase. Für eine verwehende Sekunde beneidete ich die beiden. Und schon mit dem nächsten Atemzug fühlte ich sie heranrollen. Unaufhaltsam wie eine zähflüssige Breilawine ergoß sie sich vom Hinterkopf aus in jede Windung meines Gehirns. Sie überschlammte alles, diese schwarze, lähmende Müdigkeit, die mich in letzter Zeit immer öfter mattsetzte. Ich war unfähig, es zu ändern. Ich haßte und verfluchte mich dafür. Aber ich mußte den sofortigen Rückzug antreten.

Aus den Augenwinkeln und mit den Resten meines Gehörs nahm ich noch wahr, wie der Nachbar unverdrossen weitertobte und auch Pia noch tapfer zurückkeifte. Aber das hatte nichts mehr mit mir zu tun. Ich war nicht mehr greifbar. Wenn es mich überhaupt noch gab, so betrachtete ich aus weiter Ferne und mit wissenschaftlicher Distanz, wie ein namenloses Wesen durch all die Wirrnis marschierte wie Moses durchs Rote Meer. Erst hinter den schützenden Mauern unseres Häuschen kam ich wieder zu mir. Oben in meinem eiskalten Kämmerchen schloß ich mich ein, warf mich auf die Matratzen und zog mir die stickig miefende Decke über den Kopf. Wir besaßen immer noch keine Waschmaschine; die Kochwäsche, Bett-

bezüge und Handtücher, rührten wir im großen Nudeltopf, und nach dem Auswringen per Hand waren wir stets ein paar Stunden lang fingerlahm.
»Sag mal, spinnst du, mich die Suppe da unten ganz allein auslöffeln zu lassen?« hörte ich nach einiger Zeit Pia auf dem Flur schimpfen. Ich antwortete nicht, und ich stand auch nicht auf, um die Tür zu öffnen. Ich klemmte mir das Kissen in die Ohren, bis ich Pias hölzerne Clogs zornig von dannen klappern hörte. Zwar hatten wir abgeschlossene Türen eigentlich längst abgeschafft, aber wenn ich dem erlag, was Pia mit einiger Herablassung meinen *Moralischen* nannte, wurde ich in Ruhe gelassen.
Ich war feige. Schlimmer noch. Ich war inkonsequent. Ich hatte das Rechte erkannt, aber ich war nicht in der Lage, es zu leben. Wenn mich jemand fragte (aber wer fragte mich denn?), konnte ich ihm den Zustand der Gesellschaft messerscharf voranalysieren. Doch wenn es dann tatsächlich ernst wurde, wenn es darum ging, mich von Heinz Immig erschießen zu lassen oder mich zumindest endlich bei der RAF zu melden, kniff ich. Und mußte mich, wie eben, auch noch dabei ertappen, daß ich ein blödes Vieh um das bißchen Zuneigung beneidete, das ein dummer, kleiner Junge zu geben hatte.
Die Wahrheit ist absolut, und ein jeder, der sie erkennt, hat ihr sein Leben zu unterwerfen. Total. Ohne faule Ausreden. Mit allen Konsequenzen. Welcher Dämon also ritt mich? Außerdem war ich frigide. Und geradezu klinisch depressiv. Und ärmer als jede Kirchenmaus.
Jahrelang hatte ich die Krise des Kapitalismus herbeigeredet in der Hoffnung, daß die unverständlich zufriedenen Massen endlich erwachen und kämpfen würden. Nun war, als Folge der nach dem Jom-Kippur-Krieg explodierten Ölpreise, die Konjunktur tatsächlich in die schwerste *Rezession* seit der Währungsreform gerutscht,

aber außer ein paar rechthaberische Sonntagsredner, die schon den harmoniesüchtigen Willy Brandt für eine Neuausgabe Stalins hielten, schien das nur mich zu bekümmern. Nicht genug damit, daß das (nur zum Wohle der Menschheit) herbeigesehnte Massenelend und die (bewußtseinsfördernden) Generalstreiks und Aufstände ausblieben – ich mußte feststellen, daß lukrative Aushilfsjobs (vier Wochen arbeiten, zwei Monate leben), plötzlich nicht mehr zur freien Auswahl bereitstanden.
Vor zwei Tagen noch hatte ich, weil ich die Haushaltskasse schon wieder nicht paritätisch bestücken konnte, diesbezüglich eine erneute Niederlage einstecken müssen. Beim Studium der Stellenangebote war ich in der RHEINISCHEN POST auf eine nicht uninteressante Annonce gestoßen. ›Gesellschafterin gesucht‹, unter Angabe einer Telefonnummer. Nun hatte ich, in meiner Jugend, genügend Adele-Sandrock- und Daphne-du-Maurier-Filme gesehen, um zu wissen, was mich erwartete: eine stinkreiche und schrecklich kauzige alte Dame, deren Rollstuhl ich schieben und deren gräßlichste Launen ich ertragen mußte. Wahrscheinlich war sie fast erblindet, weshalb ich ihr aus kostbaren Erstausgaben im Ledereinband vorlesen mußte. Möglicherweise aber war sie ja auch ganz nett und lieb, in schwarzen Kleidern mit weißen Spitzenkrägelchen, und noch so rüstig, daß sie Reisen unternehmen und mich mitnehmen wollte? – Die üblichen Skrupel, das Unterstützen der Ausbeutergesellschaft durch das Bedienen der herrschenden Klasse betreffend, waren relativ schnell zerstreut. Die alte Dame war schließlich eine Frau, und *Women are the nigger of the world* hatte schon der über alle Korrumpierbarkeit weit erhabene John Lennon so trefflich gesungen, und der Dienst an Behinderten ging in Kreisen der Verbündeten auch irgendwie grundsätzlich in Ordnung. Ich rief also an. Am anderen Ende der Lei-

tung hatte sich eine äußerst selbstbewußte Männerstimme gemeldet, die nach Mahagonischreibtisch und goldenen Manschettenknöpfen klang.
»Ich bewerbe mich auf Ihre Zeitungsannonce, für die Stelle als Gesellschafterin«, hatte ich im tiefen und eher gelangweilten Tonfall einer Marlene Dietrich in ihrer besten Zeit gesagt. Frauen mit tiefer Stimme wurden im Geschäftsleben deutlich bevorzugt, wußte ich aus einer in irgendeinem Arztwartezimmer herumliegenden Brigitte.
»Schön«, sagte der Mann, der zweifellos der Sohn der alten, gebrechlichen Dame war. Dann erkundigte er sich nach meinem Alter, meiner Haarfarbe und meiner Kleidergröße.
»Zweiundzwanzig. Und rot«, sagte ich wahrheitsgemäß. Zwar focht mich die Vorahnung an, daß das meine Chancen schmälern könnte, denn von Gesellschafterinnen erwartete man sicher eine zurückhaltend dezente Erscheinung. Aber in Anbetracht der Tatsache, daß ich kein Geld für den Ankauf eines Tönungsmittels besaß, empfahl es sich hier wohl, bei der Wahrheit zu bleiben. Außerdem trug ich, um reifer und ernster und auch irgendwie südländischer zu erscheinen, schon seit geraumer Zeit einen schwer im Nacken geschlungenen Knoten; zum anstehenden persönlichen Vorstellungsgespräch würde ich allerdings die riesigen kreolischen Ohrringe zu Hause lassen müssen. »Und vierzig«, log ich. Zum Rollstuhlschieben wollte man sicherlich eine etwas stabilere Erscheinung, und die fehlenden Pfunde konnte ich mir ja im Nullkommanichts anfuttern.
»*Sehr* schön«, sagte der Mann. »Und Sie sind so ungebunden, daß Sie auch für kurzfristig angesetzte Reisen zur Verfügung stehen?«
»Kein Problem«, sagte ich, während Aufregung, Hoffnung und so etwas wie Euphorie in mir hochwallten. Ich würde

hier herauskommen, ganz schnell sogar. Ich würde den trostlosen Bunker von Xanadu hinter mir lassen und in San Remo oder Biarritz oder Baden-Baden und inmitten der alten Pracht lustwandeln, die schon Gottlieb Maria Blasberg geliebt hatte. Und ich würde aus Klassikern vorlesen.

»Bevorzugt Ihre Mutter Gedichte oder Prosa?« erkundigte ich mich, denn ich wollte mich gut vorbereiten. »Oder vielleicht Schauspiele?« – Shakespeare, das war's. EIN SOMMERNACHTSTRAUM. In Monte Carlo.

Aus dem Hörer kam keine Antwort, aber so etwas wie ein stummes Stutzen. Wahrscheinlich war die alte Dame nicht sehbehindert, sondern schwerhörig. Oder beides. In diesem Fall mußte ich mich natürlich mit anderen Fähigkeiten für die Stelle empfehlen. »Ich verfüge über sehr große Geduld«, sagte ich wahrheitswidrig, aber voll Eifer. »Ihre Mutter wird auf jeden Fall zufrieden mit mir sein.«

»Meine *Mutter?!*« fragte der Mann.

»Oder Ihre Tante.« Es konnte natürlich auch die Tante sein, für die der gute Mann zu sorgen hatte.

Ich hörte ein scharfes Klacken. Der gute Mann hatte einfach eingehängt. Bis Pia nachmittags aus der Klinik kam, grübelte ich darüber, was in Teufels Namen ich wohl falsch gemacht hatte.

»Wie naiv bist du eigentlich«, wunderte sich die endlich Heimgekehrte, der ich nur die reinen Fakten, nicht jedoch meine damit verbundenen Hoffnungen mitgeteilt hatte. »Das Schwein will eine Nutte, du Dummbart. Für seine Geschäftsreisen, damit seine Alte ihm nicht auf die Schliche kommt, und damit er dich, als Sekretärin, auch noch von der Steuer absetzen kann!«

Durch das Kippfenster der Mansarde quoll allmählich dichte Dunkelheit, aber ich knipste keine Lampe an. Dick eingerollt in die muffigen Laken, versuchte ich, die Düsenflugzeuge zu zählen, die meine Matratzengruft bis in den Federkern erschütterten. Was für ein Leben! Welche Schmach! Wobei mich an der ganzen idiotischen Geschichte wieder einmal meine gräßliche Inkonsequenz wurmte: Wie alle Fortschrittlichen im Lande hatte doch auch ich erkannt, daß Hure eigentlich ein Beruf wie jeder andere war, nur mit dem Unterschied, daß er empörenderweise weder tarifvertraglich abgesichert noch mit Lohnfortzahlung im Krankheitsfall verbunden war. Wieso war ich unfähig, selbst diesen doch ehrenwerten Beruf zu ergreifen? Ich hätte den Mann sofort wieder anrufen und mich nach den Verdienstmöglichkeiten erkundigen sollen. Aber natürlich: Zwischen Denken und Handeln stand bei mir ja, einbetoniert und befestigt wie die Berliner Mauer, immer die katholische Erziehung. Danke, liebe Eltern! Und danke, Kaplan Woverrath! Zum schätzungsweise dreihundertsten Male faßte ich den Beschluß, gleich morgen aus der Kirche auszutreten. Nun ja, morgen ging es mir wahrscheinlich noch nicht gut genug – erfahrungsgemäß dauerte ein *Moralischer* dieser Güteklasse mindestens drei Tage. Aber nächsten Montag, ganz bestimmt. Wenn ich dann nicht wieder damit beschäftigt war, mein Leben weiterhin zu vertändeln.

Unten in der Duschküche hörte ich Pia werkeln und bald darauf ihre Clogs die Treppe hochklappern. »Wenn du Hunger hast, guck vor die Tür«, sagte sie, bevor sie wieder nach unten ging. Beim Wort Hunger meldete sich natürlich wie auf Knopfdruck mein Magen, was unpassend war und demütigend. Alle mir bekannten Kulturen hielten Fastenzeiten ein, um durch Kasteiung zu Läuterung zu gelangen; anstandshalber wartete ich ein paar Minuten, bis ich zur Tür ging.

Draußen auf der Flurmatte stand ein Tablett, und daneben saß Zetkin, die sich zufrieden den Schnurrbart

leckte. Das Biest: Nicht ein Gramm Wurst oder Butter war auf den Toastscheiben mehr auszumachen, aber an das Fläschchen mit dem Hustensaft und den Rest Whiskey in dem steinernen Krug mit zwölf Jahre altem *Tullamore Dew* war sie nicht herangekommen. Mit höflich grüßendem, steil erhobenem Schwanz stelzte Zetkin steifbeinig an mir vorbei, um erst dreist mein Lager zu okkupieren und mich dann, mit der Neugier eines Zoobesuchers, aus ihren gelben Augen heraus zu fixieren. Unbeeindruckt nahm ich einen tiefen Zug Hustensaft und kippte den irischen Whiskey – anderen tranken wir nicht – entschlossen hinterher.
Codein und Alkohol waren nicht nur völlig legale Drogen, sie waren auch, in der richtigen Mischung und auf nüchternen Magen zumal, bestens dazu geeignet, jeden *Moralischen* in tiefem Schlummer zu versenken. In Erwartung der Wirkung drapierte ich mich vorsichtig um die Katze herum, die sofort emphatisch ihren Schnurrmotor anwarf. Nie ließ sie sich streicheln, die Wilde, die Stolze, und für diese Erkenntnis hatte ich schon mit viel Haut an den Fingern bezahlt. Handzahm war sie wirklich nicht, aber die mitunter wohltuende Wirkung eines warmen Körpers neben sich wußte sie ebenso zu schätzen wie ich. Durch den von Erich Wendrikeit sparsam dünn gegossenen Estrich klang von unten der melancholische Bariton eines unserer zwanzig Lieblingssänger hoch in meine Klausurzelle. *But tell me, where do the children play,* verlangte Cat Stevens. Ich wußte es auch nicht.
Langsam wurden Arme, Beine und Rumpf so schwer, daß sie sich tief in die Matratzen eindrückten. Ich spürte das Gewicht meines Körpers auf dem Haus lasten und das des Hauses auf dem glühenden Kern des Planeten. Gleichzeitig schwebte mein Kopf, leichter als ein Luftballon, in höhere Sphären. Strich die Schräge der Mansarde hoch.

Umwehte das Kippfenster. Drang mühelos durch das Glas und verlor sich in der Galaxis.

Clemens ist fest davon überzeugt, daß wir Sonntagskinder sind, die die damaligen Experimente nur durch eine Verkettung glücklicher Zufälle überleben konnten. In der Tat sind etliche der ehedem Verbündeten auf der Strecke geblieben; sind Opfer ihrer Süchte geworden oder vielleicht auch ihrer Sehnsüchte. Von Clemens weiß ich, daß er sich von Freunden in Amsterdam vier Tage lang ans Bett fesseln und mit Wasser vollpumpen ließ, bis der Ekel stärker war als das Verlangen nach der nächsten Spritze. Daß ich nie die dreißig im Nachtschränkchen gehorteten Barbituratpillen meinen üblichen Cocktails beimischte, verdanke ich wohl nur meiner Eitelkeit.

Stets verlockend war der Gedanke an den Tod, an die endgültige *Freiheit* – von allem Schmerz und aller Verantwortung. Gern halluzinierte ich den Moment meiner Vergeistigung und vor allem die untröstliche Trauer der Hinterbliebenen. Sogar den Ablauf meiner Beisetzungsfeierlichkeiten hatte ich testamentarisch bis ins kleinste Detail festgelegt, und jedesmal, wenn ich das Dokument um neuerliche Verbesserungen erweiterte, war ich zu Tränen gerührt. Aber genau an diesem Punkt setzte die entscheidende Irritation ein: Ich würde die Einhaltung meiner Verfügungen nicht kontrollieren, mich am Anblick der Trauergemeinde nicht erbauen können. Die Lilien auf meinem Sarg würde ich nicht sehen und das von der Platte abgespielte *Imagine* nicht hören. Ich würde mich noch nicht einmal über ernsthafte Verstöße gegen meinen letzten Willen ärgern können – der letzte Cocktail blieb ungemischt.

Achtundvierzig Stunden nach meinem Rückzug tauchte ich aus meiner Schwermut hoch wie ein U-Boot und in der Duschküche auf wie Vogel Phoenix. »Mich hat ein

Bunkerkoller erwischt«, erklärte ich Pia, während ich drei Eier über den bereits in der Pfanne brutzelnden Speck schlug, »aber ein ganz gewaltiger.« Mit der Rechten setzte ich den Wasserkessel auf den Herd, mit der Linken zog ich die nächste Scheibe Schwarzbrot aus dem Schrank, die ich unbestrichen wie ihre zwei Vorgängerinnen in den Mund stopfte. »Logo, so wie ich mich hier in der letzten Zeit verschanzt habe. Aber damit ist jetzt Schluß, und zwar ein für allemal. Ich muß wieder raus hier, ich muß unter Leute. Ich brauche einen Job, und zwar einen vernünftigen. Und ich brauche wieder ein Ziel, für das es sich wirklich zu kämpfen lohnt. Lächerlich: Die Immigs dieser Republik und dieser Welt werden wir nie ändern, und wenn wir uns auf den Kopf stellen!« In der Besteckschublade fand ich den Rest einer Prinzenrolle; die Schokofüllung klebte an meinen Fingern, schmeckte aber so köstlich süß wie zu der längst vergangenen Zeit, als sie zur Grundausstattung aller Wegzehrungen bei den Wochenendausflügen in Hannibal gehört hatte. »Die Alten können wir vergessen, denen ist nicht mehr zu helfen. Um die Kinder müssen wir uns kümmern: Das ist die Zukunft! – Haben wir nicht noch irgendwo ein Scheibchen Toast? Immer, wenn ich englisch frühstücken will, ist kein Toast im Haus!«

»Zum Thema frühstücken: Es ist neunzehn Uhr siebenundzwanzig«, sagte Pia. »Und wenn du Wert darauf legst, verstanden zu werden, dann mußt du aufhören, so zu schlingen und zu schmatzen.« Manchmal konnte sie wirklich nervtötend pedantisch sein. Und so schrecklich praktisch. Doch frisch wiederauferstanden von den Scheintoten, wollte ich großzügig darüber hinwegsehen, daß Pia dem Leben um so vieles besser gewachsen war als ich.

»Okay, aber setz dich jetzt hin, und hör zu«, sagte ich. Und

eröffnete ihr meinen neuesten Beschluß. Ich wollte nicht mehr an die Dämonen glauben, die mich immer wieder in tiefste Depressionen stürzten, sondern nur noch an Dreijährige. An unschuldige Wesen voll der natürlichen Güte, die ich vor allem Zwang und allen schädlichen Einflüssen bewahren und hingebungsvoll zur FREIHEIT erziehen würde.
»Um Gottes willen: Du bist schwanger!«
»Quatsch«, sagte ich. »Aber ich bin, dem Himmel sei Dank, immer noch katholisch. Und die Stellenangebote in der Zeitung quellen doch dauernd über mit Anzeigen, in denen Kindergärten Hilfspersonal suchen. Verstehst du? Ich werde sämtliche Fliegen mit einer Klappe schlagen. Ich komme raus hier, und ich tue was Sinnvolles, und unsere Haushaltskasse wird sich auch freuen.«
»Wird auch allmählich Zeit«, sagte Pia, und dann hatte sie tatsächlich noch die Stirn, mir den derzeitigen Stand meiner Schulden bei ihr vorzurechnen. Meiner Begeisterung jedoch tat das kaum Abbruch. – Vierzehn Tage später stand fest, daß ich die Nachfolge des vor kurzem verstorbenen *Summerhill*-Begründers und Grundlagenforschers der emanzipatorisch repressionsfreien Erziehung, Alexander Sutherland Neill, antreten würde. In der Katholischen Kindertagesstätte Sankt Mariä Empfängnis zu Düsseldorf. Montags bis freitags von elf Uhr dreißig bis siebzehn Uhr. Für sensationelle achthundertfünfzig Mark im Monat, was mir, nach Abzug meines Miet-, Strom- und Haushaltskassenanteils sowie einer realistischen Schuldenabtragungsrate an Pia, ein üppiges Taschengeld von zweihundert Mark für Anschaffungen aller Art auf dem Flohmarkt bescherte, und das dreizehnmal im Jahr. Tue Gutes und laß dich dafür bezahlen: So fühlte sich Glück an.
Der Kindergarten, den ich mit einigem Aufstand im Magen zum Vorstellungstermin ansteuerte, lag in einem

Viertel von hohen, grauen Mietshäusern aus der Gründerzeit. Die typische Gemengelage: Ein paar kleine Gewerbebetriebe, ein paar in anderen Gegenden schon selten gewordene Tante-Emma-Läden, reichlich Frittenbuden und Getränkekioske, dazwischen ein paar Neubauten aus Beton mit käfigartigen Balkonen. Ein kleiner Fußballplatz mit braunem Rasen und einer verwitterten Stehplatztribüne. Viele der Autos, die hier parkten, waren hinter der Windschutzscheibe mit farbenfrohen Papiergirlanden aus baumelnden Tröddelchen und winzigen Spiegelchen geschmückt oder mit bonbonfarben umhäkelten Klopapierrollen auf der Ablage.

Die Kirche Sankt Mariä Empfängnis thronte in der angeschmuddelten Backsteinpracht des wilhelminischen Historismus auf einem stillen Platz mit alten Platanen, der sich in diesem Umfeld wie eine Fotomontage ausnahm. Neben dem Kirchplatz eine dichte Ligusterhecke, dahinter ein großes Wiesengelände mit verschiedenen Schaukeln und Klettergerüsten und einem Sandkasten, der größer war als das Schwimmbecken in einem Freibad. Kleine Gruppen aus Ziersträuchern und Eiben, dann, in der Form eines großen, flachen L, ein offensichtlich erst vor kurzem errichteter Flachbau mit leuchtend rotem und blauem Lack an allen Türen und Fensterrahmen: mein neues Betätigungsfeld.

»Ist das nicht seltsam – wenn unsere Kinder ein Haus malen, hat es immer ein Spitzdach mit Schindeln und einen Schornstein, aus dem Rauch hochsteigt. Dabei gibt es doch selbst hier in dieser Gegend nirgendwo mehr Ofenheizung«, sagte die Frau, die sich als Regina Pohl vorgestellt hatte und mich nun durch das Gebäude führte, das mit kindlichen Wasserfarbengemälden und Buntstiftzeichnungen dicht tapeziert war. Zu meiner Erleichterung trug sie nicht die befürchtete ältliche Tracht, sondern eine flotte Föhnfrisur, verwaschene Jeans und einen in groben Maschen selbstgestrickten Rollkragenpullover, der entfernt an das Kettenhemd der Jeanne d'Arc erinnerte. Sie mochte etwa Mitte Dreißig sein (bei alten Leuten fiel es mir immer schwer, den Jahrgang zu schätzen), und sie gab sich redlich Mühe, den Stolz auf ihre vorgesetzte Stellung als Kindergartenleiterin zu kaschieren.

»In den Gruppen wollen wir jetzt nicht stören«, erläuterte Frau Pohl den Umstand, daß wir keine Kinder, nur die Gebäudlichkeiten besichtigten. Den langen Garderobenflur mit unzähligen Holzhaken, die in etwa auf Höhe meines Nabels aus der Wand ragten und von denen Mäntelchen, Jäckchen und Täschchen hingen, darunter massive Kiefernbänke, die noch nicht einmal bis zur Mitte meines Schienbeins reichten, und davor unfaßbar winzige Schühchen. »Jedes Kind hat seinen eigenen Platz, den es an seinem Zeichen erkennt«, sagte Frau Pohl und zeigte auf die bunten Schilder an den Haken, die Sonne, Mond und Sterne, Tiere, Bäume und Blumen darstellten und die in meiner Großhirnrinde sofort einige kritische Gedanken bezüglich der Fixierung auf Besitzstreben schon im zartesten Alter auslösten.

Meine sträflich unpolitische Nase jedoch meldete Wohlbehagen; überall duftete es anheimelnd nach Bohnerwachs, Kiefernharz, feuchten Kapuzen und dem spezifischen Aroma von Butterbroten, die von Müttern frühmorgens geschmiert, mit Papier umhüllt und in Ledertaschen verpackt worden waren. Dazu noch der längst vergessene Geruch von altmodischem Scheuerpulver: Auch die »Waschräume« mit ihren putzigen Klos und niedrig installierten Waschbecken verblüfften mich mit ihren Lilliput-Dimensionen. Waren Kinder wirklich so klein? – Ich kam mir vor wie Schneewittchen beim ersten Betreten des Zwergenhäuschens.

Frau Pohl führte mich in ihr ebenfalls winziges Büro, das überquoll mit Aktenordnern, Spielzeugkatalogen und Bastelarbeiten: »Wir haben derzeit vierundfünfzig Kinder hier, aufgeteilt in drei Gruppen. Wir nehmen sie auf im Alter von drei Jahren, machen allerdings zur Bedingung, daß sie keine Windeln mehr tragen und alleine zum Klo gehen können.«
– Aha, Sauberkeitsdrill über alles, dachte ich, anale Prägung und damit Untertanengeist vorprogrammiert. Aber ich hütete mich, meine Einwände vorzutragen. Erst galt es, Einlaß zu finden in diese Institution; dann konnte ich sie, auf dem sprichwörtlich langen Marsch, immer noch von innen heraus revolutionieren.
»Unser Ausländeranteil beträgt etwa zwanzig Prozent, mit zunehmender Tendenz, aber das ist kein großes Problem, denn die kleinen Italiener, Spanier, Griechen, Türken, Jugoslawen und was wir sonst noch alles haben, lernen sehr schnell deutsch. Außerdem« – Frau Pohl beugte sich leicht vor und sprach etwas leiser, um Vertraulichkeit anzudeuten – »außerdem machen uns unsere ausländischen Kinder meist viel weniger Sorgen. Sie kommen aus noch intakten Familienverbänden und sind nicht so aggressiv.«
Mein Herz flog Frau Pohl zu. Wenigstens neigte sie nicht zu der Deutschtümelei, die mir den Umgang mit älteren Menschen sonst immer so verleidete.
»Damit wir uns recht verstehen«, sagte sie, während sie mir eine Zigarette anbot (ich würde sogar rauchen dürfen!), »die Stelle, die ich Ihnen anbieten kann – das Einverständnis von Pfarrer Hülstrunk und Rendant Abel vorausgesetzt –, ist nicht für eine ausgebildete Erzieherin, sondern für eine Kindergartenhelferin ausgeschrieben. Sie umfaßt weniger pädagogische als vielmehr aufseherische Tätigkeiten.« Frau Pohl mußte die schiere Enttäuschung von meiner Stirn abgelesen haben, denn schnell fügte sie hinzu, daß natürlich jede Angestellte, unabhän-

gig von ihrer Position, für die Kinder eine wichtige Bezugsperson sei. Ich schöpfte neue Hoffnung, während sie wieder dienstlich wurde. »Sie werden um halb zwölf anfangen, wenn die Erzieherinnen die Arbeit in den Gruppen beendet haben und die meisten Kinder abgeholt werden. Zunächst helfen Sie unserer Frau Wolters in der Küche, die für die sechzehn Tageskinder das Mittagessen bereitet, dann nehmen Sie mit den Kindern, Frau Wolters und meiner Wenigkeit gemeinsam das Essen ein. Um ein Uhr werden Sie die Kinder in die Schlafwache begleiten, und –«

»Pardon: Sagten Sie gerade ›Schlafwache‹?« Ich hatte das Wort noch nie gehört und wollte beweisen, daß ich Widersprüche erkannte, wenn sie mir begegneten. Frau Pohl nickte ernst.

»Alle Tageskinder kommen aus Familien, in denen beide Elternteile berufstätig sind. Das heißt, sie werden morgens schon um halb sieben gebracht und entsprechend spät nachmittags abgeholt. Für die Dreijährigen, aber auch für die Vorschulkinder ist das ein langer, langer Tag, und es ist wichtig, daß sie sich mittags einmal anderthalb Stunden ausruhen können.« Jetzt war die Reihe an mir, ernst zu nicken, denn mein zukünftiges Wirken war soeben als bedeutsam anerkannt worden.

»Natürlich können Sie die Kinder nicht zum Schlafen zwingen, aber Sie sollten darauf achten, daß Sie wenigstens so viel Ruhe herstellen, daß eine richtige Entspannung möglich ist. Ihre Vorgängerin hat manchmal vorgelesen – aber das Beste ist vielleicht, wir sehen uns den Raum einmal an. Ich darf vorgehen?«

Nicht ohne Beklommenheit folgte ich Frau Pohl in den großen Saal, den Klettersprossen an einer Wand und verschiedenste Turngeräte und Gummimatten als Gymnastikraum auswiesen. In einer Ecke waren an die zwanzig kleine Flechtliegen gestapelt und daneben ebenso viele Decken und Kissen, mit rotem Baumwollkaro bezogen. »Vor kurzem erst haben wir absolut lichtundurchlässige Vorhänge angeschafft, das wird Ihnen die Arbeit erleichtern«, sagte meine zukünftige Vorgesetzte. Aber das machte mir die Aussichten, meine Schutzbefohlenen bevormunden zu sollen, auch nicht angenehmer. Kinder waren eigenständige menschliche Wesen. Ihren Willen nicht zu respektieren verstieß genaugenommen gegen die Menschenrechte: Bei mir könnt ihr euch frei entfalten, schwor ich stumm vor den rührend kleinen Bettchen, und ich war erfüllt von Liebe und dem selbstlosen Verlangen zu geben.

»Pitsch«, sagte der kleine Junge mit den dicken Brillengläsern, als er seine rundliche, dick mit vermanschtem Sauerkraut und Kartoffelpüree beladene Kindergabel hob und wie ein Katapult abschoß. Der Brei landete als fetter Fladen mitten auf dem Tisch, und plötzlich wurde es seltsam ruhig um mich herum. Ich war gefordert, das erkannte ich sofort, aber es fiel mir schwer, Ordnung in meinen schwirrenden Schädel zu bringen.

Stolz wie ein Windjammer, mit vor drängendem Eifer und hehren Vorsätzen prall geblähten Segeln, war ich vor einer Stunde zu meinem ersten Arbeitstag hier eingelaufen. Natürlich hatte ich nicht konkret gewußt, was mich erwartete, aber wer hätte das gedacht: daß vierundfünfzig Kinder vierundfünfzig verschiedene Arten Krach schlagen. Daß sie schreien und rennen, lachen und weinen, mit Holzbauklötzen an Wänden poltern und mit Stiefeln auf dem Boden trampeln und mit Türen schlagen und sich mit Wasser bespritzen und aufjuchzen und hinfallen und aufkreischen und mit Tellerchen auf Tischchen klappern und eine Schublade mit Kinderbestecken fallen lassen und in all dem Getöse immer lauter werden müssen, wenn sie sich noch miteinander verständigen wollen, und damit

selbst meine durch Jettriebwerke und Stereoanlagen und Rockkonzerte gestählten Ohren zerfransen.
Wie eine rettende Insel ragte die Köchin Hermine Wolters, die pechschwarz gefärbten Haare zum lockeren Dutt geschlungen und die feste, reife Drallheit in einen viel zu engen, viel zu kurzen Rock gepreßt, aus dem wild wogenden Meer wimmelnder Zwerge. Hier eine Nase putzend, dort ein Schuhband knüpfend, die simmernden Töpfe in der Küche und potentielle Tunichtgute auf dem Flur stets fest im Blick, winkte sie mich zu sich: »Die ersten paar Tage ist es immer schlimm, aber glauben Sie mir, bald hören Sie nix mehr. Neulich hatten wir Bauarbeiter hier, die doch an Preßlufthämmer gewöhnt sind. Nach zwei Stunden kamen die an und fragten ganz brav, ob sie nicht ein Aspirin haben könnten – nä, wat ham wer jelacht!« Frau Wolters befleißigte sich im Umgang mit den Kindern stets eines Hochdeutschs, das sie für gewählt und akzentfrei hielt; sobald sie aber nahende Gemütlichkeit witterte, zog sie sprachlich Pantoffeln an (rheinisch: Schluffen). Bisheriger Höhepunkt ihres Lebens war, wie ich noch am nämlichen Tag erfahren sollte, das Jahr 1965 gewesen, das sie als eine der vier »Ehrendamen im Gefolge« irgendeiner Schützenkönigin verbracht hatte. »Am besten, Sie gehen jetzt decken: Am Tisch von der Frau Pohl sitzen sechs Kinder, an meinem auch, und für Sie sind vier erst mal genug. Gleich, wenn die Vormittagskinder alle abgeholt sind, wird et sowieso wat ruhijer – Sie haben aber auch Pech, daß ausgerechnet heute keiner krank – Thorsten, THORSTEN, würdest du das bitte sofort lassen?!« Ein kleiner Junge mit dicken Brillengläsern hatte einem noch kleineren, ängstlich quiekenden Jungen die Mütze über die Ohren bis zur Nase heruntergezogen und rumste rhythmisch mit seinem Schädel auf den des Unterlegenen herunter.
»Pitsch«, sagte nun nämlicher Thorsten erneut, und ein

zweiter Speisefladen gesellte sich klatschend neben den ersten. »Pitsss«, lispelte nun auch das Mädchen mit den schulterlangen Affenschaukeln durch die große Zahnlücke am Oberkiefer, die sie als Vorschulkind auswies, und diesmal flogen Kartoffelpüree und Sauerkraut nicht auf den Tisch, sondern landeten, mit leisem Schmatzen, auf meinem Scheitel.

Ich regte mich nicht auf (die armen Kinder wurden sicherlich zu Hause von ihren autoritären Eltern aufs schlimmste unterdrückt; kein Wunder also, daß sie ein wenig aggressiv auf eine Unbekannte reagierten). Ich tat so, als sei nichts geschehen (um ihnen die Sache nicht noch interessanter zu machen). Ich schob eine weitere Gabel Essen in die sperrangelweit geöffnete Ladeluke von Rudi Reinsch. Rudi Reinsch war an meinen Tisch gekrochen, auf allen vieren, und sein gewaltiges Fauchen und Zähnezeigen und Prankenschlagen in alle Richtungen hatte seine kurze Erklärung in meine Richtung »Ich bin ein Löwe!« eigentlich überflüssig gemacht. Als Frau Wolters die Platten und Schüsseln aufgetischt hatte, kletterte Rudi auf meinen Schoß. »Fütterst du mich?« – Ich hatte mich ein bißchen gewundert, denn er war groß und kräftig, und er roch auch ein wenig ungewaschen, aber bevor ich ihn gefragt hatte, ob er noch nicht alleine essen könne, war mir gottlob siedendheiß und rechtzeitig eingefallen, daß man nie ein Kind, das offensichtlich nach Zuwendung und Körperkontakt bettelt, zurückweisen darf. Nicht auszudenken, welch unübersehbare Folgen eine solche Unbedachtheit zeitigen kann! Die Last meiner Verantwortung war ebenso erdrückend wie die von Rudi, dessen Gewicht meine auf dem lächerlich winzigen Stuhl eh schon genug strapazierte Wirbelsäule noch mehr verkrümmte und dessen um meinen Hals geklammerten Arme mir allmählich die Luft abschnürten.

Mittlerweile war ich unter schweren Beschuß geraten. Sauerkraut bedeckte den Tisch, Püree troff von meinen Haaren auf das T-Shirt, »Guckt mal, wie die aussieht!« riefen auch schon die Kinder von den Nebentischen. Jauchzen und Kichern überall. Warum half mir denn niemand? Frau Pohl hatte von gegenüber Blickkontakt mit mir aufgenommen, aber außer einem energischen Kopfnicken trug sie nichts zur Rettung der Situation bei.
Vernunft: Das war's. Ich mußte an die Vernunft der Kinder appellieren!
»Das ist aber gar nicht klug von euch«, sagte ich und hätte mir am liebsten die Zunge abgebissen. In den Kindern Minderwertigkeitsgefühle zu verankern oder zu verstärken war schließlich eine weitere pädagogische Todsünde. Aber immerhin, es war ein Anfang: »Frau Wolters hat so lecker für euch gekocht, und wenn ihr das Essen jetzt hier weiter im Raum verteilt, werdet ihr gar nicht satt.« War das nicht eine versteckte Drohung? Summerhill zum Trotz ein Widerhall auf all die ungezählten Male, da ich von meinen Eltern ohne Abendessen ins Bett geschickt worden war? Die Rache der ehedem selbst Geschundenen an der nächsten Generation? Die Weiterführung der Unterdrückungsspirale ins Unendliche?
»Ich mag kein Scheiß-Sauerkraut«, krähte Thorsten, gegen den ich eine heftige, aber natürlich völlig unstatthafte Antipathie in mir aufkeimen fühlte. »Und wir können so viel nachhaben, wie wir wollen, äääätsch!« Die Zunge, die er mir zeigte, war überraschend lang, weiß schmierig vom Speisebrei und durch Spucke- und Krautfäden mit den Lippen verbunden.
»Ssseisss-Ssauerkraut!« jubelte auch das Mädchen mit der Zahnlücke. Die nächste Ladung traf mein linkes Ohr.
»Peng«, sagte Rudi.
Ruhe bewahren. Liebe und Verständnis zeigen. Geben.

Das Bedürfnis, mit der Faust auf den Tisch zu hauen oder auch ganz einfach ein paar Ohrfeigen – heiliger Alexander Sutherland Neill, steh mir bei in der Stunde meiner Prüfung! – rundum zu verteilen, ein für allemal aus dem Gehirn löschen. Erneut versuchen, an die Vernunft zu appellieren. Und, genau: an die Phantasie. Kinder waren nicht nur in ihrer unverbildeten Natürlichkeit uns Erwachsenen haushoch überlegen, sondern vor allem in ihrer überbordenden Phantasie. Also –

»Stellt euch doch nur mal vor: Überall auf der Welt, ganz weit weg von hier, gibt es so viele Kinder, die sind so arm, daß sie nichts zu essen haben. Wenn die euch jetzt sehen könnten – wie traurig müßten sie werden!« Ich hatte exakt den richtigen Tonfall der ernsten Milde gefunden, doch bevor ich zu Ende überlegt hatte, ob ich soeben nicht auch noch üble Schuldgefühle in den Kindern erweckt hatte, machte es »Pitsch« und »Pitsss«, und der widerliche Brei rann mir von der Stirn die Nase herunter.

Bevor ich überhaupt erneut nachdenken konnte, hatte ich Rudi Reinsch und jeden Gedanken an die Grundlagen der emanzipatorischen Erziehung mit einem Ruck entschlossen beiseite geschoben. Mit den nunmehr freien Händen schaufelte ich meine große Erwachsenengabel voll, einmal, zweimal, und eh ich's mich versah, konnte Thorsten nur noch durch ein dickes Brillenglas schauen, und trug das blöde Mädchen einen steifen Püreeklecks mitten auf der Stirn wie ein Brahmanenzeichen. Die aufflammende Befriedigung, für verbotene Demonstrationen nicht vergeblich an der Zwille trainiert zu haben, wurden jedoch sofort überflutet von heißer Scham. Wie konnte ich nur.

Nach einer Schrecksekunde, in der sie mich verblüfft anstarrten, flüchteten die Getroffenen kreischend zu Frau Pohl. »Gucken Sie mal, was die neue Frollein gemacht hat!« greinten sie (auch noch petzen! – War ich meinen Job jetzt los?) im Chor.

»Frau Blasberg wollte euch nur einmal zeigen, wie fies sich so etwas anfühlt«, sagte Frau Pohl mit ruhiger Überlegenheit. »Und jetzt geht ihr schön mit Frau Blasberg in den Waschraum, und wenn ihr alle sauber seid,« – kurzer Blick an mich – »kommt ihr zurück, und eßt zu Ende, und hört auf mit dem Blödsinn.«

»Na, wie war's?« fragte Pia, als ich gegen fünf im Vollgefühl des Versagertums in die Hermetik von Xanadu eintaumelte.

»Ein Desaster«, sagte ich. »Ein Tollhaus. – Hast du noch irgendwo zwei Aspirin?« Ich wollte nicht mehr denken, vor allem nicht an die sechzehn tobenden Zwerge, die während der ›Schlafwache‹ außer Rand und Band geraten und über Tische und Bänke gegangen und von den Sprossenwänden heruntergeplumpst waren und die dabei den Lärm einer entfesselten Pavianherde produziert hatten. Für den Rest des Nachmittags hatten sie sich untereinander gezankt um Bauklötze und Puppen und Memory-Spiele und sich dabei mit den Fäustchen die Augen rot gerieben, und als sie – endlich! – abgeholt wurden, hatten zwei sogar vor Müdigkeit geweint.

»Aber du gehst doch morgen wieder hin?« fragte Pia, und ich war mir nicht ganz klar, ob die Sorge, die da in ihrer Stimme mitschwang, nun mir galt oder der Haushaltskasse.

»Logo«, sagte ich, bevor ich mich mit Zetkin, drei Äpfeln und den auf dem Heimweg als Sonderangebote erworbenen Taschenbüchern *Fünfzig spannende Kinderspiele* und *Basteln leicht gemacht* in die obere Etage zurückzog. Für die große Aufgabe, die heranwachsende Generation für die neue Gesellschaft zu prägen, war ich theoretisch bestens gerüstet. In der Praxis gab es jedoch, das hatte ich heute gelernt, noch ein paar kleine Defizite.

Die nächsten Wochen und Monate platzten mir wie Knallfrösche um die Ohren. Zum ersten Mal seit Jahren hatte ich wieder einen geregelten Tagesablauf, doch statt mich wie sonst über den Streß und das fremdbestimmte Verplantsein zu beschweren, war ich Feuer und Flamme.
Mit glühendem Eifer – schließlich brauchte ich für die Schlafwache dringend gute Lektüre! – nahm ich mir wieder all die alten Märchenbücher vor, die ich in Himmelgeist so geliebt hatte. Doch abgesehen einmal davon, daß mir beim Lesen von *Der kleine Muck* oder *Aschenputtel* der Hals wieder so steif wurde wie damals, als ich Ziegenpeter hatte und, wohlversehen mit elterlicher Aufmerksamkeit, Eiscreme und Vitaminsäften, eine Woche auf dem Sofa im Wohnzimmer liegen durfte, verstand ich endlich, wie perfide doch die herrschenden Hierarchien in den Köpfen der Kinder einzementiert wurden. Was man auch las: überall undemokratische Prinzen und Prinzessinnen, reich und schön. Die Basis jeder Gesellschaft, die arbeitende Bevölkerung, kam entweder überhaupt nicht vor oder wurde als Räuber oder Hexen diffamiert und kriminalisiert. In glühenden Schuhen tanzen müssen – kein Wunder, daß alle Ideen zum humanen Strafvollzug und zur Resozialisierung von der erbarmungslosen Rübe-ab-Mentalität abprallten.
Gnade vor meinen kritischen Augen fand, natürlich auch nur mit den gebotenen Einschränkungen, allenfalls Hans Christian Andersen. *Des Kaisers neue Kleider* entlarvten doch auf beispielhafte Weise die Hohlheit allen Elitedenkens. Auch das sozial engagierte, wenngleich ein wenig kitschige *Mädchen mit den Schwefelhölzern* fand ich einigermaßen unbedenklich. Aber als ich es bei Kerzenschein im Dunkel des Schlafsaals zum Vortrag brachte, war die Wirkung erschreckend.
Schon bei der Schilderung des armen Mädchens, das in

bitterer Kälte einsam durch die Straßen wandert und in die hell erleuchteten Fenster der Begüterten sieht, war es verdächtig still gewesen im Saal. Als das Mädchen seine halberfrorenen Finger an den Zündhölzern wärmt, vernahm ich erstes Naseschniefen und Lippenbibbern. Und als ich meinen Kerzenleuchter hochhielt, beleuchtete der Schein zwölf kleine Kinder (die restlichen vier hatten gerade Masern), die aufrecht auf ihren Liegen saßen und hemmungslos in ihr Bauernkaro weinten. Die guten Seelen!

»Ich habe wohl einen Fehler gemacht«, sagte ich gemäß meinem Schwur, immer ehrlich mit ihnen zu sein. »Ich hatte vergessen, wie traurig die Geschichte ist. Am besten, ihr legt euch jetzt hin, und ich komme und decke euch zu, ja?« Wenn ich nach Ende des Vorlesens auf Zehenspitzen von Bettchen zu Bettchen ging und hier noch ein wenig am Laken zupfte und da noch ein wenig muckelte, so schliefen sie alle verläßlich ein. Mißtrauisch hatte sich bereits die Mutter des Mädchens mit der Zahnlücke bei Frau Pohl erkundigt: Ihre Liliana schlafe zu Hause nie; ob wir etwa neuerdings Schlaftabletten verteilten?

»Nein!« schrien sie, und das Schluchzen und Schniefen nahm beinah hysterische Ausmaße an. »Weiterlesen!«

»Aber ihr weint doch so...«, wandte ich erneut ein.

»Bitte!« riefen sie. »Es ist so schön!«

Ich las weiter, aber ich setzte Andersen in Gedanken als Verbreiter morbider Stimmungen und resignativer Grundhaltungen auf den Index, auf dem schon die Gebrüder Grimm und Wilhelm Hauff standen.

Als das Mädchen schließlich gestorben war, lag keines der Kinder mehr im Bettchen, sondern alle standen sie, in dichtem Pulk, um mein Pult herum. Ich putzte ihre Nasen und wischte ihre Tränen. »Ist das Mädchen jetzt im Himmel?« wollten sie wissen.

»Ja«, log ich und kam mir dabei erbärmlich vor. Das wegen solcher Kompromisse erneut schlechte Gewissen konnte, das wußte ich, nur auf eine Art zum Verstummen gebracht werden.

»Wir müssen auch politisch wieder aktiv werden!« verkündete ich Pia, als wir abends wieder einmal traut beisammen saßen, einen Punsch aus Tee, Whiskey, Gewürznelken und Akazienhonig schlürften und häkelten. Pias Hände schlangen das Garn behende im Takt der mitreißend schwungvollen *Jigs* und *Reels,* die die wunderbar wild und trunken wirkenden Gebrüder Finbar und Eddie Furey durch unser Wohnzimmer trommelten. Seit die Hitparaden nicht mehr, wie in den Sechzigern, von Protestliedern aller Art angeführt wurden, sondern von so unsäglich kommerziellen Hupfdohlen wie Abba oder den Bay City Rollers beherrscht wurden, griffen wir zur Beschallung Xanadus immer öfter auf unsere Sammlung irischer *Folkmusic* zurück, die mit ihren Dudelsäcken und Trommeln und billigen Blechflöten wenigstens ursprünglich und echt und ehrlich klang. Der schnelle Takt der altehrwürdigen Tänze übertrug sich zwar bestens auf meine tappenden Füße, doch leider nicht auf meine ungeschickt mit der Nadel stochernden Hände. Bislang hatte ich das Erlernen solch typisch weiblicher Kunstfertigkeiten strikt abgelehnt. Weshalb nun alle Versuche, unter Pias Anleitung für den in einigen Monaten drohenden Adventsbasar der Kirchengemeinde dreißig kleine Teddybären zu häkeln, in Flüchen und Fingerkrämpfen endeten.

»Das wissen wir doch schon lange«, sagte Pia. »Das alte Problem ist nur: wie?« – Sie hatte recht. Eine erneute Annäherung an die K-Gruppen kam wegen deren autoritärer Struktur nicht in Frage und eine Mitgliedschaft bei den Parteikarrieristen der Jusos schon mal gar nicht. Vor

einigen Wochen hatten wir zwar mit Markus Immig, der für uns völlig überraschend an einem Infostand von AMNESTY INTERNATIONAL Flugblätter verteilt hatte, lange und durchaus nicht ohne Wohlwollen über seinen Verein diskutiert. Aber dann hatten sich einige ebenfalls am Stand vertretene Studienräte in das Gespräch eingemischt und uns mit ihrer sattsam bekannten Oberlehrerattitüde für ihre Kampagne *Der Gefangene des Monats* vollzuquatschen versucht, und damit war auch dieses Projekt für uns gestorben. »Es gibt keine Organisation, der wir uns anschließen könnten«, resümierte Pia achselzuckend. »Wir müßten uns schon eine stricken.«
»Oder häkeln«, sagte ich, während ich den nächsten Fingerkrampf im Takt von *O'Neill's March* ausschüttelte. Marschmusik war, als Militarismus in Tönen, ansonsten natürlich streng verpönt, aber *O'Neill's March* war eine Ausnahme. Zu seinen euphorischen Klängen war im 18. Jahrhundert eine irische Volksbefreiungsarmee heldenhaft gegen die hoffnungslos überlegenen britischen Invasoren in den Kampf gezogen. Und in eine weitere blutige Niederlage. Die Iren hatten immer auf verlorenem Posten gekämpft, was sie uns natürlich noch sympathischer machte. »Aber das kann es doch einfach nicht gewesen sein: Mit Kindern zu arbeiten ist gut und schön und macht auch Sinn. Aber all der Katholikenzauber drumherum –«
Ich konnte nicht weitersprechen. Das heißt, ich hätte weitersprechen können, aber mich hätte, selbst wenn ich ein Megaphon besessen hätte, niemand verstanden. Pia war mitten in meinem Redefluß aufgesprungen und hatte *O'Neill's March* so weit aufgedreht, daß all unsere schönen alten Nippes in den selbstgebastelten Regalen zu zittern und zu klirren begannen. Dabei fuchtelte sie in unerklärlicher Aufregung wild mit dem Plattencover herum. Auf

dem war jedoch nichts Besonderes zu sehen. Nur ein vierblättriges Kleeblatt. Grün. Leuchtend grün. Smaragdgrün. Irisch grün.
Ich hechtete zur Anlage und drosselte den Krach. »Hast du noch alle Tassen im Schrank?« wollte ich wissen, aber Pia machte nicht mehr den Eindruck, als könne sie auf eine vernünftige Frage eine ebensolche Antwort geben.
»Irland!« schrie sie.
»Na und?«
»Katholiken! – Protestanten! – Nordirland!« Mit beiden Händen riß Pia eine Folkscheibe nach der nächsten aus der Plattensammlung und wedelte damit unmittelbar vor meiner Nase. Christy Moore, die Dubliners, allmählich machte ich mir ernstlich Sorgen.
»Was um Gottes willen hast du in deinen Punsch getan!« brüllte ich, während ich sie an den Schultern packte und kräftig durchrüttelte. Bei manchen schlechten Trips half das.
Pia schloß die Augen im Versuch, wieder ein wenig zu sich zu kommen. »Katholische Kinder in Nordirland!« sagte sie leise, aber beherrscht: »Katholische Kinder im Krieg. In einem Krieg mitten in Europa, quasi vor unserer Haustür. Kinder in einem Krieg, um den sich hier niemand einen Dreck schert.«
»Nur wir«, hauchte ich, denn endlich begann ich zu begreifen. Und es war so, als hätte ich seit Ewigkeiten vor einem riesigen, verschlossenen Tor gestanden, dessen Flügel sich nun langsam und knirschend öffneten. »Pia, du bis ein Genie, eine Pianissima«, erkannte ich neidlos an (aber warum war mir das nicht eingefallen?).
»Wir werden einen Verein gründen«, sagte Pia. »Wir werden uns um die Kinder kümmern.«
»Aber nur um die katholischen«, sagte ich. »Die Protestanten haben den Katholiken jahrzehntelang das gleiche

Wahlrecht verweigert, und sie stehen auch allesamt auf seiten des britischen Imperialismus.«

»Patenschaften werden wir initiieren, und Geld werden wir sammeln, sonntags vor katholischen Kirchen – und stell dir nur vor: Du kannst ganz seriös als katholische Kindergärtnerin auftreten, das war wohl ein Wink des Schicksals –, und vielleicht bringen wir es sogar fertig, ein paar Kinder aus den am schlimmsten betroffenen Vierteln in Belfast oder Londonderry herauszuholen und hier Ferien machen zu lassen!«

»Aus Belfast oder *Derry,* bitte. Die Iren sagen nur Derry, denn das London davor ist britische Propaganda. Wir organisierten Irish-Folk-Abende, mit Musik und Tanz und Eintritt. Und wir verkaufen Guinness und Irish Coffee mit caritativem Aufpreis. Und Clemens spielt mit seiner Band, falls wir ihn finden. Hast du eigentlich eine Ahnung, wo Clemens Schapers derzeit wieder versackt ist?«

»Nein, aber irgendeiner wird das schon wissen. Und was das wichtigste ist: Wir werden alle, die sich für den Verein interessieren, bestens anpolitisieren können. Von wegen ›Religionskrieg‹ – um blanken Imperialismus geht es, wieder mal! Und so ganz nebenbei können wir auch den Leuten den Zahn von der IRA als terroristischer Vereinigung ziehen. Und wenn sie die IRA als Befreiungsarmee anerkannt haben, werden ihnen vielleicht ein paar Parallelen zur RAF hier aufgehen –«

»Lebt eigentlich Todes-Manni noch? Der hat doch diesen Vater, der im Geld schwimmt, und wenn wir den anzapfen –«

»Als allererstes müssen wir alle ansprechen, die wir so kennen, und mit denen den Verein gründen. Schön ordentlich als e. V., und gemeinnützig, wegen der Spendenquittungen.«

»Aber ganz basisdemokratisch. Ohne ersten Vorsitzenden

und ohne Vorstand. Alle Mitglieder haben die gleichen Rechte, und alle Entscheidungen müssen einstimmig gefällt werden. Keine Unterdrückung von Minderheiten!«

Die Ideen flogen wie Pingpongbälle zwischen uns hin und her. »Schnell, schnell, hol Papier und Kuli«, rief Pia. »Wir schreiben alles auf, sonst haben wir die Hälfte morgen schon wieder vergessen!«

Es war ein Dammbruch. Eine Flutwelle. Ein Rausch. Der beste Rausch, den jede von uns je gehabt hatte. Denn wir erlebten ihn gemeinsam und zur gleichen Zeit, und unsere Hirne produzierten ihn ohne jedes chemische Hilfsmittel. Das einzige Stimulans war die Begeisterung.

Vergangen und vergessen die Zeit, da wir uns im Bunker unserer Isolation verschanzt und in nickeligen Grabenkämpfen mit unwürdigen Kleingeistern zerrieben hatten. Endlich dachten wir wieder in grenzüberschreitenden, historischen Dimensionen. Lohausen war bereit für Belfast. Doch während der leicht entzündliche Geist frei in die Ferne schweifte, bewies der Körper seine Bodenständigkeit. Mein Auge begann, mit zunehmendem Wohlgefallen auf Markus Immig zu ruhen. Und auch seiner Aufmerksamkeit war ich mir sicher; wie hungrig saugende Tentakel fühlte ich seinen Blick über meinen Körper streichen – wenn er glaubte, ich sähe es nicht.

Während der nächsten Wochen, als Pia und ich wie zwei Windhosen durch Düsseldorf wirbelten und etliche der Verbündeten mitrissen, hatte Markus wohl seinen letzten Wachstumsschub erlebt. Sein Flachshaar streifte nun jeden Türbalken, seine Arme und Hände wirkten nicht mehr, als habe sie ein miserabler Monteur an seinem Rumpf völlig verquer eingedreht, und seine bis dato zerstrittenen Stimmbänder hatten sich auf einen Baß geeinigt. Als er mich zum Amtsgericht begleitete, um unsere inzwischen auf einer turbulenten Versammlung gegründete Or-

ganisation FAILTE! als Verein eintragen zu lassen, trug er den bemerkenswert breiten Rücken, den er allzu lange vor seinem Vater gekrümmt hatte, aufrecht gestrafft.
»Wat is dat denn fürene komische Namen?« fragte der zuständige Sachbearbeiter, der uns eine halbe Stunde vor seinem Amtszimmer hatte schmoren lassen, voll Argwohn.
»Das ist ein gälisches Wort und heißt: Willkommen!« erklärte Markus, dem ich gern die Ehre überließ: Einen Gutteil seines restlichen Konfirmationsguthabens hatte er in eine Expedition durch die Altstadtkneipen investiert, die Guinness vom Faß ausschenkten, und tatsächlich war er dabei auf einen leibhaftigen Iren gestoßen. Ein paar Pints später hatte sich der Ire, der Eamonn hieß und aus dem County Cork im Süden der selbständigen Republik stammte, gnadenlos als erbärmlicher Feigling beschimpft, weil er in Sicherheit lebte, statt in Ulster Seite an Seite mit seinen Brüdern zu kämpfen. Dann hatte er voll Bewunderung immer wieder auf Markus' Schulter geschlagen und ihm auf einem Bierdeckel einige gälische Wörter aufgeschrieben, die als Vereinsnamen in Frage kamen. Leider war dieser Eamonn nur auf der Durchreise gewesen – als Aushängeschild hätten wir ihn gut gebrauchen können.
»Jälisch? Wo jibbt et dat denn, bei den Hottentotten?« Der Beamte fand das witzig. Er mußte den Kopf in den Nacken legen, um Markus ins Gesicht zu sehen.
»Gälisch ist eine keltische Sprache, die in ganz Irland gesprochen wurde, bis die Engländer da einfielen und ihre Benutzung bei Todesstrafe verboten«, erklärte Markus. Auch ich schaute hoch. Sehr gut: männlich, entschieden. Der Idiot da würde niemals vermuten, daß er mit einem Siebzehnjährigen verhandelte.
»Ich sach ja immer: die Tommies! ... – Un dat sprischt sich Fooltsche?«

»So ähnlich«, sagte Markus. Geschlagene sieben Stunden hatten wir im Kreise der Interessenten hitzig debattiert, bis wir uns – nach dem türenknallenden Auszug von zwei K-Sympathisanten – endlich einstimmig auf diesen Namen geeinigt hatten. Massenfreundlich war er wirklich nicht, aber an die Massen wollten wir uns ja auch gar nicht wenden. Das aufgeklärte, liberale Bürgertum, dessen vor allem finanzieller Unterstützung wir uns versichern mußten, war unsere Zielgruppe, und gerade diese Schicht würde auf einen solchen Stolperstein mit gesteigertem Interesse reagieren.
»Un ihr zwei seid der Vorstand?« fragte der Idiot, während er wichtig ein paar Formulare aus seiner Schreibtischschublade kramte und sie ächzend vor Bedeutung in seine Schreibmaschine einspannte. Das war nun mein Stichwort.
»Wir haben keinen Vorstand«, sagte ich stolz. »Unsere Satzung, einstimmig verabschiedet auf unserer konstituierenden Sitzung und unterschrieben von allen elf Mitgliedern, sieht ausdrücklich vor, daß –«
»Wo et keinen Vorstand jibbt, jibbt et auch keinen einjetrarenen Verein!« beschied der Beschränkte im Ton der Endgültigkeit und riß die Formulare wieder aus der Maschine.
Die eilends nach Xanadu einberufene Krisenversammlung verlief in gewohnter Lautstärke und ließ die Zahl unserer Mitglieder auf acht schrumpfen, weil eine obstinate Dreiergruppe einfach nicht einsehen wollte, daß unter gewissen Umständen Kompromisse mit dem herrschenden System durchaus zulässig sind.
»Es ist doch nur pro forma«, sagte Markus, der nicht über Pias und meine in Jahren aufgebaute Kondition für Marathonsitzungen verfügte und deshalb schon gegen dreiundzwanzig Uhr, nach nur fünf Stunden, reichlich er-

schöpft wirkte. Seinem Vater hatte er erzählt, er müsse mit einem Klassenkameraden für die am nächsten Tag anstehende Mathearbeit üben. Die Dreiergruppe klärte uns verächtlich darüber auf, daß Renegaten noch schlimmer seien als Reaktionäre, bevor sie uns, nach einer weiteren halben Stunde, endlich für immer in Frieden ließ. Pia wurde zur ersten, ich zur zweiten Vorsitzenden gewählt, Markus zum Kassierer. Der monatliche Mitgliedsbeitrag wurde auf zehn Mark festgesetzt, und die Zahlen, die Markus in eine neue Schulkladde eintrug, waren winzig klein und standen in einem eklatanten Mißverhältnis zu seiner Länge.

»Wenn du Lust hast – wir können oben bei mir noch in aller Ruhe ein bißchen reden und einen kleinen Absacker trinken«, sagte ich.

Die ersten Küsse von Markus waren viel zu weich und viel zu naß, und als wir endlich nebeneinander auf der Matratze lagen, zog er den Kopf ein und versteckte ihn in meiner Halsbeuge. »Du mußt mir ein bißchen helfen«, flüsterte er. »Ich habe noch nie.«

Ach herrje. Mir war nach etwas Entspannung und Zerstreuung zumute gewesen, aber doch nicht nach solch einer schweren Verantwortung. Still schalt ich mich eine Deppin; und ein paar Schrecksekunden lang starrte ich hoch in das Kippfenster. Dann gab ich Markus einen schwesterlichen Kuß auf die Stirn. »Bleib, wie du bist, ich komme gleich wieder«, sagte ich und folgte einer plötzlichen Eingebung hinunter in die Duschküche.

In dem Truhenkoffer dort warteten nämlich noch spezielle Schnäppchen vom Flohmarkt auf ganz besondere Gelegenheiten. Wunderschön und so spottbillig, daß Pia und ich sie trotz aller Sparschwüre hatten horten müssen, zugleich jedoch derart *abgefahren,* daß selbst wir sie noch nie in der Öffentlichkeit zu tragen gewagt hatten.

Es waren Bühnenkostüme, so oft und so lange den Körpern unterschiedlichster Miminnen und Sängerinnen angepaßt, bis sie von den Gewandmeistern der Theater und Opern wegen allzu offensichtlicher Überalterung irgendwann einmal ausgemustert worden waren: In der Truhe harrte eine Marschallin aus dem Rosenkavalier (schwarzsilberner Brokat auf purpurner Seide mit vier Lagen Spitze vom Ellenbogen bis zu den Handgelenken) ebenso des Tages ihrer Auferstehung wie eine abgerissene Mutter Courage aus braunschattierten Leder- und Leinenfetzen. Am Schnürleibchen der Metze Marthe Schwerdtlein fehlten nur die Bänder, mit dem Goldkragen der Aida hätte man auf jedem Maskenball glänzen können – wenn man nicht aus übergeordneten Gesichtspunkten den rheinischen Karneval alle Jahre wieder als von oben oktroyierte Fröhlichkeit hätte geißeln müssen.
Warum ich nun in diesen phantastischen Kostümen wühlte, um mich für Markus' Einweihung zu verhüllen, blieb mir selbst leicht rätselhaft. Oft genug hatte ich mir doch schon den Spaß erlaubt, ihn mit Nacktheit zu verwirren und zu reizen; nichts wäre daher einfacher und naheliegender gewesen, als mich vor seinen Augen aus den Kleidern zu schälen, um ohne weitere Umschweife und verklemmte bürgerliche Rituale schnell zu dem zu kommen, was für uns alle nichts als die *natürlichste Sache der Welt* war. Statt dessen amüsierte ich mich darüber, daß ausgerechnet ich, die Sachliche, die in jeder Hinsicht Unromantische und Vernunftbetonte, mich in der Caprice erging, vor dem kleinen, ungerahmten und an den Rändern schartigen Spiegel über dem mit schmutzigem Geschirr randvollen Spülbecken verschiedenste Roben auszuprobieren, bis ich mich schließlich für das Nachthemd der Julia entschied.
Die ehemals sicher weiß fließende, inzwischen aber isa-

bellfarbene Seide, mädchenhaft rund dekolletiert und direkt unter der Brust gerafft, deren gebauschte Ärmel fast die ganze Hand bedeckten und weich bis zu den Schultern zurückfielen, als ich die Klemmen aus dem Knoten zupfte, um mein Haar zu lösen, war exakt das, was ich wollte. Dramatisch, ja doch, aber auch so festlich, wie ich den Abend für Markus gestalten wollte. *The first cut is the deepest* summte ich im getragenen Tempo eines Schlafliedchens, und fast schon ein wenig wehmütig malte ich mir aus, wie aufgeregt der Knabe da oben jetzt sein mußte. Fünf Jahre, so um die fünfzehn Beischlafpartner (irgendwann hatte ich aufgehört, Buch zu führen), vor allem aber mehr als tausend Einheiten Lebenserfahrung hatte ich ihm voraus, und alles zusammengenommen sollte wohl genügen, ihm ein für immer unvergeßliches Erlebnis zu schenken. Anmutig raffte ich das Gewand, als ich die knarrenden Stufen zu meinem Kämmerchen hochstieg. Ich war edelmütig. Ich war gütig. Ich wollte geben.

Oben angekommen, öffnete ich vorsichtig die Tür, aber es hätte meines gezischten »Augen zu!« gar nicht bedurft. Still und starr auf dem Rücken, wie eine Rittergestalt auf einem mittelalterlichen Katafalk, und immer noch vollständig angezogen lag Markus auf der Matratze. Mit einer tiefen Sorgenfalte zwischen den Brauen und fest zusammengekniffenen Lidern. Meine Dreijährigen im Kindergarten glaubten auch fest daran, für alle unsichtbar zu werden, wenn sie sich die Augen verdeckten.

Sacht mit der Seide raschelnd, zündete ich ein paar Kerzen an, knipste den weißen Japanballon an der Decke aus und ließ mich neben Markus auf die Knie nieder in der Hoffnung, daß die Allgemeinbildung eines Unterprimaners bei der Kombination von Renaissancekleid, weißer Haut und langen, roten Locken für die Assoziation *»Botticelli!«* reichen würde: »Jetzt sieh mich an.«

Seine Augen wurden so rund wie seine Lippen, aber bevor er irgend etwas Unpassendes bemerken konnte, das alles verdorben hätte, legte ich ihm die Hand auf den Mund. »Pschscht«, machte ich leise, »du sagst nichts. Und du tust auch nichts. Du läßt mich ganz einfach machen.«
Mit einer dicken Locke streichelte ich ihm die Sorgenfalte fort. Meine Zunge zeichnete die Konturen seines Mundes nach, der groß war und voll und immer noch ein wenig nach Tee, Nelken und Whiskey schmeckte. Er griff nach mir, wollte mich zu sich ziehen, wollte mich küssen, aber das verwehrte ich ihm: »Hände weg, und ganz ruhig!«
Langsam, nervenzerrend langsam legte ich Markus Immig frei. Knöpfte sein Hemd auf. Zog es ihm aus. Strich mit den Fingerkuppen über die zartblauen Linien, die seine Handwurzeln mit den Achselhöhlen und den Brustwarzen verbanden, und dann immer und immer wieder über den flaumigen Schatten vom Brustbein hinab bis zum Nabel.
Seltsam, so ein winziger Nabel in so einem riesigen Körper – und noch viel seltsamer, daß man Edelmut und Güte und reine Selbstlosigkeit so deutlich spürbar lokalisieren konnte: Meine pädagogische Rührung saß ziemlich genau in der Mitte meiner Eingeweide. Sie fühlte sich fest an und doch fein und porös, und irgend etwas bewegte sich in ihr, und als ich beim Lösen von Markus' Gürtelschnalle sein Aufseufzen hörte, langgedehnt, erschreckt und erleichtert zugleich, da wußte ich auch plötzlich, wie die pädagogische Rührung in mir aussah. Wie ein dicht gesponnener Kokon, in der ein großer Falter zitterte.
»Den Reißverschluß machst du besser selbst auf«, atmete ich in sein Ohr. Ich wollte ihm nicht weh tun, und während sich meine Finger lange und in aller Ausgiebigkeit darüber verwunderten, wie flach und hart die Ebene zwischen seinen Beckenknochen unter der glatten Haut

war, da breitete der Falter in seiner viel zu engen Verpuppung ein wenig die Flügel aus.
Edelmut – Güte – Selbstlosigkeit: Schmarren. Vor mir lag ein Mann, der sich mir überantwortet hatte. Über seine Lust gebot ich, jetzt und in all seinen zukünftigen Erinnerungen. Er wand sich, als ich ihn in der Hand hatte. An seinem Glied sah mein Daumen so klein und kraftlos aus wie der eines Kindes, und doch war es Macht, pure, schiere, konzentrierte Macht, die mir nun jeder Atemzug in den Kokon pumpte.
Ich raffte die Seide und stieg über ihn und hielt still, denn ich sah kurz die Angst aufflackern in seinen Augen und dann das Erstaunen. Und dann staunte ich auch, denn der Falter schlug mit den Flügeln. Und als Markus den Kopf nach hinten bog und die Zähne bleckte wie ein Tier, da sog der Falter jeden Gedanken, jedes Gefühl, alle Zeit und allen Raum und alles Blut in mir an sich. Und der Kokon wurde so groß wie die Welt, die es nicht mehr gab. Und als er zerbarst, strömten Zeit und Raum und Blut zurück in mich in rhythmischen, lebenswarmen Pulswellen.
Die Hände auf Markus' schweißnassen, schwer atmenden Bauch gestützt, blieb ich sitzen, um wieder zu Luft und zu Besinnung zu kommen. Markus murmelte etwas, das ich nicht verstand, und ich hörte, wie ich mechanisch »Wie bitte?« fragte.
»Ich liebe dich«, sagte Markus, aber der Satz, den ein Siebzehnjähriger bei einem solchen Anlaß wohl für unabdingbar hielt, berührte nur mein Trommelfell. Statt dessen bewegten mich Freude und Einsicht in die Komik der Situation derart stark, daß ich nunmehr vor Lachen auf Markus auf- und abwippte: Da hatte ich, Katharina die Kalte, die niemals zuvor wirklich Berührte, gerade eben also tatsächlich den ersten Orgasmus gehabt. Und das

ausgerechnet im Gleichtakt mit einem Jüngling, der sich noch vor seinem Zeugnis fürchtete, jeden Samstagmorgen von einem widerlichen Vater sein Taschengeld bekam und vermutlich noch nicht einmal wußte, ob man Klitoris mit K oder C schrieb! Und bei alledem funktionierte immer noch der strenge Drill zur Höflichkeit, mit dem meine Eltern mir Manieren beigebracht hatten. »Wie bitte?« hatte ich gefragt!

»Ich liebe dich«, wiederholte Markus, hörbar irritiert inzwischen, und ich erinnerte mich meiner pädagogischen Verantwortung. Der eigentlich nun dringend fällige Vortrag über den Zusammenhang zwischen *Liebe* und *Besitzanspruch* einerseits sowie über *emotionale Erpressung* und *Selbstbestimmung* andererseits wollte nicht recht zu meiner momentanen Stimmung passen und kam mir auch ebenso albern vor wie meine Aufmachung.

»Du darfst das alles nicht überinterpretieren«, sagte ich, in durchaus gemütlichem Tonfall, und zerrte mir ungeduldig das Hemd der Julia vom Leibe.

»Aber ich liebe dich doch wirklich«, beharrte Markus. Er mußte eine Menge schlechte Bücher gelesen und eine Menge schlechte Filme gesehen haben, und er hatte jetzt auch wieder diese Falte zwischen den Brauen. Ich aber wollte allein sein. Ich wollte nachdenken über die letzte Stunde und ihre Bedeutung. Ich wollte mich ungestört freuen.

»Paß auf: Du ziehst dich am besten jetzt an, und gehst nach Hause, bevor du wieder Krach mit deinem Alten kriegst. Und morgen oder wann auch immer werden wir das ausdiskutieren, und dann wirst du alles auch in die richtige Relation setzen können. Und nun gute Nacht und träum was Schönes!«

Ich war nicht lieblos, ich gab ihm sogar noch ein paar nette kleine Küßchen mit auf den Weg. Aber nach allem, was ich für ihn getan hatte, besaß ich nun doch wohl auch das Recht auf ein bißchen Ruhe. Ich drehte mich zur Wand.

Markus sagte auch nichts mehr, im Zimmer gab es noch einiges Rascheln, dann ging er grußlos hinaus. Als unten die Haustür vorsichtig ins Schloß gezogen wurde, schlug ich das Laken wieder zurück und sah lächelnd zu, wie die Kerzen eine nach der anderen herunterbrannten und im eigenen Wachs ertranken. Ich war nicht frigide. Ich war auch nicht neurotisch. Ich war gesund. Ich war normal.

»Du hast auf einmal so geschrien letzte Nacht«, sagte Pia beim Frühstück. »War was?«

»Ich hatte einen Orgasmus«, sagte ich und versuchte, dabei keine Überheblichkeit mitschwingen zu lassen. Pia mochte die Härtere und Stärkere von uns sein, aber sie kannte, das wußte ich, die Wonnen des Körpers bislang nur aus Büchern.

»Und?« fragte Pia, ganz darauf konzentriert, das Teesieb aus der Kanne zu ziehen, ohne Flecken zu machen.

»Schön«, sagte ich, knapp und rücksichtsvoll.

»Und das Riesenbaby?«

»Ist noch viel größer, als man denkt.«

»Paß bloß auf«, sagte Pia. »Den wirst du wahrscheinlich nie wieder los.« Und damit war das Thema für sie erledigt.

Weil wir in der letzten Zeit viel Wichtigeres zu tun gehabt hatten, als zum Bäcker zu gehen, fanden wir im Brotschrank nur ein paar alte, trockene Haferflocken, die von irgendeiner Magenverstimmung übriggeblieben waren und die wir nun in Milch und Magerquark einweichten und mit Rosinen und holländischem Schokohagel vermischten.

»Schmeckt eigentlich gar nicht schlecht«, sagte Pia. »Kann man demnächst ruhig mal öfter machen.«

Kapitel 6:

La Paloma blanca

Wie mir im Rückblick scheint, besaß ich schon immer ein eigenwilliges Verhältnis zur Zeit. Zwar erliege ich seit jeher in regelmäßigen Intervallen meiner Passion für Armbanduhren im Sonderangebot, und es fällt mir schwer, auch nur einen einzigen von mir bewohnten Raum zu erinnern, in dem kein Kunstkalender hing. Mein monatlicher Zyklus beträgt seit mehr als drei Dezennien immer noch exakt einundzwanzig Tage – könnten es bitteschön nicht auch achtundzwanzig sein? –, und seit der Menarche im zarten Alter von elf Jahren pflege ich akribisch die fünf Tage mit einem roten ›M‹ im Taschenkalender zu markieren. Wobei ich keineswegs auf diese Buchführung angewiesen bin. Daß es Zeit wird, die Tamponvorräte zu ergänzen, erkenne ich verläßlich an einem anderen Indikator: Sobald ich mich vor einem dicken Schreibblock wiederfinde und unter Seufzen und Haareraufen endlose Listen all der Arbeiten aufstelle, die ich seit zwei Wochen unerledigt vor mir herschiebe, bin ich noch genau sechsunddreißig Stunden vom Beginn der Blutung entfernt; andere Frauen müssen in dieser Phase weinen oder Fenster putzen.

Alle Methoden der Zeitmessung sind mir also wohlvertraut. Und doch: Mein Leben weigert sich beharrlich, das objektive Gleichmaß einer Uhr anzuerkennen. So vergingen, dafür hebe ich gern die Schwurhand, zwischen meinem dreizehnten Geburtstag, als ich in ekstatisches Kreischen verfiel, weil mir die zur Cola-Party eingeladenen Freundinnen die LP *Beatles For Sale* als Gemeinschaftspräsent überreichten, und dem Tag, an dem ich endlich die aus irgendeinem Grund hochwichtigen und deshalb langersehnten sechzehn Kerzen auf der Buttercremetorte auspusten konnte, nicht drei Jahre, sondern drei komplette Ewigkeiten. Die Zeit schlich und kroch, und sobald ich mich auf etwas ganz besonders freute, auf die erste

Deutschland-Tournee der Stones oder auf die Premiere in einem neuen Wintermantel, blieb sie auch wochen- und monatelang einfach stehen.
Ganz im Gegensatz dazu hat sie derzeit etwa die einhundertfache Geschwindigkeit angenommen. Egal, welche Mühe ich mir gebe, egal auch, wie sehr ich Körper oder Geist rotieren lasse, ich kann sie nicht mehr einholen. Bestenfalls erwische ich einen Zipfel der unverständlich Flüchtigen, um mich daran festzukrallen und hinter ihr herzuflattern.
Ziemlich genau an dem Tag, an dem ich beim Datieren von Schecks nicht mehr über die neue Jahreszahl nachdenken muß, ist es schon wieder an der Zeit, mich mit Clemens und Frau Blocksiepen erneut über die Frage der Silvesterdekoration in der Kneipe zu streiten. Kaum habe ich mein traditionelles Osterei aus Mandelsplitter verdaut, kann ich eigentlich schon mit dem Verpacken der Weihnachtsgeschenke beginnen. Und die geliebte Magnolienblüte hat in diesem Frühling nicht länger als ein Fingerschnipsen gedauert. Hält diese erschreckende Tendenz an, werde ich binnen zweier Jahre älter sein als Methusalem.
Während die Nachgeborenen irritierenderweise immer jünger werden. Immer kindlicher. Immer unreifer. An manchen Abenden ist die Hälfte unserer Kneipentische besetzt von offensichtlich Zwölfjährigen mit noch ausdruckslosen Gesichtern von allzu glatter Pausbackigkeit. Nichts als dummes Zeug reden sie, und wenn sie lachen – meist zu laut –, dann keineswegs über intelligente Witze, sondern ausschließlich über haarsträubend inhaltslose Albernheiten. Selbstverständlich habe ich in der ersten Zeit nach der Kneipeneröffnung solchen Gästen den Ausschank von Altbier verweigert – woraufhin sie beleidigt ihre amtlich beglaubigten Führerscheine zückten. Seit-

dem übe ich mich in Vorsicht; doch daß neuerdings Menschen, denen ich kaum das sachgerechte Bedienen eines Tretrollers zutraue, das Wahlrecht besitzen und in Betriebswirtschaft oder Allgemeinmedizin promovieren, erfüllt mich mit wachsender Sorge.
»Es ist zu schön, um wahr zu sein«, freut sich meine Mutter. »Daß ich das noch erleben darf: Meiner Tochter fällt auf, daß auch sie älter wird! Es hat ein paar Jahrzehnte gedauert, aber immerhin – gut Ding will eben Weile haben.«
»Als ob ich die biologischen Tatsachen je geleugnet hätte!« brause ich auf und strenge mich an, nicht an all die intimen Gespräche in Frauenzirkeln zu denken, die bevorzugt um das beglückende Thema ›Wir sind doch heute viel jünger als unsere Mütter damals‹ kreisen.
Mehrfache Omis, in straßbesetzten Denimjäckchen und passend glitzernden Turnschühchen, mit pünktlich alle vierzehn Tage gefärbtem Haar, erzählen mir leuchtenden Auges von den wunderbaren Stunden, die sie in Gesellschaft ihrer Nachfahren auf der Rutsche oder in der Schaumdisco verbringen, und selbstverständlich lassen sie sich nicht Oma nennen, sondern Eva oder Uschi oder Nati. Schweißtriefende Rock-'n-Roll-Öhis in hautengem schwarzem Leder schaffen sich auf Festivals vor johlenden Kids bis an den Rand des Kollapses und röhren ihr ewig pubertäres Aufbegehren in die Mikrophone. Von all den Politikern fortgeschrittenen Alters ganz zu schweigen, die sich als Enkel definieren, obwohl auch ihnen großväterliches Gebaren längst besser anstünde. »Ich bin schließlich ein denkender Mensch, und ich kann auch zwei und zwei zusammenzählen.«
»Beziehungsweise zwanzig und paarundzwanzig«, wirft meine Mutter mit gewohnter Pedanterie ein.
»Ich wäre ja sogar froh, wenn ich mit den Jugendlichen

von heute in einen halbwegs vernünftigen Dialog treten könnte. Ich bin ja bereit, auf sie zuzugehen. Ihnen zuzuhören – ganz im Gegensatz zu euch, die ihr alles, was von uns Nachkriegskindern kam, immer in Bausch und Bogen verdammt habt. Aber sieh dir die traurigen Gestalten da draußen doch mal genauer an: Da gibt es doch nichts, was man ernst nehmen könnte, und selbst für einen anständigen Generationenkonflikt sind die noch zu faul. Wir haben damals Adorno gelesen und Mitscherlich, uns für soziale Probleme interessiert und für gesellschaftliche Utopien begeistert. Aber die heute haben doch nichts anderes in ihren leeren Köpfen als Computer und Designerklamotten. Es ist eine Schande.«

»Wunderbar«, sagt meine Mutter und holt mit leichtem Vor- und Zurückwippen ihres Oberkörpers Schwung für das anstrengende Aufstehen vom Sofa. »Was immer auch passiert, dir kann es niemand recht machen. Früher bist du über uns Ältere hergezogen, und nun gehst du auf die Jüngeren los.« Endlich in der Senkrechten, atmet sie einige Male tief durch, bevor sie sich mit vorsichtigen Schritten, eine Hand stets an eine Wand oder ein Möbel gestützt, zur Tür aufmacht. Unterhalb des Rocksaums bilden ihre stützstrumpfumwobenen, beängstigend dünnen Beinchen keine Parallele mehr wie früher, sondern, mit den unförmigen Orthopädieschuhen als Scheitelpunkt, einen Winkel von fast fünfundvierzig Grad. So, als gäben die Knie unter einem kaum noch zu tragenden Gewicht nach. Vor einigen Monaten ist mir dies noch nicht aufgefallen – freilich kann ich nicht ausschließen, vielleicht erst in jüngster Zeit genauer hinzuschauen.

»Aber was rede ich –«, höre ich meine Mutter in der Diele murmeln. Noch vor kurzem wäre es undenkbar gewesen, daß Clara Blasberg beim Verlassen eines Raumes nicht die Türe hinter sich schließt.

Mitunter frage ich mich, wie wir, der Vorstand von FAILTE! VEREIN DER FREUNDE IRLANDS E. V., die wir alle drei zusammengerechnet erheblich jünger waren als ein durchschnittlicher Ruheständler heute, eigentlich damals auf die Menschen gewirkt haben. Ob sie uns auch so kindisch fanden, so allzu simpel, bei wohlwollender Betrachtung allenfalls rührend ahnungslos. Aber selbst unter Berücksichtigung meines üblichen Amnesie-Faktors, der etwa zwanzig Prozent aller unangenehmen Erfahrungen ebenso unauffindbar in den Gedächtniszellen verschwinden läßt wie meine Unordentlichkeit dringend benötigte Utensilien in vollgestopften Kommodenschubladen und dunklen Kellerecken, muß ich doch in aller Objektivität festhalten: Man respektierte uns. Zu einer Zeit, in der alles Alte besudelt schien und beschmutzt, in vielerlei Hinsicht diskreditiert, erstrahlte jedes Neue in lockend hoffnungsfrohem Glanz. Wir waren neu. Und wir waren von Anfang an ein brausender Erfolg.
Den hiesigen Lokalredaktionen gaben wir ein paar mit viel Aufmerksamkeit bedachte Pressekonferenzen unter dem werbetechnisch wirksamen Motto DÜSSELDORF FÜR BELFAST. Daß wir dabei taktisch geschickt unsere eigentliche Zielsetzung etwas hintanstellten, betrachteten wir als läßliche Sünde im Dienst der guten Sache. Denn die Parole FREIHEIT FÜR NORDIRLAND auf unseren Vereinsfahnen hätte uns nur in nutzlose Diskussionen darüber verstrickt, was denn im Falle einer Loslösung von Großbritannien mit der (rein rechnerisch) protestantischen Mehrheit der Bevölkerung in Ulster geschehen würde; also *forderten* wir in all unseren Publikationen lediglich FRIEDEN FÜR NORDIRLAND, woraufhin uns katholische und evangelische Pfarrämter – erstere in Vorfreude auf unerwartete Publicity, letztere aus schlechtem Gewissen – bereitwillig und kostenlos ihre Gemeindesäle zur Verfügung stellten.

Unserer politischen Aufklärungspflicht Genüge zu tun, beklebten wir die meist schmucklosen Saalwände mit Schreckensbildern, die uns ein an Leberzirrhose leidender Frontreporter vermacht hatte: der Einmarsch der britischen Soldaten in der *Bogside* von Derry, als die Katholiken ihnen noch zur Begrüßung Blumen überreichen, weil sie sich von ihnen endlich Schutz vor protestantischen Überfällen erhoffen. Die legendäre Bürgerrechtlerin Bernadette Devlin, wie sie – unfaßbar ärmlich und übernächtigt sah sie aus! – ungelenk über roh und offensichtlich in höchster Eile zusammengewuchtete Barrikaden klettert, auf denen junge Männer und kleine Jungs Milchflaschen zu Brandbomben verarbeiten. Die waffenstarrende Armeestreife in Kampfanzügen, die für die Kamera lachend ihre Gewehre auf eine mit Einkaufstaschen beladene alte Frau richtet.

In jedem Gemeindezentrum gab es an zentraler Stelle ein Kruzifix, und links davon hängten wir immer das Porträt eines ungefähr Zehnjährigen mit Gasmaske auf, rechts aber die kleine Gruppe in einem Ruinenhof spielender Kinder, die sich mit angelegten Holzlatten als Erschießungskommando vor einem mit einer dreckigen Augenbinde versehenen Freund aufbauen. Derlei Schockeffekte sorgten bei unseren rauschenden Solidaritätsfeten erst für aufgeregte Diskussionen und dann für großzügige Spenden.

Alle Eintrittskarten waren bald stets schon im Vorverkauf vergriffen, und sämtliche Musikgruppen am Niederrhein – angeekelt davon, überall sonst nur öde Tralala-Hits wie ›Kung Fu Fighting‹ eines gewissen Carl Douglas oder das noch erbärmlichere ›Uh, la Paloma Blanca‹ einer George Baker Selection nachäffen zu müssen – wetteiferten um die Ehre, gagenlos bei uns auftreten und ehrlichen Rock oder Folk spielen zu dürfen. Allerdings wurde unsere Dankbarkeit allmählich etwas durch das schier unglaubliche Fassungsvermögen getrübt, das ein wohltätiger Musiker für im Gegenzug gratis gereichtes *Guinness* vom Faß entwickelt, und auch die Vorliebe der zahlenden Gäste für dieses in unseren Breiten noch rare Getränk stellte uns schnell vor ungeahnte Probleme.

»Für die Kasse ist es ja prima, wenn die Leute sich an dem Gebräu so beschlauchen, und bisher haben wir auch immer Glück gehabt, daß die Pressefotografen am Anfang der Veranstaltung kamen«, sagte Pia anläßlich einer inoffiziellen Vorstandssitzung am Küchentisch von Xanadu. »Wenn sich einer von denen aber mal kurz vor zehn zu uns verirrt und bannt all unsere glotzäugigen Bierleichen auf die Platte – Prost Mahlzeit!«

»Das kommt doch nur daher, daß wir schon nachmittags anfangen und die Leute keine ordentliche Grundlage haben«, sagte ich. »Wir müssen ihnen etwas zum Essen anbieten, am besten was Selbstgemachtes, damit machen wir auch noch mehr Profit für den Verein. – Wieviel gibt die Kasse eigentlich inzwischen her?«

»Etwa dreieinhalb Flugtickets«, sagte Markus. »Astrein – in noch nicht einmal fünf Monaten!«

»Wir schuften ja auch alle wie die Wilden«, sagte ich, aber der bei solchen Feststellungen übliche Tonfall des *Gestreßt*seins wollte mir nicht recht gelingen. Zwar hechelte ich Tag für Tag atemlos zwischen dem Kindergarten und den vielfältigsten Vereinspflichten hin und her, aber ich fühlte mich, zu meinem eigenen Erstaunen, dabei außerordentlich wohl. Leider ließ der prall gefüllte Terminkalender einstweilen nicht zu, mich um eine interessantere und vor allem vorzeigbarere Alternative zu Markus zu bemühen, weshalb ich ihm weiterhin großzügig gestattete, mich in der Öffentlichkeit stumm anzubeten und in der Abgeschiedenheit der Mansarde an meinen dramatischen Inszenierungen und Kostümfesten teilzunehmen.

Mittlerweile hatte er auch gelernt, daß er mit seinen schnulzigen Liebesschwüren nur unnötig an meinen Nerven zerrte, und die ostentative Leidensmiene, die er stets dann aufsetzte, wenn ich gegen das Besitzdenken als solches wetterte, mich mit jemandem angeregt unterhielt oder auf den FAILTE!-Feten gar mit anderen tanzte, würde ich ihm ebenfalls noch abgewöhnen: Hin und wieder referierte ich über subtile Formen der Nötigung, und im übrigen amüsierte mich die Vorstellung, daß sein gräßlicher Vater von all dem immer noch nichts ahnte.
Da wir Wichtigeres zu tun gefunden hatten, als an seiner Lunte zu zündeln, beschränkte sich das Gebaren des Verhaßten auf das gewohnte Maß des Rüpelns und Rempelns. Dackel Atz hatte keinen Freigang im Garten mehr, sondern einen Drahtzwinger beziehen müssen, die Müllgaben flossen spärlicher. Seit wir uns auf den heißen Konflikt in Ulster konzentrierten, war der Krieg gegen Heinz Immig ebenso spürbar erkaltet wie die Teekannen von Xanadu. Zugunsten des Vereins hatten Pia und ich die permanente Beziehungs*arbeit* eingeschränkt. Frau Immig wurde nicht mehr geladen, und bei einer Begegnung auf dem Gehsteig erwiderte sie zwar meinen Gruß, wich jedoch meinem Blick aus.
»Wenn wir eine halbwegs ansehnliche Gruppe Kinder rüberbringen wollen, müssen wir noch einen Gang zulegen«, stellte Pia fest. »Und wenn wir nicht bald vernünftige Kontakte in Belfast knüpfen können, blamieren wir uns sowieso bis auf die Knochen. Dann haben wir all die viele Kohle gesammelt, nur um der Öffentlichkeit und unseren Geldgebern mitzuteilen, daß wir in Nordirland leider keine Menschenseele kennen! Auf den Tag freue ich mich jetzt schon.«
»Sollten alle Stricke reißen, haben wir doch immer noch die Caritas«, sagte Markus.

»Da sei Gott vor«, sagte Pia.
Ausgerechnet Pfarrer Hülstrunk, mein kirchlicher Dienstherr, der sich über mein »humanes Engagement« hocherfreut zeigte, hatte eine erste Verbindung zur fernen Insel geknüpft, indem er Beziehungen aus fernen Tagen am Priesterseminar spielen ließ und mir, stolz die Hände vor der Soutanenschärpe gefaltet, die frohe Botschaft verkündete, daß die Irlandkorrespondentin von Radio Vatikan, derzeit im Rheinland weilend, auf seine Empfehlung hin bereit sei, uns zu empfangen. Nächsten Dienstag um drei bei den Karmeliterinnen in Köln. Selbstverständlich gebe er mir für diesen Tag frei, und seine herzlichsten Grüße möge ich den Schwestern ausrichten.
Nach einer aufregenden Autobahnfahrt in Pias moribunder *Ente* standen wir schließlich vor dem schweren, trutzhaften Tor des Gebäudes, das sich im Stil des spanischen Barock mit dem Stolz einer Duena in Spitzenmantilla von der eher bieder kölschen Nachbarschaft absetzte. Bevor wir an der Kette der Türglocke zogen, strichen wir noch einmal schnell die Haare glatt, und dann warteten wir, daß uns aufgetan wurde.
Ein solch massives, uraltes Holztor hat eigentlich die Pflicht, sich nur ächzend und knarzend und heftig widerstrebend zu öffnen, dieses hier jedoch glitt bereitwillig und geräuschlos beiseite und gab den Blick frei auf eine kräftige Gestalt in zartgrauem Habit mit dunkelgrauer Schürze. Unter der Haube strahlte ein glattes, rundes Gesicht, und hinter der winzigen Drahtbrille, derart altfränkisch, daß sie schon wieder hochmodisch wirkte, glänzten kleine vergnügte Kirschaugen.
»Fräulein Pia! Fräulein Katharina! Herzlich willkommen!«
Mit beiden Händen griff die Frau, die sich als »Schwester Josefa« vorstellte, nicht nur nach unseren ausgestreckten Rechten, sondern auch nach den zögernden Linken, und

so schüttelte sie im Takt ihrer Freude schließlich ein dikkes, warmes Handpaket. Ein feiner Duftnebel nach ofenheißem Streuselkuchen und frisch aufgekochtem, sahnigem Kakao, nach dem allfreitäglichen Fisch mit Dillsoße und den üppig mit Trauben und Maronen gefüllten Weihnachtsgänsen der Himmelgeister Kindertage schien ihr dabei zu entströmen: Die Zeit, als ich nach der Lektüre von Heiligenviten unbedingt Nonne werden, mich in Leprastationen aufopfern und damit für die Litaneien der Zukunft qualifizieren wollte, lag noch nicht allzu lange zurück.
»Unser Gast, Frau Wichert, hat uns von Ihrem großen Vorhaben erzählt, und wir waren alle ganz aus dem Häuschen. Sie erwartet Sie schon.« Schwester Josefa eilte voraus, und weil ihre Füße in den klobigen Schnürschuhen sich so behende bewegten wie die Speichen eines kleinen Rades, schien sie, zum sanften Klingeln ihres Rosenkranzes und ihres Schlüsselbundes, in den wollenen Falten ihres Gewandes über den gefliesten Boden mühelos zu rollen oder zu gleiten. Aus den Augenwinkeln nahm ich eine ätherisch zarte, gotische Madonna wahr, ohne Jesuskind im Arm, doch königlich geschmückt mit einer schweren Goldkrone. Auch registrierte ich, voll Genugtuung, daß Pia sich ebensowenig wie ich getraute, hier aufdringlich mit den Absätzen herumzuklappern. Schüchtern balancierten wir beide auf den Zehen, was uns bei Schwester Josefas munterem Vorwärtsdrall wie zwei talentlose Ballerinen aussehen ließ.
»Hier sind sie, unsere lieben Wunderkinder«, schmetterte Schwester Josefa, als sie einen Raum vor uns aufriß, in dem leider nur neuzeitlich karges, skandinavisches Konferenzgestühl aus Kirschbaum auf uns wartete sowie eine Frau, die weder Haube noch Habit trug, sondern ein gediegenes, eierschalenfarbenes Strickkleid mit einem kunstvoll geschlungenen Seidenschal. Frau Wichert, die

sich zu unserer Begrüßung höflich erhoben hatte, besaß genau das, was meine Mutter »ein klares Gesicht« und »eine gepflegte Erscheinung« genannt hätte, und in dem bestimmten Ton der Sachkundigen ließ sie uns Aufklärung zuteil werden.
Man könne, was die Einschätzung der Lage vor allem in den Städten Belfast und Londonderry (hier hatte mich Pia unter dem Tisch ins Knie gekniffen) angehe, gar nicht vorsichtig genug sein. Selbstverständlich sei die Kirche über die soziale Lage der Katholiken in Nordirland zutiefst bekümmert, andererseits müsse sie dabei strikte parteipolitische Neutralität wahren. Notorische Prediger der Gewalt aus den Reihen der *Sinn Fein* und der IRA seien schon exkommuniziert worden, aber die Priester könnten schließlich auch nicht in die Köpfe und Herzen ihrer Gemeindemitglieder hineinsehen. Der Glaube sei überall in Irland gottlob stark verwurzelt, und nur darum gehe es doch im Endeffekt, nicht wahr? – Sie rate uns daher dringend davon ab, Kontakte zu letztlich nicht genau einschätzbaren Privatpersonen knüpfen zu wollen, und auch das Urlaubsprojekt halte sie für nicht allzu gelungen, weil es schwierig sein werde, die Kinder anschließend wieder in ihre Umgebung zu integrieren. Durch all dies sollten wir uns nun aber nicht entmutigen lassen; sie könne uns über die Caritas die Adressen einiger katholischer Waisenhäuser in Nordirland vermitteln, und wenn wir die mit Geld- oder Sachspenden unterstützen würden, sei das auch eine gute und vor allem völlig ungefährliche Sache. Nicht wahr.
Wir hatten schweigend, wie betäubt, zugehört, und erst der Anblick von Schwester Josefa, die uns sacht klingend geschwind wieder zur Pforte vorausrollte, hatte unsere Erstarrung ein wenig gelöst. Zum Abschied baten wir sie, uns den Weg zurück zur Autobahn zu erklären, aber das hatte bei ihr noch größere Heiterkeit ausgelöst.

»Da sind Sie bei mir natürlich an der völlig falschen Adresse«, hatte sie gekichert, »mit Straßen und Wegen, die von hier fort führen, kann ich nicht dienen!« Doch als wir unsere Absicht ankündigten, diesbezüglich den Typen im sandfarbenen Cordanzug zu interviewen, der – hahnenstolz auf die Breite seiner Krawatte und Revers, auf die Enge seines taillierten Jackets und die schlabbernde Weite seiner *Bell-bottom*-Hose – gerade auf dem Bürgersteig vis-à-vis vorbeiparadierte, da hatte sie uns mit eisernem Griff an den Unterarmen festgehalten.

»Ich bitte Sie – Sie können doch nicht – so einfach auf der Straße einen jungen Mann –« Und sie hatte hörbar die Luft eingezogen, bevor sie entschlossen das Kinn in die Halsbinden drückte und mit wehendem Schleier über die Straße glitt, um unseren guten Ruf zu schützen.

»Ich weiß nicht, wie es dir geht«, hatte Pia beim Einsteigen in die *Ente* gesagt. »Aber ich brauche jetzt erst mal dringend einen Schnaps.«

Mittlerweile deutete Zetkin, unsere in der Vereinssatzung nicht vorgesehene dritte Vorsitzende, die kleine Schweigeminute, die wir dem Gedenken an diesen seltsamen Tag widmeten, als Nachlassen unserer Alarmbereitschaft und nutzte sie zum Sprung auf den Küchentisch, wo sie mit der breiten rosa Nase über die Teller mit den Spaghettiresten rüsselte. Pia griff ihr unter die Achseln und lüpfte sie an, ich löste zwanzig Krallen aus der Tischdecke und dann noch einmal fünf aus meinem rechten Daumen, und dann zog sich die ihrer Meinung nach aufs Grausamste Unterdrückte zum Aushecken finsterer Rache- und Umsturzpläne grußlos ins Wohnzimmer zurück.

»Vielleicht sollten wir, um endlich doch an ein paar Adressen in Belfast zu kommen, mal einen Brief an dieses Irland-Komitee in Berlin schreiben«, schlug Markus vor.

»Alles, was Komitee heißt, ist irgendwie mit den K-Grup-

pen verwandt, und die können mich eigentlich kreuzweise. Aber in der Not wird der Teufel mal wieder Fliegen fressen müssen«, nörgelte ich. Schon seit längerem schien mir, daß auf rätselhafte Weise alle wirklich unangenehmen Arbeiten an mir klebenblieben wie an einem Streifen Insektenleim. Jedoch war ich noch nie in Berlin gewesen: »Ich ruf' die morgen mal an.«
»Und dann sind da noch die zwei unerledigten Stapel mit den Bewerbungen«, sagte Pia. »Muß die nicht bald mal irgendwer durchackern und die Spreu vom Weizen trennen und mit dem Weizen einen Inspektionstermin vereinbaren?«
»Immer der, der fragt«, sagte ich. »Wenn ich mich mit obskuren Komitees herumprügeln muß, wirst du dir ja wohl zwischendurch mal ein paar Bewerber vorknöpfen können!«
Wir hatten tatsächlich die Stirn, sie ›Bewerber‹ zu nennen, all die Menschen, die uns nach Erscheinen der Zeitungsberichte mit Zuschriften überhäuft und sich bereiterklärt hatten, ein Kind aus Belfast für vier Wochen im Sommer bei sich aufzunehmen. Die ersten Briefe hatten wir uns noch, geschwollen vor Eifer, gegenseitig aus den Händen gerissen. Mittlerweile aber hatte das Lesen und Vorsortieren deutlich an Attraktivität eingebüßt; und nach welchen Kriterien wir letztlich unsere Auswahl treffen sollten, wußten wir auch immer noch nicht. Bislang betrieben wir vorwiegend eine negative Auslese.
Die beduselten Irland-Schwärmer, Anglisten und Germanisten zumeist, die uns trunken vor Nachfreude seitenlange Beschreibungen ihrer Urlaubsfahrten in gemieteten ›Zigeunerwagen‹ zwischen Killarney und dem Ring of Kerry zukommen ließen, waren uns irgendwie suspekt. In Signaturen männlicher Vornamen unter wortreichen Ergüssen über die Bedeutung von Liebe und Zuwendung

gerade dem kindlichen Charakter gegenüber witterten wir einen Hauch von Pädophilie. Ungeschlachte Handschriften katholischer Kinderreicher, meist mit gutmütigen Nachsätzen wie ›Wo fünfe satt werden, wird es auch für das sechste reichen!‹, waren einerseits zwar aus basisdemokratischen Gründen mit Wohlwollen zu betrachten. Andererseits traute sich niemand von uns, die Absender nach ihren Englischkenntnissen zu befragen.
Doch auch der Weizen-Stapel war immer noch entmutigend hoch. Er beinhaltete all diejenigen, die der Gedanke an einen Krieg in Europa beunruhigte und die darüberhinaus auch ein großes Haus besaßen (basisdemokratisch natürlich nicht ganz unproblematisch – aber die kleinen Iren sollten es schließlich schön haben!). Wenn wir Weizen-Leute besuchten, ließen wir uns die Gästezimmer und die Gärten zeigen, und im Vorbeimarsch warfen wir schnell einen prüfenden Blick auf die Bücherregale (die Internisten-Gattin mit der umfangreichen *Angelique*-Sammlung wurde trotz eines mit reichlich Chablis angereicherten Fisch-Fondues nie eines zweiten Besuchs gewürdigt).
Fest stand, seit unserem Besuch bei ihr vor zwei Tagen, bislang lediglich, daß wir Mrs. Margarethe Bradley ein Kind vermitteln würden – falls wir denn je jemanden in Nordirland fänden, der uns einen Minderjährigen anvertraute. Mrs. Bradley besaß zwar weder Villa noch Park, sondern sie wohnte im ausgebauten Dachgeschoß des kleinen Hauses ihres Neffen im Stadtteil Niederkassel. Auch schien ihr Alter – sie sei immerhin ein Jahr jünger als unser Jahrhundert, hatte sie uns in ihrem drollig aus Englisch und Deutsch gemixten Brief geschrieben – sie nicht gerade für eine Aufgabe zu empfehlen, die mit möglicherweise umeinander quirlenden Kindern und Ausflügen zum Ponyreiten oder Wettrudern verbunden war.

Doch hatte sie, als Ehefrau eines ›true Irishman‹, über vierzig ›wundervolle‹ Jahre lang in England und Irland gelebt, wo sie, da der liebe Gott ihr und ihrem ›beloved Gareth‹ eigene Kinder versagte, fünf ›wundervolle‹ Pflegekinder großziehen konnte.

Winzig klein, in schwarzer Witwentracht mit adretter weißer Spitzengarnitur an Hals und Manschetten, ein schweres Kreuz aus Gold und Granaten auf der Brust und die lichtgrauen Haare zu kunstvollen Flechten gesteckt, so hatte Mrs. Bradley schon unten im Vorgarten, zwischen Winterheide und Hartriegel, auf unsere Ankunft gewartet. Ihre Haut war so angenehm verschrumpelt wie die einer gedörrten Aprikose, und mit dem Stimmchen einer Meise im Sommer hatte sie uns zur Begrüßung ein herzliches »Willkommen in meinem Puppenstübchen!« entgegengepiepst. Und dann waren wir an dicken Sträußen getrockneter Rosen und Lavendelrispen vorbei eine enge Treppe hoch in die Mansarde gestiegen, bei deren Anblick mein Herz schmolz, während Pia mir ihre Begeisterung schmerzhaft in die Seite knuffte.

Altehrwürdige englische Eiche auf gedrechselten Löwen- und Greifenfüßen. Überdeckchen überall. Gobelinstickerei und Silberzeug. Aspidistras und Zimmerpalmen auf hohen Säulen. Vor dem Fenster sonnengelber Brokat, vornehm verblaßt, gerafft mit Bommeln und Troddeln. An den Wänden wild wogende Seestücke und beinah blendend grüne Impressionen irischer Landschaften. Fotorahmen aus Wurzelholz und Messing und getriebenem Sterling auf jedem gerade noch möglichen Platz; an die fünfzig Menschen, in allen Altersstufen und in den verschiedensten Moden, mehr oder minder vergilbt, schauten uns streng oder hocherfreut entgegen. Das große Bild eines unter weißer Kapitänsmütze grimmig blickenden Mannes war rechts oben mit einer schwarzen Trauerschleife und links unten mit einem rot flackernden *ewigen Licht* geschmückt. Wir zogen die Bäuche ein und schlängelten in aller Andacht, um ja nichts umzustoßen oder auch nur unziemlich zu verrücken, auf das kleine Sofa zu, das ein einladendes Gebirge von Kissen trug. Es hätte Mrs. Bradleys Bitte, uns doch wie zuhause zu fühlen, mitnichten bedurft: In Sachen Zierrat, Nippes und Schnörkel hatten wir die Meisterin gefunden.

Mrs. Bradley war, wie wir bei Tee und frischen *Scones* mit gesalzener Butter und selbstgemachtem Quittengelee erfuhren, gebürtige Düsseldorferin. Mitten in der Altstadt, durch die damals, zu Kaisers Zeiten, kaum Autos, sondern nur Pferdefuhrwerke und Kutschen fuhren, hatten ihre Eltern ein Gasthaus geführt, gutbürgerlich mit Miesmuscheln, Graupensuppe oder Sauerbraten im Winter und Kalbsnierchen mit Petersilienkartoffeln und Kohlräbchen im Sommer. In einem der Fotoalben, die Mrs. Bradley uns alsbald auf die Schöße häufte, sahen wir spitzbärtige Honoratioren mit Vatermördern am Stammtisch und eine fein nach Größe wohlsortierte Reihe Kinder; in Matrosenanzügen und mit kahlgeschorenen Schädeln die Jungs, in Matrosenkleidern und mit Zöpfen fast bis zu den Knien die Mädchen, alle in groben, Falten werfenden Strickstrümpfen und unförmigen Schnürstiefeln, die offensichtlich viel zu groß und daher zum *Reinwachsen* geeignet waren.

»In einer Ecke hinter dem Tresen konnten wir Hausaufgaben machen, aber zwischendurch mußten wir immer bedienen und aufwischen und die Tische eindecken«, erzählte Mrs. Bradley, woraufhin Pia und ich kurz unser zufriedenes Kauen unterbrachen, um die angemessenen Laute des Entsetzens, der Entrüstung und des Mitgefühls (Kinderarbeit! Sklaverei! Manchesterkapitalismus!) ausstoßen zu können.

Die nach unserem Verständnis in der Kindheit so übel Mißhandelte aber schüttelte abwehrend den Kopf: »Wir waren stolz darauf! Wir waren wichtig und wurden gebraucht!« stellte Mrs. Bradley mit all der Entschiedenheit, die ihr Vogelstimmchen zuließ, richtig. »Und wenn ich nicht ständig in der Kneipe mitgeholfen hätte, auch nach dem Krieg, den wir damals noch nicht den ersten nannten, weil wir Gott sei Dank nicht ahnten, daß uns auch noch ein zweiter bevorstand – dann hätte ich doch niemals meinen Gareth kennenlernen können!« Ohne sich umzudrehen, griff die Witwe nach hinten, um leicht über das Bild des Grimmigen zu streichen. Ich mußte die Assoziationen ›Liebe‹ und ›Treue‹ schnell mit bannenden Gänsefüßchen versehen, um nicht durch unstatthafte Rührung vom korrekten Kurs abzuweichen. Aus diesen gefährlichen Illusionen waren seit Menschengedenken die unsichtbaren Ketten geschmiedet worden, die die Frauen in Knechtschaft hielten. Ohne mich: Die kurz aufblitzende Sehnsucht schluckte ich entschlossen mit einem der köstlich knusprigen *Scones* hinunter.
Die Familie von Gareth Bradley stammte aus Tralee im Südwesten Irlands, war aber um die Jahrhundertwende nach Brighton in England übergesiedelt. »Höllenqualen hat er gelitten«, erzählte Mrs. Bradley, deren Empörung offensichtlich im Lauf der Jahrzehnte nicht abgeklungen war, »Höllenqualen! – Als Ire mußte er in der britischen Armee gegen Deutschland kämpfen, während dieselbe Armee gleichzeitig in Dublin mit aller Grausamkeit den Osteraufstand 1916 niederschlug.«
Nach der bedingungslosen Kapitulation des Deutschen Heeres war er ein Offizier der Britischen Rheinarmee, der seine Arbeitskleidung haßte und mit seinen Kollegen ausschließlich Dienstliches besprach. So hat ihn Gretchen Münsing zum ersten Mal gesehen: »Er kam in die Kneipe,

groß und schön und elegant mit Goldknöpfen und Tressen, und es wurde ganz still, weil er doch der Feind war. Er setzte sich ganz allein an einen Tisch, er trank ein paar Alt, und dann ging er wieder. In der nächsten Woche kam er wieder, und dann immer häufiger. Immer allein – er hat mir so leid getan. Freilich habe ich gemerkt, wie oft er mich ansah, und meine Schwestern haben mich schon gehänselt. Da hätte ich aber eine feine Eroberung gemacht. Aber jedesmal, wenn ich ihn anschaute, guckte er weg.«

Eines Sonntags war der britische Offizier, unter dem Getuschel und Köpfedrehen der anderen Kirchgänger, auch zum Hochamt in der Pfarrkirche der Münsings erschienen, und einmal hatte er es durch geschicktes Manövrieren in den Reihen der zur Kommunion Vorrückenden sogar so eingerichtet, daß er neben ihr vor dem Altar kniete und sich ihre Ellenbogen berührten, als sie nacheinander die Hostie empfingen. Und ein paar Tage später hatte es gewaltigen Aufruhr und etliche zerschlagene Stühle sowie geplatzte Augenbrauen in Münsings Gasthaus gegeben.

»Zum ersten Mal war er nicht allein, sondern mit einem anderen Soldaten gekommen. Er hatte ein Sträußchen Wicken in den Händen und hielt schnurstracks auf den Tresen zu. Sein Begleiter, der etwas Deutsch konnte, fragte meinen Vater, ob sie ihn einen Moment sprechen könnten. Zu dritt gingen sie auf die Kegelbahn, und kurz darauf hörte ich meinen Vater brüllen. Mein Vater war ein strammer Deutschnationaler.«

»Er hat um Ihre Hand angehalten, ohne auch nur ein einziges Mal mit Ihnen gesprochen zu haben?« fragte Pia, die schon seit geraumer Zeit vergessen hatte, die Tasse abzusetzen.

»O nein«, zwitscherte Mrs. Bradley mit ihrem Meisenstimmchen. »Er hat nur um die Erlaubnis gebeten, mich kennenlernen zu dürfen. In allen Ehren, versteht sich.« Die Greisin lächelte verschmitzt: »In Irland war das damals so üblich, hier in Düsseldorf wirkte das jedoch schon ein bißchen altmodisch. Aber es war hübsch, nicht wahr?« Den Nachgeschmack genießend, schloß sie für einen Moment die Augen, während mir leicht schwindelig wurde: Was Mrs. Bradley da berichtete, waren Nachrichten aus einer anderen, längst vergangenen Welt. Historien, vertrocknet, zu Staub zerfallen, verweht. Die Person, die derlei erlebt hatte, dennoch leibhaftig vor mir zu sehen, mutete so befremdlich irreal an wie ein Gespräch mit Nofretete oder Hildegard von Bingen.

Zwei aufwühlende Jahre dauerte es, vierundzwanzig Monate der Heimlichkeit und des Flüsterns in den Gassen und Toreingängen der Altstadt, mehr als hundert Wochen der Beschimpfungen und der Verwünschungen daheim, bis Vater Münsing, verbittert und verbockt, in eine Hochzeit einwilligte, der er selbst fernblieb.

Mrs. Margarethe Bradley zog mit ihrem Mann, der nun auf zivilen Frachtschiffen Dienst tat, erst als Offizier und dann als Kapitän zur See, nach Brighton. Inmitten der englischen Mannschaften war er isoliert, weil er Ire war. Wenn sie ihre Familie in Düsseldorf besuchte, verließen zwei ihrer Brüder, beide in der NSDAP, den Raum, weil sie bei den Erzfeinden die kulturelle Identität der Volksgemeinschaft aufgegeben hatte. Nach der Bombardierung von Coventry warfen ihr aufgebrachte Nachbarn in Brighton die Fensterscheiben ein, weil sie Deutsche war. Und als das Paar, nach der Pensionierung von Gareth Bradley, nach Tralee zog, was immer sein Lebenswunsch gewesen war, da klirrte schon wieder das Fensterglas. Weil er doch in seiner Jugend ein Verräter gewesen war.

»Es ist so dumm, so absolutely stupid!« sagte Mrs. Bradley und sah plötzlich gar nicht mehr aus wie eine Meise, sondern eher wie ein Falkenweibchen, das mit gespreizten Schwingen eine Ratte kröpft. »Und deshalb habe ich Ihnen auch den Brief geschrieben: Mich macht jeder Krieg, auch der in Nordirland, nur noch fuchsteufelswild. Die Menschen sind einfach zu blöde oder zu faul, ihre Probleme vernünftig zu lösen, und deshalb fällt ihnen, wenn's schwierig wird, nichts anderes mehr ein als dieser verdammte Unsinn!« *Notting but siss bloody nonsense:* Mrs. Bradley's Englisch wies einen ebenso starken irischen wie deutschen Akzent auf.

Das Staunen über ein Temperament, das keineswegs zum Spitzenkragen paßte, ließ mich mein Stichwort überhören. Ich erklärte Mrs. Bradley nicht, unter Verweis auf Vietnam und Palästina, das Wesen des gerechten Krieges. Ich nahm statt dessen gern noch ein Glas von ihrem selbstgemachten Holunderwein und ertränkte darin schnell dieses andere Gefühl. Es kam mir wie Respekt vor, aber Respekt beruhte auf Autorität, und die hatte ich ja schon auf der Schule abgeschafft.

»Eigentlich wollte ich nur noch still und froh auf den Tag warten, an dem ich meinen geliebten Gareth wiedersehe«, piepste Mrs. Bradley. »Aber Gareth wird es gern hören, wenn ich einem Kind aus Belfast oder Derry etwas von unseren Erfahrungen erzähle.« Und wieder hatte sie das Bild gestreichelt.

Markus, der müde wirkte und matt, hatte, während wir begeistert unseren Besuch bei Mrs. Bradley schilderten, Strichmännchen mit Hut in sein Ringbuch gezeichnet. »Jetzt sitzen wir schon über eine Stunde hier und haben immer noch nicht Punkt eins der Tagesordnung erledigt«, sagte er. »Die Betrunkenen auf unseren Veranstaltungen – Cat hat doch eben was von Essensverkauf vorgeschlagen.« Ich wußte, warum Markus abends lange Sitzungen haßte. Leider wußte Pia es auch.

»Euch dauert es wohl wieder mal zu lange, bis ihr mich abhängen könnt«, sagte sie spitz. Seit ich mich mit Markus beschäftigte, hatte es bei ihr einiges Gewese mit Hilmar Grevel, einem unserer Bewerber, gegeben. Er war verheiratet, aber ein *Filmemacher,* der sogar schon Preise bei den Oberhausener Kurzfilmtagen eingeheimst hatte. All meine bohrenden Fragen bezüglich weiterer Interna beschied Pia mit beharrlichem Schweigen, und sie erfand auch immer neue Ausflüchte, warum sie ihn mir trotz allen Drängens bislang noch nicht vorgestellt hatte. »Und wer unbedingt die Trunkenbolde füttern will, der soll sich gefälligst auch selbst darum kümmern.« – Seit der frische Wind von FAILTE mich beflügelte, umgab Pia sich immer öfter mit dicker Luft.
»Wieso eigentlich immer ich?« wollte ich wissen. »Ich darf dich daran erinnern, daß schließlich du die erste Vorsitzende bist. Und daß die meisten Zeitungsartikel auch nur mit deinem Foto geschmückt sind!«
»Was ja wohl in der selbst von dir kaum zu leugnenden Tatsache begründet liegt, daß das ganze Unternehmen auf *meiner* Idee basiert«, schnappte Pia. »Außerdem tue ich ja auch weitaus mehr für den Verein als du. Und last but not least gibt *mir* keiner Geld dafür, daß ich während der Arbeitszeit in Morpheus Armen schnarche!«
Ich konnte und wollte es nicht leugnen. Ich war in der Zwischenzeit zur vermutlich ersten Angestellten aufgestiegen, die ihr Geld, zumindest teilweise, buchstäblich im Schlaf verdiente.
Schon mehrfach hatte es sich zugetragen, daß ich mittags, nach Genuß der nahrhaften Kindergartenkost von Frau Hermine Wolters, im abgedunkelten Schlafsaal beim Schein der Kerzen und beim bewußt eintönig lullenden Klang meiner Stimme selbst eingeduselt und erst vom Kichern der Kinder oder vom Aufschlag meines Kopfes

auf das Lesepult geweckt worden war. Die ›Schlafwache‹ war zwar, dank meines Wirkens, schon lange nicht mehr die einstige Veranstaltung des Irrsinns und der Tobsucht. Jedoch erkennt man fähiges Personal stets daran, daß es unablässig über weitere Verbesserungen nachdenkt.

»Ich habe mir folgendes überlegt«, kündigte ich daher in einer der jeden letzten Freitagnachmittag im Monat stattfindenden Projektbesprechungen an, an der unter Vorsitz von Frau Pohl die beiden anderen ausgebildeten Erzieherinnen, Frau Freya Alsdorf und Frau Waltraud Krudewig, sowie, im Zuge der inzwischen in allen gesellschaftlichen Bereichen zügig fortschreitenden Demokratisierung und der allgemein akzeptierten Notwendigkeit von *Reformen,* seit neuestem auch die Köchin Frau Wolters, die Putzfrau Ursula Kern und ich teilnehmen durften.

»Ein Teil der Schwierigkeiten während der Schlafwache konnte gottlob ja bereits bewältigt werden...«, fuhr ich fort und gab den anderen Gelegenheit zu wohltuend anerkennendem Kopfnicken. »Aber ein pädagogisches Grundproblem bleibt. Indem die Kinder liegen sollen und die Aufsicht« – klug verzichtete ich auf die Verwendung der ersten Person Singular – »aber nach dem Vorlesen und dem Rundgang zwischen den Bettchen am Pult sitzenbleibt, wird den Kindern doch nur suggeriert, daß das Ruhen nichts für alle Menschen Selbstverständliches ist, sondern man betont auf eine im Grunde nicht zulässige Weise den konstruierten Unterschied zwischen erwachsenen und nichterwachsenen Personen. Wenn die Aufsicht jedoch auch eine Liege da stehen hätte, die sie ab und an benutzt, um den Kindern zu demonstrieren, daß auch sie mittags müde und das Schlafen keineswegs eine Strafe ist...« Einstimmig hatte die Personalversammlung die Anschaffung einer preiswerten Campingliege sowie einer dito Wolldecke beschlossen, und so konnte ich von da an jeden Mittag spätestens um halb zwei die Kerzen auspusten, um mich einem ebenso gesunden wie pädagogisch wertvollen Nickerchen hinzugeben. Von da an gehörte auch ein Wecker zu meiner Arbeitsausrüstung. Und mindestens eine spitze Bemerkung von Pia zum Tagesablauf.

»Ist es Mißgunst, die ich da heraushöre?« erkundigte ich mich, während Markus im Versuch, den Kopf zwischen den eckigen Schultern verschwinden zu lassen, auszusehen begann wie eine Schildkröte. »Ich weiß wirklich nicht, wo du immer diese Nickeligkeiten herholst. Dauernd wägst du ab und rechnest du auf. Ich habe dir jedenfalls noch nie etwas geneidet.«

»Weil du ja immer an allem, was mir gehört, mitschmarotzt! Nebenbei bemerkt: Mit deiner aktuellen Schuldenrate bist du genau neunzehn Tage im Verzug. Und daß ich dich weiterhin für lau überall hinchauffiere, kannst du dir in Zukunft auch abschminken – eine Beteiligung an den Benzinkosten wäre wohl das Mindeste gewesen, das du mir hättest anbieten können in all der Zeit. Aber nein.«

»Wenn dich die paar Mark so wurmen, dann führe doch bitte in Zukunft ein Fahrtenbuch«, schlug ich in der Hoffnung vor, sie durch feine Ironie für ihre grobe Pöbelei zu beschämen. »Schön mit Datum und Uhrzeit und Anzahl der gefahrenen Kilometer, damit du mir auch darin monatliche Abrechnung erteilen kannst.«

»Gern«, sagte Pia mit süßem Lächeln. »Nichts, was ich lieber täte!«

Die Zeit war gekommen, das Basiswissen zurate ziehen, das wir uns in jahrelangen Studien der Seelenkunde zusammengelesen hatten. Zwischenmenschliche Beziehungen beruhen vor allem auf Ehrlichkeit, also mach aus deinem Herzen keine Mördergrube. Wer Unverschämtheiten widerspruchslos schluckt, wird eines Tages Magenkrebs bekommen. In einer spannungsgeladenen Atmosphäre wirkt dagegen ein offen ausgetragener Krach wie ein reinigendes Gewitter: Ich schleuderte daher ein paar drohende Blitze auf Pia, die sie aber souverän retournierte. Auch das folgende Turnier an kunstvoll geschwungenen Floretten endete unentschieden, weshalb wir, nach etwa einer halben Stunde des Keifens, dann die Entscheidung am Dreschflegel suchten. Und so prügelten wir alsbald hemmungslos aufeinander ein.

Ich habe immer. Du hast noch nie. Dauernd willst du. Niemals darf ich. Ewig machst du. Als ob ich je. Tu doch nicht so. Nie im Leben. Ist es zu fassen. Tagaus, tagein. Aber wehe, wenn. Von wegen. Nur zu. Nicht ums Verrecken. Solange ich denken kann. Hat man Töne. Stets und ständig. Mal wieder typisch. Bist du eigentlich noch. Nicht ein einziges Mal.

»Nicht eine einzige Nacht komm ich hier mehr zur Ruhe«, schrie Pia. »Dauernd dieses viehische Gegrunze von dir und deinen Galanen! Und die Wand ist dünn wie Apfelmus und Spucke.« – Unter seinem Flachshaar erglühte Markus in Bischofsrot, was der Gesamterscheinung, unabhängig von seinem offensichtlichen Verlangen, sich in Luft aufzulösen, etwas grell orange Leuchtendes verlieh. – »Und wenn du ausnahmsweise mal keinen Typen bei dir hast, dann ist dir langweilig, und du kommst in mein Zimmer und laberst mir die Ohren voll. Was du mit ihnen getan hast und was du mit ihnen noch tun wirst und wer bei dir ganz oben auf der Abschußliste steht.«

»Ich geh' dann mal besser«, sagte Markus, aber ich beachtete ihn nicht. Ich mußte mich auf das Wesentliche konzentrieren.

»Endlich zeigst du dein wahres Gesicht!« donnerte ich zurück. »Jahrelang einen auf Freundschaft machen, und dabei innerlich zerfressen sein vor Neid. Was kann ich

dafür, daß du mit Männern nicht klarkommst? Nur weil du selbst frigide bist, soll auch niemand sonst seinen Spaß haben dürfen. Ich aber sage dir: Lieber ab und an mal ein bißchen viehisches Gegrunze, als innerlich zu verknöchern wie eine alte Jungfer, die nur noch ihr Schuldenbuch im Kopf hat, fein säuberlich mit Zins und Zinseszins. – Ein Fall für den Psychiater, das bist du!«
Pias Augen wurden zu denen eines Scharfschützen. Klar zeichnete sich in ihnen das Fadenkreuz ab, mit dem sie in ruhiger Konzentration ihren nächsten Treffer focussierte.
»Schön, daß du mich derart lieb auf ein paar Probleme aufmerksam machst«, sagte sie mit klirrender Akzentuierung. »Aber im Gegensatz zu dir vergreife ich mich wenigstens nicht an unreifen kleinen Jungs, die noch grün hinter den Ohren sind. Hast du eigentlich mal darüber nachgedacht, warum du immer nur Unterlegene um dich scharst? – Weil dir von denen keiner Paroli bieten kann. Weil die bewundernd zu dir in deiner ganzen Pracht und Herrlichkeit aufschauen. Katharina die Große!«
Markus, der sich während unseres Schlagabtauschs unentschlossen an der Tür herumgedrückt hatte, war im Rücken inzwischen so krumm und so steif wie ein Rosenbogen im Winter. »Wollt ihr denn nicht endlich aufhören?« sagte er, und seine Stimme erinnerte an die eines Kindes mit Mittelohrentzündung.
»Du gehst jetzt wirklich besser«, sagte ich im Versuch, den wie gelähmt Wirkenden nach draußen zu schieben.
»In der Tat«, höhnte Pia. »Sonst hört das Riesenbaby nämlich noch ein paar ganz interessante Sachen. Zum Beispiel, daß du ihn einzig und allein nur deshalb an dich rangelassen hast, weil du seinem Vater eins auswischen willst! Daß er für dich nicht mehr ist als ein kleines Bäuerlein beim Schachspiel!«

»Ist das wahr?« fragte er, und ich wußte schon nicht mehr, was ich hassenswerter fand: Pias ungeheuerlichen, unverzeihlichen Verrat oder dies angelegentlich Waidwunde, das er mir in Haltung und Blick zu zeigen versuchte.
»Nerv du mich jetzt nicht auch noch«, sagte ich mit aller Selbstbeherrschung, die mir noch möglich war. »Du siehst doch, daß diese Psychopathin völlig von Sinnen ist. Wir werden ein andermal darüber sprechen.«
Als wir endlich allein waren, lag das Schlachtfeld offen vor mir. Angriff ist die beste Verteidigung. Ohne Rücksicht auf Verluste. Keine faulen Kompromisse mehr. Wehtun. Verletzen. Verwunden. Da Pia es ja offensichtlich so haben wollte: Zerstören. Von mir aus gerne.
Nichts blieb ungesagt in dieser Nacht. Alles, jedes Detail einer langen Freundschaft, wurde hervorgezerrt und als Munition benutzt. Meine Schummeleien beim Maumau. Pias Pedanterie. Meine ständig wechselnden Stimmungen. Ihre Gefühlskälte. Meine, jawoll, Nymphomanie. Ihr nagender Neid auf meinen Erfolg bei Männern, der sie dazu trieb, Hilmar Grevel von mir fernzuhalten. Beide kämpften wir auf vertrautem Terrain, also war uns auch jede Schwachstelle in der gegnerischen Stellung bestens bekannt. Nur nicht zugeben, wie tief man getroffen ist. Den Schmerz in noch mehr Wut verwandeln. Zurückschlagen. Vergelten. Doppelt. Dreifach. Nicht nachdenken. Wehren.
Das vor allem anderen: Wehren.
Es gehörte zu meinem Alltag im Kindergarten, daß es immer viel Geschrei gab um weggenommene Sandkastenförmchen, um entrissene Schokoriegel und um gestellte Beinchen. Mindestens einmal pro Woche errichteten einige Kinder – stundenlang auf dem Bauch liegend, schimpfend über die Ungeschicklichkeit der winzigen Fingerchen, in voller Konzentration die kleinen Stirne

runzelnd und die feuchtroten Zünglein von einer Ecke der Münder in die andere rollend – mit Hilfe der üppig bestückten Holzbaukästen prächtige Städte mit Straßen und Plätzen, mit Burgen und Parks, mit Zoos und Bauernhöfen. Und jedesmal kam eines daher, das nicht mitgebaut hatte, und es trat mit voller Wucht vor die Burgen und trampelte mutwillig über die Städte und schleuderte wütend die Tiere kreuz und quer durch den Raum.
Und wir, das pädagogische Personal, wir wußten inzwischen, daß beschwichtigende Binsenweisheiten wie ›Der Klügere gibt nach‹, mit denen wir noch aufgewachsen waren, lediglich dazu dienten, eine weitere Generation von Fremdbestimmten und Duckmäusern zu formen. Also trockneten wir zwar die Tränen der Traurigen, gleichzeitig jedoch stärkten wir den Mut der Empörten. »Ihr müßt euch auch wehren!« sagten wir. Eltern, die sich über Beulen wunderten und über Schrunden beschwerten, stimmten uns nach kurzem Nachdenken stets zu: Man muß lernen, sich durchzusetzen.
Gegen drei Uhr morgens kam Zetkin aus dem Wohnzimmer geschlendert und forderte, nachdem sie eine Zeitlang aus wissenschaftlichem Interesse das Wüten des Pöbels betrachtet hatte, mit Kopfreiben am Kühlschrank nachdrücklich ein vorgezogenes Frühstück. Pia und ich schossen gleichzeitig auf ihren Napf zu, aber ich war ein wenig schneller, hob ihn schnell auf und begann, den eklen Futterbrei aus der Billigdose umzufüllen.
»Da siehst du's doch mal wieder«, fauchte Pia. »Alles mußt du an dich reißen! Menschen, Tiere – alles! Für dich zählt nur die Konkurrenz – Hauptsache, du kannst andere ausstechen. Dabei interessiert dich doch im Grunde gar nichts und niemand wirklich. Beweis: Überleg doch mal, was du deinem sterbenden Vater angetan hast!«
Das Gewicht des gefüllten Napfes kurz in meiner rechten

Hand zu fühlen und mich dann von ihm zu befreien, war eines. Der Napf, das rote Porzellanschüsselchen mit den niedlich weißen Tupfen, flog durch die Küche und zerbarst zwei Zentimeter neben Pias Kopf an der Wand. Zetkin machte einen Buckel, bevor sie, aufgebläht zu dreifachem Volumen, unter dem Tisch verschwand.
»Du Schwein! – Bist du jetzt zufrieden?« fragte Pia. Nach der Schrecksekunde, in der nacheinander Überraschung, Sorge und Angst von ihrer Stirn abzulesen waren, schaltete sie schnell wieder auf kalten Haß um. »Oder willst du vielleicht auch noch mit einem Messer auf mich losgehen?«
Ich beobachtete, wie matschiges Katzenfutter langsam an der Wand herunterrutschte und dabei schmierige Schlierspuren zog. »Ach komm«, sagte ich. »Red nicht solchen Blödsinn. Wir haben wohl beide heute eine ganze Menge Scheiße verzapft.« Mit dem Futternäpfchen war auch mein Berserkerzorn zerplatzt, und ich wußte, daß es nicht mehr lange dauern konnte, bis mich der *Moralische* anflog. Das Gewitter war vorübergezogen, die Luft war wieder klar, und ich konnte erkennen, daß da Pia vor mir stand. Pia, die mich gleich ebenso um Verzeihung bitten würde wie ich sie.
Ich probierte ein Lächeln, das an ein Bild von Caspar David Friedrich erinnern sollte. Der erste Sonnenstrahl durch letzte, dunkle Wolken: »Laß uns einen Tee machen. Und dann erst mal drüber schlafen. Und morgen melden wir uns krank und besprechen in aller Ruhe, was hier eigentlich Sache ist.« – Der Sonnenstrahl, schwach und zittrig, tastete sich vorsichtig durch die Duschküche. Und prallte, gleich neben der verschmierten Wand, auf einen spiegelblanken Gletscher.
»Das könnte dir so passen«, sagte Pia. »Erst haust du alles besinnungslos zu Bruch, und wenn dir aufgeht, was du

angerichtet hast, klemmst du dir einen Palmzweig in den Schnabel und flatterst hoch als weiße Friedenstaube. Aber so billig kommst du mir diesmal nicht davon. Ich hab' die Schnauze voll von dir, meine Liebe, und zwar gestrichen!«

Ich wollte die Arme ausbreiten. Wollte erklären. Einiges erzählen über Ursache und Wirkung und Provokationen, auf die man eben reagiere. Einfach so. Spontan, nicht wahr? Im Grunde hatte ich mich doch nur gewehrt, und wenn sie, Pia, nur einen Moment nachdächte, müßte sie doch merken, was sie mir mit der Bemerkung über meinen Vater angetan hatte. Aber ich kam nicht mehr dazu. Ich stand allein im Raum. Und bevor ich noch genügend Elan sammeln konnte, um mich über diese neuerliche Infamie gebührend zu erregen, war ich auch, von Zetkin einmal abgesehen, allein im Haus.

Draußen brauchte die röchelnde *Ente* wie üblich mehrere Anläufe, bis ihre morschen Einzelteile sich zu einer erfolgreichen Zündung koordinierten, und ich wußte so genau, als säße ich neben ihr, daß Pia mit der Rechten jetzt wieder und wieder den Schlüssel bis zum Anschlag drehte, daß ihr rechter Fuß auf dem Gaspedal pumpte, daß sie beschwörend kommschon, kommendlich flüsterte, und daß sie dabei mit der Linken im Takt auf das Lenkrad schlug. Pia.

Zetkin hatte sich derweil über die Futterpfützen auf dem durchgetretenen Linoleum hergemacht, und ihr sonst so dezent vornehmes Schmatzen hallte im Raum, als sei Xanadu, wie von Magierhand, seines gesamten Inhalts entleert und plötzlich so kahl und bloß und leer wie eine alte Burgruine. In meinem Kopf gellte das Echo des Hasses, den wir freigelegt hatten, so laut, daß ich es mit Musik überdröhnen mußte, doch die Platte von Janis Joplin erwies sich als schwerer Mißgriff. Für jemanden, der nach einer durchstrittenen Nacht scharfkantige Scherben aufsammelt, verlieren die Stimmen einer Toten aus dem Drogennirwana und selbst das geliebte ›Me and Bobby McGee‹ jeden Reiz. *Freedom is just another word for nothing left to lose.* – Das Experiment, mein Gesicht, das ich doch so stolz im Kampf gewahrt hatte, nun in rotem, warmem, atmendem Fell vergraben zu wollen, endete in vier parallelen Kratzstriemen auf der Nase.

Übrigens habe ich, wenn ich mich recht erinnere, Joplins Paradeballade seitdem nur noch ein einziges Mal gesungen. An einem schwülen, stickigen Sommerabend vor etwas über drei Jahren, als ich gerade nach Düsseldorf zurückgekehrt und von einem der alten Verbündeten, der mir unvermutet in der Altstadt über den Weg lief, zu einem Veteranentreffen am sandigen Rheinstrand bei Möchenwerth eingeladen worden war. Unter lautem Hallo und mit heftigem Rückenklopfen wurde ich begrüßt, auch von einigen, an die ich mich gar nicht erinnern konnte, und den zahllosen Begehren nach Auskünften über meinen Verbleib all die Jahre begegnete ich mit Gegenfragen, die prompt und erschöpfend beantwortet wurden. Es war eine agile Horde redseliger Mittvierziger; die meisten hatten sich, wie sie mit dem schiefen Lächeln der Ironie und der alles verzeihenden Distanz erzählten, irgendwann verbeamtet, irgendwann verheiratet, irgendwann geschieden. Studienräte, Hochschullehrer, Meinungsforscher, Mitinhaber von Werbeagenturen, Mütter mit Ehrenämtern im sozialen Bereich, Tontechniker, Regierungsräte, Drogen- und Gleichstellungsbeauftragte, ein Staatssekretär und ein Lottogewinner. Der Austausch biografischer Details erfolgte im edlen Bestreben, sich und den anderen zu beweisen, daß man mit Abstand im Leben das schwerste Joch, das harscheste Geschick zu tragen hatte.

Man zeigte sich verwundert darüber, daß ich überhaupt noch lebte, und man gedachte kopfschüttelnd derer, die nicht älter geworden waren als die guten alten Zeiten: Todes-Manni natürlich, einige wilde Motorradfreaks, und auch ein gewisser Harald, der bei einer Brokdorf-Demo unter einem Polizeiknüppel einen Schädelriß erlitten hatte und ein halbes Jahr später an einer Hirnblutung gestorben war. »Aber die ganzen AKW-Kämpfe hast du ja nicht mehr mitbekommen, da warst du ja schon in Irland untergetaucht«, sagte man nicht ohne Vorwurf.
Was aus Pia geworden war, wußte niemand. Letzten Gerüchten zufolge war sie dem Bhagwan Shree Rajneesh, den die rheinischen Veteranen aber nur respektlos ›Backzwang‹ nannten, damals vom indischen Poona ins amerikanische Oregon gefolgt und gehörte nun zu dem Häuflein der Aufrechten und in alle Welt Versprengten, für die der Thron des Erleuchteten immer noch makellos erstrahlte. Einer sagte, sie lebte unter irgendeinem exotischen Namen ganz in der Nähe, in Köln, und dort arbeite sie auch in einem Kollektiv von Tanz- und Gestalttherapeuten. Andere wollten wissen, sie sei längst zum Islam übergetreten oder lehre Deutsch an einer Mädchenschule in Nicaragua. Ich versuchte mir vorzustellen, wie sie nun wohl aussah. Überlegte, ob die Jahre sie runder werden ließen oder im Gegenteil vielleicht eckiger und ob auch sie die Pigmentflecken zählte auf ihren Händen. Zeichnete, wie ein Maskenbildner beim Film, feine Linien in das Phantombild in meinem Kopf: über die Augenbrauen, die sie so oft hochzog, und von den Nasenflügeln hinunter zu den Mundwinkeln.
Aus groben Steinklötzen bauten wir eine Feuerstelle, über der wir Lammfleisch und Würste an Stöckchen garten, und der würzige Grillqualm mischte sich mit dem leichten Moder- und Dieselgeruch des großen Wassers, von

dem immer wieder ein kühler Hauch aufstieg, in dem die uralten Uferweiden nach der Tageshitze erleichtert aufatmeten. In vollen Zügen genoß ich die erlesene Melancholie des Gefühls, zugleich zu Hause und doch fremd zu sein, und als Clemens Schapers mit seinen Instrumenten erschien – Clemens, schmal wie eh und je, etwas verwittert und zerknüllt, aber durch eiserne Enthaltsamkeit so klar und bestimmt wie nie – stimmten wir die Hymnen unserer Jugend an. Was mir zusätzlich den exquisiten Schmerz der Vision bescherte, gleichzeitig in der Vergangenheit und der Gegenwart zu leben.
Die einleitenden Akkorde von Bobby McGee ließen die anderen respektvoll verstummen, aber ich vergaß jede Furcht vor einem ungünstigen Vergleich mit der Originalversion. An guten Tagen – und ich merkte sofort, dies war ein guter Tag! – höre ich meine Stimme nicht, sondern ich fühle sie mitten in mir wie ein Wesen voll elastischer Kraft, das geschmeidig nach außen dringt und Bauch und Kopf zum Schwingen bringt. Ich sang also, ich vibrierte in der Kraft. Ohne mich auch nur per Augenkontakt mit Clemens zu verständigen, gelangen uns perfekte Einsätze; meine Kehle folgte jeder Tonart, die er angab, antizipierte jeden seiner Einfälle, seine Finger kannten das Volumen meiner Lungen und meiner Empfindungen. *Feeling good was good enough for me, good enough for me and Bobby McGee* – es dauerte eine geraume Weile, bis die anderen sich wieder beruhigten und Anekdoten auszutauschen begannen, wo und wann sie dieses Lied zum erstenmal gehört hatten.
Still ging ich ein paar Schritte beiseite und hockte mich hin, um ein wenig dem Fluß zuzuschauen. Genährt von den Partyfeuern an beiden Ufern, von vereinzelt aufblendenden Autoscheinwerfern und von dem in fahlem Dunst aufgehenden Pustelmond erschienen in der schwarzen

Flut gleißende Silberreflexe. Leuchtsignale in einem mir unbekannten Code.
Ich hörte Schritte im Sand hinter mir, aber ich schaute nicht auf. Ich spürte, daß sich ein Körper hinter mir niederließ, daß sich Knie rechts und links neben meine Hüften lagerten und eine atmende Brust sich an meinen Rücken drückte, aber ich brauchte mich nicht umzudrehen. Ich fühlte Clemens. Und als ich mich zurücklehnte mit vollem Gewicht, da hielt er stand. Und als ich meinen Kopf in den Nacken legt, da paßte dieser schwere, dicke Schädel, den hochzuhalten oft so mühselig ist, exakt in die Vertiefung über seinem Schlüsselbein.
Fast zwanzig Jahre waren vergangen, seit ich Clemens zuletzt gesehen hatte. Damals war er, die Instrumentenkoffer hastig zusammenraffend, Hals über Kopf geflüchtet. Vor Brendan Trelawney, dem irischen Krieger, mehr als sechs Fuß groß und mehr als zwölf Steine schwer, der Clemens' Talent ebenso sehr liebte, wie er seine irrlichternde Gegenwart in Xanadu haßte. Brendan hatte den Feingliedrigen, den wie damals üblich halb Besinnungslosen am Kragen seiner violetten Preßsamtjacke gepackt und geschworen, ihn zu töten. Wenn er es noch einmal wagte, sich mir auf weniger als eine Meile zu nähern.
Auch Clemens sagte nichts, aber nach einer Weile legte er die Arme um mich und summte zarte, leise Töne. Tierklänge beinah. Gurrende Nestlaute, die sich zu ebenso sinnloser wie tröstlicher Melodie aneinanderreihten. Und im Takt der sacht an das Land glucksenden Flußwellen wiegte Clemens Schapers mit dem nunmehr zurückweichenden Scheitel mich, Katharina Blasberg mit der weißen Strähne, wiegte also der Ex-Junkie die Rebellin im einstweiligen Ruhestand hin und her. Behutsam und bedächtig und beschwichtigend.
Hin und her. Im schmalen Garderobenraum von EN DE

EHD haben wir am Eröffnungstag ein in Messing gerahmtes Foto von Janis Joplin aufgehängt, ein Bild von einem ihrer Auftritte. Das aufgedunsene Gesicht bereits übersät von Ausschlag und gezeichnet von Pein und Qual, verzweifelt schreiend und stöhnend nach noch mehr Leben. Manchmal unterbricht Frau Anna Blocksiepen die Eile, mit der sie für gewöhnlich zur Küche strebt, um kopfschüttelnd vor dem Bild stehenzubleiben. Wahrscheinlich weiß sie nicht das Geringste über diese Frau, aber »Wat für en arm Dier!« sagt sie jedesmal. Ohne mich darüber mit Clemens ausgetauscht zu haben weiß ich, daß wir das Repertoire der Janis Joplin nie mehr antasten werden.

Am Tag nach dem Blitzeinschlag in Xanadu simmerte meine Wut immer noch auf kleiner, aber stetiger Flamme. Mich, die ich doch ein Friedensangebot unterbreitet hatte, einfach allein in dieser Ruine stehenzulassen! Natürlich war sie zu ihren Eltern gefahren oder womöglich zu diesem Hilmar Grevel, zu wem sonst, und dort würde sie nun darauf warten, daß ich klein beigäbe und angekrochen käme, weil ich ja sonst niemanden hatte auf dieser Welt. Aber nichts da: Um ihr noch nicht einmal einen Triumph zu verschaffen, den sie nicht sehen konnte, versagte ich mir sogar den *Moralischen.* Positiv denken: Im Grunde genommen war doch nichts weiter passiert, als daß ich mich aus einer längst unheilvollen Verstrickung gelöst und befreit hatte. In der Notgemeinschaft mit Pia, die mich doch nur haßte, war ich ständigen Einmischungen und Einwirkungen ausgesetzt gewesen, hatte Konzessionen machen und Kompromisse eingehen müssen, die mich nur an der freien Selbstentfaltung gehindert hatten.

Markus, der als Sinnbild des Leidens um Xanadu schlich, grämlich wie eine zur Zeit der Hochgotik geschnitzte Märtyrergestalt, oder hinter den Gardinen des Immigschen Hauses stundenlang herüberstarrte, verbot ich jede Weinerlichkeit. Ich dozierte über das Leben in verschiedenen Welten und über das dialektische Verhältnis von Lust und Leid, und ich erklärte ihm, daß sich unsere Gemeinsamkeiten fürderhin auf platonische Vereinsaktivitäten zu beschränken hätten. »Je schneller du das einsiehst, umso eher bist du bereit für eine neue Bindung, vielleicht an ein nettes Mädchen in deinem Alter. Glaub mir, eines Tages wirst du mir dankbar sein«, prophezeite ich.

Am nächsten Abend klingelte es Sturm, und in der Dunkelheit kniete das Riesenbaby, lehmüberkrustet bis zu den Haarwurzeln. Er könne ohne mich nicht mehr leben, schluchzte er, als ich ihn ins Haus gezerrt hatte, und deshalb sei er aus dem Fenster gesprungen. Aber noch nicht einmal ein schneller Tod sei ihm vergönnt. Mittenmang ins Zwiebelbeet sei er gefallen, und bloß den Fuß habe er sich wohl gebrochen.

Die Erregung darüber, Ausgangspunkt und Zentrum einer Tragödie zu sein, wurde schnell abgelöst von der Ernüchterung, die profunde Sach- und Ortskenntnis mit sich brachten. Direkt unter Markus Fenster führte ein nicht eben schmaler Gartenweg aus Beton um das Nachbarhaus herum: Wer bei einem Sprung aus dem ersten Stock nicht darauf prallte, sondern mit mehreren Metern Abstand im weichen, locker geharkten Beet gelandet war, der hatte beim Absprung vorsätzlich viel Schwung genommen. Ich war die Enkelin eines legendären Selbstmörders, ich kannte mich aus. Gottlieb Maria Blasberg hatte auf seine letzte Rheinpartie keinen Schwimmreifen mitgenommen.

Bitter über diesen platten Versuch der Manipulation, der meine Intelligenz beleidigte, diagnostizierte ich einen schlimmstenfalls verknaxten Fuß, um den ich eine Elastikbinde wickelte. Dann unterzog ich den Knaben – wie

hatte ich ihn je für einen Mann halten können! – einer oberflächlichen Reinigung, und als Frau Immig, der ich etwas vom Ausrutschen auf dem Bürgersteig erzählte, ihren Sohn abgeholt hatte, rief ich das ominöse Irland-Solidaritätskomitee in Berlin an.
Am Samstag darauf stand ich mit meinem Pappschild nur etwa zehn Minuten an der Autobahnzufahrt, bevor eine Endzwanzigerin anhielt und die Tür aufstieß. Ihr Name war Irene, und ihren forschen Optimismus betonte sie mit der riesigen Sonnenbrille, die sie selbst an diesem schwer mit schmutziggrauen Wolken verhangenen Februartag trug, comme il faut nicht spießig auf der Nase, sondern hoch oben auf dem Scheitel. Sie war freie Mitarbeiterin beim WDR und unterwegs an die Spree, um dort für ein *Feature* die Stimmung der Bevölkerung nach der Entführung des CDU-Politikers Peter Lorenz durch die *Bewegung 2.Juni* zu recherchieren.
Die Heizung ihres Autos war defekt, auch klemmte das rechte Seitenfenster, doch wärmten wir uns gegenseitig an unserer übereinstimmenden Weltsicht, und zweimal während der Fahrt konnten wir uns sogar tüchtig erhitzen: Auf einem Rastplatz bei Helmstedt sowie bei der Transiteinfahrt nach Westberlin wurden wir, die wir wie alle jüngeren, motorisierten Frauen der Mitgliedschaft in einer terroristischen Vereinigung besonders verdächtigt wurden, von einer Polizeisperre aufgehalten und penibelst kontrolliert, aber auch Irene fand das eher komisch: »Wenn wir wirklich zu denen gehören würden, hätten wir ja wohl einen BMW oder einen dicken Mercedes unterm Hintern und nicht so einen Popel-Opel. Die Bullen sind wirklich zu blöde!« – Natürlich würde auch sie, bei allen ideologischen Differenzen, im Falle eines Falles den steckbrieflich Gesuchten Unterschlupf und Asyl gewähren: »Klar wie Kloßbrühe!«

Die Genossen vom Irland-Solidaritäts-Komitee residierten in einer überbevölkerten Hinterhauswohnung in Kreuzberg, deren Miete sie durch den Verkauf von schwarz gepreßten Schallplatten und diversen Raubdrucken finanzierten. Alle Wände waren bedeckt mit den verschiedensten Agit-Prop-Plakaten aus den letzten Jahren, von ENTEIGNET SPRINGER! bis hin zu RACHE FÜR HOLGER MEINS! und 30-STUNDENWOCHE BEI VOLLEM LOHNAUSGLEICH!; die größte Grafik aber war handgemalt und hing an der Innenseite der Eingangstür. Es war ein gigantischer Arbeitsplan, auf dem etwa fünfzehn Vornamen an die dreißig Tätigkeiten, meist hauswirtschaftlicher Natur, in sauber gezogenen Spalten zugeordnet waren. In der Küche standen ein großer und ein kleiner Kühlschrank; auf den großen war mit rotem Filzstift MIR STINKT'S NACH SCHWEINESTALL! gemalt worden, an dem kleinen hing oben ein Zettel mit HÄNDE WEG, IHR RAFFKES! und darunter ein anderer mit ENTEIGNET CLAUDIA!
Mit regem Interesse lauschten sie meinem Bericht über unser FAILTE!-Projekt, und nachdem ich alle ihre Versuche, mir das gesammelte Geld abzuschwatzen (»Wir können das doch viel zielgerichteter und vor allem nicht so scheiß-individualistisch einsetzen!«), mit der richtigen Mischung aus Starrsinn und Flapsigkeit abgewehrt hatte, entwickelte sich eine angenehme, von viel Südtiroler Landwein, reichlich salzlosem Naturreis und etwas Haschisch angereicherte Informations-Nacht, die meine bis dahin doch leider ungenügenden Irland-Kenntnisse endlich erweiterte.
Die IRA hatte sich also auch gespalten, und zwar in die *Officials* einerseits, die, von der etablierten Sinn Fein Partei in Dublin ferngesteuert, einen vergleichsweise moderaten und auf Verhandlungen (also Konzessionen!) gerichteten Kurs verfolgten, und die *Provisionals* andererseits, die we-

gen ihres ungebrochenen Aktionismus und antibritischen Kampfeswillens schon eher die Guten waren. Wie die Berliner Genossen mit flammenden Gesichtern erzählten, stellten die *Provies*, wie sie sie zärtlich nannten, die überwältigende Mehrheit der Gefangenen, die in den britischen Lagern, ohne Haftbefehl, ohne Gerichtsurteil, festgehalten und gefoltert wurden, und die *Provies* waren es auch, die im Herbst 73 die Armee des gewesenen Empire mit einem wunderbaren Piratenstreich blamiert hatten:
»Bei Nacht und Nebel sind sie in einen Stützpunkt der Royal Air Force eingebrochen«, schwärmte die Genossin Brigitte, deren fragiler Körper umlodert war von der Gloriole des zu allem Entschlossenseins. »Und sie haben den arroganten Offizieren da, diesen Internats-Dämelacken, einen Hubschrauber geklaut, einen richtigen Helicopter, und mit dem sind sie in eines der Konzentrationslager geflogen und haben ein paar ihrer wichtigsten Kämpfer herausgeholt. Beinah unblutig, das Ganze – sag bloß, du hast davon nichts gehört?« – Beschämt mußte ich den Kopf senken und etwas vom imperialistischen Informationsmonopol der Tagesschau murmeln.
Sogar in Folk-Songs sei das Ergebnis gefeiert worden, und das Lied ›Provie-Birdie‹ würden in Belfast und in Derry selbst die Spatzen von den Dächern pfeifen. Schmissig war es, fetzig und witzig, und während ich noch zwanzig, nein, besser fünfunddreißig Platten für unsere Info-Tische bestellte, überlegte ich laut, wieso in Deutschland niemand auf die Idee komme, die Geiselnahme von Peter Lorenz und die damit erzwungene Befreiung der Gefangenen, die in Begleitung von Pastor Albertz in den Nahen Osten geflogen waren, hymnisch zu besingen.
»Dafür sind wir hier in Deutschland doch viel zu vergrätzt«, meinte Genosse Jochen, ein von Bart und Kraushaar völlig Verdeckter, traurig. »Viel zu kopflastig, viel zu

anämisch. Die Iren sind da weitaus urwüchsiger und lockerer. Die haben noch ungebrochene Identitäten und wissen, daß Leben und Kampf und Musik eins sind. Und die Liebe...« Nach dem bedeutungsvollen Blick, den er bei seinem letzten Wort Brigitte zuwarf, blies sie die Backen auf und zwinkerte mir kurz mit dem linken Auge zu. Ich zwinkerte zurück: Mein Wissen um die verworrene Lage in Irland war vielleicht lückenhaft, aber in Sachen Jammerlappen war ich Expertin.

Ob sie mir denn nun ein paar Adressen von *Provo*-Familien geben könnten, fragte ich in die Runde. Denn es sei ja wohl das beste, wenn wir den Kindern aus den Reihen der aktivsten Kämpfer den Vorzug geben würden. Nicht unbedingt, meinten die Genossen vorsichtig, und die männlichen unter ihnen strichen nachdenklich über vorhandene und über eingebildete Bärte. Was einen als progressiv denkenden Menschen bei den *Provisionals* doch außerordentlich irritiere, das sei ihr gedanklicher Überbau, der sich auf reaktionärsten Katholizismus und plattesten Nationalismus reduziere und einen ordentlich antikapitalistischen Ansatz vermissen lasse. »Sie teeren und federn ihre Frauen und scheren sie kahl, wenn sie fremdgegangen sind!« rief Brigitte und fixierte mit spitz und herausfordernd hochgezogenen Augenbrauen nun ihrerseits Jochen, der einige Sekunden lang stur die Rippen des Sisalteppichs musterte, bevor er eine Antwort fand. »Nur, wenn sie sich mit Verrätern oder britischen Soldaten eingelassen haben«, sagte er, aber mit der Stimme eines Geschlagenen.

Eine mögliche Alternative sei derzeit einzig und allein wohl in der IRSP, der *Irish Republican Socialist Party* zu sehen, erfuhr ich. Die neugegründete Partei rekrutiere sich sowohl aus enttäuscht von den *Provisionals* abgefallenen, aktiven Kämpfern wie auch aus dem Lager der

mittlerweile gründlich von ihren Illusionen kurierten Bürgerrechtlern. Bernadette Devlin persönlich habe für die IRSP gewonnen werden können. Was die konkrete *Linie* der Partei angehe, wisse man noch nichts Genaues, und auch die programmatische Perspektive sei noch recht unklar, meinten die Genossen kritisch. »Die Iren haben's nicht so sehr mit den theoretischen Grundlagen.«
Überhaupt müsse man erst abwarten, ob die IRSP im wahrsten Sinne des Wortes überleben könne, denn »die IRA hat ja, was Verräter und Deserteure angeht, noch nie den geringsten Spaß verstanden«. – Ich mußte lange bitten und betteln und argumentieren, bis mir die Berliner Genossen endlich im Grauen des Sonntags einen Namen und eine Adresse in Nordirland aufschrieben. Brendan Trelawney, Andersonstown, Belfast, las ich, und die Genossen versicherten mir, das sei ein ganz toller Typ, mit dem sie in ständigem Kontakt stünden. Ich sollte ein wenig warten, bevor ich ihm den ersten Brief schickte, damit sie ihn vorher informieren könnten, daß ich okay sei. »Und paß bloß auf, was du schreibst! Der britische Geheimdienst steckt mit unserem Verfassungsschutz unter einer Decke! Und fast alle irischen Genossen stehen mit einem Bein im Grab oder im KZ!«
Als Irene mich am Nachmittag abholte, hatte ich den Zettel, zu einer winzigen Wurst gedreht, hinter dem Gummiband meines Slips versteckt und kam mir nach langer Zeit zum ersten Mal wieder konspirativ und international bedeutend vor. Im Frühjahr 1975, als der von mir jahrelang herbeidemonstrierte Fall Saigons täglich erwartet wurde und als auch die *Roten Khmer* auf Pnom Penh vorrückten, begannen sich meine Sensoren zu bündeln und auf Belfast zu richten wie Kompaßnadeln auf einen starken Magneten.
Pia tauchte zwar hin und wieder in Xanadu auf, aber da

sie ebensowenig wie ich bereit war, den ersten Schritt zu Friedensverhandlungen zu tun, gingen wir uns, zwischen den erkaltenden Trümmern unserer Freundschaft, so weit wie möglich aus dem Weg und schrieben, wenn es die Bewältigung des Alltags sowie die Selbstbehauptung unbedingt verlangten, einander kleine, häßliche Zettelchen, die wir wie Rattengift an zentralen Stellen des Hauses auslegten.

»Wo hast Du schon wieder den Büchsenöffner versteckt?«

oder

»Wenn es Dir keine allzu große Mühe bereitet und wenn Du es in Deiner karg bemessenen Zeit einrichten kannst – würdest Du dann bitte diesen Brief, den ich an Brendan Trelawney, unseren Kontaktmann in Belfast, aufgesetzt habe, mitunterschreiben?«

oder

»Danke, daß Du das letzte Klopapier verbraucht hast, ohne eine neue Rolle aufzuhängen!«

oder

»Herzlichen Glückwunsch zu Deiner neuen, roten Haarfarbe, die Dir ausgezeichnet steht! – Wenn Du Dir nun noch die Iris schwarzbraun färbst, ist es Dir endlich gelungen, mich auch auf diesem Sektor perfekt zu imitieren...«

oder

»Hiermit möchte ich Dich in aller Form daran erinnern, daß die Miete und der Strom dieses Hauses zur Hälfte *von mir* bezahlt werden. *Wenn* Du also schon einen Alkoholiker wie Clemens Schapers hier anschleppst, ohne meine Zustimmung einzuholen, dann sorge doch bitte dafür, daß dieser Chaot nicht auch noch *meine* Kekse frißt und *meinen* Whiskey aufsäuft! – Mit vorzüglicher Hochachtung: P.«

Im Austausch derlei Gemeinheiten nicht hintanzustehen, nicht ins Hintertreffen zu geraten, stets noch eins draufzusetzen, entwickelte sich für einige Wochen zu hirnfüllender Bedeutung. Auf jeden Fall bis zur Zeit der Forsythienblüte, als ausgerechnet ein reinrassiger Perserkater um Zetkin zu freien begann.

Silbergrau, auf stämmig muskulösen Beinen kam er daher. Sein langes, fülliges Seidenfell plusterte sich im feinsten Windhauch, und der Schwanz, den er herausfordernd hoch wie eine Standarte oder ein Feldzeichen trug, war groß und dick und dicht wie der eines Fuchses. Seine prächtige Erscheinung ließ all die anderen Kater, die sich bisher – zu meiner klammheimlichen Freude samt und sonders vergeblich! – um Zetkin beworben hatten, im Nachhinein aussehen wie ordinäre Kirmesboxer. Mit dem im Profil platten, aber ungemein breiten Kopf, den an den Spitzen fedrige Ohren schmückten, wirkte er selbst dann noch prinzlich und auf überaus edle Weise gelangweilt und übellaunig, als er unten bereits staksbeinig um unsere dreckige Mülltonne strich und Minnelieder zur bändergeschmückten Laute sang.

Die Sensation kam zu überraschend, als daß ich mich noch an meinen Groll hätte erinnern können. »Komm her, Pia, und sieh dir das an«, rief ich hoch zur wieder einmal fest verschlossenen Mansardentür. »Zetkin als Braut!«

Als eine Braut allerdings, die in all ihrer herzoglichen Würde oben auf dem Mülleimerdeckel saß und ihren ganzen Ehrgeiz darein setzte, noch indignierter und verdrießlicher zu wirken als der Prinz persönlich. Was bildet dieser Angeber sich eigentlich ein, raunte die Unberührbare uns zu, die wir nebeneinander weit aus dem Fenster hingen. Daß ich nur auf ihn gewartet habe? Und jedesmal, wenn der Kater zum Sprung auf den Mülleimer-

deckel ansetzte, hieb sie ihm eins auf die Nase. Wie lästig, sagte Zetkin. Wie närrisch. Wie überaus gewöhnlich und plebejisch.
Wir eilten, Untertassen mit Milch und Naschwerk zu füllen und drapierten sie um die Tonne herum. Wir sausten zur nächsten Apotheke, um rund um das, was das Brautgemach zu werden schien, Spezereien in Form einer Kurflasche Baldriantropfen versprengen zu können. Wir legten erotisierende Musik auf, den *Bolero* von Ravel, und rückten die Lautsprecher ans sperrangelweit aufgerissene Fenster. Nichts.
»Du, ich bin dann weg«, sagte Pia gegen sieben. »Der Hilmar hat uns mit ein paar wichtigen Leuten von der Filmakademie verabredet.«
Ich schluckte meine Enttäuschung sowie auch all die in den letzten beiden Stunden gekeimten Hoffnungen auf mehrere Gallonen Tee und einen langen, redseligen Abend. »Okay«, sagte ich. Betont beiläufig.
In der Nacht stellte ich dann fest, daß das Brautgemach unmittelbar über meinem Kopf lag. Fasziniert lauschte ich dem zierlichen Trippeln von acht Katzenpfoten auf den Dachpfannen, und alsbald kündete ein ekstatisches Duett davon, daß Zetkin sich anschickte, den Perserprinzen zu erhören. Ich gefiel mir darin, tapfer lächelnd meine Einsamkeit auszukosten, und als das Duett mitten in einem falsettierenden Tremolo jäh abbrach und ich in der einsetzenden Stille nichts anderes mehr hörte als erst ein wütendes Fauchen und dann ein klägliches Maunzen, gefolgt von einem verzweifelten Kratzgeräusch, das sich die gesamte Länge der Dachschräge hinunterzog und schließlich in einem dumpfen Plumps auf der fetten, fruchtbaren Frühlingserde endete, da konnte ich sogar laut auflachen. Der Prinz hatte seine Schuldigkeit getan. Ich wettete gegen mich selbst, daß es im Mai vier Junge geben würde.

Und daß ich Pia weder durch ein Wort noch durch eine Geste zeigen würde, wie verletzt und verlassen ich mich fühlte.
Brendan Trelawney schrieb einen ersten Brief, in einer fremdartig kalligrafischen, fein ziselierten Handschrift. FAILTE! habe für große Aufregung gesorgt in den irischen Vierteln, und es tue so gut zu wissen, daß es in Europa wenigstens einige Menschen gebe, die sich von dem Krieg vor ihrer Haustür nicht desinteressiert abwendeten. Im Elend vergessen zu werden, sei von allen Schmerzen nicht der geringste, und vielleicht sei es alles andere als ein Zufall, daß gerade wir, die wir auch in einem geteilten Land lebten, aktiv Anteil nähmen (mir schien dieser Aspekt *far out*; für mich war die Teilung Deutschlands nichts als ein Thema für Altnazis und die DDR so weit entfernt wie die Osterinseln).
Die Situation in Belfast sei nach Gründung der IRSP beinahe noch schwieriger geworden, denn die anderen ›antiimperialistischen Kräfte‹ (die beiden Zweige der IRA also, wie ich sofort richtig verstand) – würden sie derzeit noch wütender bekämpfen als die britische Invasionsarmee und die faschistoiden Milizen der Protestanten. Was aber nur zeige, daß die IRSP auf dem richtigen Weg sei.
Natürlich werde er dafür sorgen, daß im Sommer eine Gruppe Kinder nach Deutschland fliege, auch wenn er noch nicht recht wisse, nach welchen Kriterien er sie gerechterweise auswählen solle. Er selbst werde sie – auf eigene Kosten selbstverständlich – begleiten. Denn die Kinder in Belfast sprächen nicht unbedingt Oxford-Englisch, und so könne er bei Verständigungsschwierigkeiten ebenso helfen wie bei vielleicht auftretendem Heimweh. Zudem könne er den Gasteltern und einer interessierten Öffentlichkeit einige Wahrheiten über Nordirland vermitteln und damit der feindlichen Propaganda entgegenwir-

ken, die nach wie vor die bewaffneten Kämpfe als einen anachronistischen Religionskrieg verleumde.
Aus Gründen, die wir sicher verstünden, könne er nicht alles schreiben, was ihm auf der Seele liege, aber vielleicht schafften wir es ja irgendwie, noch vor dem Sommer selbst einmal nach Belfast zu kommen, um uns ein Bild von der Lage zu machen. Und um, trotz allem, eine gute Zeit zu haben.
Auch und gerade im Krieg müsse man singen und tanzen und lachen – ›damit die Seele nicht vor dem Körper stirbt‹. Falls uns ein Kommen jedoch nicht möglich sei, sollten wir wenigstens Fotos von uns schicken. Er, Brendan, sei sich jedenfalls jetzt schon sicher, daß wir seine süße Pia und seine süße Catherine und beide schön wie Engel seien. Und daß unsere Straße, von Rosen umblüht, von Nachtigallen umsungen und von frischen Quellen umsäumt, uns langsam zum Himmel führen werde. ›Oder zu dem, was Ihr dafür haltet. Liebe und für immer der Eure – Brendan.‹
Pia, der ich nach einigem Zögern den Brief dann doch gezeigt hatte, sah mich mit aufgerissenen Augen an, und dann weinten wir ein bißchen über den Krieg und über diesen Mann. »Was für ein Poet! Und was für ein tapferes, liebenswertes Volk!« schnieften wir, bevor wir uns unseres auf kühle Sachlichkeit reduzierten Verhältnisses sowie auf unsere Pflichten als Vereinsvorstand besannen und die Telefondrähte glühen ließen: Weitere Bewerbergespräche wollten terminiert, weitere Solidaritätsfeten, möglichst an allen Samstagen bis Ende Juni, wollten organisiert werden. Der Ordnung halber – schließlich war er immer noch Kassenwart – informierte ich auch Markus über den Brief und seine Folgen.
Um das Vereinsvermögen weiter zu vergrößern und gleichzeitig das alte Problem der Betrunkenen auf den

Veranstaltungen zu lösen, wurde der Beschluß gefaßt, auf den Feten künftig Nudelsalat und Würstchen zu verkaufen. Einhundertfünfzig bis zweihundert Portionen Nudelsalat aber paßten in keine unserer Schüsseln, und schon gar nicht ließen sie sich mit einem der handelsüblichen Löffel rühren. Auf der letzten, gemeinsamen frühmorgendlichen Tour durch den Sperrmüll, die Pia und ich fast durchweg schweigend absolvierten, errafften wir eine alte Zinkbadewanne und ein hölzernes Ruder.

Markus jedoch dachte gar nicht daran zu helfen. Wohl um mich dafür zu bestrafen, daß er Clemens des öfteren morgens beim Verlassen des Hauses erspäht hatte, saß er als Unglückswurm neben der Wanne auf dem Boden, die Stirn in düstere Falten gelegt und die Arme um die angezogenen Beine verschränkt. Seinen stummen Vorwurf unterbrach er nur, um mich in schulmeisterlicher Intonation über den endlich sich in Stuttgart-Stammheim demaskierenden Faschismus in der BRD zu belehren. Während ich schwitzend und schnaubend an die zwanzig Kilo Nudelsalat ruderte und dabei seine saugenden, klebrigen Tentakelblicke auf meiner feuchten Haut spürte.

»Mit jedem Tag werden die Mauern da ein Stück höher, und jeden Tag werden Meinhof, Ensslin, Baader und Raspe durch Isolation gefoltert. Und du hast nichts anderes mehr im Sinn als Essen und Trinken und Feten und Musik und Tanz!« quengelte er.

»Damit die Seele nicht vor dem Körper stirbt«, zitierte ich, allerdings ohne Quellenangabe, Brendan Trelawney. Doch Markus hatte kein Interesse an keltischer Lebensphilosophie.

»Du bist im Grunde keinen Deut besser als all die gleichgültigen bürgerlichen Scheißer«, wagte er, der noch Autoquartett gespielt hatte, als ich schon unter roten Fahnen marschiert war, ausgerechnet mich zu beschimpfen, die

ich doch zeit meines bewußten Lebens Widerstand gegen wen auch immer geleistet hatte.
»Mach dich endlich nützlich oder scher dich zum Teufel«, rief ich erbost. – Rundrückig und mit aufgeworfenem Flunsch schlich er hinaus.
In Stockholm stürmte, waffenstarrend und sprengstoffbeladen, ein *Kommando Holger Meins* die deutsche Botschaft und fesselte und knebelte an die hundert Geiseln, um alle einsitzenden Mitglieder der Stadtguerilla zu befreien. Sie erschossen die erste Geisel, sie erschossen die zweite Geisel, und dann sprengten sie das halbe Gebäude in die Luft. Wohl streiften Bilder der brennenden Botschaft mein Auge und hallte das Echo der Schüsse an mein Ohr. Doch die eigentlich fällige theoretische Grundsatzanalyse – war das nun kaltblütiger Mord oder nicht doch, im weitesten Sinne und in Anbetracht des überall herrschenden Konsum- und Psycho*terrors*: berechtigte Notwehr? – mußte ich einstweilen verschieben. In der Kindertagesstätte von Sankt Maria Empfängnis brach eine Rötelepidemie aus, die, in zahllosen Überstunden, das Desinfizieren tausender Bauklötzchen, Memorykarten, Mensch-ärgere-dich-nicht-Püppchen, Farbenwürfel, Puzzlesteine und was nicht alles erforderlich machte.
Pia (»Ich habe keine Antikörper . . .«) nahm meine angeblich gefährlich infektiöse Existenz zum Vorwand, zu Hilmar Grevel zu ziehen, dessen Angetraute, wie ich Pias spröden Andeutungen entnehmen konnte, ihrerseits gerade unter Protest zu einer Freundin gezogen war. Ich zuckte gleichgültig mit den Achseln. Die Wunden, die Pia mir geschlagen hatte, waren verschorft, und Reisende soll man nicht aufhalten. Überhaupt konnte man damals leicht den Überblick verlieren, denn ständig zog irgendwer irgendwo aus und woanders ein, und kaum einer sagte zum Abschied, er gehe nach Hause, sondern ein je-

der gab nur die jeweils aktuelle Adresse bekannt: Ich geh' jetzt auf die Goethe-, die Breite-,die Lutherstraße: Koffer und Reisetaschen, eiligst und vor allem *spontan* gepackt, waren unverzichtbare Requisiten jener Zeit, in der alles, was nicht oder nur schwer in einer einzigen Autofuhre zu transportieren war, zunehmend als *Ballast* galt, den *loszulassen* man nötigenfalls im Rahmen einiger Gruppentherapiesitzungen lernte.

Damit Hilmar Grevel für mich nicht weiterhin bloß eine in lächerliche Russenkittel – von denen er wohl annahm, daß sie seinen Schmerbauch verdeckten – gewandete Randfigur blieb, die sich nur beim Kofferhinaustragen in das Innere von Xanadu wagte und ansonsten jedesmal, wenn er Pia abends abholte, draußen am Rinnstein stehenblieb, trampte ich nach Köln in ein Programmkino, um mir eine Werkschau anzusehen. Hilmar-Grevel-Filme waren schwarzweiß gedreht und handelten ausnahmslos und ausschließlich von der Unmöglichkeit, im Spätkapitalismus zu kommunizieren. Vor kärglich proletarischer Kulisse agierten junge Mimen beiderlei Geschlechts, ebenmäßig schön wie griechische Statuen, aber piefkisch kostümiert mit billigen Schürzen und Strickjacken und Blaumännern. Oft sah man ihre klassischen Züge im Profil, denn meist deklamierten sie ihre eh raren Dialogzeilen unter Verzicht auf jedwede Betonung (aha: Verfremdung!) aus einem Fenster hinaus (oho: Gegenlicht!); Bewegung kam in die starren Bilder (jaja: die Starrheit der Gesellschaft!) nur dann, wenn die allfälligen Männer in amerikanischen GI-Uniformen (der Zeitbezug!) oder deutschen SA-Uniformen (der Vergangenheits-Bezug!) durch die eher unverständliche Handlung (die Orientierungslosigkeit ausgangs des 20. Jahrhunderts!) geisterten. Ich beschloß, daß die Ära Pia endgültig der Vergangenheit angehörte, und erfrischte Auge, Ohr und Geist anschließend

noch in einer Spätvorstellung von CABARET. *Kommerzielle* Hollywood-*Produkte* wie dieses waren natürlich kategorisch zu ächten und zu verdammen im Kreise der Fortschrittlichen. Aber was hatte Liza Minelli doch für eine machtvolle Stimme, und wie reichlich flossen doch meine Tränen. Außerdem kannte mich in Köln ja niemand.
Zetkin, während ihrer Schwangerschaft noch übellauniger als gewöhnlich, verließ meine Matratze nur noch, um sich mit schaukelndem Bauch an ihr Näpfchen zu verfügen, das ich mit Leckerbissen und Vitaminpaste speiste.
Pia füllte den Inhalt ihrer Kommoden und alle von ihr gehäkelten Tischdecken in weitere Koffer um und erklärte mir auf der Treppe von Xanadu das Wesen der offenen Ehe als Lebensform der Zukunft. Annette Grevel sei eine Wahnsinns-Frau, die mir bestimmt auch gefallen würde. Ich könne ja mal zu einer ihrer irren *Performances* kommen. »Und ruf mich an, wenn endlich wieder ein Brief von Brendan kommt. Oder wenn du herausbekommen hast, warum er nicht mehr schreibt«, rief sie mir noch schnell über die Schulter zu, bevor sie mich für Glanz und Glamour eines neuen Lebens, von dem ich ausgeschlossen war, verließ. Hilmar Grevel in seinem schwarzen Volvo draußen hatte schon dreimal gehupt.
Mißtrauisch äugte und rüsselte Zetkin um das Nest, das ich ihr in der Duschküche aus dem Wäschekorb und einem darüber gestülpten Karton gebastelt hatte und ihr nun in einer langen Lobrede anzupreisen versuchte. Ihren hohen Ansprüchen zu genügen, breitete ich großzügig über die alten, muffelnden Kissen im Innern der schummrigen Höhle noch Julias Seidenhemd; nach kurzem Probeliegen schaukelte sie, schwer beladen wie ein Rheindampfer zu Fronleichnam, wieder hoch in mein Bett. Ständig diese Störungen, sagte Zetkin.

»Ein Massaker!« sagte die Berliner Brigitte, die ich anrief, als mir Brendan Trelawneys Schweigen keine Ruhe mehr ließ. »Die IRA ist in einer konzertierten Aktion an einem Tag gegen alle Abtrünnigen vorgegangen. Autobomben haben sie gelegt, und mit Maschinenpistolen haben sie voll draufgehalten.« Durch den Hörer in meiner nassen Hand klang kaum Entsetzen. Vielmehr die tief empfundene Zufriedenheit einer archaischen Prophetin, wenn endlich – endlich! – die Wolken brechen und die Meere steigen und die Sintflut kommt.
»Es hat viele Tote gegeben und auch ein paar nur schwer Verletzte, Genaueres wissen wir auch nicht«, sagte die Genossin. Was denn nun aus unserem Projekt werden solle, konnte ich erst nach einigem Räuspern fragen.
»Deinen Kinderkram kannst du jetzt wohl voll vergessen«, meinte Brigitte, fast heiter, und das letzte, was ich von ihr hörte, war ein sinnendes »Komisch: Früher haben die den Verrätern immer nur die Kniescheiben zerschossen...«
Brendans drei Briefe, die ich seit Wochen schon auswendig konnte, legte ich wie kostbare Reliquien in mein Schmuckkästchen. Kaum auszurechnen war, von wie vielen Toten und Verletzten ich schon gehört und gelesen hatte, seit ich Tagesschau guckte und Geld für Zeitungen ausgab. Aber das waren Zahlen gewesen, abstrakte Nummern, statistisches Material. Brendan hingegen war ein Mensch, ein Mann, ein Poet, ein Sänger und Tänzer, und falls er noch lebte, dann hatte ich keine Instanz, die ich um Hilfe und Beistand für ihn anflehen konnte. Und wenn er tot war, so blieb mir nichts als einen Gott zu verfluchen, den es nicht gab.
Mrs. Bradley schien weder überrascht noch gestört, als ich mich eines Spätnachmittags zu ihr flüchtete. »Sie armes Kind!« piepste sie und breitete die Ärmchen aus wie Flü-

gel. Im Spitzenkragen, an den sie meinen Kopf drückte, schien der gleiche schwache Lavendelwasserduft zu leben wie früher in den Taschentüchern meiner Mutter.

»Er hatte sich doch gerade erst von aller Gewalt losgesagt«, haderte ich.

»Einen Pakt, den man mit dem Teufel schließt, kann man in diesem Leben nicht mehr lösen«, sagte Mrs. Bradley. Nichts drollig Meisenartiges haftete ihr dabei an, sondern unnachsichtig streng und wissend sah sie plötzlich aus, wie eine uralte Eule. »Und da er Ire ist, wird er das immer gefühlt haben. – Mein Gareth war ein Mann, stolz und stark, aber an der Schuld, Menschen getötet zu haben, hat er schwer getragen bis zuletzt.« Sie zupfte die schwarze Schleife am Bild des Grimmigen etwas zurecht und holte tief Luft: »Wenn die Erinnerungen kamen, hat er getrunken. – Für unseren Brendan werde ich ein paar Rosenkränze beten«, sagte Mrs. Bradley.

Zu derlei mystischem Hokuspokus konnte ich als Atheistin natürlich keine Zuflucht nehmen. Aber an der Universität zu Gießen war kürzlich ein Lehrstuhl für Parapsychologie eingerichtet worden, streng wissenschaftlich und aus staatlichen Mitteln bestallt, und der *PSI-Faktor,* die Rutengänger und die Pendler und die Wiedergeburten, wurden an den Stammtischen der Verbündeten seit neuestem so leidenschaftlich diskutiert wie ehedem das Verhältnis vom *Es* zum *Überich* und davor Stalins Rolle in der Komintern. Warum also nicht übersinnliche Kräfte und mediale Fähigkeiten wecken und nutzen, die ja vielleicht auch in mir bislang unentdeckt schlummerten: Zunächst nur abends bei Kerzenschein, dann auch morgens in der Straßenbahn auf dem Weg zum Kindergarten, schließlich überall und jedesmal, wenn ich an Brendan oder an FAILTE! dachte, schloß ich zur inneren Sammlung die Augen.

»Du lebst!« konzentrierte ich mich. »Du lebst!« fühlte ich in Millionen von Gehirnzellen. »Du lebst!« schickte ich über ein Meer, das ich nicht kannte, an einen Ort, den ich nicht kannte, in einen Kopf, von dem ich nicht wußte, wie er aussah. »Du – lebst!« skandierte ich kraftvoll im Takt des Feudels, mit dem ich am Tag von Zetkins Niederkunft die Duschküche säuberte.
Fast wäre ich, von der Arbeit kommend, auf der großen Blutlache neben dem Tisch ausgerutscht. Doch bevor ich mich entsetzen konnte, entdeckte ich die verschmierte Spur, die von dort zum Wäschekorb führte. Vorsichtig lüpfte ich das Stoffstück, das ich als Vorhang hinter das Eingangsloch des Kartons geklebt hatte, und da sah ich Zetkin hocken in ihrem Nest. Apathisch, erschöpft, mit verschleierten Augen und struppigem Fell, aber aufrecht. Und neben ihr eine krabbelnde, strampelnde, kaum hörbar fiepende Ansammlung von Leben. In Schwarz, Rot und Weiß. Wie viele Junge es waren, so mäuseklein und so hilflos blind, konnte ich nicht ausmachen, denn als ich andächtig mit der Hand ins Nest langen wollte, kam aus Zetkins ganzem Körper ein Laut, der alles Fauchen und Brummen und Heulen der Raubtiere in sich vereinigte.
»Entschuldige«, sagte ich leise. Und dann hörte ich es. Dieses schwache Schaben, dieses einsame Fiepen. Es schien von der Koffertruhe mit meinen Kostümen auszugehen, und wie ich nun auch erkannte, führte eine winzig feine Blutspur von der großen Lache aus dorthin. Zetkin mußte vom Gang der Ereignisse völlig überrascht worden sein und hatte wohl ein Junges mitten in der Küche liegengelassen, bevor sie sich, den Instinkten gehorchend, in ihr Nest schleppte.
»Du lebst!« beschwor ich das blutig verklebte, schon erschreckend kalte Kleine, das meinen Handteller noch nicht einmal halb ausfüllte. »Du lebst!« sagte ich, als ich

es neben Zetkin ins Nest legte. Und »Du – lebst!« feudelte ich fröhlich zwei Stunden später. So lange hatte es gedauert, bis Zetkin endlich das blutige Bündel angenommen und trockengeleckt hatte.
Noch in der gleichen Woche fand ich den Brief im Kasten. Mein Name auf dem Couvert, in ungelenken Großbuchstaben zittrig geschrieben, war kaum zu entziffern. Die Briefmarke zeigte nicht den Kopf der Queen, sondern ein exotisch buntes Motiv. Und der Stempel war nicht in Belfast, sondern in einem Ort namens Donegal in der Republik Eire aufgedrückt worden.
Verflucht sei der Gips an seinem rechten Arm, schrieb Brendan. Und verflucht seien überhaupt alle Körper, die sich innerhalb einer Tausendstelsekunde zerschmettern und zersplittern und beinah zerstören lassen. Ein paar Wochen werde es wohl noch dauern, bis ihn seine Großeltern hier in Donegal wieder aufgepäppelt hätten. Aber wenn ich mir tatsächlich im Sommer sieben verrückte, wilde Irenkinder und einen nicht minder verrückten ausgewachsenen Iren aufhalsen wollte – der allerdings nicht mehr wild, sondern nur noch ein alter, lahmer Krüppel sei –, dann solle ich mir doch bitte ab dem 5. Juli vier Wochen lang nichts Wichtiges vornehmen. Und immer schön dran denken: Seine offizielle Funktion sei die eines Sozialarbeiters.
Der Rest des Mai und der gesamte Juni dauerten nicht länger, als eine Seifenblase zum Platzen braucht – so viel gab es zu tun. Wenn ich aber an Brendan dachte, wie er wohl aussah und wie seine Stimme wohl klang und wie er wohl roch, dann konnte ich nur an dem Wachstum der Katzenkinder feststellen, daß sich die Zeit überhaupt bewegte. Stücker sechs waren es, breitpfotig und puschelpelzig in der Nachfolge ihres edlen Vaters, aber tarnfarbig geringelt, gefleckt und marmoriert wie alle tüchtigen

Mäusejäger in der Ahnenreihe ihrer Mutter, und seit dem Tag, als Zetkin sie mir, eines nach dem anderen, in feierlicher Zeremonie im Maul angeschleppt und überreicht hatte, fühlte ich keine Einsamkeit mehr in der Ruine von Xanadu.

Am Abend des 4. Juli wollte ich das Haus noch einmal auf Hochglanz bringen für die Begrüßungsparty mit allen Gasteltern. Doch an der Tür von Xanadu klebte ein Telegramm. PLÄNE GEÄNDERT STOP ANKUNFT VIERTER JULI VIERZEHN UHR STOP LIEBE STOP las ich.

Ich sah auf die Uhr. Es war halb sechs, und als ich das Telefonbuch aufschlug, um die Gasteltern postwendend zum Flughafen zu beordern, da mußte ich erst einmal innehalten und bis fünfzig zählen. Ich konnte die Nummern nicht finden, denn ich hatte das Alphabet vergessen.

Kapitel 7:

Sternenpflug

Es ist der Welt gelungen, Frau Anna Blocksiepen nachhaltig zu erschüttern. An manchen Abenden drang, von Pfannen und Töpfen und Schüsseln und Türen, ein solches Crescendo aus ihrem Königreich, daß die Gäste verschreckt zusammenzuckten, im Kauen innehielten und, den letzten Bissen Reibekuchen noch im Mund, sich zu dem ergreifenden Bild einer Herde Antilopen formierten, die soeben das Brüllen der Löwin gehört haben. An anderen Abenden wiederum war es so grabesstill, daß Clemens und ich mehrfach in die Küche eilten, um nachzusehen, ob sie überhaupt noch unter uns weilte. Schleppend waren dann ihre sonst so energischen Bewegungen, der Kartoffelteig gab beim Rühren nicht das gewohnte sanfte Schmatzen von sich, sondern ein mattes Stöhnen, und selbst ihr Gong klang verzagt. Und vor zwei Wochen rief sie, die nicht den Begriff ›Brückentag‹ kennt, sondern nur das Wort »Drückeberjer«, rief also Frau Anna Blocksiepen, die noch nie eine ›Grippe‹ hatte, hingegen immer nur ›en Schnüppken«, am späten Nachmittag an. Ob sie mal eben den »Schäff« sprechen könne.
Die Stimme der Ehernen klang so erbarmungswürdig verrostet, daß ich alle Belehrungen über Anteilsrechte und Aufgabenteilung in unserer GmbH und Co KG hintanstellte, den Hörer vorsichtig ablegte und ins Nebenzimmer lief, um den widerstrebenden Clemens vom Notenständer wegzuzupfen: »Hör mal schnell, was da passiert ist!«
Clemens' Mimik wechselte rasch von Verärgerung auf Besorgnis, während er meine aufgeregte Pantomime, er solle mir doch kurz einen Zwischenstand anzeigen, mit der gebieterischen Handbewegung eines Dirigenten, dem die Bläser zu forsch sind, dämpfte. Ernst hörte er Frau Blocksiepen zu, streute ab und an ein »Hmh« oder »Ach herrjeh« ein, und dann sagte er »Am besten legen Sie sich

jetzt hin und versuchen, an etwas anderes zu denken, und morgen kommen Sie zum Mittagessen zu uns. Und gute Besserung!«

»Soll das etwa heißen, sie kommt heute abend nicht?« fragte ich, während mir verschiedene Katastrophenszenarien von HEUTE-GESCHLOSSEN-Schildern über pfändende Gerichtsvollzieher vom Finanzamt bis hin zu vor völlig verkohlten, weil von mir gebackenen Reibekuchen wütend randalierenden Gästen durchs Hirn zuckten.

»Genau das heißt es«, sagte Clemens. »Frau Blocksiepen geht es nicht gut.«

»Und wie soll das bitte schön laufen? Wie du genau weißt, kann ich keine Reibekuchen machen, und selbst wenn ich es könnte – wer sollte in der Zwischenzeit bedienen? Wir müssen den Laden wohl dichtmachen, denn eine weitere Kraft können wir uns nicht leisten, während wir Frau Blocksiepens Gehalt weiter bezahlen. Und wenn wir schließen, verlieren wir unser Stammpublikum, und dann dauert es auch nicht mehr lange, bis wir pleite sind!« In Krisensituationen pflege ich von allen möglichen Entwicklungen stets auf die schlimmste zu setzen: Wenn alles schiefgeht, habe ich dann wenigstens recht gehabt.

»Bravo«, rief meine Mutter, die ihr untrüglicher Instinkt für Mißstände und Klemmen aus ihrem Zimmer gelockt hatte. Sie benutzt nun auch im Innern des Hauses ihren eisenbespitzten Stockschirm als Krücke, weshalb ich über das immer langsamer werdende Klacken stets genau peilen kann, wo sie sich aufhält. An dunklen Tagen vergleiche ich diesen Umstand mit den unheilschwangeren Tönen, die das Holzbein des Kapt'n Ahab auf den Planken seines dem Untergang geweihten Schiffs produzierte.

»Bravo«, wiederholte sie, und sie gab sich redlich Mühe, mit der Kraft ihres Willens die Schwäche ihrer Beine auszugleichen. »So kenne ich doch meine Tochter: Sobald etwas schwierig wird, tritt sie in ihrer Lieblingsrolle als Kassandra auf. Es hat doch alles keinen Sinn, verkündet sie. Nur damit sie nicht die Ärmel hochkrempeln und arbeiten muß.« Mit rasselndem Atem stand sie endlich neben mir, und Clemens griff nach ihrem Ellenbogen, weil es für ein paar Sekunden schien, als würde sie taumeln.

»Ich werde dir sagen, was hier läuft«, keuchte meine Mutter. »Wir gehen jetzt sofort runter in die Kneipe, und du zeigst mir, wie die Schäl- und die Reibe- und die Rührmaschinen funktionieren. Wir machen den Teig eben im voraus, und auch Rübenkraut und Apfelmus können wir jetzt schon in die Portionsschälchen füllen, und wenn ihr dann aufmacht – pünktlich, wenn ich bitten darf! –, dann schiebt ihr mir einen Stuhl an den Herd, und ich backe. Den Gong stellen wir in meine Reichweite, und sobald du, Katharina, ihn hörst, weißt du, daß du so schnell wie möglich kommen und die Reibekuchen anrichten mußt! Mit den Platten kann ich nicht auch noch hantieren.«

»Die Sache hat nur einen Haken«, sagte ich, froh, einen Einwand gefunden und damit immerhin den Anschein von Fachkenntnis und Führungskraft gewahrt zu haben. »Der Teig, den wir jetzt rühren, wird bis heute abend pechschwarz und völlig unappetitlich.«

»Nicht, wenn wir Zitronenscheiben drüberlegen«, sagte meine Mutter und krückte uns tatendurstig in den Flur voraus.

»Ist sie nicht großartig?« raunte Clemens.

»So kommt sie sich jedenfalls vor: weil sie wieder das Oberkommando hat«, raunte ich zurück.

»Wer flüstert, der lügt!« rief meine Mutter vom Treppenabsatz hoch.

Der Abend war ein einziges Chaos, in dem Clemens und ich in der Kneipe zwischen Tischen, Tresen und Küche herumflitzten wie die weißen Kugeln im Flipperautoma-

ten. Die Begehr der Gäste nach musikalischer Unterhaltung wollte ich schon unter Hinweis auf meine geschwollenen Füße zurückweisen, doch da winkte Clemens ab. Er holte Luft zu einer kleinen Ansprache an die sehr verehrten Damen und Herren, und wie ein gewiefter Conferencier kündigte er den Auftritt eines ganz besonderen Ehrengastes an. Einer Dame, über achtzig Jahre alt, und immer noch bereit, ihre Frau zu stehen, wenn Not am Mann sei.
»Sie ist die Schwiegertochter des Ihnen allen wohlbekannten Herrn dort drüben an der Wand« – Clemens zeigte auf das Mühlmann-Portrait meines Großvaters, der mir an diesem Abend ganz besonders amüsiert und animiert schien – »und die Mutter unserer allseits beliebten Kathi« – ich versuchte, geschmeichelt auszusehen und dabei Clemens doch gleichzeitig meinen linken Eckzahn zu zeigen – »und außerdem ist sie die Person, der Sie alle verdanken, heute abend hier gespeist worden zu sein. Meine Damen und Herren: Frau Clara Blasberg!« rief Clemens dramatisch, als er die Küchentür aufriß und meine heftig abwinkende Mutter in den Schankraum zog.
Über und über war sie mit Öl bespritzt, unter der strähnig geschwitzten Silberwelle glühte ihr Gesicht bis in die letzte Falte. Frau Blocksiepens Blümchenkittel reichte ihr fast bis auf die Orthopädieschuhe, der Stockschirm trat protesttrommelnd in Aktion, und unter dem wohlwollenden Applaus der Gäste konnte ich die Silben »De-gou-tant!« deutlich von ihren Lippen lesen. Doch dann mochte ich meinen Augen nicht trauen, denn angesichts all der Gäste, die das Ganze wahrscheinlich für eine neue Lachnummer hielten, rang sich meine Mutter – meine Mutter! – doch tatsächlich zu so etwas wie einem gnädigen Kopfnicken durch, und mit überraschender Nachgiebigkeit nahm sie sogar auf dem Stuhl Platz, den Clemens ihr mit zeremoni-

ellem Schwung unterschob. Dort blieb sie sitzen, die rheumatisch verkrümmten Hände locker im Schoß verschränkt, während Clemens ihr zu Ehren den spanischen Tanz Nummer eins aus Manuel de Fallas *La vida breve* spielte. Und selbst als er, mit ein paar gewagten Akkorden, zum populären Teil überleitete und mir mit einem Blick den Einsatz zu *With a little help from my friends* gab, rührte sie sich nicht vom Fleck. Zum ersten Mal seit den Sechzigern hörte meine Mutter mich singen.

»Warum hast du nicht auch etwas Klassisches gebracht?«, fragte sie, als wir sie um viertel nach eins unterhakten, um ihr die Treppen hochzuhelfen. Doch bevor ich wie gewohnt aufschäumen konnte, fügte sie ein fast verschämt und anerkennend klingendes »Die Stimme hättest du jedenfalls dafür« an.

Vor der Tür ihres Zimmers verabschiedete sich Clemens mit einem formvollendeten Handkuß von ihr, und erneut gab sie mir Grund zum Staunen. Sie ließ den Stockschirm fallen, legte beide Hände um seinen Kopf und küßte ihn auf die Stirn.

»Gute Nacht, mein Sohn«, sagte meine Mutter.

Im Strudel der Ereignisse kreiselnd, hatte ich Frau Blocksiepen fast vergessen, aber am nächsten Mittag, pünktlich um halb eins, erschien sie, ungewohnt förmlich in einer dunkelgrauen Hose aus festem Tuch, mit weißer Hemdbluse und einer Korallenbrosche auf der Brust. Steifrückig nahm sie neben meiner Mutter auf dem Sofa Platz, ohne sich anzulehnen; die voluminöse Henkeltasche, in der sie stets einen Stapel Beitrittsformulare sowie einen Schwung Spendenquittungen vom Tierschutzverein mit sich führt, setzte sie als Schutzschild auf den Schoß.

»Nun erzählen Sie mal, meine Gute«, sagte leutselig meine Mutter, der Clemens einen Hocker unter ihr »schlimmes Bein« geschoben hatte.

»Wie Se wissen, hab isch ja selbst keine eijenen Kinder – aber die zwei Söhne von meiner Schwester hab isch über dat Taufbecken jehalten«, hub Frau Blocksiepen an, und nach einem längeren Exkurs über die Rechte und Pflichten einer Patentante drang sie endlich zum Wesentlichen vor, zum letzten Besuch der beiden Neffen vor einigen Wochen.

»Dä Älteste, dä Karsten, is ja jut bei der Stadt unterjekommen, im Bauamt, un dä Jüngere, dä Olliver, hat sojar den Doktor jemacht un will sisch nächstes Jahr selbständisch machen als Jynäkoloje.« Anderthalb Jahre hatte Frau Blocksiepen ihre Patenkinder nicht zu Gesicht bekommen, »weil die doch immer so viel zu tun haben«, und so standen zwei selbstgebackene Kuchen, »Schwarzwälder Kirsch un ene frische Bienenstisch« schon duftend auf der Kaffeetafel, als die beiden Herren mit einem bunten Biedermeierstrauß, aber enttäuschender Weise ohne Ehefrauen und Kleinkinder, am verabredeten Sonntagnachmittag pünktlich um fünfzehn Uhr dreißig klingelten. Höflich hatten sie sich nach dem Befinden der Ehernen erkundigt, und auch ein paar Geschichten aus dem Tierschutzverein und aus unserer Kneipe hatten sie sich etwa eine halbe Stunde lang angehört, bevor sich der Bauamtsleiter, nach einem Blick auf die Uhr, angelegentlich räusperte.

»Un da kam dä Hammer!« – Nämlich die Sprache auf die kleine Wiese am Rheinufer bei Volmerswerth, die Frau Blocksiepen von ihren Eltern geerbt und seit Jahr und Tag gleichgesinnten Tierfreunden aus Holland überlassen hat, damit sie dort, wo bislang keine Bebauung erlaubt war, in ihren Campmobilen Urlaub machen konnten. Die Wiese sei ja so gut wie nichts wert, hatte der aktenkundige Neffe referiert, jedenfalls nicht, solange sie nicht offiziell zu Bauerwartungsland erklärt würde, und außerdem habe sie, die Tante, ja immer erklärt, daß sie keine anderen Erben habe als sie, die Patensöhne. Nur mal gesetzt den Fall, daß eines Tages das Ufergrundstück zur Bebauung freigegeben würde, und ihr, dem lieben Tantchen, danach etwas passieren würde – sie, die Neffen, würden ja dann fast alles wieder an das Finanzamt verlieren. Warum also die Tante nicht einfach jetzt schon die Wiese auf sie überschreiben lassen würde, im Rahmen einer notariellen Schenkungsurkunde. – Als Frau Blocksiepen sich Bedenkzeit erbat, rüsteten die Neffen sofort zum Aufbruch. Sie wollten nicht länger stören. Seither aber hatten sie spätestens alle zwei Tage angerufen; ob sie es sich nun endlich überlegt habe.

»Unglaublich!« sagte meine Mutter und verwies empört darauf, daß zu der Zeit, die sie die ihre nannte, die Menschen noch Ehre besessen hätten und Anstand. Frau Blocksiepen, die dieses Erlebnis also seit einem Monat aufwühlte, ohne daß wir etwas davon ahnten, nickte in gemessenem Ernst: »Dat Schönste kommt aber erst noch.«

Am Vortag war die Aufrechte mit Herzjagen und Bauchgrimmen durch etwas, »wat dem Faß nun noch die Krone aufsetzt« auf ihr Lager geworfen worden. Die Frau des Gynäkologen hatte sie am Telefon der »eiskalten Erpressung« bezichtigt. Durch die Rückbehaltung des Grundstücks wolle sie ja nur ihre Erben gegeneinander ausspielen. Wolle sie womöglich erreichen, daß die sich gegenseitig überböten mit Freundlichkeiten. Aber da habe sie sich in den Finger geschnitten, darin seien sich Gottseidank alle einig. Wer nehmen wolle, müsse erst einmal in Vorleistung treten. Darüber solle sie mal nachdenken.

»Diese Kretins!« rief meine Mutter und vergaß vor lauter Echauffement sogar, ihr Bein zu massieren. Ich schwieg. Seit ich und meinesgleichen die Welt zum Besseren form-

ten, rutschen die Pegelstände auf der nach unten offenen Niveau-Skala auf immer neue Rekordtiefen.
»Schütteln Sie den Schmutz dieser Leute einstweilen von Ihren Schuhen«, riet Clemens. »Und machen Sie sich erst einmal ein wenig rar.«
»Aber wat is, wenn isch meine Familie dann jar nit mehr seh?«, fragte Frau Blocksiepen.
»Die werden schon wieder kommen, verlassen Sie sich darauf. Allerspätestens, wenn der Stadtrat tatsächlich die Bebauung des Areals beschließt. Und das kann ja, wie aus ihrem Verhalten zu schließen ist, nicht mehr allzu lange dauern«, sagte Clemens, den man nur selten derart wütend sah.
Seit jenem Tag hat sich Frau Blocksiepen, die starken Knochen wieder aufgerichtet und die reißfesten Sehnen erneut gestrafft, nun also auch auf unserem Sofa installiert. Bei schönem Wetter und wenn sich – was allerdings nicht mehr allzu häufig vorkommt – meine Mutter »danach fühlt«, rücken die vereinigten Kräfte Blasberg und Blocksiepen, die eine schwer eingehängt in den Arm der anderen, die andere sorgsam und rücksichtsvoll ihren Schritt verlangsamend, Seite an Seite zum Rheinufer vor, um den Wasserstand zu begutachten und die Kinder daran zu hindern, Bläßhühner, Schwäne und Enten zu quälen.
Bei trübem Himmel oder weil das Bein mal wieder »nicht so will«, hören sie Clemens entweder in respektvollem Schweigen beim Üben zu, oder Frau Blocksiepen läßt sich von meiner Mutter in der Philosophie des Patiencespiels sowie in den zahlreichen Varianten, die kleinen Karten zu legen, unterweisen: »Sinn des Spiels ist immer, Ordnung und Vernunft in ein vorgegebenes Chaos zu bringen.«
Ansonsten schwelgen sie in Erinnerungen. Keine Episode der Familiengeschichten erscheint ihnen zu unwichtig,

um erzählt oder gehört zu werden, jedem noch so trivialen Detail widmen sie sich mit dem musealen Eifer passionierter Sammler.

Meine Oma mütterlicherseits, Cäcilia Siebers, trug noch Schnürkorsetts, fischbeinverstärkt, die sie sich jeden Morgen von ihren Töchtern selbst dann noch festzurren ließ, als die lockeren ›Reformkleider‹ des Jugendstils und später die taillenlosen ›Flapper‹-Hemden der Zwanziger Mode wurden. Ohne Korsett habe man keine Haltung. Abends saß die Familie beisammen, jeder in ein Buch vertieft, und jeden Abend griff Cäcilia Siebers um Punkt halb zehn zu ihrem Lesezeichen und sagte »Heinrich, es ist Zeit!« zu ihrem Mann, und ein jeder brach daraufhin die Lektüre ab, schlimmstenfalls mitten im Satz, um sich zur Ruhe zu begeben. Morgen sei auch noch ein Tag.

Allseits gefürchtet im Hause Siebers war der Große Waschtag, an dem die leinenen Bettbezüge der siebenköpfigen Familie in großen Holzbottichen gekocht, mit Wurzelbürsten geschrubbt, erneut gekocht und dann Stück für Stück zum Herauspressen des Wassers durch zwei Walzen gekurbelt wurden. Weitaus beliebter im Kreise der Kinder war der gründliche Hausputz vor Ostern und Weihnachten; morgens auf allen vieren kriechend die Fußböden mit Bohnerwachs einzucremen, war der allgemein akzeptierte Preis für den Spaß, sich anschließend weiche Tücher um die Füße binden und damit den kompletten Nachmittag bis zum Erreichen der den Festtagen angemessenen Hochglanzpolitur durchs Haus schlittern zu dürfen.

Auch Familienskandale kommen, wenn auch leicht verschämt und mit dem gebotenen Ernst, zur Sprache. Frau Blocksiepens ältester Bruder geriet anfangs der Weimarer Republik unter Acht und Bann, als er sich dem Wandervogel anschloß und seine Eltern nicht nur mit einem am

Hals stets weit geöffneten Schillerkragen schockierte, sondern auch mit Erzählungen über Nacktbaden in Seen und Flüssen. Meine Großmutter väterlicherseits – in den Alben meiner Mutter erscheint die Hausherrin der Bad Godesberger Villa als imposante Gestalt mit riesigen Hüten und fünffach geschlungenen Perlenketten über Kaskaden von cremefarbener Spitze – konnte oder wollte nie den heißen Junitag im Jahre 1907 vergessen, an dem eines der *Techtelmechtel* des Gottlieb Maria Blasberg, »die vorher Tänzerin war in einem Tingeltangel, oder Schlimmeres«, sich zur Teestunde bei ihr melden ließ, um ihr mitzuteilen, daß ihr Mann sie nunmehr beide betrüge: mit einer Krankenschwester. Bertha Blasberg hatte daraufhin die Tischklingel betätigt und den Hausknecht rufen lassen, der auf ihr Geheiß hin das gute Meissner für vierundzwanzig Personen mittels eines Beils zu zerschmettern und die Scherben im ›Herrenzimmer‹ des wieder einmal im Umkreis irgendeines prominenten Casinos weilenden Gatten zu einem beeindruckenden Berg aufzuschichten hatte. Erst im August war Gottlieb Maria Blasberg nach Canossa gegangen, das in diesem Fall auf der Insel Norderney lag, aber statt eines Rupfenkittels hatte er die Schatulle aus der Werkstatt eines namhaften Goldschmieds getragen. Josef Blasberg, mein Vater, war exakt neun Monate später zur Welt gekommen.

Als meine Mutter, anläßlich der Hochzeitsfeierlichkeiten einer Cousine aus Boppard, anno 1929 den jugen Theologiestudenten mit dem messerscharfen Scheitel in der Blondtolle über der Stirn kennenlernte, mochte sie zunächst gar nicht glauben, was ihr eine andere Anverwandte auf der Damentoilette unter dem Siegel der Verschwiegenheit aufgeregt kichernd steckte: daß dies tatsächlich der jüngste Sohn des berüchtigten Bankrotteurs und Liederjans war. Charleston hatte sie mit ihm getanzt, und Blackbottom, und machmal summt meine Mutter auf Clemens' nachdrückliche Bitten hin sogar mit allzu tremolierender Greisenstimme ein paar Noten der Lieder jener Zeit: *Was macht Herr Mayer am Himalaya* oder *Mein Papagei frißt keine harten Eier.* »Es war natürlich eine verrückte Zeit«, sagt meine Mutter entschuldigend. »Aber schön.«

Selbst unter Aufbietung all meiner Phantasie kann ich mir eine so staubtrockene Frau wie Clara Blasberg, diesen Ausbund an überkommenen *Sekundärtugenden* wie Fleiß und Pflichterfüllung, einfach nicht jung und flirtend und verliebt vorstellen. Ob sie sich damals auf den ersten Blick in meinen Vater verknallt hat, und ob er auf jener Hochzeitsfeier schon seinen Plan, Priester zu werden, aufgegeben hat, interessiert mich daher brennend. Aber alle diesbezüglichen Fragen werden von meiner Mutter mit einem kargen »Nach einem Jahr haben wir uns verlobt, und nach noch einmal zwei Jahren haben wir geheiratet« beschieden.

»... und du bist als Jungfrau in die Ehe gegangen, und ihr lebtet glücklich bis zu Vatis Tod«, ergänze ich, und ohne hinzuschauen weiß ich, daß Clemens dabei unwillig den Kopf schüttelt. »Hast du denn nie etwas anderes vom Leben erwartet, als an der Drogeriekasse zu sitzen und Windeln zu kochen und auf Vati aufzupassen? Willst du uns allen Ernstes weismachen, daß du in all der Zeit nicht ein einziges Mal an einen anderen Mann oder an Scheidung gedacht hast?«

Von allen Reizwörtern, die meine Mutter unter der Rubrik *Zumutung* führt, löst ›Scheidung‹ – nebst allen Fäkalvokabeln – am verläßlichsten ihren sofortigen Lippenschwund aus. »Nie würde ich mich unterstehen, meiner klugen Tochter, die ja im Leben schon so viel mehr gesehen und erlebt hat als ich, irgend etwas weismachen zu wollen«, sagt sie. »Erst recht nicht auf ihrem Spezialgebiet. Denn was das Anfangen und dann wieder Abbrechen angeht, darin bist du ja die Expertin. Ich zu meiner Zeit, ich habe es wichtig gefunden, ein Ziel auch dann weiter zu verfolgen, wenn es einmal schwierig wird. Das ist eine Frage der Ehre. Aber was rede ich –«

Getarnt hinter den dicken Buchführungskladden und Belegordnern, die ich vor mich auf den Eßtisch im Wohnzimmer häufe, um mittels ostentativ tüchtiger Geschäftigkeit mein Lauschertum vor dem Plenum zu verdecken, kann ich meine Gedanken unertappt von den nur selten erfreulichen Zahlenkolonnen abgleiten lassen. Spezialgebiet: unvollenden – ich verspüre daher kaum das Bedürfnis, die Anekdotensammlung der Erinnerungsseligen durch eigene Erlebnisse anzureichern. Jede Erzählung braucht einen vernünftigen Schluß, und damit kann ich nur selten dienen. Denn entweder sind die Geschichten in meinem Leben, wie die Zeit mit Pia, schließlich nur pointenlos verläppert und versickert, oder sie nahmen, wie die Episoden mit Markus oder mit Zetkin, einen solch schlimmen Ausgang, daß ich kaum Gedanken, geschweige denn Worte dafür finden mag.

Und Brendan – nun, Brendan ist der dumpfe Schmerz, den ich seit zwanzig Jahren in den hintersten, abgelegensten und dunkelsten Winkel meines Kopfes gesperrt habe. Über Brendan kann ich noch nicht einmal mit Clemens sprechen, der doch immerhin Augenzeuge war, zumindest zu Beginn. Unmöglich, an den Anfang der Geschichte mit Brendan zu denken, ohne nicht auch ihr Ende zu sehen. Das Finale. Den Exitus. Die Endgültigkeit.

Von all dem, was meine Mutter meinen »irischen Irrsinn« nennt, weiß sie also nicht viel mehr, als daß da etwas in Düsseldorf begann, was dreizehn Monate später in Belfast aufhörte: ›Gewaltsam‹ ist die Sprachregelung, die ich mit

mir selbst getroffen habe und die mich davor schützt, Nachfragen beantworten zu müssen.
Dabei würde, da kann ich mir sicher sein, zumindest der Auftakt der Geschichte großen Anklang bei meiner Mutter finden: wie ihre Tochter nach dem Lesen eines Telegramms das Alphabet nicht mehr beherrschte. Wie sie fast zwei Stunden brauchte, bis sie endlich alle Gasteltern und Vereinsmitglieder telefonisch aufgespürt und zum Flughafen beordert und sogar einen Abholdienst für Mrs. Bradley organisiert hatte. Wie sie mutlos in Xanadu hockte und sich am liebsten in Luft aufgelöst hätte, weil sieben irische Kinder nun fast schon seit einem halben Tag ohne Willkommen durch den Flughafen irrten und glauben mußten, die ganze Unternehmung sei nichts als ein schlechter Scherz gewesen. Wie dann ihr besseres Ich siegte und sie beschloß, sich mannhaft dem Debakel zu stellen, wobei ihr jedoch siedendheiß einfiel, daß sie bei all der Telefoniererei leider vergessen hatte, einen Abholdienst für sich selbst zu besorgen, und deshalb ein Taxi anrufen mußte im vollen Bewußtsein, es nicht bezahlen zu können. Wie sie schließlich durch die Schalterhalle rannte und keinen Brendan und keine irischen Kinder fand, wohl aber die FAILTE!-Mitglieder und die Gasteltern, die sich ratlos um den *Meeting Point* drängten, aber immerhin um die Taxikosten anpumpen ließen.
Eine solche Einleitung würde meiner Mutter, deren Sinn für Humor sich allzu oft an meinen Unzulänglichkeiten entzündet, recht gut gefallen. Doch schon der nächste Absatz würde unweigerlich zu ihrer strengsten Mißbilligung, womöglich sogar zu ihrem sofortigen Rückzug ins Stift führen.
»Der Mann hat Menschen getötet«, sagte Mrs. Bradley mitten hinein in meine aufkeimende Euphorie, als wir endlich die Belfaster Delegation gefunden und begrüßt

hatten und nun alle gemeinsam auf dem Weg zu den Parkplätzen waren. Die namenlose Peinlichkeit der letzten beiden Stunden war allgemeiner Heiterkeit gewichen: Wir waren nur deshalb mehrfach aneinander vorbeigelaufen, ohne uns zu erkennen, weil wir allen nur verfügbaren Klischees aufgesessen waren.

Die FAILTE!-Gruppe hatte selbstverständlich nach einem rothaarigen Mann, entweder in Tweed oder in Parka, Ausschau gehalten, der einen Trupp erbarmungswürdig verlotterter Kinder in wahrscheinlich zerfetzter Kleidung anführte, die fern der Heimat weinten oder sich sonstwie auffällig betrugen. Brendan Trelawney wiederum hatte, nachdem seine Schutzbefohlenen (in wadenlangen Bay-City-Rollers-Hosen die fünf Jungs, in bunten Plisseeröckchen die beiden Mädchen) unter Androhung seines größten Unmuts still und manierlich vor Cola und Limo in einer Cafeteria deponiert worden waren, korrekte Deutsche gesucht. Nicht gerade in gebauschten Reithosen und glänzend gewichsten Stiefeln wie die Standard-SSler in englischen Filmen, aber irgendwie doch zackig und zielstrebig und fähig und proper und alert. Den abenteuerlich bunten, wirr durcheinander redenden Haufen mit langhaarigen Männern in Russenkittel (Hilmar Grevel) oder Indianerschmuck (Clemens Schapers) oder kanadischem Holzfällerkaro (Markus Immig), der zwergwüchsigen alten Dame, die englisch kauderwelschte und den jungen Frauen in balkanesisch anmutenden Folkloregewändern (Pia und Annette Grevel) oder fast bodenlang schwingenden Bananenröcken (die Journalistin Irene und ich) hatte er jedenfalls nicht in den Kreis möglicher Ansprechpartner einbezogen.

Ebensowenig wie Pia und ich auf den Gedanken gekommen waren, den dunklen Anatolier im leicht abgewetzten Nadelstreifenanzug mit der dichten, schwarzen Schnurrbartbürste, der sich schwer auf einen Krückstock stützte und uns jedesmal so bedrohlich und grundlos wütend fixierte, wenn er auf Rolltreppen an uns vorbeifuhr oder uns auf den langen Gängen humpelnd kreuzte, zu fragen, ob er vielleicht aus Belfast käme. Erst als Mrs. Bradley entschlossen zur Information marschiert und »Mr. Brendan Trelawney from Belfast, please to the information desk« von einer näselnden Frauenstimme ausgerufen worden war, hatten die verblendeten Parteien zueinander und zu einem Beruhigungsschluck an der Bar gefunden.

»Der Mann hat Menschen getötet, und er kann das nicht vergessen«, wiederholte Mrs. Bradley, die neben mir zu Clemens' Auto strebte und dabei die kleine Bridget, ein dünnes, schüchternes Mädchen mit vor Müdigkeit roten Augen, an der Hand führte. Bridgets halber in reinem Deutsch und so sachlich, als würde sie die Wasserstandsmeldungen verlesen: »Er hat genau denselben Blick wie mein Gareth damals. Und haben Sie gesehen, wie er die Kinder im Griff hat? Normalerweise haben irische Kinder, heranwachsende Jungs zumal, beachtliches Temperament. Unsere aber gehorchen ihm auf ein bloßes Zucken mit der Braue hin. Er ist ihr Idol, sie vergöttern ihn, und da er wohl kaum ein prominenter Sänger oder Fußball- oder Hurlingspieler sein kann, gibt es dafür nur eine einzige Erklärung. Sie, mein liebes Kind, Sie haben uns einen IRA-Mann hierhin geholt.«

Auftragsgemäß, aber höchstens viertelherzig wiederholte ich mein Sprüchlein vom Sozialarbeiter: Ich war abgelenkt. Natürlich glaubte ich weder an den *coup de foudre* noch an die *Liebe auf den ersten Blick* – all dieser Unfug war ja nur erfunden worden, weil die Menschen der wissenschaftlichen Tatsache, von hormonellen und biochemischen Prozessen gesteuert zu werden, ein romantisches und damit die Einspielergebnisse schmalziger Filme oder

die Verkaufszahlen ebensolcher Groschenromane steigerndes Mäntelchen umhängen mußten. Obwohl also weit erhaben über solch primitiven Gefühle, mochte ich weder den Blick noch die Gedanken von der nadelgestreiften, massiven Gestalt vor mir abwenden, die, den linken Arm um Clemens schmächtigen Nacken geschlungen, unseren Vereinsmusikanten beinahe zu Boden zu drücken schien, während er, offensichtlich gut gelaunt trotz der vorangegangenen Pleite des mißlungenen Begrüßungskommandos, unablässig auf ihn einschwallte. Seine bemerkenswert weit tragende Stimme hätte ich als tiefen Bariton eingestuft, wenn sie nicht, in einer recht ungewöhnlichen Intonation des Englischen, ständig auf kunstvoll geschwungenen Klangspiralen auf- und abwärts geschnörkelt wäre.
»Uns Rheinländern sagt man ja nach, daß wir immer nur singen statt zu sprechen, aber jetzt hören Sie selbst: Die wahren Weltmeister auf diesem Gebiet sind die Leute aus Ulster«, beantwortete Mrs. Bradley meine nicht gestellte Frage.
»Ach ja?« sagte ich dümmlich und unaufmerksam. Eingedenk seiner auf seltsame Weise unbeschwert klingenden Briefe hatte ich mir Brendan, neben dem selbst das Riesenbaby Markus lediglich lang aufgeschossen, aber in seiner Schlaksigkeit nur pubertär wirkte, weder so groß noch so wuchtig vorgestellt. Auch hatte ich das Ausmaß seiner Behinderung unterschätzt; er gab sich erkennbare Mühe, sein im Kniegelenk gänzlich steifes Bein nicht einfach hinter sich herschleifen zu lassen, sondern er schleuderte es bei jedem Schritt durch ein Rollen der Hüfte in einem weiten Halbkreis schwungvoll nach vorne.
»Ist Mr. Trelawney eigentlich sehr schwer verwundet worden?« wandte sich Mrs. Bradley in ihrem harmlosesten Meisenton an die bislang stille Bridget. Verwundet, hatte sie gesagt, nicht verletzt.

»O ja, sehr schwer«, sagte Bridget ernst. »Aber nicht so schwer wie mein Bruder Ronnie, der sein bester Freund und immer mit ihm zusammen war. Sie haben die beiden in ein Auto getragen und in die Republik gefahren, aber Ronnie ist unterwegs gestorben.«

»Im Krankenwagen?« fragte Mrs. Bradley.

»Nein«, sagte das Mädchen. »Im Auto von Mr. O'Flaherty, in dem er sonst immer zur Arbeit fährt. Sie konnten nicht die Ambulanz rufen, hat meine Mutter gesagt, denn das Krankenhaus hätte sie nur an die Brits ausgeliefert.« Sie wollte auf gar keinen Fall weinen, das konnte ich sehen, aber sie löste ihre Hand aus der der alten Frau, und ihr kleiner Mund zitterte.

»Gütiger Gott!« sagte Mrs. Bradley, blieb stehen und breitete die Arme aus, als wolle sie das Mädchen an sich ziehen. Dann aber besann sie sich eines besseren und strich ihr nur die dunklen Strähnen unter dem Haarreif aus einer billigen Perlmuttimitation glatt: »Wir werden gemeinsam für deinen Bruder Ronnie beten, der jetzt sicher im Himmel ist und sich freut, weil er so eine tapfere kleine Schwester hat. Und wir zwei werden eine wunderschöne Zeit haben, das verspreche ich dir, und du wirst dich ein bißchen bei mir ausruhen. Willst du das?«

»Ja, Mrs. Bradley«, sagte Bridget und faßte wieder nach ihrer Hand.

»Tante Bradley für dich«, sagte Mrs. Bradley lieb und sanft, während sie mir aber, über den Kopf des Kindes hinweg, einen Blick zuwarf, der stechend gelb war vor Zorn.

Wie konnten Sie nur all dies vor mir verschweigen, grollte der Blick, und es gab nichts, was ich zu meiner Rechtfertigung hätte antworten können. Ich hatte, an der Seite von Pia, ein ›Projekt‹ vorangetrieben, eine Idee verwirklicht, und daß nun, als erfolgreiches Ergebnis unserer Arbeit, tatsächlich sieben lebendige kleine Menschen hier gelandet waren, mochte ich mir eigentlich selbst noch nicht recht glauben. Von den konkreten Schicksalen der Kinder hatte auch ich nichts Genaues gewußt, und was ich davon geahnt hatte, mußte ich mir aus diversen Andeutungen zusammenreimen. Natürlich hatte ich, nach der Zeit im Umfeld der KPD, einige Erfahrungen im Interpretieren konspirativer Formulierungen – wie die professionellen Kreml- und Peking-Deuter auch –, aber Vermutungen breitet man nicht aus vor Gastfamilien oder der Öffentlichkeit.

Auch nicht vor Mrs. Bradley, in deren Richtung ich nun heftig zurückzugrollen begann. Du wußtest doch, daß die Kinder aus Belfast kommen, und Belfast ist nun einmal kein Sanatorium, dachte ich patzig und zuckte mit den Schultern: Für die Erlebnisse der Kinder war ich ebensowenig verantwortlich zu machen wie für mögliche Probleme hier. Ich hatte das meine getan, nun waren die anderen zuständig. Ich hatte das Recht, mich nunmehr zufrieden zurückzulehnen und zur Abwechslung einmal an mich selbst zu denken. Über Monate hinweg hatte ich Brendan erwartet, ihm entgegengefiebert, und nun würde er vier Wochen lang in Xanadu leben, in Pias Mansarde. Und Clemens hatte nichts davon erwähnt, das Spielzimmer in absehbarer Zeit räumen zu wollen, und dann gab es da auch noch Markus als leidenden Zaungast – meine Mitte fühlte sich an wie die straff gespannte Sehne an einem überlangen Bogen.

Auf dem Parkplatz hielt Brendan noch eine letzte Ansprache an die Kinder, dem irischen Volk keine Schande zu machen, und nachdem man sich für den übermorgigen Tag zu einem gemeinsamen Ausflug in den Benrather Schloßpark verabredet hatte, stiegen sie in die Autos. Der kugelrunde, pausbackige Finbar mit dem dunklen Stoppelschnitt (»Gerade mal sieben Jahre alt, unser Jüngster hier, aber schon ein richtiger Kelte!« sagte Brendan, bevor er ihn mit einem sachten Nasenstüber verabschiedete) kletterte zu Irene in den Opel, dessen Seitenfenster immer noch klemmte. Der magere Michael, mit zwölf Jahren nicht nur der älteste der Gruppe, sondern auch, ausgewiesen durch die großkarierten Schlabberhosen, der entschlossenste Bay-City-Rollers-Fan, fuhr mit Frau Mechthild Tappert, der Gattin eines Textilfabrikanten, ins vornehme Kaiserswerth, wo er, wie ich insgeheim hoffte, etwas Leben in den bislang nur von zwei Pfauen bevölkerten Park bringen würde.

Hilmar Grevel, dem schon seit geraumer Zeit das Spruchband »Kaum einer von den Deppen hier weiß, wie berühmt ich bin!« auf der Stirn klebte, würdigte Brendan eines gewaltigen Rückenklopfers sowie eines huldvollen »Bis dann, alter Junge« und führte seinen Harem sowie den feurigroten Donal, der ein mit Paketkordel verschnürtes Köfferchen mit beiden Armen vor die Brust preßte, zum Volvo. »Wir müssen uns unbedingt mal zusammensetzen!« hatte mir Pia vor ein paar Minuten mit allen Anzeichen höchster Dringlichkeit mitgeteilt. – »Einen besseren Zeitpunkt als ausgerechnet jetzt, mitten in all dem Tohuwabohu, konntest du wohl nicht finden?!« hatte ich geantwortet. Monatelang hatte ich auf ein solches Zeichen von ihr gehofft, und nun würde sie eben warten müssen.

Kenneth und Liam, die strohblonden Zwillingsbrüder, bedurften noch eines warnenden Blicks von Brendan, um von ihren Knallfröschen zu lassen und sich der neben ihrem amerikanischen Haifischflossenschlitten ratlos wartenden Familie Hoppen anzuschließen. Curtis E. Hoppen (der sicherlich in Wahrheit Kurt-Eberhard hieß) war Werbefotograph, hatte sogar schon für Wilp gearbeitet und bewohnte mit seiner modisch dürren Frau sowie zwei

Söhnen, die sich sehr anstrengten, gelangweilt zu wirken, ein mit Plexiglas und Chrom und abstrakter Kunst gefülltes Penthouse gleich neben dem Hofgarten. Das Ehepaar Zarnekow & Zarnekow, beide Rechtsanwälte, freuten sich für meinen Geschmack ein wenig gar zu laut über die bunte Plastikmadonna, die Finola, das zweite Mädchen, aus der Plastiktüte, die ihr einziges Gepäckstück war, gezogen und mit einem artigen Knicks als Gastgeschenk und Gruß von ihren Eltern überreicht hatte. Wenn man den Stecker einstöpselte, würde die Madonna von innen her leuchten, erklärte Finola stolz. »Gottseidank paßt der Stecker gar nicht«, hörte ich Eva Zarnekow auf deutsch ihrem Mann erklären. »Es gibt Adapter zu kaufen!« sagte ich laut auf Englisch. Ich wollte endlich das Pflichtprogramm beenden und zur Kür mit dem Langerwarteten übergehen.

In Xanadu gab mir Brendans Entzücken an den kleinen Katzen, die durchs Haus hopsten und in drolligen Scheingefechten übten, gefährliche Raubtiere zu sein, immerhin Gelegenheit, auf einer Rekordrunde durch das Erdgeschoß zumindest die gröbsten Peinlichkeiten – herumliegende Unterwäsche und verkrustetes Geschirr – zusammenzuraffen und der allgemeinen Einsicht zu entziehen. Nur mit etlichen Kraftworten war Markus dazu zu bewegen, seinen bereits prophylaktisch beleidigten Beobachterstatus in den Türrahmen aufzugeben, um an der nächstgelegenen Bude den Rest seines wöchentlichen Taschengelds in vier Currywürste und viermal Pommes mit Schaschliksoße umzusetzen.

»Ich geb's dir morgen wieder«, versprach ich.

»Warum schickst du nicht Clemens?« maulte er.

»Weil Clemens doch nie Geld hat«, sagte ich. »Außerdem kann er viel besser Englisch als du und sich deshalb um Brendan kümmern, während ich für euch alle den roten

Teppich entrollen und Teller und Gläser spülen muß. Also hör endlich auf, hier als Leiden Christi zu Pferd herumzustehen, und zisch ab!«

»Du willst mich nur wieder loswerden«, sagte er, bevor er tat, wie ihm geheißen. – Hoffentlich war Brendan sensibel genug zu bemerken, wie begehrt ich war. Und wie souverän ich in Xanadu das Kommando führte.

Nach dem profanen Mahl, das ich aber zu Brendans freudiger Überraschung mit einem Krüglein Whiskey veredeln konnte, lauschten Clemens, Markus und ich, wie unter einem Bannspruch versteinert, den Schilderungen einer anderen Welt. Obwohl ich wegen Brendans befremdlichen Akzents – statt house sagte er höis, föitin statt fighting und öi statt I – höchstens die Hälfte dessen verstand, was aus seinem Mund auf uns herabrauschte, begriff ich doch, daß es um Kampf ging und Unterdrückung, um Mord und blutige Rache, um Unrecht und Folter. Und auch darum, daß die Kämpfe innerhalb der irischen Freiheitskämpfer fast noch verbissener geführt wurden als der Krieg gegen die Briten oder gegen die unionistischen Milizen. Ich nickte: Auch die Linke bei uns stritt weitaus intensiver und haßerfüllter mit anderen fortschrittlichen Gruppierungen als mit den Vertretern der Rechten. Diesbezügliche Bemerkungen wagte ich jedoch nicht zu äußern; alle ideologischen Strategiedebatten in den heimischen Gefilden verblaßten neben der Realität in Nordirland zu läppischen Sandkastenzänkereien, und schließlich hatte auf Pia und mich beim Verlassen des KPD-Umfelds auch niemand mit Maschinenpistolen gefeuert.

Außerdem konnten mir alle Probleme linker Theoretiker bei der Ausarbeitung der korrekten Linie sowie derzeit gestohlen bleiben: Hier saß ein leibhaftiger Kämpfer vor mir! Ein Krieger! Ein Mann, der bereit war, für eine Überzeugung in den Tod zu gehen! Ein Mensch, der seinen besten Freund neben sich hatte verbluten sehen! Plötzlich erschien es mir doch passend, daß Brendan nicht die erwarteten roten, sondern diese nachtschwarzen Haare hatte.

Indem der laue Juliabend allmählich versank und ich die von diversen Tiefbaustellen geklauten Petroleumfunzeln sowie die schnell aus meinem Zimmer geholten Kerzen entzündete, warf sein Schopf in der Tat genau die blauen Reflexe, die das elfjährige Kathrinchen schon an der Winnetou-Perücke von Pierre Brice in den ansonsten natürlich unsäglichen deutschen Karl-May-Filmen fasziniert hatten. Um so intensiver und fremdartiger wirkte dieses Schwarz, je länger man sich mit der Frage beschäftigte, ob Brendans in der Dämmerung leuchtende Haut ihren fluoreszierenden Effekt ihrer milch-? kalk-? lilien-? papier-? schnee-?, egal: auf jeden Fall unwirklich weißen Tönung verdankte. Gern hätte ich auch die Linie seiner Oberlippe studiert, aber die wurde zur Gänze vom Schnurrbart verdeckt, und wenn Brendan Wörter sprach wie Patrouille oder Pistole oder verpißt euch, dann verschwand bei all den knallenden P's auch noch die Unterlippe hinter dem dunklen, drahtigen Balken.

Schon seit geraumer Zeit hatte Clemens den Tisch verlassen und sich mit seiner Gitarre in eine Ecke verzogen. Den Greueln, den Wunden, den Morden, die aus Brendan quollen, setzte er seine geschmeidig perlenden Riffs und seine kleinen, verspielten Liebeslieder entgegen. *Come a little closer to my breast, I'll tell you that you're the one I really love the best. And you don't have to worry about any of the rest, cause everything's fine right now* – in den letzten Wochen hatte ich derlei Serenaden duchaus wohlwollend entgegengenommen, jetzt aber schienen sie mir nur wieder einmal typisch zu sein für solch einen zartbesaiteten und ständig *vollgedröhnten* Eskapisten. Und außerdem die völlig falsche Taktik, um meine Aufmerksamkeit auf sich zu lenken. Die wurde nämlich inzwischen ausschließlich von Brendans Augen in Anspruch genommen, die grau waren wie die Wintersee. War es das Unstete in ihnen, das der über den wahren Sachverhalt doch so gründlich getäuschten Mrs. Bradley sofort an ihm aufgefallen war? Immer noch, wie schon am Flughafen, strich Brendans Blick über seine Umgebung wie der kalte Strahl aus einer Taschenlampe. Und plötzlich wußte auch ich es: Das war kein Horizonte abtastender Seemannsblick. Das waren die Augen eines Soldaten, der gefährliches Terrain sichert. Oder die eines Tiers, das sich eines möglichen Fluchtwegs zu vergewissern sucht.

»Wie alt bist du eigentlich?« hörte ich mich unvermittelt in seine Erzählungen hineinplatzen, und unter dem Schutz der Tischplatte kniff ich mir gleich danach zur Strafe fest in das Weiche des Oberschenkels. Selbstverständlich hätte ich, nachdem ich den ganzen Abend lang hartnäckig geschwiegen hatte wie eine dumme Kuh, jetzt wenigstens irgend etwas politisch Relevantes von mir geben müssen. Statt solch eines völlig belanglosen privatistischen Mists.

»In drei Wochen dreißig«, sagte Brendan, »verglichen mit euch also uralt.« Und während er mir dabei zum ersten Mal direkt in die Augen sah, verlor seine Iris jäh alles kalte Seegrau und wurde so schwarz wie sein Haar.

Ein paar Pulsschläge lang drang das weiche Dunkel in mich. Ungehindert passierte es alle Sperren und Barrieren, und es war, als hätte ich es immer schon vermißt. Aber bevor ich mich darüber verwundern konnte, sagte Markus: »Ich geh dann mal besser«, und aus Clemens' Ecke klang ein schriller, stählerner Akkord, und Brendans Blick glitt wieder hinaus aus mir.

Brendan hangelte nach dem Whiskeykrug und schenkte mir nach, und dann humpelte er mit der Flasche und zwei Gläsern hinüber zu Clemens und legte ihm beruhigend die schwere, breite Hand auf die Schulter. Was Clemens noch viel ätherischer und ihn noch weitaus viriler aussehen ließ. In meinem Bauch breitete der Falter seine Flügel aus. Daß Brendans Nägel nicht ganz sauber, womöglich sogar ein wenig abgekaut aussahen, spornte ihn überraschenderweise sogar noch an. In eine Kampfjacke packt man kein Reisenecessaire.
»Slantier!« sagte Brendan und nahm einen tiefen Schluck wie aus einem Wasserglas. Dies hieße »Cheers« auf Gälisch, der Sprache, die er erst während seiner anderthalb Jahre Haft in ›Long Kesh‹, dem britischen Lager, in das nach den Internierungsgesetzen jeder nur irgendwie auffällig gewordene Oppositionelle ohne Gerichtsverhandlung, ohne Beweise und damit auch ohne jede Möglichkeit der Verteidigung eingesperrt werden konnte, gelernt habe. Doch die Tragik dieses Exkurses ging für Clemens und mich unter in der Sturzflut von Whiskey, die er dabei über uns ergoß.
Irgendwann begann er dann zu singen, die altbekannten irischen Rauf- und Sauflieder, in einem rauhen Baßbariton, dem sich bald auch Clemens' Gitarre und mein Alt anschlossen. Mitten im eben noch so schmissigen *Black Velvet Band* verstummte plötzlich die Instrumentalbegleitung, aber der Krieger und ich schmetterten den letzten Refrain noch zu Ende, bevor Brendan prüfend Clemens' Kopf hob, der kommentar- und klaglos auf den Klangkörper gesunken war.
»Was für ein Talent!« sagte Brendan bewundernd und bedauernd, als er den Kopf des Schlafenden fürsorglich auf die Sessellehne bettete und die Gitarre aus seinen Armen löste. »Du bist sein Mädchen?« – mehr als Feststellung

denn als Frage, mit einem selbst in meinem Whiskeynebel noch wahrnehmbaren Knurren in der Unterlage.
Sogar im Rausch war auf meinen empfindsamen Stolz Verlaß. Was glaubte dieser hergeflogene Terrorist eigentlich, wen er vor sich hatte! »Sein Mädchen – sein Mädchen – «, äffte ich ihn nach und ließ die Worte glitzern vor Verächtlichkeit. Meine Göttin erschien im Wohnzimmer und hob ihr unnachsichtiges Haupt: *Freiheit* und bedingungslose Ehrlichkeit als oberste Prinzipien mußten selbst gegen alle flatternden Falter und irischen Krieger verteidigt und hochgehalten werden: »Sein Mädchen – «, wiederholte ich. »Nur weil ich jemanden manchmal ficke, gehöre ich ihm noch lange nicht!«
Doch Brendan zeigte weder Wirkung noch Hochachtung vor dem offenen Wort. Er beschränkte seine Reaktion darauf, das Krüglein mit ungeteilter Konzentration neben seinem Ohr angelegentlich zu schwenken, um es sich, augenscheinlich zufrieden mit dem vernommenen Resultat, ein letztes Mal an die Lippen zu setzen und dem traurigen Whiskeyrest den Garaus zu machen.
»Ich gehöre niemandem«, schwenkte ich erneut das Banner meiner Unabhängigkeit, das bislang doch noch jeden *Typen* beeindruckt hatte. – »Slantier!« sagte Brendan freundlich und höflich, aber erheblich verspätet.
»Ich bin auch kein Mädchen, ich bin eine Frau!« rief ich, nunmehr schon sehr ärgerlich. Um sein Leben hatte ich gebangt, geweint hatte ich um ihn, und solange nichts Gegenteiliges vom Lehrstuhl für Parapsychologie verlautete, konnte ich ja wohl mit einigem Recht davon ausgehen, ihn durch die Macht meiner Beschwörungen von der Schwelle des Todes zurückgerissen zu haben. Ich war zu vornehm, ihm dies zu eröffnen, aber meiner Meinung nach hatte er nun, da wir so gut wie allein waren (Clemens würde sich, das wußte ich, erst in frühestens zwölf Stun-

den wieder regen), die verdammte Pflicht, sich tragisch und schicksalschwer zu benehmen. Statt einfach nur dazustehen, mein Krüglein zu leeren und sich allem Anschein nach blendend – über mich! – zu amüsieren.
»Oh, wirklich?« fragte Brendan, und wer dabei seine massive Präsenz nicht sah, hätte Stimme, Tonfall und Akzent für die einer ältlich vertrockneten, aber immer noch hoffenden und um einen charmanten Konversationston bemühten Jungfer auf einer englischen Strandpromenade gehalten. Unverschämt.
Plötzlich merkte ich, wie unerträglich heiß und verqualmt das Zimmer war. Entschlossen machte ich mich daher auf in Richtung Fenster, aber der Teufel der Trunkenheit verbündete sich mit dem Satan der Plateausohlen und ließ mich über die Kokosmatte stolpern. Vollends wütend, schleuderte ich die Schuhe von meinen Füßen und stapfte barfuß weiter.
»Hübsch winzig. Das ist es, was du bist«, kommentierte Brendan den bedauerlichen Fakt, daß ich ohne die zwölf Zentimeter hohen Stelzen leider nur noch bis zum tiefsten Punkt des V-Ausschnitts seiner Weste reichte. Überhaupt: Ein anständiger Rebell trug keinen Nadelstreifen! Und schon gar keinen glanzvollen!
»Ich bin nicht winzig!« schrie ich, die ich seit jeher unter dem eklatanten Mißverhältnis zwischen meiner Körpergröße von nur einem Meter fünfundsechzig einerseits und meiner Bedeutung andererseits gelitten hatte.
Brendan lachte. Er lachte mich laut schallend und dröhnend aus, und damit zerstob selbst noch die winzigste Hoffnung, diese Nacht könne eine irgendwie geartete Wendung zur Erotik nehmen. Doch damit nicht genug. Sein steifes Bein wie ein besonders drolliges Requisit benutzend, steppte Brendan nach Art der Tanzbären auf mich zu, packte mich nicht gerade zart am Nacken und

schüttelte mich mit einer Hand durch wie einen nicht stubenreinen Welpen. Dann knipste er das breite Feixen in seinem Gesicht aus. »Küß mich, Kate«, sagte Brendan Trelawney.

Na also. Warum nicht gleich. Wahrscheinlich kennen sie in Belfast noch keine wirklich emanzipierten Frauen, dachte ich und beschloß zu vergeben und zu vergessen. Und sicherlich hatten sie dort auch keine Gelegenheit, Oswald Kolle und Epigonen zu studieren. Brendans Schnäuzer kratzte wie eine Feile, und sein Kuß war grob und ohne jede Andacht. Aber das wird schon, dachte ich, du bist ja nicht der erste, dem ich das beibringe. Doch als ich mich fest gegen seine Weste schob und die Hände um seinen Nacken legte, fühlte ich mich jäh bei den Schultern gepackt und auf Distanz geschoben. Brendans Augen waren so kalt, grau und flach wie eine Regenpfütze im Januar.

»Und merk dir, Mädchen: Bei uns in Irland ficken nur die Huren. Die Frauen aber lieben!« sagte Brendan Trelawney aus dem katholischen Andersonstown im blutig umkämpften Belfast. Bevor er mich stehenließ wie eine alte, verbrauchte Vettel und sein Bein zur Tür und dann die unter seinem Tritt ächzende Treppe hoch in Pias Mansarde schleppte.

Ich japste nach Luft wie ein Weihnachtskarpfen auf dem Schlachtbrett. Ich durchwühlte mein Großhirn, aber nirgendwo fand sich eine Gedächtniszelle von vergleichbar demütigendem und beleidigendem Inhalt. Ich wußte, ich hätte ein paar Gegenstände schmeißen, ein paar vernichtende Sätze schreien, einen Tumult anzetteln und diesen Hinterwäldler, schlimmer noch: dieses unerträgliche *Macho-Schwein* ganz einfach hochkant aus Xanadu werfen sollen. Aber um jedes Nippes im Wohnzimmer hätte es mir leid getan, und vernichtende Sätze wollten mir auf

Englisch ohne den Großen Langenscheidt so schnell nicht einfallen, und wie ich den Abbruch der ganzen Aktion den Vereinsmitgliedern, den Kindern, den Gasteltern und der Düsseldorfer Lokalpresse, die für übermorgen ans Benrather Schloß bestellt worden war, erklären sollte, wußte ich auch nicht. Also atmete ich am Fenster ein paarmal bis tief hinunter zu den Magenwänden durch und tröstete mich mit dem Gedanken, daß die Glühwürmchen, die draußen durch die schwüle Nachtluft flirrten, von meiner Schmach nichts ahnten. Dann schob ich Clemens, der noch wie bewußtlos im Sessel hing, ein Kissen hinter den zusammengekrümmten Rücken und einen Stuhl unter die Beine. Ich mußte mich viel wälzen in dieser Nacht, wie immer, wenn ich zu viel getrunken hatte, und ich wurde erst ein wenig ruhiger, als mir einfiel, wieviel Zeit ich noch hatte, mich zu rächen. Brendan sollte mich kennenlernen.
Als ich endlich wegdämmerte, schreckte ich noch einmal hoch. Mir schien, als hätte ich gleich nebenan einen heiseren, wie erstickten Schrei gehört. Doch dann drang nichts als Stille durch die Erich Wendrikeitsche Eigenkonstruktion aus Pappe und Spucke; wahrscheinlich hatte ich nichts anderes erlebt als ein akustisches Pendant zu dem Fallgefühl, das mich allzu oft beim Eintauchen in den Traum erschreckte. Schließlich war Brendan, nach allem, was ich von ihm wußte, nicht der Mann, der im Schlaf schrie wie ein erschrecktes Kind.
Ich habe irgendwo gelesen, daß das menschliche Gehirn wie die Festplatte eines Computers arbeitet: Millionen von Informationen, Gedanken, Bilder, Gerüche, Gefühle, Töne werden gespeichert und sind auf Abruf verfügbar. Der Vergleich hat mir gefallen, denn er bedeutet Verläßlichkeit, Berechenbarkeit, Objektivität. Doch leider weist die Sache einen entscheidenden Haken auf. Die Compu-

terkasse EN DE EHD, in die ich allabendlich die Ergebnisse unserer Arbeit eintippe, hat mir noch nie den Gefallen erwiesen, den Tagesumsatz zu beschönigen, um mich zu beruhigen und mit angenehmen Gedanken ins Bett zu schicken. Genau dies aber ist die erklärte Absicht meines Gedächtnisses.

Allüberall an den Pfaden der Erinnerung lauert die Selbstgerechtigkeit und verlockt dazu, die eigene Person als Opfer und nichts als ein Opfer anzusehen. Tatsache aber ist, daß mich beim Anblick der jungen Frau, die ich da heute im Rückspiegel sehe, stets ein ungläubiges Schaudern erfaßt: Das soll ich gewesen sein?

Natürlich war ich wieder einmal aufs äußerste *betroffen,* als es in der zweiten Nacht nach Brendans Einzug in Xanadu gegen drei Uhr Sturm klingelte. Da ich in Brendans Gegenwart merkwürdige Skrupel hatte, mich mit der üblichen provokativen Nacktheit durchs Haus zu bewegen, wickelte ich mich schlaftrunken und mißmutig (Was ist denn jetzt schon wieder! – Läßt man mich noch nicht einmal mehr in Ruhe schlafen?!) in den roten Seidenkimono der Madame Butterfly aus dem Fundus und ging, die Tür zu öffnen. Vor mir standen zwei Männer, die in ihren grotesk gestreiften Schlafanzügen aussahen wie Sträflinge aus schlechten Cartoons, aber statt mit der obligatorischen Kugelkette waren sie nur durch die Bande des Blutes aneinandergefesselt. Es handelte sich um Vater und Sohn. Um Heinz und Markus Immig.

Heinz Immigs Teinttönung war im Dunkel der Nacht nicht genau auszumachen, aber im nachhinein bin ich mir einigermaßen sicher, daß sie, während er unablässig brüllte und auf seinen Sohn eintrat, der an den Türrahmen geklammert langsam zu Boden rutschte, in einem satten Zwetschgenlila changiert haben muß. Markus hingegen war lindgrün; Speichelfäden hingen ihm am Mund

und tropften auf den Schlafanzug, dessen Jacke über und über mit Erbrochenem befleckt war, und die Hand, die er haltsuchend nach mir ausstreckte, war naßkalt.
Die Orgie der Unflätigkeit, in der Heinz Immig sich austobte, ist mir zum größten Teil entfallen. Von »jämmerlichem Waschlappen« war die Rede, der sein Sohn nicht mehr sei. Von einer Flasche Stroh-Rum, einem halben Päckchen Schlaftabletten und davon, »selbst zum Sterben noch zu blöd« zu sein. Ein neuer Schwall aus Markus' Mund ergoß sich über meine bloßen Füße, während ich schrill und abwechselnd auf deutsch und englisch um Hilfe schrie.
Ein Gepolter auf der Treppe kündigte auch schnell das Nahen der Hausgäste an. Beim Anblick von Clemens in seiner winzigen Unterhose verschlug es Heinz Immig zwar kurzzeitig die Sprache, aber erst als sich Brendan, der nicht nur wegen seiner Behinderung länger brauchte, sondern auch, weil er sich züchtig in Jeans und ein ockerfarbenes Hemd gehüllt hatte, seinen massiven Körper neben mich in den Eingang geschoben hatte, ließ er davon ab, auf Markus weiter einzutreten.
Heinz Immigs Miene, bislang ganz Wut und Drohung, verzog sich zu einem verschlagen geilen Grinsen, während er angelegentlich langsam von Clemens auf Brendan und schließlich auf seinen Sohn sah. Dann packte er Markus unter den Achseln und hob ihn hoch wie eine übergroße Strohpuppe.
»Da, du alte Drecksau«, geiferte er mich leise durch die gebleckten Zähne an. »Dann versuch doch mal, ob du dir den Schlappschwanz hier nicht auch noch in dein schmutziges Loch stecken kannst.« Und er warf seinen Sohn auf mich und drehte sich auf dem Absatz seines Pantoffels um, und wenn Clemens nicht unmittelbar hinter mir gestanden hätte, wäre ich unter der Last des erneut

Würgenden der Länge nach rückwärts in die Diele geschlagen.
Zu dritt zerrten wir Markus ins Haus, das heißt, eigentlich zerrten nur Clemens und ich, während Brendan um uns herumhumpelte und laut sein steifes Bein, das ihm ein Bücken nicht ermöglichte, und seinen verkrüppelten Arm und seinen Stock, ohne den er keinen Schritt tun konnte, verfluchte. Was mit Markus passiert sei, wollte er wissen, und auch, was der »fucking idiot« auf »fucking German« zu mir gesagt habe.
Clemens reichte mir wortlos die Flasche Hustensaft, die er im Kühlschrank gefunden und sofort zur Hälfte geleert hatte, und nach einem entschlossenen Schluck konnte auch ich spüren, wie das krampfhafte Zittern, das mich wie eine Spastikerin schüttelte, allmählich nachließ. Ich erklärte Brendan, daß Heinz Immig ein alter Nazi sei und Markus nichts als ein dummer, kleiner Schuljunge, der ständig wohlkalkuliert scheiternde Selbstmordversuche unternehme, um auf sich aufmerksam zu machen. Von dem mächtigen Satz ins Tulpenbeet erzählte ich, und daß er auch diesmal wohlweislich nur wieder ein halbes Päckchen Tabletten geschluckt habe. »Wahrscheinlich die schwächsten, die er auftreiben konnte!« fügte ich hinzu.
Aus der Duschküche holte ich Wasser, Schwamm und Seife, und begann, Markus eklig verschmiertes Gesicht zu reinigen.
»Catjjj«, lallte Markus, und der mit Speiseresten durchsetzte Speichel sabberte Blasen um seine Lippen. »Du mußt mir hefffen, Catjj!« Heldenhaft, so fand ich, überwand ich meinen Widerwillen und zog ihm spitzfingrig und mit angehaltenem Atem die abscheulich verdreckte Schlafanzugjacke vom Körper.
»Liebt er dich?« fragte Brendan insofern zusammenhang-

los, als er ja weder die Vorgeschichte kannte, noch Markus' Gestammel verstanden haben konnte.
»Das bildet er sich vielleicht ein«, sagte ich so sachlich, wie es die schillernde Eitelkeit, die ich durch meinen Kopf funkeln spürte, zuließ. Ich nahm noch einen tiefen Atemzug, bevor ich mich anschickte, Markus auch die verdächtig dunkelfeuchte Hose abzustreifen, doch Brendan zog meine Hände aus dem Gummibund und schob mich beiseite.
»Geh und hol eine Decke«, knurrte er, und wenn das Grau der Augen unter dem Brauenbalken dabei nicht so kalt und scharf gewesen wäre wie die Spitze eines Eispickels, hätte ich tatsächlich geglaubt, ihn just einen Moment zuvor heftig erröten gesehen zu haben.
Mit der Decke im Arm und dem Hustensaft im Blut schwankte ich genau zu dem Zeitpunkt durch die Diele, als es erneut klingelte und Frau Immig, verweint und mit einem Pflaster auf der Stirn, Einlaß begehrte. »Was haben Sie ihm nur angetan!« schluchzte sie laut auf, als sie ihren Sohn nackt auf dem Sofa liegen sah, und Brendan riß mir die Decke aus den Händen und breitete sie eiligst über den Körper, den ich doch besser kannte als alle anderen im Raum.
Frau Immig rief einen Krankenwagen an, und während wir auf dessen Ankunft warteten, drückte ein schwer lastendes Schweigen auf Xanadu, das nur durch ein paar Düsentriebwerke und gelegentliche Brechanfälle von Markus unterbrochen wurde.
»Warum sprecht ihr nicht mit der armen Frau?« fragte Brendan, wachsam und mißtrauisch, und als er weder von Clemens, der auf dem Boden neben der Couch kauerte und schon so tief im Codein versunken war, daß er seine Gänsehaut nicht spürte, noch von mir, die ich mir diese Frage selbst schon seit einigen Minuten stellte, eine Ant-

wort erhielt, stand er auf, wuchtete sich zu Frau Immig hinüber, nahm ihre Hand und erzählte ihr in seinem schnörkelreichsten Singsang, daß sie einen prächtigen Sohn habe und daß er sicherlich ganz schnell wieder gesund würde. Frau Immig sah ihn verständnislos an, aber sie drückte seine Hand mit geschlossenen Augen an ihre Schläfe wie ein schmerzlinderndes Kühlkissen.

»Ihr Deutschen seid ein ziemlich seltsames Volk«, sagte Brendan, nachdenklich den runden, schwarzen Kopf schüttelnd, als wir dem Blaulicht nachschauten. – Eine Bemerkung, zu deren Wiederholung er in der nächsten Zeit noch reichlich Anlaß sah.

In regelmäßigen Abständen schrillte das Telefon in Xanadu, und irritierte bis aufgebrachte Gasteltern verlangten dringlichst nach Brendans Rat und Hilfe in allen Lebenslagen. Dabei erwiesen die kulinarischen Probleme sich als die simpelsten und konnten am schnellsten gelöst werden.

Wie sich herausstellte, waren nämlich – mit Ausnahme von Bridget, die alsbald von Mrs. Bradleys Erbsensuppen und Nudeleintöpfen schwärmte – alle Kinder gefragt worden, was sie am liebsten aßen, und auf die synchrone Antwort »Fish 'n Chips« waren in allen Haushalten Seefische unterschiedlichster Preiskategorie pochiert oder gebraten und mit Kräuter- oder Senfsoße gereicht worden, wozu man als Beilage kartonweise Tüten mit Kartoffelchips gebunkert hatte. Trotz dieser Bemühungen um Entgegenkommen aber war überall die Nahrungsaufnahme entweder lautstark protestierend verweigert oder unter heftigem, flächendeckendem Chipsgebrösel höchst widerwillig vollzogen worden. Erst als ich nach Beratung mit Brendan erklären konnte, daß englische »Chips« nichts anderes seien als deutsche Pommes, entspannte sich die Lage vorübergehend wenigstens so lange, bis die ersten

Beschwerden darüber eintrafen, daß die Kinder nun morgens, mittags und abends ausschließlich nach Pommes und Süßigkeiten verlangten. »Warum machen Sie alles so kompliziert, warum sagen Sie nicht einfach nein und geben ihnen nur das, was Sie selbst auch essen?« wunderte sich Brendan in erschütternder Naivität. Offenkundig gehörten die Grundzüge der emanzipatorischen Erziehung nicht zum Basiswissen irischer Rebellen.

Bridget bekam die Windpocken und mußte eine Woche bei Mrs. Bradley das Bett hüten, und Annette Grevel bekam, als man in Donals rotem Schopf krabbelnde Läuse entdeckte, einen Schreikrampf und verließ das Experimentierfeld ihrer offenen Ehe vorübergehend zugunsten exklusiver Zweisamkeit mit ihrer Mutter. Auch von Curtis E. Hoppen kam unfrohe Kunde. Die Zwillinge Kenneth und Liam, die Tunichtgute mit den ewigen Knallfröschen, hatten die gelangweilten Hoppen-Söhne zu *Brits* erklärt und zwischen all dem Glas und den Skulpturen im Penthouse einen zähen Partisanenkampf begonnen.

Ihre Kampfhymne war *If you hit the British army, clap your hands,* an der Curtis E. Hoppen besonders zu entrüsten schien, daß sie sie auf die Melodie des Heino-Liedes *Von den blauen Bergen kommen wir* sangen, und jedesmal, wenn das Lied hoch oben über den Baumwipfeln des Hofgartens erschallte, rutschte die Hoppen-Brut auf etwas Schmierseife aus oder fand ihre Zimmer verriegelt oder ihre Pyjamas zugenäht. Brendan packte die Zwillinge an den Hemdkrägen, schüttelte sie durch und erklärte ihnen, bei der nächsten Klage über sie werde er sie so lange in den Rhein tunken, bis ihre schwarzen Seelen so sauber seien wie ihre Haut. Ungeachtet der in diesem Zusammenhang wenig hilfreichen Klagen von Frau Hoppen, der Rhein sei ja so dreckig, das könne man sich in einer so gesunden Umwelt wie dem doch immerhin in den Grund-

zügen noch agrarischen Nordirland ja gar nicht vorstellen, gelobten die Zwillinge unisono Besserung.
Ein paar Tage später jedoch zerfiel ein künstlerisch wertvolles *Objekt* aus rostigem Stahl und blauem Glas in Scherben und Bruchstücke, und der dreizehnjährige Tristan Hoppen denunzierte flugs, Kenneth habe es böse grinsend hochgenommen und mutwillig zerstört, während der Beschuldigte – beim heiligsten Herzen Jesu – schwor, er sei von dem viel größeren und älteren Tristan geschubst worden, und das Ganze sei nichts als ein Unfall, der ihm sehr leid tue. Die beiden Hoppen-Söhne wurden daraufhin zu einer Tante im Bergischen Land geschickt, und Curtis E. und seine Frau erklärten, von den beiden Iren, die nebenbei bemerkt wirklich gemeingefährlich seien, hätten ihre Kinder sowieso kein richtiges Englisch, sondern nur übelste Gossenvokabeln lernen können, und das sei ja schließlich nicht der Sinn der Sache gewesen. Außerdem seien diese Iren ja so *kaputt,* daß inzwischen auch sie als progressives, antiimperialistisch gesonnenes Paar um ihr Leben fürchten müßten. Irgendwann müsse der Spaß auch mal ein Ende haben und ein jeder auch an sich selbst denken – von da an kamen die Zwillinge nur noch zum Schlafen zurück ins Penthouse: Frau Tappert holte sie morgens zum Spielen oder Wandern oder Schwimmen ab und brachte sie abends wieder zurück. Und obwohl unter ihrer Obhut aus den zehnjährigen Kriegsteilnehmern allmählich wieder zehnjährige Kinder wurden, blieben Curtis E. Hoppen und seine Frau in ihrer Gegenwart ständig auf der Hut.
»Sie schleichen umher, als hielten sie in Gedanken ständig Stuhl und Peitsche bereit«, fand Brendan. »Als ob sie Zirkusdompteure und die Zwillinge reißende Raubtiere wären – und nicht einfach nur arme, dumme, kleine Jungs! Was macht ihr seltsamen Deutschen eigentlich mit

euren eigenen Kindern, seid ihr mit denen auch so verklemmt?«
Ich beschränkte meine Antwort auf ein paar aus der Zeitschrift ELTERN zusammengepuzzelte Weisheiten über das Kind als autonome Persönlichkeit, das selbstverständlich so ernst zu nehmen sei wie jeder Erwachsene, und meine übrige Reaktion bestand darin, mich seltsam undefinierbar zu ärgern. Einerseits lehnte ich natürlich jede Verbindung zwischen Staatszugehörigkeit und bestimmten Eigenschaften kategorisch ab, andererseits lag ich seit langem mit keinem anderen Land so intensiv im Hader wie mit meinem eigenen. Aufgrund meiner Armut, die zu meinem großen Verdruß keine weiten Reisen zuließ, hatte ich wenig Vergleichsmöglichkeiten; daß aber in der Bundesrepublik die allgemeinen *Macken* irgendwie breiter gestreut und stärker ausgeprägt waren als irgendwo sonst, das mußte mir niemand erzählen. Und erst recht keiner, der wie Brendan mich – die höchst einmalige Katharina Blasberg! – mit all den anderen Idioten in einen Topf warf und dabei noch nicht einmal in der Lage war, beim Hören von Radio Hilversum zu erkennen, daß die Leute da in anderen Zungen sprachen. Er hielt das rachenrauhe Holländisch tatsächlich für Deutsch, aber auch diesen Irrtum hatte ich eher flüchtig aufgeklärt.
Und genau das war es, was mich inzwischen am allermeisten wurmte: Die vormalige Predigerin von Lohausen machte Brendans Gegenwart zunehmend sprachlos. Seine rauschenden Wortkaskaden verstand ich täglich besser, aber indem ich die Vokabeln identifizierte und sie sogar bald nicht mehr einzeln zu übersetzen brauchte, wurde er mir immer unbegreiflicher. Konnte es wirklich angehen, daß ein Mensch, ein Mann zumal, seine Stimmungen schneller wechselte als die Räume, in denen er sich aufhielt? Daß er in einer Sekunde flammender Frei-

heitsheld war und in der nächsten ein Märchenerzähler oder ein Spötter, der sich nicht nur über das Leben und den Tod, sondern bevorzugt auch über meine respektgebietende Persönlichkeit lustig machte?
Als sich eines Nachts ein Sommergewitter über der Stadt zusammenballte und einleitendes Grollen und Donnerrollen bald übergingen zu schaurig durchs Dunkel zuckenden Blitzen und ohrensprengenden Detonationen, heischten sowohl Irene als auch die Sozietät Zarnekow & Zarnekow mit hysterisch klingenden Stimmen nach pädagogischer Instruktion. Der kleine, dicke Finbar hatte all sein Rauhbauz-Gehabe abgelegt und war, vollständig angezogen und tapfer schluckend, in Irenes Schlafzimmer erschienen: Ob es nicht besser sei, bei so vielen Bomben im Viertel in den Keller zu gehen. Auch Finola war am französischen Bett der Sozietät aufgetaucht und hatte versucht, zitternd zwar und mit einer Hand die Plastikmadonna umklammernd, das Paar aus tiefem Schlummer und vor allem aus der Nähe der Fenster zu ziehen: In der Straße, in der sie in Belfast lebte, sei neulich noch ein Pub in die Luft geflogen, und da seien selbst bei ihrer Familie, zehn Häuser weiter, noch alle Fenster aus den Rahmen und in die Zimmer gesprengt worden, weshalb ihre Mutter ein Auge verloren und ihre kleine Schwester in einem Bettchen aus Splittern gelegen habe.
»Das alles nimmt einen so wahnsinnig mit – auf so einen Streß war man doch gar nicht vorbereitet, und ich weiß wirklich nicht mehr, wie ich damit umgehen und fertigwerden soll!« beschwerte sich Eva Zarnekow-Schmidtbauer, während ich mein Bestes tat, dem neben mir stehenden Sozialarbeiter wenigstens die Grundzüge der neuerlichen Schwierigkeiten simultan zu übersetzen. Brendan jedoch stampfte nur ungeduldig mit dem Krückstock auf und riß mir schließlich den Hörer aus der Hand.

»Wo ist Finola jetzt, und wie geht es ihr?« fragte er in barschem Ton, aber langsam und in einem für seine Verhältnisse oxfordwürdigen Englisch.
»Sie steht hier neben mir und weint!« rief Eva Zarnekow-Schmidtbauer so laut, daß selbst ich sie verstehen konnte, und im Tonfall berechtigter Empörung über all die Unzumutbarkeiten und Belastungen, mit der wir sie überhäuften.
»Wie wäre es, wenn Sie dann jetzt das Gespräch beenden und das Kind einfach ein bißchen in den Arm nehmen und trösten?« polterte Brendan. Und bevor noch eine Gegenrede möglich war, krachten in vollkommener Gleichzeitigkeit der Hörer auf die Gabel und der Krückstock auf den Boden, und die Kätzchen, die wie üblich um uns herumhopsten, machten vor Schreck einen Satz in die Luft und flüchteten sich zu Zetkin, die Brendan aus schmalen Augenschlitzen vorwurfsvoll musterte und ein paarmal mit dem Schwanz schlug.
Anzeichen der Ungnade, von mir nicht ohne innere Freude registriert; denn schon am zweiten Tag seines Aufenthalts bei uns hatte sich die Stolze, die bislang noch stets Unberührbare unter seiner streichelnden Hand hin- und hergerollt. Knochenlos weich und krallenlos nachgiebig wie ein längliches Stück Hefeteig, ekstatisch schnurrend und purrend. Wenn Zetkin zornig auf mich war, brachte sie das Kunststück fertig, meine Existenz mitunter tagelang selbst bei der Fütterung geflissentlich zu übersehen – Brendan aber brauchte auch diesmal nur mit den Fingern zu schnipsen, und schon war mit ihrem Unmut auch all ihre großherzogliche Würde verflogen. Mit steil erhobenem Schwanz strich sie um seine Beine und forderte ihn mittels frenetischen Kopfreibens zu weiteren Zärtlichkeiten auf.
»In meiner Heimat gelte ich als wahrer Magier im Um-

gang mit Tieren«, erklärte Brendan, wohlgefällig nicht nur Zetkins Bettelei, sondern auch mein Stirnrunzeln betrachtend. »Schon als ich ein Kind war, verbreitete sich die Kunde von den Wundern, die ich vollbrachte an den Geschöpfen der Wälder, der Wiesen und der Stadtparks. Bewunderer aus nah und fern gelegenen Grafschaften vernahmen die Kunde und pilgerten zu mir, um mir ungläubig staunend zuzusehen, wie ich den Hunden das Stöckchen warf und wie die Katzen meines Großvaters mir ohne Aufforderung selbst ins Bett folgten und wie überaus graziös ich von allen Pferden fallen konnte. – Natürlich erwähne ich dies alles nur sehr ungern, denn oberflächliche Naturen könnten sich versucht fühlen, mich der Prahlerei zu beschuldigen. Aber wenn es eine Tugend gibt, die ich noch über meine bereits sprichwörtliche Bescheidenheit setze, so ist es meine ebenfalls legendäre Wahrheitsliebe!« – Nichts, gar nichts konnte ich solchen Reden entgegensetzen. Brendan Trelawney war unfaßbar.
Um so ärgerlicher erschienen mir Zetkins bedingungslose Kapitulation und meine stetig fortschreitende Verwirrung, je fruchtloser sich alle an Männern zuvor durchaus erfolgreich erprobten Strategien erwiesen, ihn zu beeindrucken und endlich aus der Reserve zu locken. Am Morgen nach seiner Ankunft wollte ich ihn als die Unnahbare und rein sachliche und völlig unpersönliche Verwalterin von Vereinsangelegenheiten am Frühstückstisch empfangen, um ihn für seine Unverschämtheiten vom Vorabend zu strafen. Doch erstens fand ich die Küche abgeschlossen, und zweitens hörte ich die Dusche rauschen und Brendan den Gefangenenchor aus Verdis Nabucco schmettern, und als die Brause und der Einmannchor endlich verstummt waren, mußte ich noch geraume Zeit warten, bis Brendan mir endlich aufschloß. Er war bereits

vollständig angezogen, was mir in meinem schlampigen Kimono beträchtliches Unbehagen bereitete. Sein noch nasses Haar hatte er streng in der Mitte gescheitelt, ein Küchenhandtuch sorgsam über einen Unterarm gefaltet, und als er nach einem gezierten Hüsteln sich wie alterssteif verbeugte und nuschelte »Tee ist serviert, Ma'm!«, begriff ich, daß er gerade der Butler und mir nach dem überraschten Lachen aller Wind aus den Segeln genommen war.

An den folgenden Tagen versuchte ich, ihn dadurch zur möglichst tätigen Reue für seine demütigenden Äußerungen zu bringen, indem ich ihm zeigte, wie lieb und fürsorglich ich sein konnte. Ich kochte ihm abends Rheinischen Sauerbraten oder Chicken-Curry, hörte ihm ostentativ gebannt bei seinen Ausführungen über die Poesie der gälischen Sprache zu und brauchte mehr als vierundzwanzig Stunden, bis mir einfiel, daß es im Deutschen ebenfalls kein Wort für einen so prosaischen Gegenstand wie einen anglo-amerikanischen Computer gibt. Doch anstatt mir gebührend Anerkennung zu zollen, lümmelte Brendan sich mit weit von sich gestreckten Beinen im Thronsessel herum, bat Clemens höflich, etwas auf der Geige vorzuspielen, und versuchte danach mit dem sich Windenden eine Debatte darüber zu beginnen, ob er nicht seinem Talent gegenüber die verdammte Pflicht und Schuldigkeit besäße, endlich eine vernünftige Ausbildung zu beginnen und mit dem *fucking* Drogenschlucken Schluß zu machen.

Als ein besonderes Fiasko endeten schließlich alle Versuche, seine unbegreifliche Zurückhaltung durch Verhaltensweisen zu knacken, die in den meisten mir bekannten Filmen und Romanen unweigerlich zu erotischen Eruptionen führten. Um ihn aus der Reserve zu locken, rekelte ich mich also beim trauten Gespräch abends in Posen, die

ich für lasziv und verführerisch hielt, über die unangenehm kratzenden Kokosmatten und ließ dabei rein zufällig ein wenig einen Rock hoch- oder einen Träger von der Schulter rutschen.
Beim ersten Mal gab er daraufhin eine überzeugende Vorstellung als Joseph vor Potiphars Weib, wobei ihn seine Rolle derart hinriß, daß er schließlich auch das Weib und den gefoppten Potiphar gleich mitgab. Beim zweiten Mal nahm er meine Bemühungen gar nicht zur Kenntnis, sondern referierte mit einem Zorn, der sich in seinen Augen zu der Intensität eines Laserstrahls bündelte, ungerührt weiter über die Unbelehrbarkeit der Fanatiker aus den Reihen der IRA. Und beim dritten derartigen Vorstoß stand er auf, humpelte hoch in sein Zimmer und kam mit seinem Fotoapparat wieder zurück. Wie der Schauspieler David Hemmings im Film BLOW UP umkreiste er mich, schrie begeistert nach »Mehr!« und »Gib's mir!«, und als ich mich nach ein paar Sekunden der wieder einmal sprachlosen Verblüffung erhob, unentschlossen vor dem Problem stehend, ob ich nun beleidigt oder belustigt sein sollte, zeigte er sich bitter enttäuscht: »Vielleicht hätten wir die Fotos an den PLAYBOY verkaufen und mit dem Geld ein paar Internierten eine große Weihnachtsfreude bereiten können!«
Auf solch unrühmliche Weise abzublitzen und dabei auch noch ständig als Zielscheibe für Ironie und Spott zu dienen war eine ebenso neue wie unerfreuliche Erfahrung. Erschwerend kam hinzu, daß sie allen in den letzten Jahren gesammelten, wissenschaftlichen Erkenntnissen über das Verhältnis der Geschlechter zueinander Hohn sprach. Er war ein Mann, und ich war eine Frau, und wir lebten gemeinsam unter einem Dach. Er hatte über die verschiedensten Paarungen in meinem Umfeld gestaunt und erzählt, daß es in Irland unmöglich sei, so frei und ohne

Trauschein zusammenzusein; also mußte er doch unter *repressiven* Zuständen leben und demzufolge unter beträchtlichem *Hormonstau* leiden. Jeder Mann, den ich bisher kennengelernt hatte, hätte ohne jedes Zögern die sich bietende Gelegenheit und mich beim Schopf ergriffen. Aber ausgerechnet Brendan, dessen Briefe in mir sogar romantische Illusionen hatten wuchern lassen, schien an der natürlichsten Sache der Welt nicht im mindesten interessiert.
In meiner brodelnden *Frustration* wurde ich Opfer des kapitalistischen Konsumterrors und kaufte neues Mundwasser und Deospray und dazu im Asienshop ein eben noch erschwingliches Parfüm, dessen wesentlicher Bestandteil angeblich die betäubenden Sekrete wilder, brünstiger Moschushirsche waren. Ich trug zwei Tage schwer an dem Gedanken, er könne vielleicht schwul oder verliebt oder verlobt sein (nicht, daß letzteres unter Fortschrittlichen irgendeinen Unterschied gemacht hätte, aber ein Ire mochte ja vielleicht noch nicht die wesentliche Funktion der »Treue« als Instrument des Besitzanspruchs entlarvt haben!), und um mir wenigstens über diesen Punkt Klarheit zu verschaffen, suchte ich während eines Plausches verzweifelt nach einem Ansatzpunkt für die hoffentlich harmlos klingende Frage, ob er zu Hause vielleicht »irgendwie gebunden« sei.
Brendan zog für einen kurzen Moment die Augenbrauen unter den schwarzen Pony. Dann wich er meinem Blick aus und sah aus dem Fenster. »Ich habe einmal geglaubt, eine Frau zu lieben. Aber inzwischen weiß ich, das war ein Irrtum«, sagte er.
Schlechte Erfahrungen also! Seelische Verknotungen, wie sie exemplarisch waren für Gesellschaften mit prüder und heuchlerischer Sexualmoral! Ich hielt einen einleitenden Kurzvortrag über Wilhelm Reich, von dem er bezeichnenderweise noch nie gehört hatte, aber meine Ausführungen

über DIE FUNKTION DES ORGASMUS brachten mir auch nichts weiter ein als neuerliches unliebsames Zusammentreffen mit der viktorianischen Altjungfer auf der Strandpromenade sowie ein äußerst ladyhaft gesäuseltes: »Wie überaus schockierend!«

Nach fast zwei Wochen bedurfte es keinerlei alkoholischer Exzesse mehr, damit ich mich nachts schlaflos in meiner Mansarde wälzte. Dieser Juli war ungewohnt heiß und schwül, unter dem kaum isolierten Dach von Xanadu staute und addierte sich die Hitze der Tage, und während ich wieder einmal an der dünnen Wand zum Nebenzimmer lauschte, ob Brendan vielleicht noch las oder schon schlief, wischte ich unwillig das Laken von meinem nackten Körper. Und genau in diesem Moment hörte ich es.

Ein Murmeln, keuchend und gehetzt, als wollte da ein völlig verausgabter Marathonläufer im Ziel vor seinem endgültigen Zusammenbruch noch schnell erklären, warum er verloren hatte. Dann rauhe, wie bellende Befehle beim Drill auf einem Kasernenhof. Und Schreie, unterdrückt und würgend, wenig später wimmernd und flehend wie ein Kind: ... *my comrade* ... *my friend* ...

Aufspringen und zu ihm laufen waren eins, aber der Impuls nährte sich diesmal nicht aus dem Bedürfnis, wahrgenommen und für wichtig erkannt und begehrt zu werden. Irgend etwas, das viel, viel älter war als ich, trieb mich an, und es ließ mich vor seiner Tür innehalten und noch einmal zurückrennen, um mir etwas überzuwerfen, und es ließ mich die Gebote meiner nackten, strotzenden Göttin und all ihre Ideen von sperrangelweit geöffneten Eingängen mißachten, als ich, trotz meines überbordenden Drangs zu trösten und helfen, nur vorsichtig, zaghaft beinah, an Brendans Tür klopfte: Ob ich etwas für ihn tun könne? Bitte!?

»Du kannst draußen bleiben, und du kannst gottver-

dammt überhaupt nichts tun!« hörte ich nach einer beängstigenden Weile Brendan brüllen.
»Falls du auch einen Tee möchtest: Ich bin unten!« sagte ich. Und während ich den Kessel aufsetzte und am Tisch in der Duschküche nicht auf ihn wartete, sondern einfach nur da war – für ihn, falls er mich brauchte –, drängte ich sogar die beschämende Erkenntnis, mich bislang aufgeführt zu haben wie ein verzogenes Balg, das sich schreiend und trampelnd auf den Boden wirft, um endlich seine Eistüte zu bekommen, als nicht länger wichtig zurück. Ich faltete die Hände und hatte keine Gedanken und erst recht keine Hintergedanken. Ich war da. Und als ich, nach wie langer Zeit war ebenfalls egal, Brendan die Treppe heruntersteigen hörte, empfand ich keinerlei Genugtuung, sondern nur Freude und Sorge. Beides zu gleichen Teilen.
Er sagte nichts, als er sich zu mir setzte, und auch ich schwieg, während ich ihm Tee einschenkte, Milch und zwei Stücke Zucker zugab und die Flüssigkeit so lange für ihn umrührte, bis sich der Zucker vollständig aufgelöst hatte. Brendans Augen schwenkten wieder wie Suchscheinwerfer unablässig von einer Ecke des Raumes zur anderen und wieder zurück. Den Tee trank er in gierigen Zügen, auch die zweite Tasse, die ich ihm bereitete, und die Tasse klirrte, als er sie auf den Tisch absetzte.
»Ich habe schlechte Träume«, sagte er schlicht, den Kopf nun über den Tisch gebeugt, und ich nahm stumm seine schweren, massigen Hände, die erschreckend starr waren, und wärmte sie zwischen meinen, die im Vergleich aussahen wie nutzlose Spielzeugminiaturen. Und als er irgendwann einmal aufsah und bemerkte, daß ich nicht weinte, sondern überlief, da holte er tief Luft, senkte wieder den Kopf und öffnete mir seine Höllen.
Drei Männer in Tarnjacken und mit übers Gesicht ge-

zogenen Skimützen liefen da tief geduckt durch naßkalte, dunkle Straßen. Sie mieden das gefährliche Licht der Laternen und sprangen von einem Schatten zum nächsten. Entfernt zunächst, dann in immer kleiner werdendem Abstand schrillten Trillerpfeifen durch die Nacht und rasselten Mülleimerdeckel. Die uralten Signale der Frauen und der Kinder, die Auskunft gaben über die Bewegungen und Positionen des Feindes.
Die drei Männer umklammerten fester den schweren Stahl in ihren Händen. Glatt war der Stahl und rund und von einer unbeteiligten Kühle, die die Männer als beruhigend empfanden, während sie über eine nächste Straße rannten und in einen Hausflur, der ihnen von innen geöffnet wurde, ohne daß es eines Zeichens oder eines Wortes bedurft hätte. Sie hetzten eine Treppe hoch und noch eine, und oben wartete schon eine Dachluke auf sie, und sie mußten einen wilden Fluch unterdrücken, als einem von ihnen beim Hochhangeln das Gewehr aus der Hand rutschte und scheppernd ins Haus zurückfiel.
Die drei Männer klebten nun an moosigen Dachziegeln. Vorsichtig schoben sie sich höher und höher, bis die Straße frei und offen vor ihnen lag. Sie versuchten, ihr Keuchen zu verlangsamen, während ihre Ohren dem Trillern und dem Rasseln folgten, und schließlich spannten sie all ihre Sinne und entsicherten die Gewehre.
Denn unten bog er um die Ecke, der Feind. Der Feind war zu sechst, und er war auf der Hut. Der Feind hatte einen Kreis formiert, die Rücken nach innen und die Augen und die Gewehrmündungen nach außen, aber der Feind konnte die drei Männer nicht sehen, die da oben auf dem Dach auf sie warteten.
»Sie waren so jung, die Soldaten«, sagte Brendan, als er kurz aus seiner Hölle auftauchte und sich am Küchentisch von Xanadu wiederfand. »Jünger noch als du.« Und

er fügte hinzu, daß sich die Gesichter von Menschen, die just in dem Moment Stahlgeschosse in sich einschlagen fühlen, keineswegs im Schmerz verzerren. Sondern daß sie nur ungläubig aussehen. Aufs höchste erstaunt. Und ein kleines bißchen beleidigt.

In der nächsten Hölle wurde ein diesmal wehrloser Mann von anderen Soldaten geschlagen. So lange, so oft und so methodisch, bis er kaum noch Schmerz empfand. Die Soldaten stellten Fragen, immer dieselben, aber der Mann antwortete nicht, denn längst hatte er vergessen, daß es einen Mund gab und eine Stimme.

Eines Tages schleiften sie ihn wieder aus seiner Zelle, aber anstatt ihn wieder in den bekannten Raum zu bringen, stülpten sie ihm einen Sack über den Kopf und stießen ihn vor sich her, bis der Mann, der nichts sehen konnte, frische, freie Luft spürte, in der er einen Hauch von Tang roch.

Dann wurde er auf einen stählernen Boden geworfen, und ein mächtiger Motor sprang an, der den Boden zittern und beben ließ. Der Mann fühlte, wie sich der Boden mit ihm hob und kreiste und wieder senkte und erneut anzog, und der Mann erbrach sich in den Sack.

Die Soldaten lachten und sagten, sie machten jetzt einen kleinen Ausflug, und weil er nichts sei als ein Stück nutzlosen, irischen Drecks, würden sie ihn über dem Meer einfach aus dem Helikopter stoßen. Und es sei so, als habe es ihn nie gegeben.

Der Helikopter tanzte durch die Luft, in wilden Kreisen, er schlug eine Volte nach der anderen, und der Mann in dem Sack hätte beinah gelacht, als er die Wörter Salto mortale dachte, und dann machte er sich zum Sterben bereit. Er spürte keine Angst mehr, nur Erleichterung darüber, daß nun alles bald vorbei war. Nur noch ein paar Minuten sich darauf konzentrieren, keinen Mund zu

haben und keine Zunge und keine Stimme, und er würde endlich Ruhe haben. Ruhe sein.
Mit einem schrillen Kreischen wurde die Stahlschiebetür aufgerissen, und ein eiskalter Luftwirbel fuhr in den Sack, und der Mann fühlte fast dankbar die rohen Hände, die ihn packten. Er bereitete sich darauf vor, endlos zu fallen und nichts als zu fallen, und es war gut, daß niemand ihn würde schreien hören.
Aber er hatte keine Zeit, diesen Gedanken zu Ende zu denken, denn er spürte die Kälte und er spürte sein Gewicht in der Luft, und dann schlug er auch schon auf harter Erde auf.
»Der Helikopter flog zu dem Zeitpunkt nicht höher als etwa drei Meter«, sagte Brendan leise. »Nur mein Handgelenk ist gebrochen.«
Ich küßte seine Hände, die rauh waren und so schwer, als seien sie einfach nur Gegenstände, die auf dem Tisch lagen. Ohne jede Verbindung zu ihm. Es gab keine Zeit mehr und auch keine Wörter. Wir waren da, sonst nichts.
Irgendwann standen wir auf und gingen hinaus in den Garten. Es war noch schwarz, aber erste Amseln waren schon dabei, das Morgengrau herbeizusingen. Die Sterne verblaßten bereits über Xanadu, aber Brendan humpelte ein paar Schritte weiter hinaus in die warme Dunkelheit.
»Das ist der Sternenpflug«, sagte er, während er auf das Sternbild zeigte, das mir nur als der Große Wagen bekannt war, und er erklärte, daß dies das traditionelle Wahrzeichen der irischen Sozialisten sei. »Aber für einen verrückten irischen Krüppel wird er in Zukunft auch das Symbol sein für eine ebenso verrückte, winzige Deutsche mit ingwerfarbenem Haar. Die so müde ist, daß sie sich kaum noch aufrechthalten kann.«

Er legte seinen Arm auf meine Schulter, und bis heute, mehr als zwanzig Jahre später, suche ich in sternenklaren Nächten nach dem geschwungenen Pflug am Himmel. Und wenn ich ihn entdecke, spüre ich wieder Brendans Arm auf mir lasten, während wir nebeneinander die Treppe hochgehen und er sich auf mich statt auf seinen Krückstock stützt. Sein Schnurrbart ist weich auf meiner Stirn, und weich ist auch seine Stimme.
»Entschuldige mich«, murmelt Brendan. »Und danke.« Und er schiebt mich in mein Zimmer und schließt leise die Tür hinter mir.
»Das Herz geht einem ja auf, wenn man sieht, wie Sie beide sich anschauen«, sagte Mrs. Bradley glücklich, als wir am nächsten Tag mit den Kindern, die aufgeregt und quecksilbrig um uns herumsprangen, durch das Phantasialand schlenderten. Ich spürte, daß sie mich aus irgendeinem Grund am Arm zupfte, und sie blieb stehen und sah mich erwartungsvoll an. Aber ich konnte mich nicht mehr an die Frage erinnern, die sie wohl eben gestellt hatte, und so lachte Mrs. Bradley mich mit leuchtenden Aprikosenbäckchen an: »Sie sind ja schon gar nicht mehr von dieser Welt, Sie liebes Kind!«
Sie hatte recht. Wie durch dicke Watte nur hörte ich den Lärm und die Musik der Karussells und das Stimmengewirr um mich. Gebäude, Bäume und Menschen waren nichts als seltsam verwischte, neblige Schemen, bedeutungslos, unwichtig. Ich ging unter einer Glasglocke, und mit mir ging nur Brendan und nichts und niemand sonst. Ich weiß noch, daß ich für Mrs. Bradley lächelte, aber ich sagte nichts. Ich hatte nichts mehr zu sagen.
An diesem Abend nahm ich wieder Brendans Hände und ging mit ihm in seine dritte Hölle. Sein Freund Ronald O'Keefe, Bridgets großer Bruder, begleitete uns in den Pub in Andersonstown, wo die anderen Männer die bei-

den mit erhobenen Pints begrüßten. Ronald O'Keefe war keine sechs Fuß groß und zwölf Steine schwer, er war klein und drahtig und ob seines scharfen, schnellen Wortwitzes so hoch geschätzt, daß alle, die ihn kannten, bei seinem Anblick schon in Vorfreude zu lachen begannen.

Ronnie war für Brendan der Bruder, den er in seiner Familie nie gehabt hatte. Als Nachbarskinder wuchsen sie auf, heckten erste Streiche aus, lernten, daß sie in ihrem Viertel und in ihrer Stadt und in ihrem Land unter Menschen zweiter Klasse lebten. Seite an Seite zogen sie mit in den Bürgerrechtsmärschen der Jahre 1968 und 1969, im Chor forderten sie *one man, one vote,* und gemeinsam sahen sie in hilfloser Wut zu, wie die protestantischen Unionisten-Milizen über die damals noch unbewaffneten Katholiken herfielen, die für das längst überfällige allgemeine Wahlrecht demonstrierten.

Als der Konflikt eskalierte, als Nacht für Nacht die irischen Viertel gestürmt und geplündert und gebrandschatzt wurden, griffen auch sie zur Waffe. »Du willst dich wehren, und das tust du auch«, sagte Brendan. »Aber irgendwann stellst du dann fest, daß du von einem Verteidiger zu einem Angreifer geworden bist. Und zu einem Mörder.«

Mit Brendans Entlassung aus dem Internierungslager begann eine Zeit der nächtelangen Diskussionen, und Ronnie und Brendan wollten nicht mehr nach Unterschieden, sondern nach Gemeinsamkeiten suchen: »Arme Schweine sind arme Schweine, und es ist so schrecklich egal, ob sie probritische oder proirische arme Schweine sind!«

Der tödliche Haß hatte nichts verändert, nichts gebessert. Zu viele Menschen waren bereits gestorben, ohne daß ihr Leid und das ihrer Angehörigen irgendeinen Sinn ge-

macht hätte. Ronnie und Brendan wollten nicht mehr mit Waffen, sondern nur noch mit Worten und Schriften kämpfen. Daß ihre ehemaligen Kampfgefährten dies als verräterische Fahnenflucht ansehen würden und daß »Verräter« in Irland seit etwa hundert Jahren mit einem Knie bezahlten, war ihnen bewußt. Sie übten sich in ständiger Vorsicht, erwarteten jederzeit den Angriff. Doch monatelang ließ man sie in Frieden – bis zu diesem Abend Anfang April, als sie sorglos im Pub saßen und über das nächste Hurling-Spiel, über eine Arbeitsloseninitiative und auch über diesen seltsamen Verein in Deutschland sprachen, der Geld für ein paar Flugtickets für Kinder schicken wollte.
An Schmerzen konnte sich Brendan nicht erinnern. Nur daran, daß der Mann mit der Tarnjacke und der Maske und dem automatischen Gewehr strahlend blaue Augen hatte, die er zu kennen glaubte. Das letzte, was er von seinem Freund sah, war dessen Versuch, über den nassen Holzboden zu ihm zu kriechen. Und das letzte, was er von ihm hörte, war sein Name. Auf der Rückbank von Mr. O'Flahertys Ford, auf die man sie übereinander gestopft hatte und wo sich ihr Blut mischte. Auf den endlos langen Schleichwegen über die Grenze, in ein Krankenhaus.
»Und wie geht's uns heute?« fragte Brendan in gekonnter Imitation einer schwungvoll optimistischen Krankenschwester, die morgens die Kissen aufschüttelt und die Fieberkurve zeichnet. »Sind wir schon wieder so weit, daß wir wieder allein gehen können? Oder verlieren wir in der nächsten Nacht zur Abwechslung nur den Verstand?«
Ich hatte nichts zu sagen. Aber ich hatte einen Körper, den ich an ihn drängen und Hände, mit denen ich ihn umfassen konnte. »Du willst es wirklich wissen!« knurrte Brendan. Ich nickte.

Natürlich war mir im Laufe meiner Jahre nicht völlig verborgen geblieben, daß menschliche Körper durch Krankheit oder Alter oder Verletzungen zerstört werden können. Doch für eine Paarundzwanzigjährige ist dieses Wissen rein theoretisch, trocken und staubig, denn es betrifft ja eh stets nur die anderen, und es wird daher, zusammen mit der Differentialrechnung, dem Quantensprung und dem Kantschen Imperativ, an irgendeiner ruhigen, abgelegenen Stelle im Gehirn verstaut, damit man auf den täglichen Gedankengängen nicht dauernd darüber stolpert.

Brendan jedoch stand leibhaftig vor mir, und indem ich ihm mit zunächst beruhigenden, dann aber zunehmend begierigen Händen aus seinen Kleidern half, hielt das Entsetzen, das die Augen und die Fingerspitzen meldeten, ganz langsam seinen Einzug in mich, bohrte sich über den Sehnerv tief in den Kopf, brannte die Arme hoch bis ins Rückenmark und verglühte das Sonnengeflecht. Ich hatte nicht gewußt, was Narben sind, und bevor ich überhaupt nachdenken konnte, hatten uralte Reflexe die Herrschaft übernommen und mir in einer Gebärde, die nur für mich gnädig war, die Hände vors Gesicht geschlagen.

»Acht Kugeln«, sagte Brendan. »Ekelt's dich jetzt?«

Sie hatten ihm den rechten Bizeps weggerissen. Zwischen der mächtigen Schulter und dem Ellenbogengelenk bog sich das Fleisch in einer wulstigen Delle nach innen.

Sie hatten ihm ein Bein zerfetzt. Da, wo sein linkes Bein die vertrauten, muskulösen Konturen von Oberschenkel, Knie und Wade zeigte, sah sein rechtes aus, als habe es einer meiner Dreijährigen im Kindergarten aus rohen, unförmigen, bei weitem nicht ausreichenden Klumpen Knetmasse ungelenk zusammengefügt. Das Grauenvollste aber war Brendans Mitte.

Sie hatten ihm die Mitte zerstört. Sein Brustkorb wölbte

sich stark und rund wie ein Faß, die linke Seite führte in gerader, glatter Linie zur Hüfte. Die andere Hälfte aber war, bis hinunter zur Leiste, eine rot knotige, zerklüftete Kraterlandschaft. Aus lebendigem Fleisch, das zurückzuckte, als ich es vorsichtig, übervorsichtig, mit den Fingerkuppen berührte.

Ich versuchte, alle mir bis dato bekannten Schmerzen zu addieren, doch selbst die Summe der verstauchten Knöchel, gequetschten Finger, entzündeten Zahnwurzeln und geprellten Rippen gab mir, das wußte ich, noch nicht einmal den Hauch einer Ahnung von dem, was mit Brendan passiert war. Ich umfaßte seine Mitte und zog sie so fest an mich, als könne mein heiles, gesundes, unverletztes Fleisch ihm das fehlende und zerstörte ersetzen. Ich küßte die harten Wülste der Narben, und kaum hatte mein Mund das wunde, wie rohe Gewebe gefunden, begann er es zu lekken. Ohne jeden Gedanken an erotische Finesse, sondern ganz ruhig und rhythmisch. Wie ein Tier. Die Austrittslöcher, die die Geschosse in Brendans Rückseite gerissen hatten, waren so groß wie meine Fäuste.

Er packte mich, schonungslos und grob, aber ich beschwerte mich nicht: So mußte er auch, auf dieser grauenvollen, langen Autofahrt ins Krankenhaus, sich an dem bißchen Leben festgekrallt haben, das noch in ihm war. Jeder Griff, jeder Stoß von ihm taten mir weh, aber mein Körper schien mir derzeit weniger wichtig als der seine. Er kam über mich mit aller Gewalt, aber ich spürte nichts als ein großes, loderndes Erbarmen. Er meinte ja gar nicht mich, er meinte die, die ihm das angetan hatten. Und mit der Wucht und dem blendenden Licht eines Blitzschlags wußte ich plötzlich: Auch ich haßte sie ebenso sehr wie er. Ich haßte sie so, wie ich ihn liebte.

Liebe? dachte ich verwundert, und indem ich noch das bislang so sorgsam gemiedene Wort in meinem Kopf staunend drehte und wendete wie ein Kind einen prächtig bunt verpackten Geschenkkarton, begrub mich Brendan mit einem Schrei, den zu unterdrücken ihm nur schlecht gelang, unter sich. Ruhig und still ließ ich die mehr als zwei Zentner auf mir lasten, und obwohl ich kaum Atem holen konnte, genoß ich jedes einzelne Gramm, das mich in die Matratze drückte und ein großes Stück näher an die Erde, näher an den weißglühenden, zähflüssigen Kern.

»Du lebst!« sagte ich, und noch nie hatte ein Satz mir solche Freude bereitet. »Du lebst – und ich auch!«

Und da fühlte ich Brendans Schultern unter meinen Händen wie im Krampf zucken, und mein Körper antwortete wie der eines Epileptikers, und so weinten wir und lachten wir, Tränen des Schmerzes und Tränen des Triumphs, und während wir noch das Wunder feierten, daß wir tatsächlich beide existierten, in dieser Welt, auf diesem Planeten, in dieser Galaxis, und daß wir entgegen aller Wahrscheinlichkeit in Zeit und Raum aufeinandergeprallt waren, da begannen sich die Tränen allmählich mit unserem Schweiß zu mischen. Und diesmal gab es keinen Zweifel daran, daß ich es war, die er meinte.

Wir lagen beieinander, träge und schwer wie urzeitliche Wesen in feuchtwarmem, heilendem Schlamm. Brendan erzählte, und mir war wieder so, als hörte ich zum ersten Mal einem Menschen wirklich zu. Er schwärmte von Irland, von den Wäldern aus wildem Rhododendron, der den Süden der Insel im Mai in allen Nuancen von Weiß über Pink bis hin zu tiefem Rot leuchten läßt. Von den wilden Steilküsten im kargen Westen, wo die Einsamkeit und die Stürme einem das Herz wund scheuern und die Gedanken der untergehenden Sonne folgen. Von den Seen mit Hunderten kleiner Zauberinseln und den Flüssen, die an den breiten Mündungen den Gezeiten des Atlantiks gehorchen und im Frühjahr aufschäumen unter

den wandernden Lachsen. Von den smaragdgrünen Hügeln im Inland, auf denen Kühe und Schafe und Pferde satt und zufrieden weiden, seitdem Generationen auf Generationen von Menschen mit schwieligen, schorfigen Händen jeden Stein einzeln ausgegraben, aufgehoben, beiseite getragen und zu Mauern aufgeschichtet haben, die, aneinandergereiht, seiner Schätzung nach sicherlich so lang seien wie der Äquator. Von dem Landgut seines Großvaters Aidan Trelawney, der dort Ponys und Jagdpferde und *Irish Wolfehounds* züchtete, die größte Hunderasse der Welt, schnell und schön wie der stete Westwind und von den Clanchiefs früher als Waffe gegen Cromwells Reiterei eingesetzt. Und von seinem Traum, eines Tages, wenn auch die sechs Grafschaften im Norden ihre Freiheit erlangt hatten, zu seinem Großvater zu ziehen, um dort in Frieden zu leben und in Frieden zu sterben.
»In den Hügeln –«, sagte Brendan, während seine Hände sacht über mich strichen, »– weich und rund und wunderschön.« Und diesmal war es so still und bedächtig wie ein Spaziergang über fruchtbares Land, das sich nach einem Regentag am späten Nachmittag noch einmal aufhellt. Und wir stöhnten dabei nicht und schrien nicht, wir sahen uns an und lächelten, die ganze Zeit.
Irgendwann in dieser Nacht, nach all den Stunden, in denen ich kein einziges Wort gesagt hatte, nahm ich Brendans vollkommen runden, schwarzen Schädel in beide Hände. Er erwiderte meinen Blick, und in seinen Augen, die nicht mehr unstet nach möglichen Gefahren und Feinden und Fluchtwegen suchten, erkannte ich statt des kalten Graus nur noch ruhiges Dunkel. »I love you«, sagte ich, und es war mir egal, ob das schmalzig und kitschig und illusionsfördernd und wie sonst noch alles klang. Mich interessierte auch nicht, wie viele Menschen diese

Wörter entweder mit unguten Hintergedanken berechnend hervorgebracht oder aber völlig gedankenlos dahergeleiert hatten: Für mich war die Erkenntnis hell und neu und strahlend wie ein eben erst entstandener Stern, und nachdem ich den Satz einige Male mit wachsender Begeisterung wiederholt hatte, testete ich ihn auch in der Muttersprache,und er hatte nichts von Courths-Mahler an sich und auch nichts von Besitzansprüchen und Rentenanwartschaften, sondern er war so überwältigend schlicht und so hinreißend schön, daß ich ihn gar nicht oft genug wiederholen und lachen und jubeln konnte.

»Meine hübsch Winzige!« sagte Brendan. »Meine Ingwerfarbene!« Er vergrub sein Gesicht in meinem Bauch. »Meine Frau!« verstand ich noch ganz deutlich, bevor er einschlief. Ich aber blieb wach und lächelte und war stolz und glücklich, seine Last tragen und seinen Schlaf hüten zu dürfen.

Wir hatten noch fast zwei Wochen, aber sie dauerten nicht länger als eine knappe Stunde. Im Flughafengebäude drängten sich die sieben Kinder an uns, weinten, schrien, wollten nicht zurück nach Hause in den Krieg. »Nächstes Jahr holen wir euch wieder«, sagte ich, während ich sie unnachgiebig in Richtung Paßkontrolle schob. Sie lenkten mich ab, von Brendan.

Kurz vor der letzten Absperrung drehte er sich noch einmal um und zeichnete mit der Hand die geschwungene Linie des Großen Wagens in die Luft.

Es war wie eine Amputation. Ohne Betäubung.

Kapitel 8:

Wer klopft an unsere Tür

Seit jeher findet meine Mutter die Vorliebe für die Farbe Schwarz, die ich in Kleidern, Inneneinrichtungen, Nippes und pessimistischen Prognosen aller Art austobe, abgeschmackt und wichtigtuerisch.
»In Schwarz geht man, wenn man gerade einen nahen Angehörigen verloren hat oder ins Konzert will. Daß du in deinem Alter keine Pastelltöne mehr tragen willst, ist ja durchaus noch angemessen, und in dezentem Grau oder warmen Erdtönen könntest du sogar einigermaßen seriös wirken. Dein ewiger Trauerrand aber ist einfach nur theatralisch. Da kannst du dir ja gleich ein Schild um den Hals hängen: Sehet her, wie überaus hoffnungslos alles ist und wie sehr ich an der Welt leide! Degoutant – Lady Macbeth in einer Schmierentruppe!«
»Wie alt soll ich eigentlich noch werden, bis du mir endlich einen eigenen Geschmack zubilligst?« ist die übliche Antwort – wobei ich es nicht mehr ganz leicht finde, gegen jemanden aufzubegehren, der in den letzten Monaten noch einmal deutlich geschrumpft und geschwunden ist. Ihr Scheitel reicht mir noch nicht einmal mehr ans Schlüsselbein, und einige Male schon habe ich sie dabei ertappt, wie sie im Mantel und in den schweren Orthopädieschuhen auf die Waage stieg und trotz dieser Maßnahmen noch Grund fand, bekümmert zu seufzen.
Bleib noch ein bißchen hier, kann ich sie nicht bitten. Aber jeden Morgen versuche ich, ihr die verschiedensten Aufbaupräparate, gleich in Klinikpackungen gekauft, schmackhaft zu machen. Vitamin E und A und Gelatinekapseln für die Knochen und Wacholderbeeröl gegen Verkalkung und überhaupt alles, was den Aufdruck ›geriatrisch‹ trägt. Ich fungiere sogar als Vorschlucker, spüle die Kapseln und Dragees begeistert mit Fruchtsäften hinunter und rühme ständig ihre wohltuende Wirkung, doch außer einem belustigten Blick aus den uralten, schwarzen

Schimpansenaugen zeitigt dies alles keinerlei Resultat. »Wer sich vernünftig ernährt, braucht so etwas nicht«, sagt die Frau, die Jahrzehnte ihres Lebens in einer Drogerie verbracht hat. Aber gelegentlich bittet sie, mit fast mädchenhafter Verschämtheit, Clemens oder Frau Blocksiepen, ihr aus dem Reformhaus Sanddorn- oder Rote-Beete-Saft mitzubringen oder vom Metzger einen Berg Kalbsknochen. Die kräftige, schnell gelierende Brühe löffelt sie in Zeitlupe, schwer atmend, jedoch unnachgiebig ihren offenkundigen Widerwillen bekämpfend.
Zwar scheint auch mir zuweilen, daß all die Falten und Krähenfüße, die frohen Sinnes als Zeichen meiner Reife zu akzeptieren ich so oft vor dem Spiegel übe, durch das viele Schwarz um mich herum nur unnötig betont werden. Doch zum einen ist die düstere Tracht die traditionelle Berufsbekleidung für mich, zum anderen habe ich, nach einem durchschnittlichen Arbeitsabend in der Kneipe, tatsächlich gar manches Mal das Bedürfnis, nach Art der schuldbewußten Lady nächtens durchs Haus zu geistern.
Dank der Eigenart des rheinischen Reibekuchens, allen sozialen Schichten zu schmecken, finde ich am Arbeitsplatz das vor, was Soziologen einen repräsentativen Querschnitt nennen. Während ich durch die Gänge schlängele, mit dem kleinen Blöckchen in der Hand auf die Bestellungen warte oder die Tische abräume, schnappe ich allüberall Gesprächsfetzen auf, und die Momentaufnahmen aus anderer Menschen Leben und Ansichten stückeln sich im Laufe der Zeit zu einem Panorama zusammen, das keinen Anlaß zu Wohlgefallen bietet. Archäologen finden in den verschiedenen Erdschichten einer Ausgrabung Kulturmüll der unterschiedlichsten Epochen: EN DE EHD muß ich als ehemalige Protagonistin einer neuen, schöneren Welt in den Segmenten des Querschnitts un-

angenehm deutlich meine eigenen Ablagerungen entdecken.
Mit flammendem Zorn eines Savonarola oder eines Wiedertäufers bin ich jahrelang auf jede sich bietende Kanzel – notfalls auch Obstkiste – gestürmt, um die beiden Manifestationen des Bösen schlechthin, *die Gesellschaft* und *den Staat,* in lodernden Worten zu geißeln. Ich rief dazu auf, überkommene, verkrustete Strukturen endlich zu knacken, überholte Moralvorstellungen über Bord zu werfen, den einengenden Zwängen übermächtiger Institutionen das RECHT und die FREIHEIT des einzelnen entgegenzusetzen. Mitunter erlag ich dem deprimierenden Eindruck, dabei ständig tauben Ohren zu predigen, denn nichts schien sich zu bewegen, und wenn ich Veränderungen wahrnahm, dann fielen sie für meinen Geschmack entweder zu kümmerlich aus (Ende 1975 beschloß der Bundestag, per Gesetz die Frage nach der Verantwortung für das Scheitern einer Ehe nicht mehr zu stellen, sondern das Schuld- durch das Zerrüttungsprinzip zu ersetzen – dabei hätte man doch bitteschön diese Zwangsgemeinschaft gleich ganz abschaffen müssen!), oder sie schienen auf seltsame Art haarscharf am Wesentlichen vorbeizuschrammen (ich hätte es niemals zugegeben – aber daß sich ein so erhabenes Projekt wie die Befreiung der Sexualität unter anderem in den endlosen Reihen von Schulmädchen- und Bademeister-Reporten profanisierte, war mir schon immer recht peinlich).
Allen Anfechtungen des *Frusts* zum Trotz raffte ich mich jedoch nach allen Phasen der Mutlosigkeit immer wieder auf, der stolzen Göttin zu folgen, und eine meiner bevorzugten Wahnvorstellungen war, daß ich mich, selbstverständlich einsam und allein, im eisigen Gegenwind der Reaktion auf dem beschwerlichen Pfad des Fortschritts so unbeirrbar vorwärtskämpfte wie ein Polarforscher. Immer

vorausschauen und niemals zurück: Nur so konnte das Kunststück gelingen, das Millionenheer derer, die sich allmählich hinter mir und meinesgleichen beglückt unter das Banner der FREIHEIT scharten, jahrelang einfach zu übersehen. Im Gastraum meiner Kneipe aber wird mittlerweile Abend für Abend an nahezu allen Tischen so nachdrücklich auf das RECHT gepocht, daß mir der epochale Erfolg meiner Generation nur noch sauer und schal schmeckt.

»Das seh' ich doch gar nicht ein«, erklärt da ein Enddreißiger im Tweedjacket seinen zwei Freunden, während ich das Trio mit einer neuen Runde frischgezapften Altbiers versorge. »Da liegt diese Tussi auf der faulen Haut, und ich muß auch noch für den Unterhalt aufkommen, weil sie sich das Sorgerecht für den Marco und die Yvonne erlogen hat. Nur jeden dritten Sonntag darf ich die Kinder sehen und für zwei Wochen Urlaub im Sommer, und da soll ich auch noch alleine für die Kosten aufkommen?« Vor acht Monaten hat er Klage eingereicht: Seine Aufwendungen für die Fahrten beim Abholen und Zurückbringen der Kinder, ihre Beköstigung an den Sonntagen sowie die gesamten Urlaubskosten müßten endlich auf den zu zahlenden Unterhalt angerechnet werden. Bis zur gerichtlichen Klärung des Falls hat er die strittigen Fahrten und damit alle Besuche bei seinen Kindern eingestellt: »Das seh' ich doch gar nicht ein!«

Mit ein bißchen Glück wird über den Streit des treusorgenden Rechenkünstlers vielleicht eine Gesinnungsgenossin entscheiden. Ihre Ehren Doktor Edeltraut Höffgen-Mühlenbrink. Die früher von mir so verabscheute Schulsprecherin, die heute Familienrichterin ist und pünktlich jeden letzten Freitag im Monat mit ihrem Mann zu uns nach Himmelgeist kommt, um sich an dem Anblick einer ehemaligen Erzfeindin in nunmehr Schürze und dienender Position zu weiden.

»Cat Blasberg – das gibt's doch gar nicht!« heuchelte sie größte Überraschung bei ihrem ersten Besuch EN DE EHD (daß ihr jemand von mir erzählt haben mußte, dafür verwette ich gern einen Großteil meiner Schulden!). Sie trägt immer noch Faltenröcke, wenn auch als Bestandteile teurer Kostüme in schätzungsweise Größe 48, und ihre Kontaktlinsen blitzen jedesmal froh auf, wenn sie sich gleißnerisch darüber barmt, daß ich Kellnerin geworden bin: »Dabei haben wir doch alle geglaubt, daß du mal in die Politik gehst und mindestens Bundeskanzlerin wirst. Mais c'est la vie, n'est-ce pas?«

Der ehedem so verläßlich tragfähige Sockel der Konventionen ist inzwischen auch vom großen Strom erfaßt und bewegt worden: Seit der Sehnenscheidenentzündung neulich weigert sie sich strikt, ihre Gerichtsakten von ihrem Amtszimmer hinüber zum Verhandlungssaal zu tragen. »Ich habe noch mal in meinem Arbeitsvertrag nachgelesen – davon steht kein Wort drin«, erklärt sie ihrem Mann, der dazu Beifälliges brummt.

Und ich stehe daneben und addiere zweimal zehn Mark fünfzig für zwei Portionen Reibekuchen und viermal drei Mark achtzig für vier Fläschlein Mineralwasser, und ich möchte fragen, ob eigentlich in ihrem Arbeitsvertrag auch das morgendliche Aufstehen und das permanente Atmen explizit vermerkt sind, aber ich schweige stille. Nach Abzug der Kneipenpacht, der Zins- und Abtragungsrate bei der Bank, der Strom-, Gas- und Heizungskosten, der Rechnungen der Großmärkte sowie des Gehalts von Frau Blocksiepen habe ich durch Edeltraut Höffgen-Mühlenbrink ziemlich exakt zwei Mark zwanzig verdient, die ich mit derzeit neunundvierzig Prozent versteuern muß.

»Das seh' ich doch gar nicht ein: Wenn die sich nicht bald

was einfallen lassen und jemanden zur Verfügung stellen, der mir die Akten trägt, gehe ich erst zum Arzt und dann in Pension. Die steht mir doch schließlich nur zu«, droht Edeltraut, aber mein Kopfrechnen ist seit alters her zu unterentwickelt, als daß ich ausrechnen könnte, ob mich denn nun Edeltraut nebst Aktenschlepper oder Edeltraut als Frühpensionärin nebst Ersatzrichter teurer kommt. Ich beschränke mich also darauf, süßsauer zu lächeln und ihr auf die zwei herübergeschobenen Scheine herauszugeben. »Ich weiß gar nicht – alten Freunden Trinkgeld zu geben, ist doch irgendwie komisch, oder?« sagt Edeltraut jedesmal, bevor sie die drei Mark achtzig einstreicht.
Mitunter fühle ich mich versucht, Heil und Seelenfrieden in der Ironie zu suchen und all denen, die da nicht einsehen und denen da schließlich nur zusteht, praktischerweise gleich den direkten Griff in unsere Computerkasse anzubieten, doch erscheint mir eine diesbezügliche Aufforderung inzwischen zu gewagt. Mag sein, daß der eine oder andere zunächst noch mißtrauisch die Stirn runzelt oder vielleicht auch verlegen kichert, aber die rechthaberische und masochistische Beobachtung, daß sie alle letztlich doch achselzuckend zugreifen werden (»Wenn die Frau so blöde ist...«), ist mir keinen Tagesumsatz mehr wert.
»Ich hielt *Moralapostel* und *Tugendbolde* immer für überflüssig. Ich konnte gar nicht genug wettern gegen Filme, Bücher oder Zeitungsartikel *mit erhobenem Zeigefinger* – werde ich deshalb jetzt allabendlich heimgesucht und umzingelt von den Unanständigen und Betrügern im Lande?« frage ich Clemens. Im Unterschied zu mir fühlte er sich auch in der Vergangenheit nie berufen, missionarisch tätig zu werden, weshalb er mir jetzt, in Stunden des Zweifelns und des Haderns und der schmerzenden Hühneraugen, als neutrale Instanz dient. »Nichts gegen ein

kleines bißchen Fegefeuer – aber muß ich mir wirklich von nun an bis ans Ende meiner Tage immerzu ansehen und anhören, was ich angerichtet habe auf dieser Welt? Ist das meine Strafe: daß mir der Pöbel, den ich von der Leine gelassen habe, jetzt dauernd in die Ohren rülpst und gröhlt?« (Mich fuchst ganz besonders, daß vor allem jüngere Gäste, wenn sie eine Bestellung aufgeben oder zahlen wollen, mich nur noch mit einem flegelhaften »Eyh!« zu sich rufen.)

»Deine historische Bedeutung in allen Ehren«, sagt der Mann, der nur durch Nüchternheit überlebt hat. »Aber war es nicht schon immer dein Hobby, alles maßlos zu übertreiben?« Manchmal schüttelt Clemens, wenn ich ihn mit meinem Verlangen nach ethischer Grundsatzdebatte unvermittelt überfalle, auch nur unwillig den Kopf oder lacht mich, über den Zapfhahn oder den Gitarrenhals hinweg, aus: »Weißt du eigentlich, daß du tief im Herzen erzkatholisch bist?«

»Lächerlich«, sage ich, und gern erinnere ich ihn, wenn wir Zeit und Muße haben, an einige meiner ketzerischen Großtaten im Pfarrkindergarten von Sankt Mariä Empfängnis.

Etwa um die Zeit, als mich die ersten naßkalten Herbststürme zwangen, beim allnächtlichen Ausschauhalten nach dem Sternenpflug im Garten die dicke Webpelzjacke im Raubtiermuster (Tiger von Eshnapur genannt) und Gummistiefel überzuziehen, hatten sich nämlich meine Möglichkeiten zur pädagogischen Einwirkung noch einmal vervierzehnfacht. Kollegin Waltraud Krudewig hatte ihre Stellung als Erzieherin gekündigt, um ein spätes Glück an der Seite eines verwitweten Zahnarztes zu suchen, und nach eingehenden Beratungen zwischen Frau Pohl, der Kindergartenleiterin, und Pfarrer Hülstrunk wurde mir ihre Vollzeitstelle angeboten; wegen meiner bisherigen Erfolge, vor allem auf dem heiklen Sektor des Mittagsschlafs, aber auch, weil sich keine ausgebildete Fachfrau beworben hatte. Außerdem war ich billig. Ohne jedes vorweisbare Examen bezog ich weiterhin das Gehalt einer Aushilfe, nunmehr allerdings auf Ganztagsbasis, also für die Zeit von halb acht bis siebzehn Uhr. Ich pries die glückliche Fügung, denn seit Pias endgültigem Auszug aus Xanadu (»Ich bin schließlich nicht mit dir verheiratet«) hatte ich kaum noch gewußt, wie ich alleine die Miete aufbringen sollte. Noch wichtiger jedoch war, daß ich nun eine eigene Gruppe leitete: vierzehn Kinder, die nur mir anvertraut waren, und an denen ich, in wohlausgetüftelten Curricula, die Erziehungsfehler ihrer Eltern entschlossen korrigieren wollte.

Nach Brendans Abflug hatte ich noch einige Zeit wie in Trance gelebt, war wie eine Somnambule durch Düsseldorf und mein Leben geglitten. Unangreifbar vom Tagesgeschehen, in Gedanken immer bei ihm, jedes Wort von ihm memorierend, jeder Berührung nachfühlend. Solange ich nur nichts und niemand sonst an mich heranließ, solange ich mich ständig mit ihm auf Englisch unterhielt – in voller Lautstärke, wenn ich alleine war, ansonsten, in der Straßenbahn zum Beispiel, mitunter auch leise murmelnd –, solange konnte ich ihn weiterhin bei mir und damit in Sicherheit wähnen. Vor dem Wort »Treue« verriegelte ich natürlich das Gehirn, aber an einen anderen Mann auch nur zu denken, wäre mir als Verrat erschienen.

»Das ist ja nicht mehr zum Aushalten mit dir«, maulte Markus. »Ist dir denn nicht bewußt, daß du dich da kopfüber in eine absolut neurotische Fixierung gestürzt hast?«

Frau Immig war, nach dem letzten Stroh-Rum- und Schlaftabletten-Eklat, aus dem Krankenhaus, in das sie ihren Sohn begleitet hatte, nicht zu ihrem Mann zurückgekehrt, sondern zu ihrem Bruder gezogen. Doch statt das Kapitel Markus damit endlich abschließen zu können, mußte ich ihm einmal im Monat, auf den FAILTE!-Versammlungen, auch weiterhin begegnen, was der leidigen Affäre den Charakter von Sodbrennen oder Aufstoßen verlieh. Übrigens achtete ich streng darauf, daß sich der Verein nur noch in diversen Kneipen traf – unerträglich die Vorstellung, daß Unwürdige den Thronsessel entweihten, auf dem ER gesessen, oder die Gegenstände schändeten, die auch ER berührt hatte. Im Anschluß an die eher lustlosen Diskussionen über ständige Brieffreundschaften oder zu stiftende dauerhafte Patenschaften klärte Markus mich dann regelmäßig über seine Fortschritte in der Psychotherapie auf, die ihm sein Onkel spendierte.

»Ich muß endlich lernen, meine Aggressionen nicht mehr nach innen gegen mich selbst, sondern nach außen zu richten«, referierte Markus stolz das Ziel aller analytischen Gespräche und therapeutischen Bemühungen.

»Nur zu!« sagte ich zerstreut.

Lediglich in Mrs. Bradleys Gegenwart fühlte ich mich wohl und verstanden. In ihrer heimeligen Stube zu sitzen, Holunderbeerwein zu nippen und so viel wie möglich über Brendans Heimat zu erfahren, war die bei weitem angenehmste Alternative zum ständigen Hypnotisieren des Telefons (wieso rief er nicht öfter an?) oder zum permanenten Lauschen auf die Schritte des Briefträgers oder das Auto des Telegrammboten (warum schrieb er so selten?). Das hohle Geschwätz der Verbündeten war mir widerwärtig geworden, ihre kindische Aufgeregtheit über Fragen der Bafög-Regelung oder die dramatischen Entwicklungen an der Kunstakademie, unter besonderer Berücksichtigung des Schaffens von Professor Joseph Beuys dortselbst, vermochte ich nicht mehr zu teilen.

Doch stundenlang lauschte ich den Erinnerungen und Lebensweisheiten von Mrs. Bradley, und besondere Hellhörigkeit entwickelte ich natürlich, wenn sie sich über irische Männer als solche ausließ: Die Schwäche der alten Frau für immer wieder die gleichen Anekdoten verband sich aufs glücklichste mit meiner Besessenheit vom nämlichen Themenkreis.

»Die Iren sind die geborenen Märchenerzähler«, zwitscherte Mrs. Bradley in seliger Erinnerung und zwinkerte dem Bild ihres Mannes zu. »Man weiß, daß man nicht alles für bare Münze nehmen darf, aber es ist so wunderschön, ihnen zuzuhören. Und jedes gute Märchen hat schließlich irgendwo auch einen wahren Kern.«

Am liebsten vernahm ich Kunde davon, daß die Iren sich zwar zögerlich spät, aber dann für immer binden. Mrs. Bradley schätzte den Anteil der Junggesellen mittleren und fortgeschrittenen Alters auf der Smaragdinsel als enorm hoch ein. »Zunächst habe ich ja gedacht, unser Brendan ist auch so ein Hagestolz«, sagte sie, und manchmal sah sie mich daraufhin unangenehm forschend an: »Er hat Ihnen doch einen Antrag gemacht?! –«

»Natürlich!« log ich und versuchte, dabei angemessen glücklich, romantisch und jungfräulich zu wirken.

Selbstverständlich war es nicht angebracht, eine prähistorisch katholische Witwe mit der Eröffnung zu überfordern, sich noch nicht einmal als *virgo intacta* in eine Beziehung gestürzt zu haben, die sie nur als ehebrecherisch bezeichnen konnte. Doch obwohl ein Trauschein natürlich nichts anderes war als ein völlig bedeutungsloses Stück Papier: Fragen hätte er eigentlich schon können! – Nie dauerte es lange, bis ich mich nach solch einer mißlichen Wendung des Gesprächs empfahl.

»Ich werde ihm einmal schreiben!« sagte Mrs. Bradley in ihrem lavendelduftenden Treppenhaus.

»Er hat sehr wenig Zeit, und er reist wohl auch viel im Land umher«, wiegelte ich vorsichtshalber ab.
»Wenn mein Gareth auf See war, mußte ich auch immer monatelang auf ein paar Zeilen warten. Große Briefeschreiber sind sie wirklich nicht!« sagte Mrs. Bradley, woraufhin meine Laune sofort einen Freudensprung machte. Ihre Abschiedsküsse auf meine Wangen muteten mich zunehmend schwesterlich an.
Die allgegenwärtige Nervosität und Überspanntheit zu bekämpfen, kam mir also die neue Aufgabe im Kindergarten gerade recht. Beileibe nicht als Ablenkung – vielmehr als das zweite hehre Ziel, dem ich in der ersehnten Konsequenz mein Leben jedenfalls bis zu dem Tag weihen konnte, an dem Brendan mich zu sich nach Belfast rief. Es sollte zwar noch fast zwanzig Jahre dauern, bis Herbert Grönemeyer die überlegene Klugheit, die ehrliche Spontanität und die unverbildete Güte aller Minderjährigen in wohlgesetzten Reimen pries und folgerichtig *Kinder an die Macht!* forderte; aus Gründen der historiographischen Genauigkeit aber darf nicht unerwähnt bleiben, daß bereits Ende 1975 das gesamte Kindergartenpersonal auf diesem zukunftsweisenden Bewußtseinsstand war: Nur die allerfrüheste Jugend zeigte die Idealform menschlicher Existenz, unversehrt noch von allen schädigenden und degenerierenden Einflüssen.
Das Selbstbewußtsein der Kinder zu stärken und ihnen die sinnliche Erfahrung zu vermitteln, daß sie, wenn sie zielstrebig und geschlossen vorgingen, allemal stärker waren als wir Erwachsenen, war uns schon im Spätsommer gelungen. In der Personalversammlung hatten wir einige Zeit darüber diskutiert, wie die bahnbrechende pädagogische Konzeption, uns als bislang übermächtig scheinende und allein schon durch unsere physische Überlegenheit ungewollt autoritäre Erzieherinnen symbolisch zu ent-

machten, am besten in die Praxis umzusetzen sei, und ausgerechnet Frau Hermine Wolters, die Köchin, hatte mit dem einleuchtendsten Vorschlag aufwarten können. »Warum besorgen wir uns nicht ein ganz langes Seil und machen Tauziehen? Wir fünf auf der einen Seite und alle vierundfünfzisch Pänz auf der anderen, un dann heidewitzka!« – Die Veranstaltung war ein großartiger Erfolg gewesen. Zwar hatten wir die Kinder, die zunächst unentschlossen, ungläubig und vielleicht sogar ein wenig verzagt das Tau schlapp herunterhängen ließen, erst eine Weile anfeuern müssen, aber schließlich hatten sie sich dann doch mächtig ins Zeug gelegt. Sie krausten die Stirne, sie bleckten die Zähne, und bald gab es nichts mehr, was wir der vereinten Kraft von über fünfzig Zwergen entgegensetzen konnten. Frau Freya Alstorf brach beim Versuch, die Füße in die Wiese zu rammen, ein Absatz ab. Frau Wolters lachte sich »schibbelisch«, und ich hatte alle Mühe mit der guten Miene. Vermeintliche Respektspersonen zu entmachten war eine Sache. Mich in einem meiner besten T-Shirts jedoch unter Jauchzen und Johlen und gellendem Triumphgeheul zweimal rund um den Flachbau zerren zu lassen, bäuchlings auf dem feuchten Rasen, erforderte schon erheblichen Idealismus.
Nun, im Spätherbst und im Verbund mit meiner neuen Position und Verantwortung, harrten natürlich weitere pädagogische Probleme ihrer Lösung. Unseren Mitarbeiterrat des Monats November hatten wir uns mit zwei frischen Platten Streuselkuchen sowie reichlich Irish Coffee versüßt, aber die schwierige Frage nach einer emanzipatorischen Gestaltung der Vorweihnachtszeit ließ sich dadurch nur um etwa eine halbe Stunde verzögern.
»Wie halten wir's denn eigentlich dieses Jahr mit der Nikolausfeier?« fragte Frau Pohl, und wir blickten angelegentlich aus dem Fenster und unterbrachen unser

Schweigen nur, um bedeutungsvoll zu seufzen. Progressiv und zugleich Angestellte der katholischen Kirche zu sein, stürzte uns das eine ums andere Mal in kaum zu lösende Konflikte.
»So viel steht jedenfalls fest: Wir können sie nicht einfach ausfallen lassen und so tun, als sei nichts«, sagte Frau Alstorf. Sie griff nach einem weiteren Stück Kuchen, was den Brillanten an ihren Fingern hinreichend Gelegenheit gab, uns anderen ins Auge zu stechen.
Freya Alstorf hatte, etwa zur Zeit der Währungsreform, zwar Abitur gemacht, aber ein Studium schien ihr und den Eltern (»Was willst du studieren – du heiratest ja doch mal!«) damals nicht opportun. Statt dessen hatte sie sich für eine Ausbildung als Kindergärtnerin entschieden (»Was du da lernst, kannst du später mal gut gebrauchen!«), und auch ihr Mann, der schließlich gut verdienender Abteilungsleiter wurde bei Mannesmann, hatte sich darüber gefreut, wie schön sie sich mit ihren zwei Söhnen beschäftigen konnte. Erst als die Söhne »aus dem Haus« gegangen waren, hatte sich Frau Alstorf getraut, die Wörter Arbeit und Berufstätigkeit am Abendbrottisch wieder miteinander zu verknüpfen, und nach monatelangem häuslichem Gerangel (»Das hast du doch gar nicht nötig!«) tauschte sie bei einem völlig verwirrten Gebrauchtwagenhändler ihren PS-starken, roten *Fiat Dino* gegen einen postgelb braven *R 4,* um damit zwischen den Currywurstbuden im Umkreis von Sankt Mariä Empfängnis nicht unangenehm aufzufallen. Mit großem Takt verzichtete sie darauf, von für uns andere unerreichbaren Urlaubszielen wie Kalifornien oder Thailand die ansonsten kollegialiter üblichen Ansichtskarten zu schicken, und wenn sie uns einmal im Jahr anläßlich ihres Geburtstags zu Kaffee und Kuchen in den Wintergarten ihres Hauses nahe der Grafenberger Rennbahn lud, dann

wirkte sie sympathisch verlegen und erzählte eifrig von der spirituellen Überlegenheit buddhistischer Mönche oder Heilfastenkuren nach Dr. Buchinger. An dem Tag, als sie mir wie beiläufig im vor Kindern wimmelnden Flur unserer Arbeitsstätte gestand, wie sehr sie meine »Unabhängigkeit« bewunderte, verzieh ich ihr endgültig selbst den Fauxpas mit den Preziosen. Das ebenso reichhaltige wie unstatthafte Schmuckkästchen wurde durch ihr redliches Bemühen um den rechten Geist gleichsam neutralisiert, und in einer Zeit, da bewährte Rebellen wie Mick Jagger allmählich zu Multimillionären mutierten, war es nur zu begrüßen, wenn das traditionelle Bürgertum sich schwer verunsichert zeigte. Außerdem sprudelte Freya Alstorf als ein nie versiegender Quell von Bastelanleitungen und Kinderliedern, den ich immer dann anzapfen konnte, wenn mir die Ideen ausgingen.

»Nikolaus also«, beharrte Frau Pohl auf ihrer Themenliste. »Irgendwelche Vorschläge?«

»Kakao un Muzen!« sagte Frau Wolters, deren saisonales Schmalzgebäck zwischen Sankt Martin und Rosenmontag nahezu täglich, zu appetitlichen Hügeln gehäuft, neben der Spülmaschine bereitstand und jeder von uns alle Jahre wieder je ein Kilo bescherte – ihr selbst laut eigener Aussage mindestens drei. »Un für jedes Kind ne nette Kleinischkeit in nem bunten Tütschen, aber um Jottes willen nix Süßes!« – Im vergangenen März hatte der junge Amtszahnarzt, der zum ersten Mal bei uns die Reihenuntersuchung durchführte, mehrere bis auf das Zahnfleisch heruntergefaulte Milchgebisse vorgefunden und ihr daraufhin, mit anzüglichen Blicken auf ihre die Hotpants fast sprengende Üppigkeit, so lange einen mahnenden Vortrag über Rohkost und bißfestes Vollkorn gehalten, bis die lila leuchtend Erzürnte ihn wie ein Möbelstück aus der Küche schob und die Tür zuknallte. Frau

Pohl als Jeanne d'Arc mußte die Ehre unserer Kompanie durch den Hinweis retten, daß wir absolut machtlos seien sowohl gegen gezuckerten Babytee als auch gegen all die karamelklebrigen Schokoriegel, die den Kindern statt eines Pausenbrots mitgegeben würden: Es dauerte Wochen, bis Frau Hermine Wolters sich dazu herabließ, statt der trotzig geraspelten Möhren und Kohlköpfe, der wütend geschleuderten Salate und der halbgaren Graupen- und Grünkerneintöpfe gelegentlich doch wieder einen ihrer mit knusprigem Käse überbackenen Schinken-Makkaroni-Aufläufe oder gar ihre lieblich duftenden Buchteln mit Pflaumenkompott aufzutischen. Unser monatlicher Kegelabend aber wurde dadurch um einen viel bekicherten *Insider*-Witz bereichert. Jedesmal, wenn uns der Kellner nach unseren Wünschen fragte oder wenn eine von uns wieder einmal die nach einem Pudel obligate Runde angekündigt hatte, antwortete der Damenchor: »Aber um Jottes willen nix Süßes!« Im Jahre eins vor dem Erscheinen der ersten EMMA tranken selbst die professionellen Knüpferinnen von Makramee-Wandbehängen keinen langweiligen Eierlikör mehr, sondern lieber provozierenden Dornkaat, und gern rauchten wir dazu eine der überlangen, überschlanken Zigaretten, die, in dunkelbraunes Papier gehüllt und damit Zigarillos täuschend ähnlich, von Frau Pohl großzügig angeboten wurden.
Streng pfiff ich meine abschweifenden Gedanken zurück, um sie vor das anstehende Problem zu zerren: Im vorigen Jahr noch hatte Sankt Mariä Empfängnis eine Nikolausfeier nach Altväter Sitte organisiert. Kakao und Muzen, natürlich, traditionelle Gesänge à la Lustiglustigtrallalala, von Orffschen Tambourinen, Schellenringen und Triangeln rhythmisch untermalt, und dann, als Höhepunkt, Küster Velenbrink im klassischen Rotweiß und angeklebten Rauschebart, bei dessen Anblick etwa die Hälfte der

Kinder prompt in ängstliches Geschrei ausbrach. Eine reaktionäre Inszenierung, die ungute Erinnerungen wachgerufen hatte.

Auch im Himmelgeist der Fünfziger war der Nikolaus erschienen. Nachbarn, Freunde und Verwandte scharten am fünften oder sechsten Dezember ihre Kinder in ein Wohnzimmer zusammen, beköstigten sie mit Kakao und Kuchen und amüsierten sich, neben der Kindertafel stehend und über gute Tischsitten wachend, bei Glühwein und Russisch Brot köstlich darüber, daß es keinem der Kleinen so recht schmeckte.

Uns klopften die Herzen, denn gleich, das wußten wir, würde der Heilige Mann kommen. Direkt aus dem Himmel, hierher, zu uns. Er, der alles wußte. Er, der alle Taten und Untaten aller Kinder kannte. Er, der darüber ein Goldenes Buch führte, aus dem er womöglich gleich auch noch vorlesen würde – fühlbarer noch und weitaus schmerzhafter als das Herz klopfte das schlechte Gewissen. An dem Kuchen, diesem damals keineswegs alltäglichen Naschwerk, schluckte ich schwer wie an einem Bündel trockenen Strohs.

Spätestens beim Fallen der ersten Kastanien begannen meine Eltern, mein Tun und Lassen auf dieser Welt mit einem mahnenden »Denk dran – der Nikolaus kommt bald!« zu begleiten. Ein Knecht Ruprecht mit potentiell strafender Rute hatte nie den Weg nach Himmelgeist gefunden, doch der bloße Gedanke an das Goldene Buch war in der Lage, mich zur Herbsteszeit in eine Engelsversion meiner selbst zu verwandeln, die sogar Spinat aß und widerspruchslos Schuhe putzte. Trotz aller Bemühungen jedoch, nur noch das Gute zu tun und dem Bösen zu entsagen, fielen mir, beim nervenzerrenden Warten auf den Heiligen Mann, stets noch ein paar Missetaten ein, die mir dennoch unterlaufen waren. Wenn das elektrische Licht

gelöscht wurde und vor dem Festzimmer dröhnende Schritte ertönten und wenn dann auch noch eine wie übermächtig starke Hand dumpf an die Tür klopfte, befand ich mich bereits in einem Zustand fortgeschrittener Auflösung. Es waren nicht die Marzipankartoffeln oder die kleinen, folienglänzenden Schokoladennikoläuse aus der schließlich dann doch überreichten Tüte, die mich nach Abgang des himmlischen Boten mit wahren Glücksschauern überrieselten. Es war das Bewußtsein, nicht in den Sack gesteckt und damit als im Grunde gut und rein anerkannt worden zu sein.
Bezeichnenderweise konnte ich mich genau an die letzte Nikolausfeier in Himmelgeist erinnern. Ich muß etwa sieben Jahre alt und von ersten Zweifeln angenagt gewesen sein: Dank der Tagesschau hatte ich mittlerweile eine Vorstellung davon, wie groß die Erde war – und da sollte ein und derselbe Nikolaus binnen vierundzwanzig Stunden allen Kindern der Welt persönliche Besuche abstatten?! – Doch da war das Goldene Buch, und richtig: Der Rotweiße rief meinen Namen auf, und als ich mich mit trotz aller geografischen Kenntnissen weichen Knien zu ihm aufmachte, da schlug er es auf und las allen Versammelten, Kindern wie Erwachsenen, daraus laut die ungute Geschichte vor, wie Katharina doch tatsächlich neulich eine ganze Packung Kekse vor ihren kleinen Freunden aufgegessen hatte, einen nach dem anderen. Die Freunde hatten gebettelt und gefleht, aber Katharina die Selbstsüchtige, die Geizige, die Unbarmherzige hatte niemandem auch nur ein einziges Stück abgegeben!
Die Scham war mir glühendheiß ins Gesicht geschossen, in meinem Bauch wand sich eine riesige Schlange von Peinlichkeit, und stotternd und wahrscheinlich weinend versprach ich dem Nikolaus in die ausgestreckte Handschuhhand, so etwas Böses nie, niemals wieder zu tun.

Zwar wurde das Anbieten von Pralinenschachteln oder Bonbondosen oder was auch immer bei mir seitdem ein geradezu instinkthafter Reflex, auch war ich stets in der Lage, Suppe, Spaghetti oder Braten nur per Augenmaß in bis aufs Gramm genau gleiche Portionen zu teilen, aber das bewies doch nur eines.
»Ich bin damals auf den Nikolausfeiern regelrecht traumatisiert worden!« eröffnete ich den Kolleginnen. »Geradezu paralysiert von künstlich erzeugten Schuldgefühlen!« – Nach einigem Nachdenken pflichteten die Erzieherinnen mir bei und erzählten ihrerseits, wieviel Unbehagen auch ihnen in der Kinderzeit der Gedanke an den Heiligen Mann mit dem Sack auf dem Rücken bereitet hatte.
»Es kommt also darauf an, in Zukunft eine völlig angstfreie Feier zu gestalten«, resümierte Frau Regina Pohl unter unserem beifälligen Raunen. »Die Kinder sollen sich darauf freuen können, ohne jede Furcht vor Strafe und ohne jede peinliche Bloßstellung!« Von den vielversprechenden Möglichkeiten eines solchen Konzepts entflammt, überboten wir uns gegenseitig mit Vorschlägen, und schon bald hatten wir einen konkreten Plan erarbeitet, den jede der drei Gruppenleiterinnen – also auch ich in neuem Amt und neuer Würde – in der nächsten Zeit realisieren würde.
Der Vormittag im Kindergarten gestaltete sich in einer festen Struktur. Da war zunächst das »Freispiel« – jedes Kind wurde dazu angeregt, sich mit einem Spielzeug seiner Wahl zu beschäftigen. Aufgabe der Erzieherin dabei war es, Einzelgänger in Gruppen zu integrieren, die Jungs auch mal für die Puppenecke zu begeistern und die Mädchen für den Bauteppich, die greinenden Verlierer beim »Blumenwürfeln« zu trösten (»Das nächste Mal gewinnst du!«) und selbst Gelassenheit und gute Laune

beim »Memory« zu bewahren, in dem ein Erwachsener keine Chance gegen Kinder hat, die wie ferngelenkt stets nach den richtigen Karten greifen (mein sorgsam ausgetüfteltes Koordinatensystem funktionierte hingegen nie). Gleichzeitig galt es, leicht Zurückgebliebene wie Rudi Reinsch, den immer noch auf allen vieren krauchenden und fauchenden Löwen, gezielt zu fördern (»Schau doch mal: die vielen bunten Holzstifte! – Hilfst du mir, sie mal nach Größe zu sortieren?« – »Nöööh!«), die unter der Leitung des bereits sechsjährigen Karsten Weichert, der das Trompetensignal der US-Kavallerie aus den Fernsehwestern täuschend echt imitieren konnte, allmorgendlich wild um die Tische galoppierende Schwadron zu befrieden (»Wollen wir nicht lieber einmal versuchen, aus dieser Knetmasse ein paar richtige Pferde zu basteln?« – »Attacke!«) und immer mal wieder hinter den Vorhängen und im Waschraum nachzuschauen, wer da gerade Doktor spielte. Die freie Entfaltung der natürlichen kindlichen Neugier und damit der Sexualität der künftigen Erwachsenen war mir selbstverständlich heilig; auch kannte ich keine Vorurteile; aber wieso fand ich dabei unter den Hosenlosen fast immer Eva Nikula (»Guck doch mal!«), die wie eine kleine Kopie ihrer Mutter stets in Rosa gewandet war, mit einer dicken rosa Schleife im aufgesteckten Blondhaar, und jeden Morgen zu spät kam mit immer der gleichen Begründung: »Wir mußten uns noch zurechtmachen...«?
Um halb zehn wurde gemeinsam gefrühstückt, und um das Chaos halbwegs in Grenzen zu halten, griff auch ich, wenngleich mit fühlbaren Skrupeln, bald zu den eigentlich ja verwerflichen Methoden der Manipulation, die ich mir, um nicht jeden Tag den unter Hagebuttentee gesetzten Gruppenraum wischen zu müssen, von den ausgebildeten und erfahrenen Kolleginnen abgeguckt hatte: »Ich

bin heute doch mal sehr gespannt, wer von euch schon so groß ist, daß er seinen Tee im Becher behält und ihn nicht wie ein Baby überschwappen läßt!«

Danach stand der schwierigste Teil des Tages an; im Rahmen der Vorschulerziehung sollten die Kinder, auch die Dreijährigen unter ihnen, lernen, sich für mindestens eine halbe Stunde auf ein vorgegebenes Thema zu konzentrieren. Lieder wurden einstudiert, Bastelarbeiten zum Mitnehmen angefertigt, oder es wurden alte, von den Eltern gesammelte Oberhemden verteilt und als Kittel übergezogen, wenn es ans Malen mit Wasserfarben ging (»Guck mal, Frau Blasberg, der Rudi hat wieder nur Krickelkrackel gemalt!« – »Das ist kein Krickelkrackel, das ist doch ein sehr schönes Muster!«). Oder es gab den von mir lange gefürchteten »Stuhlkreis«. Die Kinder sollten dazu angehalten werden, einigermaßen ruhig zu bleiben, während lehrreiche Geschichten vorgelesen oder erzählt wurden. Völlig wertneutral, verstand sich, rein informativ, denn durch unstatthafte Indoktrinierung wurde die Entwicklung der Selbständigkeit, der Intelligenz sowie der in jedem Kind angelegten Urteilsfähigkeit nur gehemmt und verformt.

So erklärte und demonstrierte ich anhand bunter, von Frau Pohl bei einem Spezialverlag bestellten Broschüren die absolute Harmlosigkeit all der Filme, die die Kinder im häuslichen Wohnzimmer sahen. Daß da zum Beispiel die Cowboys und die Indianer nicht wirklich starben, sondern daß nur Schauspieler mit roter Farbe agierten, was wirklich niemand beunruhigen müsse. Daß die Sonne jeden Tag auch dann aufgeht, wenn man sie hinter den Wolken nicht sehen kann. Daß es keine bösen Hexen gibt. Und daß die Babys aus den Bäuchen ihrer Mütter kommen.

Dumpf brütend hatte Guido van Heeren, wie üblich in

Karohemdchen und unten aufgekrempelter Cordhose, meinen diesbezüglichen Ausführungen gelauscht, bevor er, glühend vor Ärger und Wichtigkeit, aufsprang und mit den Füßen stampfte: »*Mich* hat aber der Storch gebracht! Und er ist mit mir den ganzen Weg vom Himmel bis nach Hause geflogen, und ich hab' alles ganz genau gesehen, und dann hat er mich in mein Bettchen gelegt!« Woraufhin alle anderen ebenfalls nicht mehr im Stuhlkreis zu halten waren und sich gegenseitig auszustechen versuchten: »*Mich* auch!«, »*Mich* auch!« – Ich hatte tief durchatmen müssen. Die Kinder sollten auch lernen, sich frei zu Wort zu melden und einander zuzuhören; aber immer war es Guido, der meine Bemühungen zunichte machte, und immer glaubten ihm die anderen mehr als mir, und wenn ich mir nicht so oft erneut vor Augen gehalten hätte, daß alle Kinder von Natur aus gleich waren, hätte ich mich versucht gefühlt, in Guido den geborenen Rädelsführer zu vermuten.

Was nun die Aktion Nikolaus betraf, so sollte sie schon in der letzten Novemberwoche anlaufen. Nur nicht an dem Montag – nach dem Wochenende zu Hause bei den Eltern, das sie vor dem Fernseher und unter erzwungenem Brav- und Stillesein verbracht hatten, waren sie jeder vernünftigen pädagogischen Einwirkung völlig unzugänglich. Montags gingen sie wilder noch als sonst über Tische und Bänke, schlugen und traten in Karateübungen aufeinander ein, versuchten mittels der stumpfen, kindgerechten Bastelscheren noch häufiger, den Kleineren oder Schwächeren oder Ängstlicheren Ohren, Nasen und Finger abzuschneiden. Auch der erste und bislang einzige Versuch, in Sankt Mariä Empfängnis die Lynchjustiz einzuführen, hatte an einem Montag stattgefunden. Gerade noch rechtzeitig schaute Frau Pohl (»Das war der siebte Sinn – oder ein Schutzengel!«) hinter den alten Rhododendronbusch, wo fünf der größeren Jungs ausgerechnet den schmächtigen Rino, dessen Hobby im Sommer das Blumenpflücken war, schon auf einen Stuhl gestellt hatten. Die Schlinge, geknüpft aus einem Springseil, lag bereits um den Hals des Delinquenten und das andere Ende des Seils über einem starken Rhododendronast.

Zur Einstimmung auf das Thema Nikolaus (und zur spontanen Befreiung von den archaischen Ängsten) steckte ich die Gruppe dienstags erst einmal in die Oberhemden und ließ sie den Gefürchteten malen. Quod erat demonstrandum: Alle Kinder, die schon erkennbare Kopffüßler produzieren konnten, benutzten dabei die Aggressionsfarbe Rot, und sich selbst stellten sie daneben als unscheinbare, winzige Randfiguren in bedeutungslosem Grau oder Braun dar. Erbarmen mit den Gequälten quoll in mir auf; am nächsten Tag dann begann ich entschlossen mit der Neutralisierung der barbarischen Sitte.

Der Nikolaus sei schon lange, lange tot, erklärte ich dem aufmerkenden Stuhlkreis, niemand brauche ihn mehr zu fürchten. Er habe vor vielen hundert Jahren in einem Land gelebt, das wir heute als die Türkei kennen, und dort, in der Stadt Smyrna, habe er einen Job als Bischof gehabt. Seine Hauptbeschäftigung aber sei es gewesen, gut zu Kindern zu sein. Alle Kinder habe er geliebt, ohne Unterschied, und nur Freude habe er ihnen bereiten wollen. Ständig habe er den Kindern Geschenke gemacht, Nahrungsmittel oder Spielzeug, und nie habe er danach gefragt, ob jemand gut oder böse sei: Völlig gerecht, an alle gleich, habe er seine Zuneigung und seine Gaben verteilt. Das habe ihn dann auch so berühmt gemacht, daß die Leute begannen, ein schönes Fest zu seinen Ehren zu feiern, ein Fest für die Kinder, die nur beschenkt werden und sich freuen sollten.

»Was meint ihr, wollen wir in der nächsten Woche vielleicht auch so ein schönes Fest feiern?« Begeistertes Aufjauchzen im Stuhlkreis half mir, die üblichen Skrupel betreffs manipulatorischer Machenschaften hintanzustellen. Schließlich ging es um einen guten Zweck, um das Wohlbefinden der Kinder. Und um die frühzeitige Einübung basisdemokratischer Gepflogenheiten: »Wer ganz fröhlich – fröhlich! – mitfeiern und sich jetzt schon darauf freuen will, ein wunderschönes Geschenk zu bekommen, hebt bitte die Hand!« – Leider war mir nicht vergönnt, mir zur erreichten Einstimmigkeit zu gratulieren. Guido van Heeren hielt es wieder einmal nicht in seinem Schemel, wieder einmal drängte er sich vor und tanzte wie ein Troll durch die Kreismitte.

»Ich krieg' aber 'ne Carrerabahn! Ich krieg' aber 'ne Carrerabahn!« schmetterte er dazu in einem Singsang, der schrill klang in meinen Ohren und in den natürlich alle anderen mit »Ich auch! Ich auch!« einfielen. Eingedenk der Pflicht, jedem Kind die gleichen Gefühle der Zuneigung entgegenbringen zu müssen, wischte ich die kurz aufblitzende Sehnsucht nach einem Knebel für diesen abscheulich materialistischen Zwerg beiseite. Eine Carrerabahn – welch eine Anmaßung. Für das Nikolaus-Budget hatten die Kolleginnen und ich auf dem Pfarrfest drei Tage lang Waffeln gebacken, aber mehr als eine vergleichsweise bescheidene Holzmarionette – Kühe, Schweine und Esel, die nun noch nach Feierabend nett verpackt werden mußten – für jedes der fast sechzig Kinder gab die Finanzplanung nicht her. »Das werden wir schon sehen, was du bekommst«, sagte ich zu Guido. Und ich hoffte, dabei ruhig und neutral und nur ein ganz kleines bißchen drohend geklungen zu haben.

Im Verlauf der Woche studierten wir das lustige Lied *Poch, poch, poch, wer klopft an unsre Tür?* ein, und aus farbenfrohem Papier, unter Vermeidung der Farbe Rot, falteten wir Bischofsmützen, die die Kinder mit nach Hause nehmen durften. Mit der Beharrlichkeit einer Gebetsmühle streute ich geschickt immer wieder das Credo von der uneingeschränkten Freude ein; niemand müsse sich Sorgen oder ein schlechtes Gewissen machen. Im letzten Stuhlkreis vor der Feier dann der Höhepunkt des Curriculums, der entscheidende Schlag gegen eine angstbesetzte, sinnentleerte, einengende Tradition:

»Ihr erinnert euch sicher noch daran, wie gut Nikolaus, der Bischof in Smyrna, immer zu den Kindern war? So lieb und so nett, daß wir heute noch ein Fest nach ihm benennen?«

»Ja!«-Rufe oder wichtiges Nicken.

»Und daß er schon so lange tot ist?«

Die gleiche Reaktion.

»Nun ist doch klar, daß ein toter Mensch keine Kinder mehr besuchen und ihnen Furcht einjagen kann. Ein toter Mann geht überhaupt nirgendwo mehr hin und schon gar nicht zu Millionen Kindern gleichzeitig. Das versteht ihr doch, nicht wahr?«

Merkliche Zurückhaltung, Nachdenklichkeit. Leise warnendes Fauchen von Rudi Reinsch.

»Weil aber die Menschen trotzdem an den lieben Nikolaus denken möchten, haben sie sich einen Trick ausgedacht. Wenn alle Kinder und Erwachsenen, die lustig – ganz lustig! – feiern wollen, beisammen sind, tun sie so, als sei einer von ihnen der gute Mann. Dafür hat sich ein Erwachsener, ein Onkel oder ein Freund der Eltern, verkleidet, mit einem lustigen Kostüm, wie ihr es auch schon mal im Karneval macht. Und der Verkleidete kommt dann herein, und er spielt nur den Nikolaus, so, wie ihr ja auch schon mal Cowboy spielt oder Mutter oder Löwe, und alle freuen sich dann und lachen. Denn das Ganze ist ja nur

ein Spiel, und mit der Verkleidung macht es einfach mehr Spaß, wenn dann die Geschenke an die Kinder verteilt werden.«
Verwirrung, in Falten gezogene Gesichter.
»Und so wollen wir es heute hier im Kindergarten bei unserer Nikolausfeier auch machen. Erst lassen wir es uns so richtig gutgehen mit Kakao und all den leckeren Sachen, die Frau Wolters wieder für uns zubereitet hat. Dann singen wir die lustigen Lieder, die wir in dieser Woche gelernt haben. Und dann stellen wir euch den Vater von dem kleinen Tobias aus der Gruppe von der Frau Pohl vor – ihr habt den Herrn Zimmermann doch schon oft gesehen, wenn er den Tobias gebracht oder abgeholt hat! –, und der Herr Zimmermann wird dann hinausgehen und sein Kostüm überziehen, und wenn er dann – nur verkleidet! – wiederkommt, können wir alle ganz laut lachen. Wollen wir es so machen, was meint ihr?«
In Erwartung der überbordenden Zustimmung, der ringsum aufsteigenden Erleichterung, lehnte ich mich zurück. Ich hatte es geschafft. Ich hatte der Irrationalität, der unbegründeten Scham und den diffusen Schuldgefühlen in der heranwachsenden Generation ein wichtiges Nährsalz entzogen. Frei und unbelastet würde sie aufwachsen können, ohne starre Rahmen, selbstbewußt und nur der eigenen Entfaltung verpflichtet.
Seltsam nur, daß die erwartete Begeisterung der heranwachsenden Generation sich nicht spontan äußerte, sondern etwas verzögerte. Im Rundblick zeigten sich die Gesichter der Kinder merkwürdig abwartend, wenn nicht gar verschlossen oder griesgrämig. Niemand meldete sich, um ein befreites »Ja!« zu juchzen, niemand sagte ein Wort. Statt dessen füllte den Raum nur nervöse Unruhe; vierzehn Kinder rutschten auf den Stühlen, achtundzwanzig kleine Füßchen scharrten auf dem PVC. – Nun denn, viel-

leicht hatte ich die frohe Botschaft noch nicht klar genug herausgearbeitet.

»Also noch einmal: Keiner von euch braucht heute nachmittag vor irgend etwas Angst zu haben, denn der Herr Zimmermann, der ja nur verkleidet ist und den Nikolaus spielt, wird nichts anderes tun, als schöne Geschenke zu verteilen. Und alles, was euch eure Eltern vielleicht erzählt haben, über Goldene Bücher und so, ist nur hanebüchener Unsinn, mit dem man früher mal versucht hat, kleine Kinder zu erschrecken.« – Jetzt aber!

In murrendem Unmut wurden einige Köpfe geschüttelt, erste Unterlippen schoben sich vor, Rudi Reinsch konnte mich nur deshalb nicht in die Wade beißen, weil seine Milchzähne nicht durch meine dicke Winterjeans drangen. Und dann war es – wer sonst! – wieder einmal Guido, der all meine Bemühungen zunichte machte. Sein Zorn hielt ihn nicht länger auf dem Stuhl. Hoch wie ein Tütenkasper sprang er, und mit in die Hüften gestemmten Fäustchen baute er sich vor mir in der vollen Größe seiner fünf Jahre auf.

»Zu *uns* nach Hause kommt aber der *richtige* Nikolaus!« behauptete er. Bar aller Vernunft und Einsichtsfähigkeit, aus blankem Trotz und beinah schon reflexhaftem Widerspruchsgeist. Dumm prahlerisch dazu. Jedoch ohne jeden Zweifel mitreißend und zündend.

Denn »Zu *uns* auch!«, »Zu *uns* auch!«, überschrien, überboten, übertrumpften sich nun auch alle anderen, und das Resultat meiner gesammelten Anstrengungen der letzten Tage bestand in nichts anderem als einem vorzeitlich wirkenden Hordentanz aus vierzehn stampfenden, hopsenden Wichten.

Ich war viel zu geknickt, um aus dem Umstand Trost schöpfen zu können, daß die zukunftsweisende Pädagogik in den beiden anderen Gruppen zu ähnlichen Ergebnissen geführt hatte. Irgend etwas müßten wir übersehen oder vielleicht nicht richtig vorbereitet haben, meinte Frau Pohl, während der Schwerpunkt in Frau Alstorfs Analyse auf dem nicht zu unterschätzenden, unsere Ziele ständig konterkarierenden Einfluß der Elternhäuser lag. Frau Wolters' gutmütiger Querverweis auf die Stadt Rom, die auch nicht an einem Tag erbaut worden sei, zeugte zwar von Mitleid. Aber in keiner Hinsicht konnte sie gegen das Debakel wappnen, das uns auch am Nachmittag erwartete. In der frühen Dezemberdämmerung brauchte der Schlafsaal nicht abgedunkelt zu werden, um im Schimmer der Bienenwachskerzen zu einem würdigen Festsaal zu werden. Das Aroma der blankpolierten Äpfel und der in Schalen bereitstehenden Nüsse mischte sich mit den sahnigen Schokoladenschwaden des Kakaos. Frau Wolters' berühmte Muzen, vor dem Anreichen doch noch kurz in Zucker gewälzt (»Wenn schon, denn schon!«), glänzten wie kleine Eisbälle, fanden dennoch nicht die gebührende Anerkennung. Nach Frau Pohls einleitender Begrüßungsrede, in der sie die Notwendigkeit betonte, in einer schnell sich wandelnden Zeit auch für die tradierten Feste neue Formen zu finden, griffen zwar alle Kinder zunächst beherzt zu, aber nach ein oder zwei Bissen wurde das Gebäck beiseite gelegt. Den begleitenden Elternteilen hingegen hätte es durchweg vorzüglich geschmeckt, wenn nicht einige von ihnen beide Hände dazu benutzt hätten, sich theatralisch die Ohren zuzudrücken. Dabei hielt sich der Lärmpegel der rund sechzig Kinder durchaus im Rahmen des Üblichen – wenn man von der feinen Komponente der Hysterie absah, die da für geübte Trommelfelle in all dem aufgeregten Schwätzen, Rufen, Kichern und Prusten mitschwang.

Als es Zeit für das offizielle Erzählen der Nikolaus-Legende wurde, hatte Frau Alstorf dementsprechend Mühe, sich durchzusetzen; erst nach mehrmaligem Hän-

deklatschen, Fingerandielippenlegen und ostentativ ruhig abwartendem Indierundesehen waren die Kinder bereit, ihr zuzuhören. Dagegen war mein Auftritt sofort ein voller Erfolg. Mir war die ehrenvolle Aufgabe übertragen worden, den Kleiderständer mit der Sensation des Tages hereinzuschleppen. Kein aus rotem Ausverkaufsstoff billig zusammengeschneidertes oder gar im Kaufhaus erstandenes Nikolauskostüm, kein Auslöser unangenehmer Erinnerungen und Assoziationen hing darauf, o nein, sondern ein veritables, bischöfliches Meßgewand! Mitra und Überwurf aus schwerstem, steifstem Goldbrokat, reich bestickt mit feurig strahlenden Steinen und glitzernden Borten, dazu ein bodenlanges, weißes Parament aus Schweizer Stickerei, eine Leihgabe der Erzdiözese Köln, ein weiterer Beweis der wundersamen Beziehungen, die unser unscheinbarer Pfarrer Hülstrunk zur Kirchenhierarchie unterhielt. Und der magisch funkelnde Beleg für Pracht und Macht einer uralten Institution.
Die Kinder bekamen runde Augen und runde Mündchen, und so groß war das Staunen über die bischöflichen Insignien, daß ich zu meinem wenn auch wohl verborgenen Ärger noch nicht einmal dazu mahnen mußte, die Kostbarkeit nicht mit zuckrigen oder schokoladigen Fingern zu begrapschen. Wohl zuckten etliche Händchen hoch, als ich in Reichweite kam, doch hielten alle schließlich doch Distanz. Typisch: Ehrfurcht kam von Furcht, von Angst und von Schrecken – aber das bislang so erfolgreiche Kalkül des Katholizismus würde in Zukunft nicht mehr aufgehen, gelobte ich mir.
Die ehrerbietige, wenn nicht gar widerlich unterwürfige Stille hielt sogar noch für die nächsten Minuten an. Herr Zimmermann, Studienreferendar in Jeans und Nickipullover, kam nach vorne, stellte sich, mit leicht verlegenem Grinsen und etwas ungelenker Verbeugung, den Kindern

als Vater ihres Kollegen Tobias vor und kündigte an, daß er sich nunmehr, zu Ehren des Nikolaus, der schon lange tot sei, in der Garderobe das Kostüm, das sie ja gerade alle aus der Nähe hätten betrachten können, überziehen werde. In der Zwischenzeit würden die lustigen Lieder gesungen, und wenn er dann zurückkäme, als Bischof nur verkleidet, dann werde er an jedes Kind eine schöne Überraschung verteilen. »Bis gleich also!« winkte er der applaudierenden Festgemeinde lässig zu, und während die sechzig Kinder drinnen die sechzig verschiedenen Tonlagen und sechzig verschiedenen Tempi erst unter dem richtungsweisenden Blockflötenblasen von Frau Alstorf sowie dem resoluten Tambourinschlag von Frau Wolters zu einem erkennbaren *Laßt uns fro-hoh u-hund munter sein und uns re-hecht vo-hon Herzen freun* vereinheitlichen konnten, reichte ich draußen dem nur noch in schlichtem Rips und weißen Socken wartenden Hauptdarsteller Stück für Stück die Bestandteile seines Kostüms an.

»Ihr Mut zu einer modernen, zeitgemäßen Interpretation ist ja wirklich höchst beachtlich«, fand Herr Zimmermann, als er in dem Spiegel, den ich für ihn hielt, den korrekten Sitz der Mitra prüfte. »Sagen Sie, trägt man so etwas eher mittig oder mehr nach vorne oder hinten?«

Ich konnte ihm nicht antworten, denn zum einen war ich nur ein einziges Mal in meinem Leben einem leibhaftigen Bischof begegnet, anläßlich der Firmung nämlich, an die ich mich kaum erinnern konnte. Zum anderen war ich abgelenkt: Drinnen im Saal war man zum in der vergangenen Woche so oft und fleißig geübten *Poch, poch, poch, wer klopft an unsre Tür?* übergegangen, aber der Gesang ließ jeden Schwung vermissen. Rauh und bang klang er, nur zögerlich und selbst durch die Wände deutlich hörbar widerstrebend folgte er dem treibenden Tambourin.

Zur Inszenierung gehörte, daß ich nach der letzten Strophe dreimal laut und für alle drinnen vernehmbar mit der Faust an die Tür zu klopfen hatte, bevor ich sie für den Einzug des Nikolaus aufriß. Doch obwohl ich schon das erste Pochen so sanft und freundlich wie nur irgend möglich ausführte, obwohl ich beim zweiten Mal nur das angewinkelte Zeigefingergelenk benutzte, und beim dritten Mal genaugenommen überhaupt nicht mehr klopfte, sondern die Holztür eher streichelte, verzog auch der bischöflich Geschmückte besorgt das Gesicht unter der Mitra: »Was ist denn da los?« Etliche der hellen Kindersoprane hatten jeden Bezug zur Melodie weit hinter sich gelassen und waren dabei, sich in das grelle Falsett der Panik hochzuschrauben. Andere schrien nach den Müttern, die doch unmittelbar neben ihnen saßen. Auch hörten wir haltloses Schluchzen.

Unsere Niederlage war allumfassend. Ein pädagogisches Desaster. Geistesgegenwärtig versuchte Herr Zimmermann noch zu retten, was zu retten war, und für gute Laune zu sorgen, indem er entgegen aller Absprachen nicht mit großer Würde den Festsaal betrat, sondern, beide Arme hoch über den Kopf schwenkend, einmarschierte wie Prinz Karneval persönlich. Auch legte er, als er des angsterfüllten Geplärres, des Wimmerns und des Bibberns ringsum im Saal erst richtig gewahr wurde, ein paar ulkige Tanzschritte mit gerafftem Parament ein. Vor Guido dem Großmaul, von dessen Gesicht man nur noch den weit aufgerissenen Schlund erkennen konnte, blieb er sogar stehen, beugte sich tief hinunter und machte, die Hände an den unteren Rand der Mitra gelegt wie Hermesflügel und dabei mit den Fingern wackelnd, mehrmals neckisch »Kuckuck!«. Aber es nützte nichts. Mit einem gellenden Schrei warf sich Guido herum und vergrub den Kopf im Schoß seiner eher amüsierten Mutter.

Es war so demütigend. Unsere aufgeklärten, schon im

Vorfeld doch von aller Angst befreiten Kinder bestanden darauf, vor Furcht und Schrecken außer sich zu geraten, und wer von ihnen bis dato noch halbwegs die Fassung bewahrt hatte, verlor sie prompt, als die ersten Namen aufgerufen wurden. Kaum jemand war dazu zu bewegen, nach vorne zu kommen, um seine Tüte in Empfang zu nehmen, weshalb uns, nach einem Wink von Frau Pohl, auch noch die letzte Schmach nicht erspart blieb. Wir mußten die Geschenke zu den Kindern tragen, sie ihnen buchstäblich aufschwätzen. Und dabei den Anblick eines Pfarrers Hülstrunk ertragen, der auf seinem Ehrenplatz gütig lächelte und trotz seiner Soutane so überaus zufrieden aussah wie eine fernöstliche Buddhastatue.

»Ich möchte jetzt noch nicht darüber sprechen«, sagte Frau Pohl, als wir eine Stunde später bedrückt und geschlagen den Schlafsaal aufräumten. Besonders schmerzlich war, wie schnell dann doch noch die Stimmung umgeschlagen war: Kaum hatten die Kinder nämlich die Tüten ausgepackt und die kleinen Marionetten darin gefunden, war alles Weinen und Greinen vergessen und wie auf Knopfdruck einer unbegreiflichen, für uns geradezu gespenstischen Euphorie gewichen, die sich zwischen den Tischen und Stühlen mit Lichtgeschwindigkeit verbreitete. Strahlend wie ein Putto im Deckenfresco einer Barockkirche hatte Guido, von seiner Mutter mit sanfter Ermahnung zum Händchengeben veranlaßt, sich bei mir für das Fest bedankt, das er toll nannte und klasse. »Es ist besser, wenn wir uns für die Analyse ein wenig Zeit nehmen«, meinte auch Frau Alstorf, bevor wir uns knapp und still voneinander verabschiedeten. Nicht ohne Schmollen steckte Hermine Wolters die Flasche Dornkaat, die sie (»En Schlückschen in Ehren ...«) wie zu allen besonderen Anlässen von zu Hause mitgebracht hatte, zurück in die Kühltasche: »Eijentlisch is doch jar nix passiert!«

Seit Pias Auszug und dem Verschenken aller Katzenkinder hatte Xanadu, in das ich mich deprimiert zurückschlich, den Charakter einer Zweisiedelei angenommen, einer abgelegenen Klause, in der ich für die Äbtissin Zetkin nur die Schwester Pförtnerin war, die ihr je nach Begehr ohne Verzögerung Ein- und Auslaß zu verschaffen hatte. Für meine ganztägige Abwesenheit brachte die Katze weder Verständnis auf noch hatte sie sich an die Zumutung gewöhnt, von Montag bis Freitag jeden Morgen entscheiden zu müssen, wo sie nun die folgenden neuneinhalb Stunden zu verbringen gedachte – im Schutz der Mauern und der Ölöfen oder lieber doch in der Freiheit der Straßen und der Gärten, als Alptraum aller Mäuse, Vögel und Karnickel, damit allerdings ausgesetzt jeder Wetterunbill. Doch unabhängig davon, welchen Tagesverlauf sie wählte: Sowohl für die Langeweile drinnen als auch für die kalten Pfoten oder den feuchten Pelz draußen machte sie stets nur mich verantwortlich, und jeden Abend dauerte es mindestens eine Stunde, bis sie sich dazu herabließ, meine Gegenwart endlich zur Kenntnis zu nehmen und mit mir zu sprechen.
»Darf ich dich untertänigst daran erinnern, daß dies das Ergebnis deiner freien Willensentscheidung ist?« fragte ich der Form halber, rein rhetorisch, das orangerote Fellpäckchen, das sich, Beine und Pfoten unter den Körper gezogen, im Windfang vor dem Eingang des Hauses gegen den kalten Nieselregen aufgeplustert hatte und es ablehnte, auch nur ein Ohr in meine Richtung zu drehen. Sobald ich die Tür aufgeschlossen hatte, erhob sich Zetkin zwar, um ihr angestammtes Recht auf den herzoglichen Vortritt durchzusetzen. Als erste schnürte sie in die Diele, aber sie tat dies – absichtlich! – nicht nur gesenkten, sondern sogar zuckenden Schweifs, was in Katzenkreisen einer groben Unflätigkeit gleichkommt.

Statt einer Nachricht von Brendan brachte der Griff in den Briefkasten nur die Telefonrechnung zum Vorschein, aber immerhin wurde ich dadurch in die Lage versetzt, Zetkin in puncto schlechter Laune Paroli bieten zu können. »Du mich auch«, rief ich der bereits in die Duschküche Entschwundenen nach, während ich die Rechnung zerknüllte und mich aus dem Tiger von Eshnapur schälte. Ich hatte die Dezembermiete noch nicht bezahlt, und wenn mir danach wider Erwarten überhaupt noch etwas Geld übrigblieb, dann mußte ich es, jahreszeitlich bedingt, in Heizöl investieren – auch die Stadtwerke hatten auf das Stromgeld gefälligst bis zur dritten Mahnung zu warten.

»Zimmerwarm ist viel gesünder«, erklärte ich dem Haustier, das in gewohntem Starrsinn und mit allen Anzeichen äußerster Mißbilligung vor den schlierigen Abdrücken auf dem Fußboden hockte, die von der ehemaligen Anwesenheit des Kühlschranks zeugten. Das Gerät war, wie überhaupt zwei Drittel aller Möbelstücke, in Pias Auftrag von mehreren eingeschworenen und derart breitschultrigen Hilmar-Grevel-Fans abtransportiert worden, daß mir jeder Verweis auf eine doch völlig ungeklärte Rechts- und Besitzlage nicht opportun erschienen war. »Weg ist weg!« philosophierte ich weiter gegen Zetkins stummen Vorwurf an; in manchen Teilbereichen des Lebens waren die Grundzüge der stoischen Lehre durchaus nicht ohne praktischen Nutzen. Vor allem für jemanden, dessen einziger Gesprächspartner zu Hause ein heikles, ewig indigniertes, jedoch nicht ganz unbestechliches Wesen war.

Durch zehnminütiges, frenetisches Schnurrbartlecken zeigte Zetkin an, daß sie sowohl die Hälfte des Marzipanbrots, das Pfarrer Hülstrunk oder seine Haushälterin in meine Nikolaustüte gepackt hatte, zu goutieren wußte als auch den Umstand, ihre Mahlzeit mitten auf dem Tisch thronend einnehmen zu dürfen. Mit solchen, zugegebenermaßen wenig subtilen und korrupten Mitteln pflegte ich mir gelegentlich ihre uneingeschränkte Aufmerksamkeit zu erkaufen, und auch an diesem Abend erwies sie mir die Gnade, meinen Rapport über das gründlich gescheiterte pädagogische Experiment entgegenzunehmen. Daß sie dabei keineswegs gebannt an meinen Lippen hing, sondern mit scharfen, gelben Augen konzentriert jeder noch so geringen Bewegung der Finger folgte, mußte ich als unabänderlich hinnehmen. Eben hatten diese Finger noch aus verheißungsvoll raschelndem Stanniol eine Köstlichkeit gewickelt und konnten dies möglicherweile ein weiteres Mal tun – ob heute oder morgen oder erst in einem Jahrzehnt, war einer Starrsinnigen ihres Kalibers egal.

»Aber da kannst du wieder einmal sehen, wie total kaputt doch diese Gesellschaft ist«, schimpfte ich laut, während ich, assistiert von der rosa rüsselnden Katzennase, Pfarrer Hülstrunks Tüte nach weiterem Marzipan durchforstete, aber nur mit Liebesperlen verzierte, billige Schokoplätzchen sowie klebrig durchweichte Weinbrandbohnen fand, von denen sich selbst Zetkin mit allen Anzeichen des Ekels abwandte. »Sogar mit den Dreijährigen ist heutzutage schon nichts Gescheites mehr anzufangen, so perfide arbeitet das System.« Denn dies war doch wohl die Lehre, die ich aus den Erfahrungen rund um Sankt Mariä Empfängnis zu ziehen hatte: Nur in einem Kreißsaal herrschten noch Hoffnung und Gleichheit. Kindergartengruppen aber, kaum den Pampers entwachsen, unterteilten sich bereits in Erbauer und Zerstörer, in Anführer und blinde Gefolgschaften, in Lernfreudige und Gleichgültige, in Angreifer und Ergebene – also hatte sich der Spätkapitalismus schon an den Hilflosen vergangen, während sie noch in den Strampelhosen steckten. Wie das Ganze konkret funktionierte, war mir noch nicht recht klar, aber eine

andere logische Schlußfolgerung gab es nicht. Was immer also die fortschrittlichen Kräfte in Kinderläden und Vorschuleinrichtungen, geschweige denn an Gymnasien und Universitäten zu reformieren versuchten, kam zu spät, war für die Katz.
Für meinen kurz umrissenen, deshalb jedoch nicht minder großartig kühnen Entwurf eines Erziehungsmodells, in dem man die Neugeborenen allen schädlichen Einflüssen dadurch entzog, daß man sie ihren Eltern einfach wegnahm und in riesigen Einrichtungen, zu erbauen in der natürlichen Abgeschiedenheit finnischer Wälder oder baumloser Alpenregionen, ohne Mißbildungen und Verformungen frei zu friedlichen, spontanen, vernünftigen und mündigen Wesen aufwachsen ließ, mochte Zetkin sich nicht recht begeistern. Wegen Unergiebigkeit der Tüte sprang sie vom Tisch, um sich in der Kargheit des vom Räumkommando heimgesuchten Wohnzimmers die Rechte auf den Thronsessel zu sichern, bevor ich es tun konnte. Ich brühte mir den nachtschwarzen Kaffee auf, der mich weder an nimmerkühle Teekannen noch an Pia erinnern konnte, und folgte ihr: Auf dem Boden des Wohnzimmers warteten mehrere Säulen weißen Papiers darauf, mit Hilfe des Großen Langenscheidts von mir beidseitig beschriftet, parfümiert und an Brendan adressiert zu werden.
Nicht genug damit, daß sie mich nicht in Ruhe schlafen läßt, sie ist auch noch so einfallslos, immerzu die gleiche Leier abzuspielen, kommentierte im Thronsessel, aus der Mitte des vollkommen kreisrunden, entspannten Fellkringels heraus, ein etwa drei Millimeter geöffneter Augenschlitz, als ich nicht in den ausgedünnten Plattenstapel griff. Unmittelbar neben der Stereoanlage lagen die zwei Scheiben, die mir seit dem Sommer allabendlich halfen, die Stimmung zu erzeugen, die das Verfassen leiden-

schaftlich sehnsüchtiger Briefe begünstigten. Mein Herz schlug nicht mehr im Takt des harten, *ehrlichen* Beat und erst recht nicht im Rhythmus der schmissigen Kriegsmärsche aus Irlands ruhmreicher Vergangenheit des Freiheitskampfes. *Sailing* von Rod Stewart *(... to be near you, to be free...)* verlieh der Hand erst die Fähigkeit, mehrere Stunden ohne Pause, ohne Krampf mit dem Filzstift zu schnörkeln, und im internationalen Wettbewerb der todtraurigen Balladen führte *Carrickfergus (.. But the sea is wide, and I cannot swim over. Neither have I the wings to fly...)* mit weitem Abstand vor jenen *Königskindern,* die mir früher mein Vater so oft am Bettchen gesungen hatte, bis meine Mutter, unter Hinweis auf die naßgeschluchzten Kopfkissen, ihm derlei aufwühlende Gesänge untersagt hatte: »Laß es bitte sein, Josef, das Kind ist zu sensibel!«
Angespornt von diesem in Töne und Laute gefaßten Weh, dauerte es nie lange, bis ich alle Tagesbanalitäten, alle profanen Ablenkungen und vor allem jenen Teil von mir, der zu nüchternen Analysen und politischen Betrachtungen neigte, hinter mir lassen und mich dem freien Fließen der Gefühle widmen konnte. Die Überlegung, Brendan vom Verhängnis des Nikolaus-Festes und meinen darauf beruhenden Schlußfolgerungen zu berichten, beschied ich nach längerem Filzstiftkauen und mehrmaligem Meditieren über *Sailing* somit negativ (ein winzig kleiner, aber fein nagender Groll verübelte es ihm manchmal, daß mir im Vergleich zu seinem Leben in Belfast meine eigenen Probleme immer so bedeutungslos, so nichtig vorkamen): Irgendwann würden wir eigene Kinder haben. Ein ganzes Haus voll, sicherlich, und über grüne Hügel würden sie toben, mit schwarzen und mit roten Haaren, um die Wette mit Hunden und Hühnern und Schafen, und temperamentvoll und intelligent und lieb würden sie sein, und was scherten mich da eigentlich noch die hoffnungslosen

Fälle einer sowieso unheilbaren, hochtechnisierten, spätkapitalistischen Gesellschaft wie der Bundesrepublik Deutschland! – Mein liebster Brendan (begann ich also für gewöhnlich, um dann das einleitende Grundthema nur noch numerisch zu variieren), heute ist exakt der neunzehnte Tag ohne ein Lebenszeichen von dir, und die einhundertundsiebenundzwanzigste Nacht mit dieser schrecklichen Leere neben mir, und ich weiß wirklich kaum noch, wie ich –

Etwa zur Zeit des Jahreswechsels müssen meine Briefe – verlangende, beschwörende Ergüsse von Anbeginn – jene delirierende Fiebrigkeit angenommen haben, von der ich damals glaubte, daß sie möglicherweise über die große Distanz hinweg ansteckend wirkte. Denn auch Brendans Schreiben veränderten sich allmählich. Hatte ich im Herbst und Winter zunächst noch seitenlange Nachrichten über die sich ständig weiter komplizierende und zuspitzende Kriegslage in Nordirland, über Strategiepapiere, Protestaktionen, Hungerstreiks, Rachefeldzüge, hastig überfliegen müssen, weil er leider immer erst am Ende persönlich wurde und von Liebe und von Zusammenleben sprach, so kam mit den Krokussen und den Hyazinthen eine völlig neue Note in seine nach dem Ausheilen des rechten Arms wieder kalligrafisch rund geschwungenen Zeilen.

Nicht länger war mehr die Rede davon, daß er erst dann für mich frei sein werde, »im Kopf und im Herzen«, wenn auch sein Land die Freiheit erkämpft habe. Auch ließ er sich immer seltener über die Hoffnung auf einen weltumspannenden Sozialismus aus, der, darüber hatte zwischen uns immer Einigkeit geherrscht, doch stets die Grundbedingung war für Frieden und Gerechtigkeit. Düster dunkle, für mich völlig unverständliche Betrachtungen über die »Erbsünde« fand ich zunehmend im Briefkasten,

religionsphilosophische Abhandlungen über »Schuld und Sühne«, pessimistische Prognosen bezüglich der Unmöglichkeit, die menschliche Natur zu ändern.
Eingedenk der Alpträume, durch die er gegangen war, und all der Narben, von denen er gezeichnet war, verzieh ich ihm jedoch großmütig den Rückfall in undialektische, unwissenschaftliche, prärationale Denkweisen. Ich würde schließlich ein ganzes Leben lang Zeit haben, ihn zurückzuführen auf den Weg des Fortschritts: Anfang Mai kam der alles entscheidende, der einzig wichtige, der wunderbare, der alleinseligmachende Brief. Die reine Wonne auf Papier.
Ein buntes Foto, ausgeschnitten aus einem Bildband oder einer Zeitung oder einem Immobilienkatalog, zeigte ein weiß gekälktes Haus unter einem plüschig wirkenden Reetdach, blühende Stockrosen und Dahlien davor, sanft schimmerndes Blau im Hintergrund. Aus dem Schornstein kräuselte sich ein zartes Rauchfähnchen hoch zu wuchtigen Cumuluswolken. Nichts auf der Welt komme der Wärme und dem würzigen Duft des offenen Torffeuers im Kamin eines traditionellen, irischen *Thatched Cottage* gleich, schrieb Brendan. Es sei der Duft seiner Kindheit und, vermischt mit dem Geruch nach Tang und Muscheln und verschwitztem Pferdefell, die Essenz der Ferien bei seinem Großvater und bei Verwandten an der Westküste.
Er könne nicht mehr in Belfast leben, schrieb Brendan. Er müsse endlich einmal zur Ruhe kommen und dann »denken, denken, denken«. Er wolle nicht mehr miterleben, wie Menschen getötet, er wolle sehen (!!!), wie sie geboren werden. Er wolle, so bald wie möglich, in die Republik fahren und ein *Thatched Cottage* kaufen – ob ich mir vorstellen könne, trotz meiner Winzigkeit einen schweren Wasserkessel an den Haken über dem Torffeuer zu hän-

gen, fragte Brendan. Und ob mein Mut reiche, um auf einen *Irish Hunter* zu klettern; es seien sehr große, kräftige, schnelle Pferde, aber so gutwillig, daß man sicher und bequem auf ihnen sitze wie auf einem Lehnstuhl.
Irgendwo in der Nähe des Atlantiks würden wir leben, wie im Märchen »happily ever after«, und zukünftige Generationen irischer Sänger und Poeten würden viel zu dichten finden über eine ingwerfarbene Frau mit einer ingwerfarbenen Katze, die aus einem fernen, fremden Land dahergeflogen kamen, und dermaleinst werde niemand mehr zu sagen oder zu singen wissen, wer von beiden wilder und eigensinniger und komischer war, »the kissmekate or the kissmecat«. Zetkin allerdings müsse, bevor sie die ersten irischen Mäuse koste, »wie jeder weiß, die saftigsten und schmackhaftesten der Welt«, in Quarantäne; wo und wie lange, werde er noch herausfinden. Und auch von mir werde ein großes Opfer verlangt.
Den seltsamen Gebräuchen meines seltsamen Landes müsse ich öffentlich abschwören und meinen seltsamen Namen ablegen, denn eine Miss Katherine Blasberg, die in ehebrecherischem Verhältnis zu einem Mister Brendan Trelawney stehe, werde in einem Dorf im Wilden Westen Irlands von den Farmern noch nicht einmal eine Kartoffel und von den Damen im Postamt nicht eine einzige Briefmarke kaufen können und in ständiger Deckung vor Pferdeäpfeln und Eselskot leben müssen, die von rotznasigen Jungs auf sie geschleudert wurden. Ob ich also meinte, in diesem Fall von meinen stolzen Grundsätzen bezüglich Heirat und Ehe einmal eine kleine Ausnahme machen zu können? In Anbetracht des Umstandes, daß es sich ja bei besagtem Mister Brendan Trelawney um einen hervorragenden und weit über die Grenzen seines Landes hinweg bekannten und beliebten Mann handele, bei dem sich die öffentliche Meinung nur darin noch nicht ganz einig

geworden sei, ob denn nun seine makellose körperliche Schönheit oder seine beispiellose Bescheidenheit seine hervorstechendste Eigenschaft sei. – Mit all seiner Liebe und auch der seiner Eltern und seines Großvaters, die gar nicht mehr abwarten könnten, das Mädchen kennenzulernen, das das schwarze Familienschaf endlich zu Vernunft gebracht habe, und auf ewig der Meine, Brendan.

Ich begann zu zittern. Mir wurde schwindelig. Ein mächtiges Brausen erhob sich in meinen Ohren, schweres Herzblut oder reines Adrenalin oder vielleicht auch schon die wogende Brandung des Atlantiks. Den Brief in der Hand, rannte ich durch Xanadu, durch die leeren Zimmer, die Treppen hoch und runter, hoch und runter, in der Duschküche immer rund um den Tisch. Ich hüpfte und lachte und jubelte, unter dem spöttischen Blick stechend gelber Augen, und ich handelte mir vier blutig lange Striemen auf der Wange ein beim Versuch, die zukünftige Auswanderin auf den Arm zu nehmen und mit ihr einen Walzer zu tanzen.

»Wir gehen weg von hier. Wir gehen zu Brendan, der dich streicheln kann und mich auch. Wir werden glücklich«, flüsterte ich in Zetkins Ohr, als sie auf dem Tisch die während des Fleckerls unziemlich verwirbelten Fellpartien mit langer, rauher Zunge wieder glattstrich. Ich würde platzen, bersten, mich auflösen, wenn nicht bald jemand die Freude mit mir teilte. Die Indignierte aber unterbrach ihr Tun nur, um mich aus schmalen Pupillenschlitzen streng zu fixieren.

Unsinn, sagte Zetkin, das bildest du dir alles nur ein. Und ein bißchen mehr Contenance, wenn ich bitten darf. Überhaupt: Verschon mich mit deinen Überspanntheiten und sieh lieber zu, wie du die paar Mark für neue Katzenstreu auftreiben kannst.

»Und du paß auf, daß ich dich nicht einfach hier und deinem Schicksal überlasse«, sagte ich, um mein Gesicht zu wahren. Dann ging ich, zahllose Seiten mit Glück und Seligkeit und Zukunft zu beschnörkeln und mit Catherine Trelawney zu unterschreiben. Und am nächsten Tag kaufte ich in der Stadt den größten Koffer, den es für kleines Geld gab, und stellte ihn wie eine kostbare Skulptur auf einen Hocker mitten in die Diele. Es war ein billiges Monstrum aus penetrant stinkendem Plastik, und von genau jener häßlichen Farbe, mit der auch Nachbar Immigs Auto seit Jahren mein Auge verätzte. Der Koffer war grün. Widerlich aufdringlich grün. Chemisch grün. Giftgrün. Knallgrün.

Aber Grün ist die Farbe der Hoffnung, beruhigte ich das strapazierte Stilempfinden, und, wenn auch in einer anderen, weniger schmerzhaften Nuance, die Farbe Irlands. Außerdem war ja der Inhalt wohl wichtiger als die Form. Ich begann, lange Listen all der Habseligkeiten aufzustellen, die mir unverzichtbar erschienen, die mich in mein neues Leben begleiten sollten, und sie täglich neu zu überdenken und zu überarbeiten, avancierte zur bevorzugten Abend- und Wochenendbeschäftigung. Erst einmal am Ziel angekommen, am Ort meiner Bestimmung, würde ich den Koffer verbrennen.

Wenn ich heute, mehr als zwei Jahrzehnte später, über das nachsinnen wollte, was man vor langer Zeit einmal Schicksal nannte, bräuchte ich nur in den Keller zu gehen. Abzutauchen in die Gewölbe unter der Kneipe, wo sich Ersatzgestühl, Steuerordner, Gläservorräte, ausrangierte Kassen und Schreibmaschinen und Gerümpel aller Art hoch auftürmen. Würde ich nur lange genug nach ihm wühlen und graben, würde ich ihn irgendwo dazwischen finden, den scheußlichen Koffer. Immer wollte ich mich von ihm trennen, ihn zerstören oder einfach zurücklassen, einfach vergessen, und im Laufe der Jahre habe ich eine ansehnliche Kollektion von Gepäckstücken aus Schweinsleder und Hartschalen zusammengetragen, die ihn ersetzen, ihn überflüssig machen sollten. Doch bei jedem Umzug, jeder Ortsveränderung, jeder Neuorientierung während meiner Odyssee durch Westeuropa gab es vertrackterweise immer irgend etwas, das ich unbedingt mitnehmen wollte, aber anders nicht verstauen, nicht mobil machen konnte. Neben dem Bildnis des Gottlieb Maria Blasberg wurde dieser Ausbund an Häßlichkeit zur zweiten Konstante in meiner Biographie.

»Soll dieses Ungetüm da etwa auch mit?« fragte Clemens am Tag unseres gemeinsamen Einzugs in Himmelgeist, als er mich mit allen Anzeichen tiefster Schwermut neben dem prall Gefüllten sitzend fand. »So voll, wie du ihn gepackt hast, kann den doch kein Mensch alleine tragen!«

»Es geht nur zu zweit«, wußte ich aus Erfahrung. Aber dann hatte ihn der quadratische Mann, der bei der Spedition zuständig war für Kühlschränke und Waschmaschinen, doch ohne Hilfe in seine Gurte gewuchtet und auf meine Anweisung im neuen Haus in den Keller getragen. Seither ruhte er dort unten im Dunklen, unberührt, unausgepackt. Im Laufe der Zeit hatte ich ausgefeilte Techniken darin entwickelt, nach Möglichkeit nicht allzu oft an ihn zu denken.

Damals aber löste der Anblick des Koffers, wann immer ich ihn auf seinem exponierten Sockel in der Diele sah, wahre Schauer von Verzückung in mir aus, die den Rücken entlangrieselten und selbst die Härchen auf den Armen aufrichteten. Ich war unangreifbar geworden, nichts und niemand konnte mir etwas anhaben, denn genaugenommen war ich gar nicht mehr da. Im heimatlichen Idiom gibt es die jeden Nichteingeweihten verwirrende Variante, in der ein Rheinländer leibhaftig vor einem steht und mit aller Entschlossenheit von sich be-

hauptet, daß er mitnichten anwesend, sondern im Gedanken des Abschieds begriffen und daher bereits so gut wie abwesend sei – isch bin jetzt wech. In diesem Sinne war auch Katharina Blasberg bereits verschwunden.
Sogar die Nachricht in der Tagesschau, daß Ulrike Meinhof sich in ihrer Stammheimer Zelle erhängt hatte, vermochte mich nicht mehr in die Gegenwart zurückzuholen. Sie erreichte meine Ohren und gerade den Teil der Großhirnrinde, der die Mutige, die Konsequente, die ihre bürgerliche Existenz ihren Überzeugungen geopfert hatte, stets bewunderte und verehrte. Natürlich war, wie ich Zetkin erklärte, die Anwendung des Begriffs Selbstmord eine ungeheuerliche, eine schändliche Lüge – denn selbst wenn man davon ausging (was ich nicht tat), daß sie die Schlinge tatsächlich selbst geknüpft hatte, so gab es doch nicht den geringsten Zweifel daran, daß sie zu dieser letzten Verzweiflung nur durch das verbrecherische Justizsystem, das ihre edlen Motive nicht anerkennen wollte, gezwungen worden war. Welchen Grund hätte sie sonst gehabt?! Aber Trauer und Empörung reichten nicht aus, mich dem spontanen Demonstrationszug in der Innenstadt anzuschließen und dem gerechten Zorn mit ein paar in Schaufensterscheiben geworfenen Steinen Ausdruck zu verleihen. Ich lebte auf Abruf. Ich war weg.
Zwar wußte ich nicht, wann genau mich der Ruf ereilen würde, denn zum einen dauerte es geraume Zeit, bis Brendan den Vollzug des Hauskaufs meldete, und zum anderen verzögerte sich ein bereits vage avisierter Termin noch einmal dadurch, daß Brendans Einschätzung zufolge die angespannte Lage in Belfast zu kritisch und nicht für eine große Familienfeier geeignet sei. Also vergrub ich mich erneut in meine Gepäcklisten und widmete mich der äußerst heiklen Frage des Hochzeitskleides (schwarz, auf jeden Fall, ich wollte mich schließlich nicht gänzlich ver-

leugnen, aber als Tribut an nicht ganz zu übergehende Konventionen: vielleicht festlich lang?). Den hin und wieder auftauchenden Gedanken an meine Mutter drängte ich mit aller Entschiedenheit beiseite.
Ich brauchte nicht ihre neue Adresse herauszufinden, und ich brauchte auch nicht zu versuchen, das jahrelange Schweigen zwischen uns mit für beide Teile peinlichen Bemühungen zu überbrücken, bevor ich sie mit der sensationellen Entwicklung überraschte. So scharf, als stünde sie vor mir, konnte ich ihre zu blassen Strichen zusammengepreßten Lippen sehen, und auch ihre Stimme konnte ich hören. Wie immer latent vorwurfsvoll, herabsetzend, mich in keiner Hinsicht ernst nehmend: »Ausgerechnet Belfast. Ausgerechnet ein Terrorist. – Etwas Besseres ist dir nicht eingefallen? Und eine Nummer normaler ging's wohl auch wieder mal nicht?« Nein, danke. Eiligst schrieb ich Brendan, er solle um Himmels willen seinen Eltern weismachen, ich sei ein armes Waisenkind. »Stimmt das etwa nicht?« schrieb Brendan zurück. Ich hatte ihm nichts von Himmelgeist, nichts von meinen Eltern erzählt. Lediglich ein paar Anekdoten aus dem Leben meines Großvaters, und das auch nur, weil er mich im vorigen Sommer einmal auf das Ölportrait im Klo angesprochen hatte, das ihm ausnehmend gut gefiel.
In einem Anflug von Nachsicht gestattete ich mir jedoch die winzige Inkonsequenz, trotz allen Nonkonformismus dem Bedürfnis nach einer kleinen, bescheidenen Abschiedsfete nachzugeben. Nichts Spektakuläres, nur ein paar sorgfältig ausgewählte Geladene, die Brendan kannten, ein schmackhaftes Dinner bei Kerzenschein, gute Gespräche und glaubhafte Beteuerungen, daß man mich vermissen werde, dazu ein paar gerade noch erschwingliche Flaschen Wein. Die Erstellung der Gästeliste jedoch erwies sich als unerwartet schwierig. Der Kolleginnenkreis

schied aus, weil mein Arbeitsvertrag eine dreimonatige Kündigungsfrist vorsah, die ich aber auf keinen Fall einzuhalten gedachte; solange ich noch in Düsseldorf blieb, brauchte ich dringend das Geld, und danach – nun denn. Pias Aufenthaltsort nicht zu ermitteln, war eine Sache des Prinzips. Die Heuschreckenschwärme der ehemaligen Verbündeten würden geflissentlich das Stichwort Belfast überhören und, statt mich gebührend zu bewundern, über nichts anderes reden als über den letzten, entscheidenden Schlag, den sie dem Staatsmonopolkapitalismus gerade im Rahmen ihres Kampfes gegen das Hochschulrahmengesetz und vor allem gegen alle Formen der Zensurengebung versetzten. Clemens Schapers hatte ich seit jenem Abend, als er Hals über Kopf vor Brendans gewaltiger Eifersucht geflohen war, nicht mehr gesehen; er dämmerte wohl im dichten Drogennebel vor sich hin. Blieben also lediglich die FAILTE!-Mitglieder, und davon, nach Abzug all der Begüterten, die ich unmöglich in die neue Schäbigkeit Xanadus bitten konnte, nur zwei Personen.

Mrs. Bradleys Stimmchen hatte sich, als ich ihr am Telefon von Brendans Antrag und dem *Cottage* erzählte, in flirrende Höhen geschwungen wie eine das Morgenrot begrüßende Lerche: »Der liebe Gott wird Sie beide beschützen, mein Kind!« Doch was den Abend des vierten Juli anging – welcher Termin hätte für den Abschiedsabend passender sein können als der Jahrestag der ersten Begegnung von Brendan und Catherine? –, so hatte sie unter Hinweis auf ihre seit Monaten geplante Kur in Bad Kissingen mit größtem Bedauern absagen müssen. »Aber danach werde ich alle Hebel in Bewegung setzen, um Sie in Ihrem Heim in Irland zu besuchen«, hatte sie versprochen.

Auch den letzten der mir Verbliebenen einzuladen, war

nicht einfach gewesen. Mehrmals hatte Frau Immig, nachdem ich meinen Namen vorsichtig durch die Leitung genuschelt hatte, wieder aufgelegt, bevor ich endlich Markus selbst erwischen konnte.
Wie 's ihm denn so gehe? – Schlecht. – Was er denn so mache? – Demnächst die zwölfte Klasse noch mal. – Wie er mit der Therapie vorankomme? – Zwei Schritte vorwärts, einen zurück. Aber alles in allem sei es schon erstaunlich, was ihm sein Vater – und – und – einige andere Leute angetan hätten.
Ich hatte in den letzten Monaten erheblich an Zeitgefühl eingebüßt, und auf eine diesbezügliche Frage eines Außenstehenden hätte ich glaubhaft versichert, die Affäre mit Markus sei schon seit Jahren, ach was, seit Jahrzehnten beendet. Trotzdem meldete die Rechenabteilung in meinem Kopf, daß der Wehleidige höchstens erst achtzehn Jahre alt sein konnte – doch er klang bitter und verhärmt wie ein Greis. Ein wenig Ablenkung, ein wenig Beschäftigung mit guten Nachrichten würden ihm guttun, fand ich.
»Was hältst du denn davon, wenn du demnächst einmal bei mir vorbeikommst, sagen wir am übernächsten Sonntag, den vierten Juli. Ich werde etwas für uns kochen. Und wir werden es uns gutgehen lassen!« Hatte ich es wirklich nötig, um diesen überalterten Säugling zu werben? Ja.
»Das bringt doch nichts«, nölte Markus. »Das hast du mir doch selbst oft genug gesagt. Und mein Therapeut meint auch, es ist besser für mich, wenn ich dich nicht –«
Ich summte. Ich gurrte. Ich reizte. Ich drängelte. Und schließlich stellte ich ihm ungeahnte Freuden in Aussicht ob der wunderbaren Neuigkeiten, die ich ihm mitzuteilen hatte. Markus zierte sich noch ein wenig, aber er konnte den plötzlichen Eifer und die Aufregung nicht verbergen.
»Aber wenn du mir so was Tolles zu sagen hast, wieso tust

es dann nicht jetzt, sofort?« Er war hörbar außer Atem geraten.
»Weil es bestimmte Dinge gibt, die man unmöglich am Telefon besprechen kann«, sagte ich, ganz Frau von Welt. Mochte ja sein, daß der Ärmste wieder einmal einiges mißverstanden hatte. Aber sollte ich deswegen den Jahrestag mutterseelenallein begehen?! »Was ist, kommst du also? –«
Er kam. Mit einem großen Strauß roter Rosen. Sein Flachshaar, offensichtlich eben erst frisch gewaschen, bauschte sich in langen Locken bis hinab zu den immer noch eckigen Schultern. Er trug ein eng tailliertes, schwarzes Hemd und einen Cowboygürtel mit breiter, silberner Schnalle an den Jeans. Er roch nach Tannenbadesalz und einem kleinen Schluck Hochprozentigem für den Mannesmut. Er versuchte, mich zu küssen, ich aber drehte im letzten Moment den Kopf, so daß die Begrüßung eine elegant französische Wendung nahm. Während des Festmahls – Salat, *Coq au vin* und gratinierte Pfirsiche – sah er ungeachtet der Mengen, die er sich aufschaufelte, immer hungriger aus, und obwohl er im Schein der Kerzen dem direkten Augenkontakt auswich, spürte ich beim Auf- und Abtragen der Gerichte, beim Nachschenken des Weins und bei allen gastgeberischen Verrichtungen, denen ich mich stetig emsiger, bemühter, schwatzhafter widmete, seine Blicke unablässig über meinen Körper tentakeln. Möglicherweise zählte die Idee zu diesem Abend ja doch nicht zu meinen besten Einfällen. Aber da es eh zu spät war, den Kurs zu korrigieren: Augen zu und durch!
Als krönenden Abschluß hatte ich den zimmerwarmen Sekt und die sensationelle Eröffnung vorgesehen. Der Sekt wartete in dem Schränkchen neben dem Spülbecken, und auf dem Schränkchen harrten noch di-

verse Utensilien der Essenszubereitung des späteren Abwaschs.

Ich zog die Stanniolfolie vom Flaschenhals. Das Messer, mit dem ich die Tomaten für den gemischen Salat geschnitten hatte, stammte aus Solingen, und seine geriffelte Schneide pflegte selbst durch Sellerie oder Möhren so widerstandslos zu gleiten wie durch weiche Butter.

Den Draht über dem Plastikkorken aufzudröseln, ohne sich die Fingernägel einzureißen, erforderte langsam konzentriertes Vorgehen. Warmer Sekt darf nicht noch unnötig erschüttert werden, sonst fliegt einem der Korken ohne jede Vorwarnung ins Auge oder in die nächste Lampe. Das Messer hatte einen ausgebleichten Holzgriff, und an seiner Scheide klebten noch vereinzelte Tomatenkerne.

Ich spürte den Druck unter dem Korken und hangelte nach einem Handtuch. Ich legte das Handtuch über den Flaschenhals und versuchte mit beiden Händen, den Korken unter Kontrolle zu halten. Ich hörte, wie Markus vom Tisch aufstand und sich mir näherte. Ich preßte beide Hände mit aller Kraft auf den Korken. Ich spürte die getriebene Silberschnalle in meinem Rücken und feuchten Atem an meinem Hals.

»Cat –«, sagte Markus. Der Korken war kaum noch zu halten. Das Messer lag einfach nur da.

»Ich werde Brendan heiraten«, sagte ich. »Nächsten Monat oder so. In Irland. Und ich komme nicht zurück.«

Der Korken ging hoch. Ein schäumender Schwall durchtränkte das Handtuch, floß über meine Hände, auf das Schränkchen, auf Teller und Bestecke. Ich raffte noch ein paar Handtücher zusammen, um die prickelnden Schaumpfützen abzudecken. Markus' Kopf lag schwer und bewegungslos auf meiner Schulter. Die Hände, die er um meine Oberarme gelegt hatte, wurden zu Schraubzwingen.

»Wie wär's, wenn du mir endlich die Gläser anreichst?« fragte ich, so freundschaftlich locker und unbefangen geschäftig wie nur möglich. Eine der beiden Schraubzwingen löste sich. Das Messer, nach dem Markus' Rechte griff, sah in seiner breiten, knochigen Hand niedlich und harmlos aus wie ein Manikürgerät. Das ist doch albern, versuchte ich zu denken. Billigste Schmiere. Aber mitten in meinem Schädel heulte eine Sirene auf, so laut, daß ich meine Gedanken kaum noch verstehen konnte.

»Ich hasse dich«, schluchzte Markus, und mit dem Gesicht, mit den tiefen Falten zwischen den Brauen, mit den wasserblauen Augen, mit dem weichen Haar und mit den schmerzlich aufgerissenen Lippen hätte ich Mitleid haben können. Aber er war fast zwei Meter groß, und ich hatte oft genug unter ihm gelegen, um zu wissen, daß er mehr als achtzig Kilo wog, und das Messer war so scharf wie kein anderes, und das Sirenengeheul im Kopf wurde plötzlich noch von ein paar Worten übertönt, die ich vor unendlich langer Zeit einmal gehört hatte. Er müsse lernen, seine Aggressionen endlich nach außen zu richten, hatte Markus mir irgendwann einmal erzählt.

Ich begann zu reden. Ich appellierte an seine Vernunft. Ich schilderte ihm die Zelle, in der er den Rest seines Lebens verbringen werde.

Ich durfte nicht aufhören zu sprechen. Solange Markus noch regungslos dastand, das Messer in seiner Hand staunend betrachtend, als habe er noch nie einen solchen Gegenstand gesehen, durfte ich kein Komma benutzen und erst recht keinen Punkt.

Ich erklärte ihm die Unmöglichkeit, Gefühle zu lenken. Ich beschrieb Brendans Narben und beschwor die Solidarität mit einem, der ein viel härteres Leben führte. Ich zog Tische und Stühle zwischen uns. Ich fand die Situation immer absurder, lächerlich geradezu. Folglich mußte ich auch laut lachen, als er sich theatralisch das schwarze Hemd aufriß. Weiß und haarlos war seine Brust, und sie glänzte vor Schweiß. »Tu's doch«, schrie ich, »wenn du den Mumm dazu hast!«

Die Haut und das Fleisch brachten dem Messer weniger Widerstand entgegen als der Sellerie oder die Möhren.

Der Notarzt versicherte mir, daß die auf die Wunde gepreßten Tücher genau die richtige Maßnahme gewesen seien, und er gab mir, während die Sanitäter die Bahre mit Markus heraustrugen, schnell noch eine Beruhigungsspritze. Als mich die schlackernden Beine wieder trugen, konnte ich Zetkin nur mit einem groben Tritt weg von den sekt- und blutgetränkten Tüchern befördern, die sie mit großem Interesse berüsselte. Ich packte die Tücher zu einem dicken Ballen und hob damit das Messer auf, und mit abgewandtem Gesicht trug ich die Überbleibsel des Festmahls nach draußen zur Mülltonne. Am Wohnzimmerfenster von Markus' Vaterhaus wurden die Gardinen bewegt.

Markus überlebte, wieder einmal. Das Messer sei drei Millimeter am Herzmuskel vorbeigegangen, sagte der Arzt im Krankenhaus, den ich unter der Maske einer Magdalena Immig anrief, der Cousine aus Dortmund. Clemens erinnert sich, Markus einmal in der Stadt getroffen zu haben, in Begleitung einer hünenhaften Frau und zwei kleiner, flachsgelber Kinder. Er ist jetzt Leiter einer Behindertenwerkstatt im Oberbergischen.

Zetkin überlebte den Festtag auch, aber noch nicht einmal eine Woche. Am folgenden Samstag bestand sie ärgerlicherweise schon im Morgengrauen darauf, herausgelassen zu werden zu den Vögeln, deren Gesang sie als reine Provokation empfand. Sie murrte und purrte. Stakste mir über Brust und Gesicht und stubste mich solange mit der rosa Nase, bis ich mich unter leisen Verwün-

schungen aus den Laken wickelte und sie in den Garten entließ. Ich legte mich wieder schlafen, aber ich träumte schlecht. Krauses Zeug von einem Bild, das aufgehängt werden sollte, und von einem schweren Hammer, der dabei eine halbe Wand in Trümmer schlug.
Zum Frühstück erschien Zetkin nicht, obwohl sie das Lauern auf ein Stückchen gebutterten Toast oder vielleicht gar auf ein Stückchen Schinken zu ihren beruflichen Pflichten zählte, denen sie stets gewissenhaft nachging.
Ich sah Zetkin, die Stolze, die Unberührbare, erst, als ich mich auf den Weg in die Stadt machte. Sie hing mit dem Rücken an der Haustür. Die Beine weit gespreizt, jede Pfote von einem langen Nagel durchtrieben. Ihr Hals war verdreht, und sie zeigte die Reißzähne. Der warme Juliwind plusterte in ihrem roten Fell. Ihre Augen aber, die stechend gelben, die scharfen, spöttischen, ihre Augen waren schwarz. Pechschwarz. Die Pupillen so weit aufgerissen, als würde sie in völliger Dunkelheit jagen.

Kapitel 9:

R. I. P.

Mit der Repatriierung in Himmelgeist mußte ich der beinahe lebenslangen Gewohnheit entsagen, mich pünktlich jeden Abend um acht über den Zustand der Welt in Kenntnis zu setzen. Doch habe ich, den durch meine Arbeitszeit bedingten Informationsrückstand auszugleichen, inzwischen das Frühstücksfernsehen entdeckt. Bei Tee, Toast und Orangenmarmelade nehme ich morgens, noch in Schlappen und Frottee, via Satellit an meiner Epoche teil. Und an dem erdumspannenden Triumphzug meiner Großen Göttin: Rund fünfzig *bewaffnete Konflikte* werden gegenwärtig aus ethnischen oder religiösen Gründen im Namen der FREIHEIT ausgetragen, und die ehedem so Verheißungsvolle erscheint mir nicht mehr verlockend, sondern nur noch engstirnig, fanatisch, unbelehrbar, grausam.
Es mag an meiner stark ausgeprägten Morgenmuffelei liegen, die mich klare Konturen erst nach der zweiten Kanne Tee erkennen läßt, oder an altersbedingten Konzentrationsstörungen: Seit geraumer Zeit bereitet es mir erhebliche Mühe, die Nachrichtenbilder des Schreckens richtig zuzuordnen.
In welches Krankenhaus wurde das Kind mit der notdürftig versorgten Kopfverletzung eingeliefert? Wo rannten die Zivilisten noch mal vor welchen Heckenschützen davon? Die allmorgendlichen Panzer, die da über namenlose Straßen direkt auf mein Sofa zurumpeln, mein Frühstückstablett fest im Fadenkreuz ihrer Schützen, kann ich ebensowenig mehr voneinander unterscheiden wie die immergleichen Reporter in den immergleichen kugelsicheren Westen, die, stets vor zerschossenen Gebäuden postiert, Aufgeregtes und Konsonantenreiches in die effektvoll übersteuerten Mikrophone knallen. Auch die aufgebrachten Massen, die unisono einstudierte Parolen im Chor skandieren und dabei rhythmisch Maschinenpisto-

len oder Fäuste in die bei diesen Gelegenheiten immer oberhalb ihrer Köpfe postierten Kameras recken, kommen mir mitunter so vor wie immer derselbe Trupp bezahlter und seit etwa zehn Jahren bestens bewährter Komparsen, die mit Hilfe dickbauchiger Transportmaschinen an den jeweiligen *Brennpunkt* geschleudert werden.
Selbst der Anblick elektronisch übermittelter, aber ansonsten doch authentischer Blutlachen stürzt mich statt in angemessenes Grauen nur noch in tiefste Konfusion. Feuchtrot schimmernde Pfützen, gezoomt auf Asphalt, Teppichboden oder Pflastersteinen: Bombe im Baskenland? Granate in Sarajevo? Touristen in Kairo? Oder war's Antalya? Juden auf der Westbank? Oder Palästinenser in Jericho? Der Militäreinsatz gegen Tschetschenen? Oder nur die Gasexplosion in Gelsenkirchen?
Denn bei den durchschnittlich drei Kamerazooms auf Blutlachen jeden Morgen kommt verwirrender Weise hinzu, daß sich hier die Kriegs- mit der allgemeinen Katastrophen- und Kriminalberichterstattung überschneidet. Ich weiß schon gar nicht mehr, wie oft ich mir per Fernbedienung schwarzrot dunkle Flecken auf Autositzen, gern gefilmt durch das zersplitterte Glas von Seitenfenstern, ins Wohnzimmer geholt habe: Rückstände mutiger Staatsanwälte und Richter, die sich entweder in Italien mit der Mafia oder in Kolumbien mit dem Medellín-Kartell angelegt hatten? Das Ende einer Geiselnahme oder eines Ferienflugs? Oder doch die übliche Massenkarambolage auf der Autobahn Nürnberg–München?
»Warum tust du dir das jeden Morgen an?« fragt Clemens, wenn er nackt und daunenwarm ins Wohnzimmer tappt, und nie weiß ich, ob ihn das Knattern der Gewehre in den Kriegsgebieten oder das Ratschen des Toasters in der Küche aus den Federn gelockt hat.
»Man muß sich doch informieren«, ist der schwächliche

Nachhall der Frau, die einstmals jeden Anflug von *Heile Welt* im TV-Programm wütend verbellte.
»Unser täglich Blut gib uns heute!« sagt Clemens, bevor er sich entschlossen an der Fernbedienung als häuslicher Zensor betätigt. Und ich mir heftig wünsche, daß sich auch der Sommer des Jahres 1976 ebenso einfach aus meinem Leben knipsen ließe.
Anfang August war Xanadu endgültig leergeräumt. Der Sperrmüll verschenkt, der Fundus an Theaterkostümen in den Abfalleimer gestopft, zusammen mit dem dicken Knäuel unbezahlter Rechnungen. Gottlieb Maria Blasberg in seiner Rosenlaube, den ich aus irgendeinem sentimentalen Grund weder verramschen noch weggeben mochte, füllte, wieder einmal sorgsam mit dicker Wellpappe umschnürt, den größten Teil des seit langem abmarschbereiten grünen Koffers, der in der kahlen, nackten Diele auf mich wartete und der, nach dem Einzug des Großvaters, schließlich so schwer und so vollgebläht war, daß ich ihn nicht mehr anheben, sondern nur noch wütend über den Boden zerren konnte. An dem Tag, als ich mit einer Zange die Nägel aus Zetkins Pfoten gezogen und den plötzlich so klein, so erschreckend leicht wirkenden Körper unter den verwilderten Cannabis-Pflanzen im Garten vergraben hatte, hatte ich, ungeachtet Brendans möglicher Einwände, auch ein Telegramm mit meinem Ankunftstermin nach Belfast geschickt. Mit dem Ticket Düsseldorf–Dublin, das billiger war als der Flug via London nach Belfast, legte ich mich nachts zur üblichen Schlaflosigkeit auf die Matratzen, die ich samt der alten Bettbezüge der Einfachheit halber der Erbengemeinschaft Wendrikeit zu hinterlassen gedachte.
Ich hatte keinen Rückflug gebucht, denn ich reiste in meine Zukunft, und mit der Inbrunst und Ausschließlichkeit, wie man sie nur in den finalen Wirbeln der Spät-

pubertät empfinden kann, spürte ich auch keine Angst und keine Verzagtheit. Ich kannte meinen Weg, und der führte in gerader Linie zu Brendan. Alles andere war Nebensache. Ohne Bedeutung. Ablenkung. Ballast. Vergangenheit.

Während der letzten Woche in Düsseldorf bewegten mich daher nur noch der Gedanke an Brendan, der mich in Dublin erwarten würde, und die zwei letzten noch offenen Fragen: Ob ich ein ordnungsgemäßes Kündigungsschreiben an das Pfarramt Sankt Mariä Empfängnis verfassen und ob ich mir nicht vielleicht doch noch einen Friseurbesuch leisten sollte. Getreu dem Motto *Immer vorwärts, niemals zurück!* beschied ich den ersten Fall mit einem klaren Nein, während ich das Geld für den Haarschnitt lieber in den prachtvoll bunten Bildband DER RHEIN UND SEINE SCHÖNHEITEN investierte. Brendans Eltern bei der Ankunft ein Gastgeschenk zu überreichen, das ihnen gleich einen Eindruck von dem vermittelte, was ich für ihren Sohn aufgab, schien mir ein Einfall von überragender Subtilität zu sein. Auch wenn ich dafür die gesammelten Tucholsky-Taschenbücher wieder aus dem grünen Koffer herausfischen und als Beute den sicherlich gern alles raffenden Wendrikeits überlassen mußte.

»Mein Jott, wat haben Sie denn in dem Unjetüm!?« fragte der Taxifahrer, der mich die kurze Strecke zum Flughafen fahren sollte. Er brauchte mehrere Fehlversuche und Probeschwünge, bis er mit zusammengebissenen Zähnen und verzerrtem Gesicht mein einziges Gepäckstück endlich in den Kofferraum gewuchtet hatte. »Joldbarren? Büjeleisen?«

»Ein paar Klamotten. Und ein paar Erinnerungen. Souvenirs«, sagte ich wichtig und sphinxhaft und versprach ihm all meine letzten Markstücke als Trinkgeld. Wie die uralte Statue, den Kopf starr geradeaus gerichtet und rätselhaft lächelnd, so sollte mich der letzte Rheinländer, dem ich in meinem Leben begegnet war, in Erinnerung behalten. Ich sah nicht zurück.

In der Maschine nach Irland versuchte ich mit aller Gewalt, mich von Stolz und Vorfreude beflügeln zu lassen: Endlich saß auch ich in einem der zigtausend Jets, die ich seit Jahren nur hatte von unten betrachten können und die mir die Trommelfelle ausgeleiert hatten! Über den Wolken sollte die Freiheit ja bekanntlich grenzenlos sein; und es würde nur noch knappe zwei Stunden dauern, bis sich die vergangenen dreihundertvierundsiebzig Tage, die ich ohne Brendan hatte leben müssen, in Luft und Liebe und Verständnis und Nähe auflösten! Ich dachte nicht an den Krieg. Ich versuchte, mir die endlose Umarmung vorzustellen, in die ein Paar stets nach solch langer Trennung im Fachterminus aller Schmöker zu *versinken* hat. Doch allzu bald waren es nicht mehr erregende Phantasien, die mich zittern und beben und stöhnen machten: Statt dessen tastete ich nur immer wieder mit naßkalten Fingern nach der schmutzig braunen Tüte im Ablagenetz des Vordersitzes.

Nach dem Schließen der Kabinentür, nach dem Aufdröhnen der Triebwerke beim Start, nach dem Abheben des Flugzeugs und während der großen Ehrenschleife, die es über Lohausen drehte, hatte sich meine Klaustrophobie mit meiner Höhenangst zu einer höchst explosiven Mischung verbunden, die in den Turbulenzen über der Irischen See, als mir alle Tagesschaubilder von den Flugzeugabstürzen der letzten zehn Jahre durchs Gehirn flimmerten, auch folgerichtig detonierte. Der Düsenjet rumpelte wie eine alte Postkutsche, wenn er nicht gerade dabei war, wie ein Stein in jedes bereitstehende Luftloch zu plumpsen – ich durfte nicht zur Toilette, weil die Sicherheitsgurte geschlossen bleiben mußten – die Non-

nengruppe vor mir ließ irgendwann die leise bemurmelten Rosenkränze sinken und stimmte, lateinisch mit englischem Akzent, zehnstimmig die Litanei zu allen Heiligen an – die Katholiken unter den Passagieren fielen dankbar ein – der Pilot schien den freien Fall für die beste Methode zu halten, sich der Smaradginsel zu nähern – und es saß, im Gegensatz zu den heftigen Anfällen von Reisekrankheit, die mich früher schon in Hannibal heimgesucht hatten, niemand neben mir, der mir mit einem Spitzentaschentuch die Spuren des Erbrochenen aus den Mundwinkeln wischte.
Ich weiß nicht mehr, wie lange Zeit ich in der ersten Toilette verbrachte, die ich, mit breiweichen Knien und die Hand vor den Mund gepreßt, im Flughafengebäude finden konnte. Ich weiß nur noch, daß mein Magen immer noch kraftvolle Anstalten machte, aus meinem würgenden Schlund ins Freie zu gelangen, und daß er rätselhafterweise immer neue Fasern und Flüssigkeiten fand, die er mir statt seiner selbst so lange zornig entgegenschleudern konnte, bis er wegen Erschöpfung aufgeben mußte. Keuchend lehnte ich schließlich am Handwaschbecken. Meine Mitte war nichts als ein kalter, schmerzender Granitbrocken, und das käsig bleiche, verschwitzte, verwischte Gesicht im Spiegel hatte kaum noch Ähnlichkeit mit mir. Verzweifelt begann ich, mit beiden Händen lauwarmes Wasser vor die Stirn, in die Augen, in den grauenvoll schmeckenden Mund zu schaufeln. Der Lautsprecher plärrte etwas, das ich nicht verstand, und die Geräusche aus dem Gang draußen klangen nach einer Unzahl laufender, schlurrender, eiliger Füße, aber für mich war nur wichtig, daß ich allmählich wieder genügend Kontrolle über mich bekam, um mir mit Hilfe verschiedenster Tiegel und Stifte die Züge der Kissmekate aufzuschminken, die Brendan erwartete.

Das nächste Bild jedoch ist klar und scharf in mein Gedächtnis gebrannt: In der menschenleeren, verlassenen Halle fährt mein dicker, grüner Koffer auf dem Gepäckband Karussell. Einsam. Allein. Verloren. Vergessen. Ein unwirkliches Gefährt, Weltraummobilen nicht unähnlich, nähert sich ihm mit gierig vorgestreckten, roboterhaften Greifarmen. Dahinter ducken sich mehrere Gestalten, bis zur Unkenntlichkeit und Unmenschlichkeit vermummt in grau wulstige, gepanzerte Anzüge und heruntergelassene Stahlvisiere.

Ich will meine letzten Besitztümer auf dieser Welt dem bedrohlichen Zugriff entziehen. Hände weg von dem Koffer, schreie ich, das ist meiner! Ich will loslaufen, um ihn zu verteidigen. Doch da werde ich an den Armen zurückgerissen, und zwei Uniformierte in Bleiwesten werfen sich auf mich, und ich kann nichts mehr sehen. Aber ich höre noch das metallene Klacken. Das Geräusch, das ich aus Western und Krimis kenne.

Es sind Gewehre, die da entsichert werden.

FAILTE!, denke ich albern, luftlos und lichtlos begraben unter dem Gewicht der Männer. Willkommen in der Zukunft. Willkommen im Tod.

»Kofferbomben sind derzeit die große Mode, nicht nur in Ulster, sondern auch hier in der Republik«, erklärte mir Brendan die paar Stunden später, die es gedauert hatte, mich festzunehmen und zu verhören und erst dann wieder freizulassen, als ich mit dem deutschen Reisepaß wie mit einem magischen Fetisch gewedelt hatte. Den Koffer aber hatte ich, befehlsgemäß in Zeitlupe, Stück für Stück auspacken und seinen Inhalt, vom Tiger von Eshnapur bis zum Slip, vom Großvater bis zu den Seite für Seite aufzublätternden Schönheiten des Rheins, dem Sprengstoffsonderkommando der irischen Armee enthüllen müssen, das sich anschließend in aller Form entschuldigte. »Kofferbomben sind schon an Bahnhöfen, in Hotels und an Bushaltestellen deponiert worden, und deshalb gelten für den Flughafen natürlich zur Zeit auch besondere Sicherheitsvorkehrungen.«

»Aber wieso denn hier in Eire?« fragte ich, mein Heil in einem sachlich neutralen Gespräch suchend. Längst hatte ich jeden Kontakt zur Realität verloren: Was ich hier erlebte, konnte ich mir einfach nicht glauben.

Dreihundertvierundsiebzig Tage lang hatte ich die Szene unseres Wiedersehens halluziniert, wie sie von unzähligen Filmen und Büchern vorgegeben war: In einer gleichgültigen Menschenmenge entdecken wir einander. Unsere Blicke verschmelzen, sein grauer mit meinem braunen, zu einem gleißenden Leitstrahl, der uns nun mit unwiderstehlicher Kraft zueinanderzieht. Wir lächeln nicht. Wir sind ernst, weil etwas unfaßbar Großes geschieht. Und die erste Berührung wird mit einem Blitzschlag die ganze Welt um uns herum wegblenden.

Es hatte aber keine Umarmung gegeben, und erst recht kein Versinken. Es war noch nicht einmal zu unverfänglich freundschaftlichen, frankophilen Begrüßungsküssen gekommen, noch nicht einmal zu einem Händeschütteln, wie es doch sogar unter Fremden üblich gewesen wäre.

»Hi«, hatte eine tiefe Männerstimme hinter mir gesagt, und meine Nase hatte, bevor ich mich noch umdrehen konnte, säuerlichen Bieratem gemeldet. Ich hatte ihn nur an dem Schnurrbart und den Augen erkannt, die kalt und hell über meinen Scheitel hinweg auf die immer noch in meiner Nähe patrouillierenden Uniformierten rutschten. War sein Gesicht schon im Vorjahr so alt gewesen, so hart? Das Haar trug er auf jeden Fall länger, aber nicht in der unter den Verbündeten üblichen, lang und frei wallenden Dürermähne, sondern über der Stirn und hinter den Ohren mit irgend etwas glänzend Feuchtem zurückgekämmt. Er schien ein wenig zugenommen zu haben, aber er sah freudlos aus. Hoffnungslos. Das wirr und grell gemusterte Hemd unter der verwaschenen Jeansjacke wirkte dadurch noch schmerzlicher.

»Ich darf mich erkundigen, ob Madam einen angenehmen Flug hatte?« sagte der Fremde mit der alterssteifen Verbeugung, die mich schwach an den Butler in der Duschküche von Xanadu erinnerte.

Aber das ist doch Brendan, hatte es in der Tiefe meines Bauches gerufen, und allmählich, eines nach dem anderen, waren die rot blinkenden Alarmlämpchen in meinem Schädel verloschen: Brendan.

»Hi!« hatte ich dann auch gesagt, und dabei war mir eingefallen, daß es mit meinem Aussehen wohl auch nicht zum Besten stand und daß mein Atem mit Sicherheit nach Kotze stank. Brendan hatte lange vergeblich am Zollausgang auf mich gewartet, und als der Bombenalarm ausgerufen wurde, hatte er sich in eine nicht gesperrte Bar zurückgezogen, weil für abends noch eine Maschine aus Deutschland, aus Frankfurt allerdings, angesagt war. Einigen Pints hatte er bereits den Garaus gemacht, da waren schließlich ein paar lachende Landsleute in die Bar geströmt, und wie einen Staffelstab hatte man mit irischer Spottlust überall die wunderbare Geschichte von der Blamage des ungeliebten Militärs von Mann zu Mann weitergereicht: Bombenalarm wegen einer süßen, kleinen, rothaarigen Lady! Einer harmlosen deutschen Touristin!

»Stell dir vor: Sie hielten dich für harmlos! Es war ja abzusehen, daß du in Irland für Furore sorgen würdest, aber daß du gleich einen solch spektakulären Auftritt inszenieren würdest – immerhin habe ich auf diese Art wenigstens doch noch von deiner Ankunft erfahren. – Das da ist wohl das corpus delicti«, hatte Brendan mit einem Blick auf das

grüne Monstrum neben mir gesagt, und auf mein Nicken hin: »Fuck!«
Und dann hatten wir den Koffer zur Bushaltestelle zerren, treten und schleifen müssen, weil Brendans Auto als »Volks-Taxi« in Belfast Dienst tun mußte, und es hatte erneut einiges Gewese mit dem Busfahrer gegeben, der uns nicht erlaubte, den Koffer unten in das Gepäckfach zu schieben. Wir hatten ihn auch noch die Treppen hoch ins Innere des Busses hieven müssen, und seitdem schaukelten wir, argwöhnisch beäugt von den anderen Fahrgästen, gen Dublin-City. Es hatte zu regnen begonnen, und die Fenster waren schnell beschlagen. Und weil meine Augen nirgendwo draußen einen beruhigenden Fixpunkt ausmachen konnten, meldete sich auch mein Magen zurück an die Front. Die erneute Übelkeit, die Enttäuschung, den Schock zu verbergen, kam der rein nüchterne Konversationston gerade recht:
»Ich dachte, hier in der Republik sei es absolut friedlich. Warum bomben sie denn auch hier herum?« Politischer Small talk. Themen von allgemeinem Belang. Lagebesprechung.
»Die Unionisten glauben, daß die IRA von Dublin aus gelenkt und unterstützt wird. Während die IRA sich von der Republik verraten und verkauft fühlt. Und in dieser Situation tauchst du hier mit einem Koffer auf, der, wenn er mit Sprengstoff gefüllt wäre, einen halben Straßenzug pulverisieren könnte. Und dann auch noch in Grün!«
Nicht persönlich werden. Um Himmels willen nicht persönlich werden. Jedenfalls nicht so. Ich wußte vom Vorjahr, daß Brendan eine seltsame Scheu davor hatte, mich in Gegenwart anderer Menschen zu küssen oder zu berühren, und damals hatte ich darüber wie über eine exzentrische Schrulle gelacht. Nun konnte ich deutlich die Wärme seines Beins an meinem spüren. Niemand im Bus

hätte sehen können, wenn er hinter dem Schutz der Plüschlehnen nach meiner Hand gegriffen hätte.

»Was ist so falsch an der Farbe? Bei uns ist das fast schon ein offizieller Name Irlands: Die grüne Insel. Und ihr zeigt doch auch bei jeder Gelegenheit das Kleeblatt als Symbol.«

»Eben deshalb. Grün ist die Farbe der Nationalisten. Weshalb auch jeder, der in diesen Tagen irgendwo einen großen grünen Koffer sieht, sofort an einen schönen Gruß von der IRA denkt und in Deckung geht!«

»Aber das ist doch Irrsinn!« In der Mitte meines Kopfes warf das Bild des *Thatched Cottage* Blasen. Die Ränder krümmten sich. Das weiß gekälkte Haus verfärbte sich schwarzbraun. Stockrosen und Dahlien verdampften. Dann war das Bild verglüht.

»Das ist noch gar nichts. Verglichen mit dem, was sich derzeit in Belfast und Derry abspielt, ist das die reine Vernunft. Du hättest dir keinen besseren Zeitpunkt aussuchen können, um mein Land kennenzulernen.«

»Wieso?« Ich schluckte meinen Magen wieder hinunter. Besser nur noch kurze Wörter benutzen.

»Wir feiern gerade den Jahrestag der Internment-Gesetze.«

»Hm.« Ich wußte zwar nicht, was er damit meinte, aber ich hielt es für besser, den Mund nicht mehr zu öffnen. Ich hatte ihn gerade aus den Augenwinkeln heraus zum ersten Mal lächeln sehen: schief. Bitter. Zynisch. Im Vorjahr war er ein Mann mit hundert Stimmen gewesen. Nicht auszurechnen. Aber niemals zynisch.

Der Bus schlingerte über Straßen, die ich nicht sehen konnte. Der Regen klatschte gegen die Scheiben, und jedesmal wurde der Bus dabei aus seiner Bahn geboxt. Seitenwind. Sturmböen. Irland ist eine Insel in wilden Meeren. Die anderen Fahrgäste plauderten angeregt. Wer keinen Gesprächspartner neben sich hatte, beteiligte sich

an den Unterhaltungen der anderen. Scherze flogen zwischen den Sitzreihen hin und her wie Federbälle. Gelächter. Bleiernes Schweigen zwischen Brendan und mir.
»Es wäre schön gewesen, ein paar Tage hierbleiben und dir Dublin zeigen zu können.« Brendan räusperte sich rauh. Der Mann in der Reihe vor uns trug eine Tweedkappe, die zunächst nur graumeliert erschien. Ich hatte darin jedoch bereits über fünfzig winzig kleine, narzissengelbe Wolltupfer gezählt.
»Aber meine Eltern haben dein Telegramm gesehen und kennen deine Ankunftszeit. Sie erwarten uns heute abend.« Dem Mann wuchsen siebzehn lange, weiße Borsten aus dem rechten Ohr.
»Sie sind alte Leute, verstehst du?! Katholisch. Und sie glauben selbstverständlich, daß du – – geschützt werden mußt.« Seltsam, das linke Ohr war völlig borstenfrei.
»Und solange wir noch nicht verheiratet sind, wirst du auch im Gästezimmer schlafen. Allein.« War nicht jeder Körper symmetrisch?
»Und paß auf, daß du nachts nicht über meine Mutter stolperst, wenn du aufs Klo oder dir etwas zu trinken holen willst. Wahrscheinlich schiebt sie vor deiner Tür Wache!«
Ich habe es schon immer gehaßt, wenn mich jemand weinen sieht. Wann immer etwas ganz und gar unerträglich ist, wann immer eine Situation völlig ausweglos scheint, wann immer ein Schmerz zu hart und zu scharf wird, daß ich ihn noch überspielen könnte – stets pflege ich, spätestens seit meiner Volljährigkeit, mich in Lachen zu flüchten. Ein Charakterzug, der mir den Ruf eingebracht hat, ein außergewöhnlich humorvoller Mensch zu sein. Eine typisch rheinische Frohnatur.
Auch nach Brendans Eröffnungen über das Reiseprogramm wollte ich lachen. Ich beschwor das Bild der Ka-

tharina Blasberg, der leidenschaftlichen Bilderstürmerin, der notorischen Tabubrecherin, die nun gen Belfast zog, um sich dort als Jungfrau im Myrthenkranz feiern zu lassen. Ich ließ all die Typen, mit denen ich geschlafen hatte, im Gleichschritt-Marsch! antreten und an mir vorbeiparadieren. Ich hörte den Regen und registrierte trocken, daß ich immer noch nicht in einem Konversationslexikon nachgeschlagen hatte, was eigentlich eine Traufe ist. Ich ließ Brendan wieder »passionate love!« keuchen, wie so oft in den Nächten von Xanadu, und wieder knallten seine Ps wie Pistolenschüsse. Ich vergegenwärtigte mir einen einunddreißigjährigen Ex-Killer, der zu Hause brav tat, was Mami sagte. Ich riß den Mund auf und wartete auf das Lachen.

Aber das Lachen war mir wohl irgendwo über der irischen See oder unter den Gepanzerten abhanden gekommen. Alles, was die Stimmbänder in der Lage waren zu produzieren, war ein heiseres Krächzen. Und dann stieg ein Schluchzen hoch, das den kalten Granitbrocken in meiner Mitte sprengte, und mit dem letzten Rest meines Verstands beugte ich mich vornüber, den Kopf in den Armen verschränkt und die Stirn fest auf den Aschenbecher gedrückt. Daß ist alles nicht wahr, wehrte sich ein Teil des Gehirns, gleich wirst du wach und machst dich recht hübsch und dann nimmst du dir ein Taxi und fliegst nach Irland. Wird ein solcher Sturzbach von Tränen irgendwo fertig vorproduziert und auf Abruf gelagert, räsonnierte ein anderer. Wenn nicht, woher wissen dann die Drüsen, wann sie aktiv werden müssen und wie lange? Besorgtes Raunen fremder Stimmen drang an meine Ohren, und dann Brendans Bariton. Mit einem Tonfall, in dem sich brüderliche Besorgnis und pathetische Bedeutungsschwere die Waage hielten.

»Ein Nervenzusammenbruch. Gestern ist ihr Vater gestorben.« Natürlich: Das schwarze Kleid und die schwarzen Strümpfe! – Ich konnte hören, wie sich mitleidiges und ehrfürchtiges Summen im Bus breitmachte. Niemand lachte mehr. Niemand – außer mir. Brendan hatte endlich einen respektablen Grund gefunden, mich zu berühren. Ich spürte seine breiten, heißen Hände auf meinem Rücken, meinen Schultern. Ich spürte den Druck seiner Brust an meinem rechten Arm. Ich spürte seinen Atem in meinem Haar.

»Meine Winzige!« flüsterte Brendan. »Meine Ingwerfarbene!« Offensichtlich konnte eine Seele nicht so schnell fliegen wie ein Düsenjet; nun erst holte sie mich ein. Ich war angekommen. Von einem knallgrünem Häuschen aus, auf dessen Tür das Wort Telefon in rund geschwungenen gälischen Lettern zu lesen war, informierte Brendan seine Mutter dahingehend, daß er am Flughafen eine Nachricht über meine Reiseverschiebung um genau einen Tag vorgefunden habe.

»Was hat sie gesagt?« wollte ich wissen. Nicht, daß ich mir grundsätzlich viel aus Müttern machte, aber diese hier wollte ich nicht schon vor meiner Ankunft verprellen.

»Ich soll auf dich achtgeben«, sagte Brendan.

Der erste Hotelportier, der im Rahmen unserer beschwerlichen Herbergssuche – dieser verdammte Koffer! – quer durch die irische Metropole bereit war, unsere Anfrage nach zwei Einzelzimmern überhaupt nur prüfend zu erwägen, nachdem er die Pässe mit den zwei verschiedenen Namen und den zwei verschiedenen Nationalitäten und dazu meine für Dublin reichlich extravagante Aufmachung (Damen gingen hier kniebedeckt in Tweed oder Pastell) gesehen hatte, trug ein schmieriges T-Shirt und eine Bierflasche, die an seiner Hand festgewachsen schien. Hinter seinem baufälligen Tresen stand ein alter Schwarzweißfernseher, dessen scheppernde Lautstärke er nicht

herunterdrehte, als er mit der Flasche auf mein Gepäck zeigte.
»Aufmachen!« verstand ich trotzdem. Etwas Kleines, Knisterndes wechselte von Brendans Hand in die des Portiers. Die Gruppe südamerikanischer Indio-Musikanten, die ihre völlig durchsapschten Ponchos in dem Verschlag gleich nebenan zu trocknen versuchten, die hier als Lounge und Bar diente, deuteten mit ihren Anden-Flöten und Trommelschlegeln auf meinen Großvater und äußerten Gutturales, das erstaunt und amüsiert klang. Der Schmierige suchte Sprengstoff vor allem in Unterwäsche. Brendans Hände schlossen sich zu Fäusten, und sein Schnurrbart zuckte.
»Sternenpflug!« sagte ich leise warnend. Der Schmierige vermutete wohl eine Zote, denn er feixte breit, bevor er zufrieden, mit haariger Hand, die Flasche an den Mund setzte. Brendan nickte. Mit seiner Vergangenheit, das wußten wir beide, konnte er nur dann in der Welt der Unbewaffneten leben, wenn er sich in jeder Situation mit strenger Disziplin an das erste Gebot seiner ehemaligen Zunft hielt. Du sollst nicht auffallen.
Die Absteige hatte natürlich keinen Fahrstuhl, und so mußten wir meine Habseligkeiten durch ein trüb beleuchtetes Treppenhaus bugsieren, das nach billigem Parfüm und feuchten Kippen stank.
»Es tut mir so leid«, sagte Brendan vor meiner Zimmertür, der man ansah, daß sie schon einmal jemand eingetreten hatte.
Ich schüttelte den Kopf. »Alles ist okay. Was ich nur jetzt brauche, ist ein Stück Seife und einen Wasserhahn. Glaubst du, es gibt hier ein Bad?«
»Wir sind eben daran vorbeigekommen«, sagte Brendan. »Da hinten links.«
Es war schon reichlich dämmrig in dem engen Kabuff, das

mein Zimmer sein sollte, aber ich drehte das Licht nicht an. Ich wollte nicht sehen. Aus dem Monstrum kramte ich den Kosmetikbeutel hervor, den Kimono und sicherheitshalber ein paar dicke Socken. In diesem Gebäude mochte ich nicht barfuß gehen. Vor dem Badezimmer war mir, als habe sich darinnen etwas bewegt, also klopfte ich vorsichtig an.

»Ja bitte?« hörte ich die gezierte Stimme einer demonstrativ überarbeiteten Chefsekretärin und Vorzimmerlöwin. Er stand vor dem Spiegel, nackt bis auf ein Handtuch um die Hüften, die zerstörte Seite seines Körpers mir zugewandt. Die Narben waren blasser geworden. Brendan schien völlig vertieft in sein Spiegelbild, und mit den dramatisch ausholenden Gesten eines international gefragten Dirigenten kämmte er sein Haar zurück.

»Es ist so schwer, bescheiden zu sein!« sagte er. Die Narben waren auch weicher geworden. Die Distanz aus dreihundertvierundsiebzig Tagen und eintausendfünfhundert Kilometern – meine Hände brauchten nur eine Tausendstel Sekunde, um sie zu überbrücken. Entgegen allen Erwartungen kam das Wasser aus dem Duschkopf überraschend warm und ergiebig. Brendan drehte das Licht aus, und dann ließen wir das Wasser laufen. Fließen. Rauschen. Rinnen. Tropfen. Sickern.

Mitten in der Nacht erzählte Brendan von dem *Thatched Cottage* in der Nähe von Galway, das er für uns gekauft hatte. Richtung Westen brauchte man zum Atlantik nur etwa fünfzehn Autominuten, während unser Heim selbst umgeben war von Wiesen und Weiden und Steinmauern. Es gab einen Fluß, der den Gezeiten folgte und in dem Brendan angeln würde. Und mitten auf dem Grundstück einen uralten Baum, eine Eiche. Seit Menschengedenken hatten die Besitzer sorgsam um ihn herum gerodet und gemäht und gepflügt, denn jedermann wußte, daß er in seinem mächtigen, knotigen Wurzelwerk verborgen war: der Eingang zur *Anderwelt.* In der die Feen lebten und die *Lepracauns,* das kleine Volk.

»Anderwelt?« flüsterte ich. Ich konnte ihm nicht sagen, daß das weiße Haus in meinem Kopf verbrannt und nichts mehr war als ein Häuflein kalter Asche.

Und Brendan sprach nicht, Brendan psalmodierte.

Die Anderwelt ist das wunderbare Land, in dem die Winde in den Harfen singen. Die Menschen dort sind ohne jeden Makel, weiß wie der Schaum des Meeres sind ihre Leiber und fuchsienrot die Lippen. Niemand kennt Kummer, denn es gibt die Sünde nicht und auch nicht die Schuld. Weich und duftend fließt das Wasser, und süße Bäche gibt es mit Wein und Bier und Honig und Milch. Kostbare Spangen tragen die Frauen an purpurnem Samt, und stolz ist ihr Gang wie der von Königinnen. Die Jungen sterben dort nicht vor den Alten. Denn niemand stirbt dort.

»Ach, schönes Weib, komm mit mir in mein schönes Land, und eine Krone will ich dir geben aus purem Gold. Wir sehen einander, aber niemand sieht uns. Willst du mir folgen, meine schöne Frau?«

Und als ich nicht antwortete, weil ich ihn nicht unterbrechen wollte, weil ich hoffte, er würde die Serenade weiterspinnen: »Neuntes Jahrhundert. – Oder so.«

Er schien ruhig zu schlafen in dieser Nacht, ohne Traum und ohne Angst. Doch als ich mich vor der Morgendämmerung im Fenster wegdrehte, um nicht die Schäbigkeit sehen zu müssen, in der wir lagen, ganz langsam, leise, vorsichtig, um ihn nicht vor der Zeit zu wecken, sah ich, daß auch er wach war. Mit weit geöffneten Augen starrte er an die Decke.

Hol ihn zurück, sagte es in mir, halt ihn fest. Aber lauter und bestimmender war diese andere Stimme, die ich seit

dem Augenblick hörte, als sich in der Gepäckhalle die Gepanzerten über mich geworfen hatten. Das ist alles nicht wahr, sagte sie.
Der aufziehende Tag war klar und sonnig, weshalb mir die Landschaft, die ich durch das Abteilfenster im Zug nach Belfast in mich einsog, in bestem Licht erschien. Will heißen, in einem so wechselhaften, wie ich es noch nie gesehen hatte: Der Himmel schien hier nicht so weit entfernt zu sein wie andernorts, und die mächtigen Wolkengebirge, die ihre weichen Schatten mit kaum glaublicher Geschwindigkeit über Hügel und Ebenen gleiten ließen, pludrig weiß und zum Greifen nah.
Das Land war tatsächlich über weite Strecken hinweg so unwirklich grün, als leuchte in jedem einzelnen Grashalm und in jedem einzelnen Baumblatt ein kleines Lämpchen. Mehr Schafe als Autos gab es auf den Straßen; in aller Gemächlichkeit zogen sie daher, ohne sichtbare Hirten, aber so selbstbewußt und zielstrebig, als folgten sie einer Bestimmung, die nur sie selbst kannten. In kleinen Ortschaften saßen alte Männer mit keck schiefsitzenden Kappen auf Friedhofsmauern und begutachteten sachkundig das Tempo des Zugs oder auch die Schnelligkeit eines Esels, der vor einen mit Stroh oder Torf beladenen Karren gespannt war. Und dann, nahezu übergangslos: die Schwermut der braun düsteren Moore, bei deren Anblick ich sofort die einsam klagenden Töne einer Tin-Whistle oder eines Dudelsacks hörte.
»Das alles ist noch gar nichts. Warte, bis wir an die Westküste kommen – der Westen ist das Schönste auf dieser Insel!« sagte Brendan im vergeblichen Bemühen, das Strahlen in seinem Gesicht zu dimmen. Aber nur kurze Zeit später – der Zug drosselte auf einmal das Tempo, er schlich nur noch, dann stand er auf freiem Feld – war es völlig verschattet und verschlossen.

»Die Grenze«, zischte er leise. »Die stolze Armee des britischen Empire wird hier gleich einmarschieren. Und die verdammten Kerle werden das tun, was sie am liebsten tun, nämlich Zivilisten erschrecken. Wahrscheinlich werden sie auch versuchen, uns – oder genauer gesagt: mich! – zu provozieren. Aber den Gefallen werde ich ihnen nicht tun, und ich will, daß vor allem *du* völlig still bist. Daß du kein Wort sagst, außer wie du heißt und woher du kommst und wohin du gehst, egal, was passiert, hörst du? – Das hier ist keines von deinen politischen Seminaren oder deinen redseligen Versammlungen. Das hier ist die Wirklichkeit! – Hast du mich verstanden?! Und achte auf deine Hände – keine hastigen Bewegungen!«

Ich nickte, beeindruckt. Zudem meldeten meine Ohren, daß das Stillhalten in dieser Situation wohl die angemessene Verhaltensweise war. Aus den anderen Abteilen des Waggons, der doch mit Fahrgästen recht gut besetzt war, drang nicht ein einziger Laut. Die Stille hatte jedoch nichts Ruhiges an sich. Sie bebte in der Luft. Zitterte, wie trotzig zusammengepreßte Lippen.

Plötzlich Türenknallen. Stiefelstampfen. Überlaute, überdrehte Männerstimmen von überaus angestrengtem Selbstbewußtsein. Und dann waren sie in unserem Abteil. Vier Soldaten in Stahlhelmen und Kampfanzügen mit kugelsicheren Westen. Drei von ihnen brachten ihre Gewehre in Anschlag und zielten mit den aufgepflanzten Bajonetten auf uns. Der vierte schmatzte Kaugummi und wollte unsere Pässe sehen.

Aber das waren doch Jüngelchen! Anfang zwanzig vielleicht, höchstens. Jedenfalls weitaus jünger als ich. Blasse, schmale Milchbubis, verkleidet und wichtigtuend. Wie die kleinen Jungs im Kindergarten. Peng, Peng. Doch Brendan zeigte sein neues, schiefes Lächeln, als er ihnen seinen Paß reichte.

Der mit dem Kaugummi blätterte ihn kurz durch. »Da haben wir ja wieder so ein fickendes Katholikenschwein!« sagte er. »So einen stinkenden Mutterficker!« Die drei Gewehre machten einen Ruck nach oben, und Brendan stand langsam auf. Gab es in seinen Papieren irgendwelche Hinweise auf seine Vergangenheit? Irgendwelche Vermerke oder auch nur vielsagende Punkte, Striche, Zeichen über den Verdacht gegen ihn, über seine Zeit in Long Kesh, über die Verhöre und über das Attentat auf ihn?

»Aber bitte nicht wieder so kitzeln, Gentlemen!« hörte ich die mir noch vom Vorjahr vertraute, ältlich viktorianische Jungfer auf der Strandpromenade, während sich Brendan Trelawney – der doch selbst ein Krieger war, der gegen die britische Armee, gegen die protestantischen Milizen und gegen die IRA gekämpft hatte – schwerfällig zum Fenster drehte, mit weit ausgebreiteten Armen, den Rücken den Soldaten zugewandt, an das Glas lehnte, die Beine spreizte und sich von groben Händen schweigend anfassen, befingern, abtasten, durchwühlen lassen mußte.

Die Soldaten lachten. Ich sah, wie sich Brendans Hände über das Fensterglas krallten. Ich sah auch sein Profil. Der schiefe Mund, der geziert kichernde, tuntige Geräusche hervorbrachte, hatte keine Schleimhäute mehr, nur noch Zähne. Die Augen waren weit aufgerissen, nach oben gerichtet. Starr und bewegungslos fixierten sie einen Punkt im Nichts.

»Und das da ist wohl deine Nutte?! – Hast du sie heute schon gefickt?«

Sie stießen Brendan zurück auf die Bank, eines der Gewehre richtete sich auf mich, und als der mit dem Kaugummi nach einem Blick auf meinen Paß genüßlich »Sieh mal an: Auch noch ein kleines, dreckiges Nazischwein!« schmatzte, da nagelte mich Brendans Blick auf dem Sitz fest. Aber nur kurze Zeit, denn bald war sein Gesicht nicht

mehr zu sehen. Es verschwand unter dem Inhalt meines Koffers, den die Soldaten entdeckt und aufgerissen hatten.
Kleider und Kosmetikartikel flogen durchs Abteil. Zarte Spitze wurde höhnisch vor derben, tarnfleckigen Drillich drapiert. Dann um Brendans Kopf gewickelt. Der Ahne aus der Wellpappe gezerrt und beiseite geworfen, daß eine Ecke des golden schimmernden Rahmens brach. DER RHEIN UND SEINE SCHÖNHEITEN Seite um Seite zerrissen. Während der mit dem Kaugummi in hämisch zwanghaften Hitlergrüßen salutierte.
Es war nicht Mut, der in mir aufschäumte. Es war das Blut meiner Familie. Das Blut des Gottlieb Maria Blasberg, der ein Imperium aufgebaut und dann in nonchalanter Arroganz wieder verspielt hatte. Der für seine Ehre im Frack in eine eiskalte, übermächtige Strömung gegangen war. Das Blut meines Vaters, der trotz allen Drucks niemals in die Partei eingetreten war, und das meiner Mutter, die ihre Kinder nachts gegen die Bombenangriffe der Alliierten verteidigt und tags darauf in Sankt Nikolaus eine Kerze für deren Sieg angezündet hatte.
Was bildeten sich diese widerwärtigen Schnösel also ein, wen sie hier vor sich hatten! Alle meine mir bekannten Vorfahren waren hochgebildete, humanistisch geprägte Menschen gewesen – und nun kamen da diese dummdreisten Deppen daher! Diese hirnlosen Debilen, zu blöde offensichtlich, um mehr als ein paar Vokabeln zu kennen, selbst in ihrer Muttersprache! Zu blöde sogar für die Erstkläßlerrechnung, daß mein Geburtsdatum im Paß auf mehrere Jahre nach Hitler hinwies! Dieser schwachsinnige Pöbel, stark nur in der Überzahl und protzend nur vor Wehrlosen! Neandertaler!
Dies hier mochte Nordirland sein und die Wirklichkeit. Aber dies war schließlich auch: Zwanzigstes Jahrhundert!

Aufklärung! Vernunft! Staatlich verbrieftes und international garantiertes Bürgerrecht!
Daß ich Bürgerin der Bundesrepublik Deutschland sei, begann ich zu schreien, die sich eine solche Behandlung nicht bieten lasse. Ein Mitglied der Europäischen Gemeinschaft, der, wie jeder Idiot wisse, vor vier Jahren auch Großbritannien beigetreten sei! Ich brüllte mich heiser an den Wörtern Botschafter und Regierung und Brüssel, und als mich einer packte und mir die Arme nach hinten riß und festhielt gegen all mein Sträuben, beschrie ich auch noch die Menschenrechtskonvention und den Gerichtshof in Den Haag. Erst die kleine Delle an Brendans Hals, direkt unter dem rechten Ohr, dort, wo sich die Stahlspitze eines Bajonetts in Richtung seiner Halsschlagader in die Haut drückte, brachte mich wieder zur Besinnung. Die Ohrfeigen, die in mein Gesicht klatschten, die meinen Kopf zweimal methodisch hin- und herschlugen wie einen Ballon, sogar das leicht verwunderte Grinsen des Kaugummiburschen quittierte ich daraufhin mit verächtlicher Stummheit.
»Nazischwein! Irenhure!« war alles, was ihm noch einfiel, bevor er mich wegwarf wie einen lästigen Gegenstand und in die Abteilecke gegen den Mantelhaken schleuderte.
Während ich noch benommen dalag, kamen Frauen aus den Nachbarabteilen, die wohl mein Geschrei und Gezeter gehört hatten. Sie wollten mich trösten, sie redeten mir gut zu, eine von ihnen klaubte meine verstreuten Habseligkeiten auf und faltete Wäsche, Pullover, Blusen und Kleider still zu kleinen, gepflegten, rührend zivilisierten Päckchen. Der Zug war inzwischen wieder angefahren, und ich löste mich von den Frauen und ging hinaus auf den Gang zu Brendan, der aus dem Fenster sah.
Ich nahm seine blutleer weiße, geballte Faust. Ich brauchte all meine Kraft, um seine Finger, einen nach

dem anderen, aus dem Krampf zu lösen und geradezubiegen. Ich führte seine Hand an den Mund und küßte die vier blutunterlaufenen Druckstellen seiner Nägel im Fleisch des Ballen. Dann griff ich nach seiner anderen Hand.

»Erzähl mir von den Feen und den Lepracauns und der Anderwelt«, bettelte ich, wie ein Kind nach einem Märchen, aber Brendan schwieg. Seine Rechte, die Hand, die früher den Abzug betätigt hatte, war noch weitaus schwerer zu lösen.

»Du bist mein schöner, mein tapferer Mann, und ich werde dir folgen in dein Land«, versuchte ich, wenngleich kläglich dünn und ungeschickt, seine Ballade der vergangenen Nacht zu beschwören.

Brendan antwortete nicht, lange Zeit nicht. Er starrte auf die vorbeifliegenden Häuser und Bäume draußen, und irgendwann pumpte er seinen Brustkorb in ein paar tiefen Atemzügen auf. »Jede Woche werden ein paar von ihnen getötet«, sagte er. »Sie haben Angst.« Und leise, den Kopf schüttelnd: »Vielleicht war ich es ja auch, der einen von ihren Freunden erschossen hat.«

Noch heute kann ich Brendans Schmerz fühlen. Wie ein gelbrot glühendes Messer schraubt er sich langsam in mein Gehirn. Die Demütigung, die ohnmächtige Wut eines starken Mannes, der sich nicht wehren darf und wohl auch nicht mehr wehren will. Die Kraftanstrengung, den hochflammenden Zorn wieder herunterzudrücken in die Niederungen, aus der er kam, um auf Rache verzichten zu können.

»Ich hätte ihn gerne kennengelernt«, hat meine Mutter gesagt, als ich, warum, weiß ich auch nicht, neulich an einem dieser Erzählnachmittage in unserem Wohnzimmer, zum ersten Mal auf Brendan und die Zugfahrt nach Belfast zu sprechen kam. Clemens hielt eine Partitur in

den Händen, aber seit geraumer Zeit hatte er keine Seite umgeblättert und nur durch das Papier hindurchgesehen. Frau Blocksiepen hatte sich ebenfalls kaum gerührt. Steil aufrecht saß sie auf dem Sofa, den zarten Oberlippenflaum straff eingezogen, und ihre an den gußeisernen Pfannen gestählten Finger hielten das kleine Häkelkissen im Würgegriff.
Argwöhnisch fahndete ich im Tonfall meiner Mutter nach dem üblichen Tadel, nach den versteckten Vorwürfen, die Jahre betreffend, als sie aus meinem Leben ausgeschlossen war und ich mich *in schlechten Kreisen* bewegte. Aber ich fand nichts. Nichts als schlichtes, ehrliches Bedauern: »Er muß ein sehr interessanter Mensch gewesen sein.«
Ein knappes »Ja!« brachte ich noch zustande, bevor ich einen Blick auf die Uhr warf. Glücklicherweise blieb mir vor Beginn des Kneipendienstes noch genügend Zeit, an den Rhein zu laufen und an die hundert Steine über den Strom hüpfen zu lassen.
Überhaupt haben sich, seit jeden Vormittag pünktlich um elf Schwester Gudrun bei uns erscheint, einige Veränderungen in und an Clara Blasberg vollzogen. Die Pflegerin – rund und weich wie ein großes Plüschtier und beinah täglich in Angora, aber auch das, was meine Mutter nicht ohne Anerkennung eine »Schwester Rabiata« nennt – haben wir eingestellt, damit meiner Mutter mit ihren inzwischen offenen Beinen das Krankenhaus erspart bleibt. Schwester Gudrun also badet und pudert und salbt und wickelt die Beine, die die Gebrechliche kaum noch tragen wollen. Längst verbringt meine Mutter einen Großteil ihrer Zeit im Bett, und manchmal verliert sie, ohne jede Vorwarnung, dabei die Orientierung. Ihr bis vor kurzem noch so klarer Verstand verwirrt sich, für Sekunden oft nur: »Guten Morgen, Schwester Katharina!« begrüßte sie mich neulich einmal, als ich ihr Zimmer betrat.

Meist aber liegt sie friedlich da, und sie scheint sich zu freuen, wenn ich mich zu ihr setze. Auch Clemens hat seine zweihundert Jahre alte Gespielin und damit auch seine Übungsstunden an ihr Lager verlegt.
»Erzähl mir doch von Belfast!« bittet sie mich oft. »Von seinen Eltern. Was sind das für Leute? Und wie haben sie dich aufgenommen?«
Ich versuche, mich zu konzentrieren. Ich gebe mir alle Mühe. Aber es gibt so wenig zu erzählen. In der Rekonstruktion habe ich errechnet, daß ich etwa eine Woche im Haus der Trelawneys in Andersonstown verbrachte, doch deckt die Summe meiner Erinnerungen noch nicht einmal vierundzwanzig Stunden ab. Zwanzig Jahre hatte diese Woche Zeit, in meinem Kopf zu verrotten und zu verwesen. Und nun sind es nur noch einzelne, unzusammenhängende, widersprüchliche Partikel, die Brendan überlebt haben. Am klarsten sind seltsamerweise nur die allerersten Eindrücke.
Der Bahnhof in Belfast: Den Kopf tief zwischen die Schultern gezogen. Mäntel und Jacken vor der Brust fest zusammengerafft, hasteten die Menschen an uns vorbei. Jeder so schnell er konnte. Alte und Lahme wurden geschoben, gezogen, mit dringlichen Worten ermahnt, sich zu beeilen. Kinder hochgehoben, unter Arme geklemmt wie große Paketrollen. Jeder schien bis an die Grenze seiner Tragfähigkeit schwer beladen, eilte vorwärts mit weichen Knien, die unter der Last nachgaben. Bloß weg hier.
Vor dem Bahnhof ein befestigter Armeeposten – Beton und Sandsäcke. Jeder, der den Bahnhof durch den Haupteingang verließ, mußte durch diese Schleuse. Die anderen fänden andere Pfade, meinte Brendan und zerrte dieses häßliche Grinsen unter seinen Schnurrbart. Der grüne Koffer ließ mir keine Ruhe. Eine herbe Frau in einer Uniform, ein Käppi auf der Wasserwelle, winkte mich beiseite,

hinter einen Stoffvorhang. Als ich Opfer eines meiner Lachanfälle wurde, mußte ich mich ausziehen. Das englische Wort für Leibesvisitation habe ich verstanden, aber sofort wieder vergessen. »Sei froh, daß wir so früh angekommen sind«, sagte Brendan. »Ab acht Uhr abends haben die Frauen frei.«

Ölig schwarzer Qualm strich durch die Stadt, verklebte Nase und Luftröhre, verschleimte die Lungen. Die Schwaden stanken nach brennenden Chemikalien, nach Lack und Gummi, aber sie vernebelten auch gnädig den Blick auf die rollenden Festungen der Panzerwagen und auf die düsteren Backsteingebäude, deren Fenster man mit groben Ziegeln zugemauert hatte. Schien nicht eigentlich heute die Sonne?

Es fuhren keine Busse mehr. Allzu viele waren in den letzten Tagen, seit Beginn der Feierlichkeiten zum Jahrestag der Internierungsgesetze, entführt worden. *Hijacking:* Maskierte Bewaffnete stiegen ein, hielten dem Fahrer die Pistole an die Schläfe und zwangen ihn, die Route zu ändern. In irgendeiner der engen Nebenstraßen, meist an Grenzkreuzungen zwischen Protestanten- und Katholikenvierteln, wurden die Fahrgäste freigelassen, und der Fahrer mußte den Bus quer zum Straßenverlauf rangieren. Dann durfte auch er flüchten, während der Bus mit Benzin übergossen und angezündet und damit zu einer Barrikade wurde, die die Armeestreifen und die nächtlichen Terrorkommandos des jeweils anderen Lagers aufhalten sollte. Seit die Busse in den Depots blieben und von der Britischen Armee bewacht wurden, nahm man Laster und auch PKW's. Es gab kaum noch einen Weg von einem Viertel zum anderen.

Weshalb es auch für uns kein normales Taxi gab. Um ein Taxiunternehmen aufzubauen, braucht man Kapital. Geld oder Kreditwürdigkeit besaßen in Nordirland jedoch nur die Protestanten. Andersonstown hingegen war ein Katholikenviertel, nach Meinung der Unionisten eine Hochburg des Papismus, eine Brutstätte der IRA. Kein Taxifahrer würde das Risiko eingehen, uns dort hinzubringen. Also mußten wir im beißenden Qualm vor dem Bahnhof warten, wegen des Koffers von jeder Armeestreife mißtrauisch ins Visier genommen, bis endlich ein Volkstaxi vorbeikam.

Die Hermetik der Situation und die Klaustrophobie zu überwinden, hatten Leute, die immer noch an die Entwicklung der Geschichte zum Guten hin glaubten, das Volkstaxi erfunden. Wer ein Auto besaß in einem irischen Stadtteil und ein anständiger Mensch sein wollte, stellte es der Allgemeinheit zur Verfügung. Die Volkstaxis patrouillierten durch das Zentrum, und weil die Viertel wie Dörfer waren, in denen jeder von Kindesbeinen an jeden kannte, konnten die Fahrer unter den Wartenden am Straßenrand auf Anhieb diejenigen ausmachen, deren Transport ungefährlich erschien.

»Wenn das so weitergeht, werden wir in unserer Rückwärtsentwicklung bald auch die Stufe des Tribalismus hinter uns gelassen und uns zu kleinen Rudeln und Rotten aufgesplittert haben, die sich am Geruch erkennen können«, sagte Brendan bitter. Aber den wollig Grauhaarigen, völlig zugewachsen mit krausem Schopf und noch krauserem Bart, der schließlich ein rostiges Gefährt vor uns zum Stehen brachte, begrüßte er herzlich wie einen lange vermißten Freund. »My Lady: Hunderttausend Willkommen!« sagte der Wollige, als er, eine imaginäre Chauffeursmütze in gutmütig spöttischem Respekt vor die Brust gedrückt, die Wagentür für mich aufriß.

Fahrzeug- und Paßkontrollen an Armeeposten. Zweimal mindestens den Kofferraum öffnen und Kleider und Großvater herzeigen. Rußiger, würgender Qualm, der

auch in das Auto kroch. Permanentes Rumpeln über die hohen Sperrschwellen, die verhindern sollten, daß motorisierte Kommandounternehmen Vollgas geben konnten. Brendan und der Wollige diskutierten in klangreichem, für mich nur schwer verständlichem Singsang die Lage – Bomben, Überfälle, Attentate, Explosionen, Brände, Tote, Verletzte – und die beste Route nach Andersonstown.
An einer Straßenecke mußten wir auf engstem Raum wenden. Zwischen noch rauchenden Autotrümmern turnten tollkühne kleine Jungs in Bay-City-Rollers-Hosen und gestrickten Skimasken und schleuderten, je nach Alter, Kiesel mit Zwillen oder dicke Pflastersteine auf einen Panzerwagen. »Unser hoffnungsfroher Nachwuchs!« knurrte Brendan nach hinten in meine Richtung. Soldaten stürmten aus dem Panzerwagen, was erst ein Freudengeheul und dann einen prasselnden Steinhagel hervorrief. Das Militär legte an, mit seltsam dicklichen Gewehren, und ich schrie schon und spürte meinen Darm.
Doch nur ein dumpfes Ploppen war zu hören, und wie eine Welle brandeten die Jungs wieder zurück hinter die Barrikade. »Hartgummigeschosse«, erklärte Brendan. »Früher haben sie auch auf die Kinder manchmal scharf geschossen, aber da hat es ein paar internationale Proteste gegeben. Mit den Gummikugeln kann man jemanden nur töten, wenn man aus allernächster Nähe auf den Kopf zielt. Aus dieser Entfernung werden höchstens ein paar Knochen gebrochen oder auch schon mal ein Auge zerstört.«
IS THERE A LIFE BEFORE DEATH? fragte eine Inschrift aus riesigen Blockbuchstaben an der Seitenwand des verlassenen Hauses, das die Einfahrt nach Andersonstown markierte. Gleich gegenüber versprachen hastig streifige Pinselstriche: IRISHMEN AVENGE IRISH DEAD. An der Mauer

einer Schule hatte man eine Sprühdose benutzt: THROW WELL – THROW SHELL! Die Gebäude, die am stärksten zerstört und zerborsten und bis zur Unbewohnbarkeit abgebrannt waren, wiesen sich durch die Reste ihrer ehedem einladenden Reklameschilder als Hotels oder als Pubs aus. Als wir jedoch endlich in die Straße einbogen, in der Brendan geboren und aufgewachsen war, mochte ich meinen Augen kaum trauen. Inmitten des Kriegs lag sie da, scheinbar unberührt und unversehrt, eine Fluchtburg der Gutbürgerlichkeit.

Große, dreistöckige Häuser bildeten, Seite an Seite ohne Zwischenräume errichtet, einen geschlossenen, wuchtig steinernen Wall, vor dem nur die schmiedeeisernen Zäune der Vorgärten und deren unterschiedliche Gestaltung – Magnolien, Goldregen, Mandelbäumchen – erkennen ließen, daß es hier viele verschiedene Besitzer gab. Merkwürdig, wie oft man sich an völlig unwichtige Details erinnert: Das Haus der Trelawneys kennzeichnete, statt der überall sonst vorherrschenden Ziersträucher, eine rund geschnittene, fachkundig hochgebundene, strahlend goldgelb blühende Rose, groß wie ein Baum.

»Aber die Eltern – was ist mit den Eltern?« drängt meine Mutter, immer wieder, mit rasselnd keuchendem Atem. Ihrer Frage Nachdruck zu verleihen, greift sie nach meinem Arm, und jedesmal erschrecke ich über die Kälte ihrer Finger, die sich nur durch sanfte Massagen noch erwärmen lassen. »Sie liebten Blumen«, antworte ich, und meine Mutter nickt, als hätte ich ihr eine lang gehegte Vermutung bestätigt. Viel mehr allerdings weiß ich über Brendans Eltern kaum zu sagen. Mein Gedächtnis, sonst so zuverlässig bei der Speicherung selbst nebensächlichster Requisiten und Kostüme, banalster Äußerungen und abwegigster Gedanken, versagt völlig beim Versuch, sie zu beschreiben. Wahrscheinlich sind auch sie schon lange tot.

Mrs. Trelawney hatte das Innere des Hauses mit einem Blütenmeer überzogen, dies immerhin weiß ich noch: leuchtende Tapeten mit Tulpen und Päonien, Teppichböden mit verschlungenen Blattranken auf allen drei Etagen, gebauschter Chintz in bunten Floraldrucken vor jedem Fenster. Auch die meisten Möbel, die Sessel, die Sofas, die Beistelltische, sogar der Standfernseher, trugen blumige Kleider, Überzüge aus blühendem Tuch, unten mit dicht gerafften Rüschen und Volants. Daß das Fernsehgerät wegen der Nachrichtenlage selten abgedreht wurde, weiß ich noch, und auch, daß das Programm ständig für die Einblendung der Telefonnummer unterbrochen wurde, unter der »Informanten«, also Verräter oder Spitzel, ihr Wissen über die Terrorgruppen oder über bevorstehende Anschläge »im Dienste des Friedens« kundtun konnten.

Doch wie die Trelawneys eigentlich aussahen, mit welchen Worten sie mich begrüßten, mit welchen Gesten sie mir das Gefühl gaben, hochwillkommen, eine der ihren zu sein, und was sie über ihr Leben im Krieg zu sagen hatten – all dies ist für immer verloren. Gelöscht. In all dem unnützen Erinnerungsmüll, den ich im Laufe der Jahrzehnte angesammelt habe, ist mir ausgerechnet von Brendans Eltern nicht mehr geblieben als der Geschmack der Gurken- und Lachssandwiches, die sie am späten Nachmittag reichten, und des starken Tees, den sie, ohne Zucker, nur mit Milch, selbst noch unmittelbar vor dem Schlafengehen zu trinken pflegten.

Auch Brendan kann ich nicht sehen in seinem Elternhaus. Die wenigen Bilder, die in meinem Kopf von Brendan in Belfast noch existieren, zeigen ihn an anderen Schauplätzen. Auf einer sonnigen Straße in Andersonstown, auf dem Weg in ein Stadion. Ich hätte doch immer wissen wollen, wie Hurling gespielt wird, hat Brendan gesagt. Außerdem könnte ich ein wenig Abwechslung gut gebrauchen, damit aus meinem Besuch kein Eingeschlossenendrama werde. Und es sei wichtig, den Unbelehrbaren zu zeigen, daß ein paar Leute noch festen Willens seien, so etwas wie ein normales Leben zu führen. Über brüchigen Asphalt, der die Wärme des Augusttags reflektiert, wandern wir also, mit breitem Anstandsabstand zwischen uns, obwohl außer uns kaum jemand unterwegs ist, und ich sehe, wie Brendan witternd den Kopf hebt.

»Riechst du das Meer?« fragt er. »Man vergißt hier meist, wie nah das Meer ist.« Ich ziehe prüfend die Luft ein, aber statt frischer Seeluft zeigen meine Sensoren nur den ekelhaft süßlichen Gummiqualm an. Seit Dublin habe ich Brendan nicht mehr gefühlt.

Innerhalb der Grenzen von Andersonstown können wir uns zumindest tagsüber frei bewegen. Doch statt abenteuerfreudig und neugierig zu sein, existiere ich nur noch als Hülse. Beim Anblick der Panzerwagen, die im Schritttempo Streife fahren, kann ich mir noch einbilden, sie seien unbemannt und damit harmlos, nichts als ein ferngelenktes Spielzeug, denn weder vom Fahrer hinter der verdunkelten Frontscheibe noch von den Schützen im Innern, die mit den Automatikwaffen langsam jeder Bewegung auf der Straße folgen, ist eine menschliche Kontur auszumachen. Vor den Fußpatrouillen aber, den kleinen Trupps Soldaten, die sich in Kreisformation vorsichtig durch die Straßen bewegen, packt mich ein beinah wahnsinniger Fluchtreflex.

»Um Gottes willen, nein!« sagt Brendan. »Auf gar keinen Fall darfst du auch nur eine schnelle Bewegung machen. Auch niesen oder stolpern solltest du nicht, und halte deine Hände immer so, daß sie sie sehen können. Diese Burschen haben Angst vor Heckenschützen, und das macht sie nervös und gefährlich.«

Eine Frau mit zwei kleinen Kindern an der Hand biegt vor uns um eine Ecke, und angesichts der Patrouille bleiben alle drei stehen, völlig regungslos, mit eingefrorenen Gesichtern. Der kleine Junge an ihrer Linken trägt offensichtlich noch dicke Windeln unter der harmlos braven, babygelben Strickpumphose, aber als die Soldaten an ihm vorbeigehen, hebt er demonstrativ das pummelige Beinchen in ihre Richtung. Wie ein Hund am Baum. Oder wie ein zwergwüchsiger Karatekämpfer. Die Mutter lächelt stolz auf ihn herab und streicht ihm anerkennend über das Haar. Als Brendan sie höflich grüßt, spuckt sie vor ihm aus.

»Noch eine, die nicht abwarten kann, hinter einem Sarg herzugehen«, sagt Brendan. »Und wenn sie es endlich geschafft hat, wird sie laut schreien und darüber klagen, daß ihr Sohn doch nur ein unschuldiges Opfer war.«

Die Frau mit den Kindern geht hinüber zu der kleinen Tankstelle, wo ein ausgeweidetes Autowrack neben einer rostfleckigen Zapfsäule steht. Ein Mann in einem grauen Arbeitsanzug nickt der Frau kurz zu, dann verschwindet sie im Haus. Der Mann starrt Brendan an, mit so eiskalt spiegelnd blauen Augen, wie ich sie noch nie gesehen habe, und Brendan erwidert seinen Blick, hart und grau, etwa zwanzig, dreißig Sekunden lang, bis wir die Tankstelle passiert haben. Keiner der beiden hat genickt oder gar gegrüßt, aber sie kennen sich gut, spüre ich deutlich, und sie hassen sich. Warum, kann ich nur ahnen: Es gibt Bereiche in ihm, an die ich nicht rühren darf. Noch nicht, korrigiere ich hastig.

Ob es nicht komisch sei, hole ich deshalb etwas weiter aus, daß ausgerechnet diese Tankstelle in Andersonstown noch arbeitet, während alle anderen doch entweder längst in die Luft geflogen oder verbarrikadiert sind?

»Jimmy Callaghan hat eben einen exzellenten Ruf, und

beliebt ist er auch«, knurrt Brendan. »So beliebt, daß er eine ganze Armee von Freunden hat, die gut auf ihn aufpassen.« Nur die rechte Seite des schwarzen Schnurrbarts bewegt sich dabei nach oben.

Ich will mir einreden, es sei reine Liebe, die mich an seiner Seite hält. Du reißt nicht aus, du läufst nicht weg, muß ich mir nahezu jede Stunde, seit wir Dublin verlassen haben, suggerieren. Es war deine Entscheidung, entgegen seinem Rat ausgerechnet jetzt nach Belfast zu kommen. Und nun darfst du ihn auch nicht drängen und unter Druck setzen. Es wird nur noch ein paar Tage dauern, bis er alle Angelegenheiten geregelt hat und wir zusammen mit seinen Eltern gen Westen ziehen, in die Anderwelt. Nur noch ein paar Tage. Und wenn Brendan es aushält – all die Jahre aushalten mußte! –, dann wird die zukünftige Mrs. Catherine Trelawney sich jetzt gefälligst noch eine kleine Weile zusammenreißen können. Du warst einmal stolz darauf, die Erwählte des Kriegers zu sein, und du bist doch selbst Rebellin, mutig und tapfer gegen übermächtige Autoritäten in Elternhaus, Schule und Gesellschaft, repetiere ich.

Doch die Durchhalteparolen, die ich mir selbst entgegenschmettere, wollen nicht mehr recht zünden. Seit ich Nacht für Nacht im Gästezimmer der Trelawneys unter das Bett krieche, wie ein Tier auf allen vieren, und im leicht muffigen Geruch nach Staub und Reinigungsmitteln die Unterseite der Matratze anstarre, leise betend, ja, betend, daß auch der nächste Schuß und der nächste Querschläger an meinem Fenster vorbeipfeifen möge, bitte, lieber Gott, seitdem hat sich mein früher so hochfahrender Stolz verflüchtigt wie Gräserpollen im Gewittersturm.

Denn nachts sind die Kommandos unterwegs in Andersonstown, nachts wird gekämpft, geschossen, gestorben.

Nachts stehen die Helikopter der Britischen Armee hoch oben in der Luft über dem Viertel, wie Stahllibellen. Ihre Rotoren wirbeln Druckwelle auf Druckwelle in die Gedärme, und aus den Scheinwerfern an ihrer Unterseite ergießt sich das Flutlicht in grellweißen, zitternden Bahnen in jeden Winkel, jeden Vorgarten, jedes Zimmer. Nachts wagt die unerschrockene Heldin der Strategiediskussionen, die nimmermüde Predigerin des gerechten Kampfes, die radikale Rädelsführerin der Jahre 67 und folgende, noch nicht einmal mehr, die Hände zu falten. So lähmend ist die Furcht, auch nur die kleinste Bewegung könnte die Aufmerksamkeit des Undenkbaren, des Unaussprechlichen auf sie lenken. Nein, ich kann mir nichts mehr vormachen. Es ist nicht nur Liebe, was mich quer durch Andersonstown neben Brendan gehen läßt, mechanisch Schritt vor Schritt setzend wie ein Roboter. Es ist ein Bann. Es gibt keinen anderen Weg mehr für mich, also muß ich diesen hier zu Ende gehen.
Das Stadion summt und schwirrt vor Menschen, Männern vor allem, die trotzig gute Laune demonstrieren und wortreiche Flüche, ausgefeilte Verwünschungen hoch zu dem Helikopter schicken, der am Himmel mitten über der Rasenfläche steht. Brendan wird alle paar Meter herzlich gegrüßt, mit Handauflegen und Schulterklopfen, und ich spüre, wie mir Hunderte von dezent neugierigen Blicken folgen: Das ist sie also. Auf der schmalen Bank der Holztribüne sitzen wir eng aneinandergedrängt, und Brendan gibt sich alle Mühe, mir das Geschehen auf dem Spielfeld zu erklären. Hurling ist eine Mischung aus Hockey, Fußball und Rugby, in der zwei wüst dreinschauende Mannschaften in wild geringelten Trikots gegeneinander antreten. Es geht mehr als rauh zu, die Schläger wirbeln hoch durch die Luft, und nie weiß ich, ob das häßlich krachende Geräusch da eben vom Splittern eines Schlägers oder eines

menschlichen Knochens stammt. Aber im Grunde ist mir das auch vollkommen egal: Mehrfach wollen Brendans Hände hoch zu den Ohren fahren, ich weiß, welche Erinnerungen die donnernden Rotoren des Helikopters in ihm aufwirbeln, und ich presse mein Bein, so fest ich kann, an seines, das ich zittern spüre. Du lebst, versuche ich durch unser beider Schädeldecken hindurchzudenken, und du gehst nach Galway. Du bist weg.

Später, bei Paddy Donohue's, singen sie! Sie singen, die Männer von Andersonstown, im einzigen hier noch funktionsfähigen oder -willigen Pub. Lauthals, mit starken Stimmen, die rauh sind vor Whiskey und vor Trotz und vor Stolz auf den Trotz. Die Hurling-Helden treffen ein, manche mit frischem Gips am Arm oder am Nasenbein, und Brendan stellt mich einigen von ihnen vor. Aber während ich mich um Charme bemühe und um gutes Englisch, wird die Luft um uns herum dünn vor Mißtrauen.

»Sie ist ein *Brit!*« raunt einer dem anderen zu, bis Brendan tief Luft holt und die plötzliche Ruhe im Raum durchschneidet. Damit das ein für allemal klar sei, seine Braut komme aus Deutschland, brüllt er, und das ist wohl unsere offizielle Verlobung.

»Sieh an, eine *Kraut* mit einem britischen Akzent«, nuschelt ein zahnloser Alter in einem leicht angeriffelten Aran-Pullover. »Also ein *Britkraut!*« – Alle lachen, und sowohl die Trägerin als auch der Erfinder des neuen Spitznamens werden mit anerkennenden Runden von Whiskey- und Stoutgläsern bedacht.

»Hitler war gar nicht *so* schlecht«, nuschelt etwa ein Promill später der Alte in mein Ohr. Und zwinkert mir, nach meinem entsetzten Blick, listig mit dem Äuglein zu: »Weil er doch auch gegen die Briten gekämpft hat!«

Jemand bittet mich, ein Lied aus meiner Heimat zu singen, die Deutschen seien doch ein Volk von Musikern. Ich bin schon viel zu betrunken, um noch Lust auf eine Gegenargumentation zu verspüren, außerdem kann ich kein einziges der verachteten Volkslieder mehr auswendig. Daher hebe ich an zu *Come out you Black and Tan, come out and fight me like a man,* und die Männer lächeln einander zu. Brendan läßt sich an der Bar ein Whiskeyglas bis zum Rand vollschenken, und als die anderen mir begeistert applaudieren, setzt er es an den Mund und trinkt es in einem Zug leer, während seine Augen mich nicht loslassen. Trotz meines Erfolgs verweigere ich, unter Brendans Blick still und scheu geworden, die Zugabe. Und stehe widerspruchslos auf, als er mit dem Kopf in Richtung Tür deutet.

Die Abenddämmerung dauert lang in Irland, länger als bei uns, das habe ich bereits feststellen können. Der Tag will nicht endgültig gehen, will den Moment, in dem er im Atlantik versinkt, so lange wie möglich hinauszögern. Mit blassem, fahlem Licht klammert er sich an der Insel fest, während überall sonst in Europa bereits die Dunkelheit herrscht. Brendan spricht nicht ein Wort mit mir, als wir Paddy Donohue's verlassen, aber plötzlich packt er meine Hand und zieht mich in einen engen Durchgang, in einen dämmrig grauen Hinterhof. Voller Bauschutt, voller Abfall, voller Gerümpel, doch auch voller gnädiger Schatten.

Wir küssen uns nicht, wir verbeißen uns ineinander. Brendan hebt mich hoch, verkeilt mich zwischen sich und einer Ziegelmauer, und unter seinen verzweifelten, wütenden Stößen lösen sich kleine Stückchen aus der Mauer, die wie eine riesige grobe Feile meinen Rücken unter dem dünnen Kleid aufscheuern, wundreißen. Daß ich ihn liebe, will ich ihm sagen, aber ich bleibe stumm und verbissen, wie er. Nur weiter, weiter, drängt mein

Bauch, im Takt der Stöße und der Feile. Bis das Wummern des Helicopters näherkommt und der blendende Strahl des Flutlichts durch den Hof zittert und uns erfaßt und festhält und Brendan über mir und in mir zusammensackt und in der Demütigung sich verkrampft wie unter einer Kolik.

Wenn es überhaupt einen Abschied gab am nächsten Morgen, dann war er, am Frühstückstisch in Gegenwart der Eltern, sittsam, platonisch, beiläufig. Brendan wollte ein paar Stunden Dienst tun im Volks-Taxi, und »Bis gleich«, könnte er gesagt haben oder »See you!« – ich weiß es nicht. Ich weiß auch nicht, ob ich ihn am Abend vorher noch irgendwie trösten konnte: Ich habe keine Bilder mehr. Nur noch Geräusche.

Die Klingel im Hausflur der Trelawneys. Schreie und Weinen. Eine Stimme, ohne Gestalt, ohne Gesicht. Mitteilungen, alle völlig körperlos.

Brendan ist tot.

Jemand hat ihm eine Bombe ins Auto gelegt, in einer Tasche oder einem Koffer.

Das Auto ist mitten in der City explodiert, vor einer Ampel, neben einem Bürgersteig.

Unter den Passanten eine Tote, mehrere Schwerverletzte.

Auch ich bin völlig körperlos, und indem ich kein Fleisch mehr habe und auch keine Nerven, weder Vergangenheit noch Zukunft, empfinde ich keinerlei Schmerz. Nichts. Keine Trauer, keine Empörung, keinen Haß. Nur ein leises Erstaunen darüber, daß es so und nicht anders richtig ist. Auch er, der nur noch ein Name ist, nur noch ein Gedanke, auch er hat keinen Körper mehr.

»Du bist nicht zur Beerdigung geblieben«, sagt meine Mutter. Wie üblich durchfleddere ich jede Nuance ihrer Stimme, aber ich finde nur eine sachliche Feststellung. Nicht den Hauch des gefürchteten Vorwurfs, Menschen, die mich brauchten, alleingelassen zu haben. Wieder einmal weggelaufen zu sein vor der Verantwortung. Mir fällt auf, daß sie meinen Bericht nicht ein einziges Mal unterbrochen hat. Ich sehe, daß es dunkel geworden ist im Raum, und die Teetasse ist erkaltet, und meine innere Uhr zeigt an, daß ich bald hinunter muß in die Kneipe. Aber es ist nicht leicht, sich zurückzuzerren in die Gegenwart.

»Es gab nicht mehr viel, was man hätte beerdigen können. Wenn man überhaupt einen Sarg beisetzte, dann muß er fast leer gewesen sein.«

»Aber er muß den Unmänsch, dä ihm dat anjetan hat, doch jekannt haben«, stößt Frau Blocksiepen unter bebendem Oberlippenflaum hervor. »Sie haben doch jesacht, dat die in den Taxis nur Leute aus ihrem Veedel mitjenommen haben!« – Mein Herz fliegt der Ehernen zu, der unbeirrbar Geradeausdenkenden. Mit Sicherheit hätte sie nicht anders gehandelt als ich. Auf dem ersten klaren Bild nach dem Schock stehe ich in einer Telefonzelle in Dublin. Meine Finger wählen die Nummer, die ich unzählige Male auf dem Bildschirm der Trelawneys eingeblendet gesehen habe, und klar und kalt erzähle ich einer immer aufgeregteren Behördenstimme am anderen Ende, was ich von dem Tankwart Jimmy Callaghan nebst seiner Armee von Freunden weiß oder zu wissen glaube.

»Und du hast die ganze Zeit Angst gehabt, nach Hause zu kommen, weil sie dich hier suchen und finden könnten?« fragt meine Mutter.

»Nur am Anfang«, sage ich. Ich will sie nicht mehr belügen und mich auch nicht. Ich bin kein unschuldiges Opfer. Meine Biographie ist nichts als die Summe der Entscheidungen, zu denen mich niemand gezwungen hat.

»Mein Kind«, sagt meine Mutter. Sie lehnt sich zurück in ihre Kissen, augenscheinlich erschöpft von den Anstren-

gungen des Zuhörens und des Atmens. Ich muß mich vorbeugen, um ihre Hand küssen zu können; wenn sie lächelt, werden ihre Falten zugleich tiefer und weicher.
»Ich glaube, du bleibst heute abend besser hier oben und ruhst dich aus«, sagt Clemens. Er hat mir, seit wann, weiß ich nicht, die Nackenmuskeln massiert. Mit diesen feinnervigen Fingern, die jeder Saite das Zarte entlocken können und das Wilde, findet er verläßlich jede Verspannung, jede Verhärtung, und er weiß auch genau, wann er kneten und wann er streicheln muß. »Oder vielleicht gehst du auch einfach ein Stündchen unten am Rhein spazieren und kommst dann nach?«
»Wir werden dat Schiff schon schaukeln«, meint Frau Blocksiepen, bevor sie vorauseilt, die Kartoffeln zu reiben und den Teig anzurühren.
Die Verlockung, mich als tragische Figur ans Ufer des großen Stroms zu stellen und die schicksalsschweren Gedanken auf seinen Grund sinken zu lassen, ist natürlich groß, doch ich will ihr widerstehen. Schon spüre ich, wie sich mein Gesicht aus alter Gewohnheit zur früher stets fälligen Maske der entsagungsreichen Pflichterfüllung verziehen will, doch statt dessen lache ich laut.
»Unsinn!« sage ich, und ich spüre, daß Clemens weiß, was das heißt. Danke. Und: Ich bin glücklich.
»Wenn der erste Ansturm verebbt ist, komme ich zwischendurch mal hoch, um nach dir zu sehen«, verabschiede ich mich von meiner Mutter.
»Papperlapapp! – Tu lieber deine Arbeit!« sagt sie. »Und zieh dir wenigstens heute mal ein paar vernünftige Schuhe an!« Noch gibt sie nicht auf, die Marathonfrau, und auch dafür bin ich dankbar.
Unten, EN DE EHD, wartet die Kneipe auf die ersten Gäste und der Großvater auf mich. Es gehört alles dazu, wird er sagen, solange du es nur mit vollem Einsatz und

unter Beachtung aller möglichen Konsequenzen tust. Was wir heute spielen sollen, will Clemens wissen, während wir uns umziehen. »Die Lorelei als erstes«, sage ich mit Bestimmtheit, »und dann, als Kontrast, ein paar starke, lebendige Sachen. Welche, weißt du am besten.« Clemens entkorkt schon mal eine unserer guten Flaschen Rotwein und dekantiert sie liebevoll in eine Karaffe: Auch sie wird auf uns warten, zimmerwarm, und wenn wir sie geleert haben, genüßlich Schluck für Schluck, werden wir nicht zu müde sein. Himmelgeist ist alles andere als ein Abenteuerspielplatz, auf dem kindische Gemüter nach ständig neuen Erregungen hecheln. Aber es gibt auch keinen Wiederholungszwang hier – vielmehr eine ganze Milchstraße voll Variationen, die alle noch entdeckt werden wollen. Man kann wirklich nicht zweimal im selben Fluß baden.

Vor dem Spiegel kämpfe ich noch kurz mit der widerspenstigen weißen Strähne, dann ist auch sie bereit, sich in das Gummiband zu fügen. Als letztes binde ich die lange Schürze um. Sie steht mir gut, finde ich.

»Bist du soweit?« fragt Clemens, und als Antwort hake ich ihn unter. Ich will für die Meinen sorgen.